KB237170

태연한
남자

태연한 남자

초판 1쇄 찍은 날 ｜ 2013년 6월 21일
초판 1쇄 펴낸 날 ｜ 2013년 6월 28일

지은이 ｜ 이이안
펴낸이 ｜ 서경석

편 집 장 ｜ 권태완
편집책임 ｜ 장미연
편　　집 ｜ 손수화
디 자 인 ｜ 신현아

펴낸곳 ｜ 도서출판 청어람
등록번호 ｜ 제1081-1-89호
등록일자 ｜ 1999. 5. 31
어람번호 ｜ 제5-0339호

주소 ｜ 경기도 부천시 원미구 심곡2동 163-2 서경B/D 3F (우) 420-822
전화 ｜ 032-656-4452 팩스 ｜ 032-656-4453
http://www.chungeoram.com
E-mail ｜ chungeoram@chungeoram.com

ⓒ 이이안, 2013

ISBN 978-89-251-3329-4 03810

Chungeoram romance novel

COOL GUY

태연한 남자

이이안 장편 소설

CONTENTS

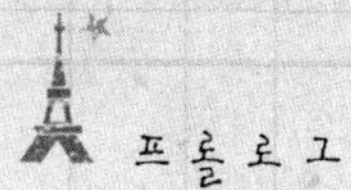

프롤로그

　젊은 사람들 입맛에 맞는 고급스런 느낌의 칵테일 술집은 상당히 세련되었다. 마치 미술관 같은 예술적인 외부에 원목으로 마감재를 쓰고 푸르스름한 조명등이 어두운 내부를 비췄다. 팝송에 이어 제목 모를 리듬 앤 블루스 풍의 가요가 분위기를 타고 돌았다.
　웨이터가 주문받은 대여섯 잔 칵테일을 창가 테이블 쪽으로 들고 와서 탁자 위에 빠른 손놀림으로 어딘가 각이 느껴지게 정확하게 놓았다. 습관적인 미소를 띠우면서 그의 시선이 한 무리의 여자 손님들을 쭉 둘러볼 때, 한쪽 구석에 앉아 있던 김태연이 손을 들고 방금 가져온 술잔을 가리키며 주문을 했다.
　"한 잔 더요."
　"네, 알겠습니다."
　김태연은 고양이 같은 커다랗고 예쁜 눈매에 약간 들린 버섯 코와 두툼한 아랫입술을 가진, 첫눈에도 번쩍 뜨일 만큼 아름다운 외모의 소유자다. 지금도 다른 테이블의 남자들이 흘끗흘끗 관심을 보였다. 정작 본인은 웨이터가 가져온 마티니만 우두커니 바라볼 정도로 지금 이 시간이 다소 따분했다.

"술꾼 됐구나!"

일행 중 웃음 띤 목소리가 놀리듯 장난스럽게 말했다. 태연은 마티니와 함께 나온 올리브를 씹으며 피식 웃었다. 진과 섞인 베르무트 양이 이번에 좀 과하다고 느끼며 요 며칠 술을 멀리한 것에 비하면 오늘따라 술이 당긴다는 것을 속으로 인정했다.

"안 본 사이에 주량이 늘었네."

정말 술꾼이라면 유부녀 친구의 이런 얘기에 발끈하겠지만 그녀는 술과 그리 친한 편은 아니었다. 오랜만에 모이다 보니 술이 생각보다 많이 들어갔다.

"칵테일 더 갖다 드릴까요? 이번엔 서비스로요."

친절한 웨이터의 말에 태연은 자신이 가벼운 칵테일에서 시작하여 마티니까지 도합 여섯 잔 이상 마신 것을 깨닫고 기겁했다.

"됐어요. 대신 물이나 갖다 주세요."

그러고 보니 갑자기 취기가 오며 머리가 핑 돌기 시작했다. 막 갖다 준 냉수를 벌컥 마시며 술기운을 몰아냈다. 서로 일이 바빠 동창회나 친구 결혼식 등에서 잠깐잠깐 보다가 멍석 깔고 만나니 갑자기 무얼 얘기해야 할지 몰랐다. 시간은 친숙함도 애매한 느낌으로 만드는 힘이 있는 모양이다. 그래도 친구 결혼식이 끝나고 모처럼 시간 내서 만든 귀한 뒤풀이 자리니만큼 어영부영 보낼 순 없다. 집중할 수밖에.

먼저, 태연의 시선은 분위기를 주도하고 있는 두 친구에게로 향했다. 그들은 학교 때도 명랑하더니 결혼하고도 다름이 없었다. 여섯 명 중 두 명만이 여기서 결혼한 상태였다. 남편의 흉을 보며 모든 불만들을 한꺼번에 쏟아내고는 있지만 그리 심각한 것은 아니었다. 욕하지만 또 은근히 칭찬하는 신공까지 발휘하는 두 명의 유부녀를 보니 꽤 행복한 편이고 말처럼 끔찍해 보이진 않았다.

"……곧 사귀게 될 거야."

그들의 얘기를 듣다가 애인 있냐는 물음에 시원스럽게 답하는 여자는 작고 야무진 주은행으로 칵테일을 홀짝인 후 입술을 새치름하게 휴지로 닦았다. 어깨에 찰랑이는 검은 머리에 동그랗고 새까만 눈, 작은 입술에 예쁜 콩처럼 생긴 얼굴엔 활기가 가득했다.

"끝내주는 남자가 너에게 대시라도 하냐."

"아니, 내가 그 끝내주는 남자를, 그것도 한눈에 발견했거든. 그래서 치밀한 계획을 세우려고 노력 중이야."

"오우."

듣고만 있던 태연이 감탄사를 내뱉으며 그녀를 오래 관찰했다. 주은행의 옷차림은 흠 잡을 데 없이 멋졌다. 샤넬 재킷과 치마 정장을 다른 새상으로 센스 있게 매치한 그녀는 작달막한 키에도 비율 좋은 몸매를 세련되게 부각시켰지만 그 마음속은 여전했다. 시간이 지나면 성격도 조금씩 변하는 법일 텐데 은행은 고등학교 때와 그다지 달라진 것이 없어 부였다. 그때도 잘생긴 교생을 두고 계획을 세웠던 인물이 아니던가.

은행은 그저 긁적이는 게 아니라 어떻게 하면 교생이 자신에게 사랑의 감정을 느낄지 기초 정보부터 캐냈다. 그 사람의 별자리,

기질, 스케줄, 소소한 기호까지 주도면밀하게 만든 상세한 계획표였다. 그렇다고 스토커처럼 무조건 따라다니는 것이 아닌 어떻게 해야 마음을 잡을 수 있나 하는 것이 주목적이었다.

"성공한 적은 있냐? 그 엄청난 계획 세워서 말이야!"

지금껏 입 다물고 있던 강하리가 까칠한 특유의 말투로 정곡을 콕 찔렀다. 은행이 새치름하게 눈을 치켜뜨고 헛기침을 한 후 입을 열었다.

"성공과 상관없이 모든 일에는 계획이 있어야 하는 거야. 넌 사업가니까 잘 알 것 아니야? 사랑도 마찬가지야. 어떻게 준비 없이 사랑이란 중대한 일을 성공시킬 수가 있어? 사랑도 사업도 인생도 계획하고 노력해야 돼. 그렇게 계획이란 걸 상세히 세우면 세울수록 실패의 오차 범위를 좁힐 수 있고, 그럼 영혼의 짝을 만날 수 있는 가능성이 더 커지는 거야."

지금까지 별 효과를 보지 못했다는 소리를 은행은 빙 돌려 말했다.

"앞으론 성공하길 바란다."

태연이 놀리자 은행은 쌜쭉대며 웨이터에게 마티니를 주문했다. 방금 전까진 시원하고 달콤한 것이 제일이라며 멜론과 바나나 맛이 섞인 준벽을 마시더니 지금 이 순간은 센 것이 필요한 모양이다.

"태연아…… 배우 김우수 봤어?"

"응."

"정말? 좋았어?"

"응."

"자세히 말해봐."

"잘생겼어."

김태연은 인기 있는 남성 전문 잡지의 칼럼니스트로 가장 인기 있는 코너인 '태연의 남자'를 맡고 있었다. 여자들에게 소개하고픈 괜찮은 남자를 심층 해부하는 코너로 상대방의 매력을 주관적으로 잘 포착하는 그녀의 능력에 매번 인기 상종가다. 그래서 라디오나 TV 출연도 곧잘 하는 편이었다. 그러나 일에 관한 질문은 단답형 이상은 늘어놓지 않아 친구들도 별 흥미를 못 느꼈고, 지금도 금세 다른 이야기로 옮겨갔다. 자신의 일을 뒷담화처럼 말하지 않는 것은 태연의 철칙이었다.

"결혼은 언제들 할 생각이냐? 마냥 청춘 아니다. 스물여덟 살이면 이젠 접어들어 가는 거야. 서둘러야 할 적기이지. 어, 어, 하는 순간 서른 중반이 후딱 되어버린다는 만고의 진리를 잊어버리는 건 아니지? 지금 이 순간을 놓치면 그만큼 좋은 남자가 눈앞에서 휙휙 사라져 가는 거야. 야, 요즘 괜찮은 남자들은 너무 약아서 여자 서른 살 넘으면 안 쳐다봐. 그것은 변할 수 없는 뼈아픈 진실이다. 아무리 어려 보여도 상관없어. 실제 생물 나이가 중요한 거야."

결혼한 친구가 반지 낀 손으로 요란한 제스처를 쓰며 말했다. 자기는 의사 남편을 뒀다는 암시를 풀풀 풍기는 버릇은 결혼하면서부터 시작되었다.

"그럴 수도 있겠다."

"언제가는 하겠지."

자기 짝이 있는 하리가 동감하는 것과 달리 태연이 태평스럽게 말하자 또 그새를 못 참고 주은행의 일장연설이 시작되었다. 그 긴 내용에서 요점은 인생은 타이밍이란 것. 그걸 놓치지 않고 잘 잡아야 꽤 풍족한 삶을 이룰 수 있다. 성공엔 일과 함께 사랑도 반은 차지하니 눈을 번쩍 떠서 자신의 반쪽을 찾으려는 노력을 한시도 멈추지 말아야 한다는 것이다.

태연은 요점만 간추리는 신기한 능력이 있었다. 그 외엔 듣지 않는 초능력은 학교 다닐 때부터 익힌 습관이어서 지금도 듣고 싶지 않은 말들은 걸러냈다.

"이상형들 말해봐라."

주은행의 긴말을 끊어놓기 위한 누군가의 유치한 질문은 또 다른 쪽으로 변형되어 갔다.

"이상형 말고. 그건 재미없어. 이런 남자하고는 절대 연애할 수 없다. 뭐, 이런 것 있잖아? 기본이 안 된 남자 말고 꽤 괜찮은데 난 절대 싫은 유형 말이야. 이상형 말고 그거 하자. 아닌 남자!"

"내 남편."

질문이 끝나자마자 결혼한 친구가 한 치의 망설임 없이 말해 웃음을 자아냈다.

"게으르고 잘 안 씻고, 잠 많은 먹깨비인 줄 알았으면 안 했어."

당사자의 한숨에도 웃음은 그치지 않았다.

"미혼들 말해보시지?"

"싸가지 없는 졸부 새끼! 정말 싫어!"

한동안 말이 없던 유하정이 불쑥 소리쳤다. 꽤 강한 표현에 시선들이 자연스레 모아졌다. 그녀는 176cm의 큰 키에 늘 통통한 몸매를 유지해 왔는데 요새 갑자기 살이 빠져 글래머처럼 보이기까지 했다. 얼굴은 어떻게 보면 괜찮은 편이지만 주눅 든 인상 때문에 미인이란 소리는 못 들었다. 그래도 큰 눈은 꽤 매력이 있었으나 지금은 멍해져서 혀까지 꼬부라졌다.

"넌 남자들하고 사귀어보고 말해."

은행이 숙맥인 하정을 면박 주니 다시 잠잠해졌다. 또 면박에 약한 것이 유하정이 아니었던가.

"은행아, 그럼 넌 절대 아닌 남자 있어? 계획대로 사귀어본 네가 한번 말해봐라."

친구들의 놀림에도 은행은 고개를 빳빳하게 들고 얄밉고도 귀엽게 말했다.

"상사랑 연애하는 그 짓을 왜 하는지 모르겠어. 일하면서 미운 모습 전부 보여주는데 어떻게 낭만적인 연애를 하겠니, 안 그래?"

그러고 보니 인테리어와 가구 디자이너인 주은행은 작은 몸매와 예쁘장한 얼굴과는 안 어울리게 일할 때 큰 소리가 나는 타입이었다. 은행은 꽤 이름난 디자이너로 예술적인 설계와 기능적인 구성을 섬세하고도 대담하게 표현한다는 평을 받고 있었다. 그러나 마음에 드는 남자와의 연애에서 상냥한 것과 달리 유순한 사장을 무시무시한 큰 소리로 제압할 때도 있다는 얘기를 들은 적이 있었다.

"넌 결단코 네 회사 사장이랑은 사귀지 않겠다? 너희 사장 미혼이라며."

"그걸 말이라고 해?"

은행은 태평하고 온화한 김성현을 떠올리며 펄쩍 뛴 후 몸을 부르르 떨었다.

"어떻게 생겼어, 미남이야?"

"잘생겼어."

태연의 물음에 그를 본 적 있는 하리가 짧게 답했다.

"됐어, 그만해."

은행이 몸을 떠는 걸 멈추지 않자 하리가 호들갑 떤다는 듯 쳐다보더니 칵테일 잔을 들었다.

"넌?"

"나? 너희들이 깜빡 잊은 모양인데, 난 결혼할 사람 있어. 저기 있는 유부녀들과 동급이란다. 짝 없는 애들한테나 물어."

"결혼 아직 안 했잖아. 그리고 누가 이상형 말하라고 했냐. 이상형은 네 약혼자고 아닌 남자 얘기해 보라고. 재미있잖아."

"글쎄……."

하리는 그다지 관심이 없어 보였다. 그때 유부녀 친구가 거들었다.

"너도 네 사장이라고 해."

"박서준이 어때서?"

하리의 눈썹이 찡그려졌다.

"사실 너에겐 오빠 친구이자 동업자고 또 뭐냐, 하여튼 가족 같은 그런 사이겠지만. 야, 솔직히 박서준 아무리 잘나도 그렇지, 여자관계 복잡하다 못해 문란한 것 짜증 나지 않냐? 어떻게 눈 맞으면 다 사귀고 마음 식으면 바로 끝내냐? 그것도 모델이나 배우로만……."

연예인 스캔들에 유독 관심이 많은 유부녀 친구의 말에 다른 이들도 모두 공감하는 투였다.

"남의 사생활에 왜 이리들 관심이 많은지, 할 일들 없구만."

강하리만 빼고. 그녀에게 박서준은 사업 동업자일 뿐 아니라 하나밖에 없는 오빠의 절친한 친구로 오빠가 죽고 나선 더욱 끈끈한 가족과 같아서 그런지 늘 그에게는 관대한 편이었다.

"알았어, 박서준 욕 안 할게. 그럼 계속 했던 얘기나 하자. 태연아, 이제 네가 말해."

분위기 바꾸려는 주사위가 갑자기 김태연에게 뚝 떨어졌다.

"뭐?"

"아닌 남자."

태연은 시계를 확인했다. 벌써 9시가 다 되어가고 있었다.

"음, 고리타분한 남자."

그저 아무 말이나 하고 일어서려고 했는데 그 말이 툭 튀어나왔다.

"보수적인 면모에 앞뒤가 꽉꽉 막혀 대화가 도무지 안 되는, 한마디로 융통성 없이 자신의 기준에 맞춰 사는 답답한 남자!"

잠깐 부연 설명한 것이 좀 길어지더니 이제 묘사까지 할 지경이었다. 사실, 태연의 머릿속엔 아닌 남자라는 질문이 나왔을 때부터 선명히 떠오르는 남자가 하나 있었다. 그것은 막을 수 없는 본능으로 이 자리를 뜨고 싶은 생각이 꽉 찬 이 순간에도 입에서 술술 나왔다.

'주신노.'

"신나 오빠!"

태연은 주신노의 또 다른 이름을 누군가 말하자 속으로 뜨끔했지만 어깨를 으쓱거리며 모른 척했다.

"신나랑은 아직도 붙어 다니냐?"

"절친이잖아."

"그럼, 신나 오빠하고도……."

싫은 사람 이야기는 특성상 오래 입에 올리지 못하는 태연은 유부녀 친구의 질문에 짜증이 났다.

"안 본 지 5~6년 됐다. 신나랑 친하지, 그쪽 집안하고 친한 건 아니니까."

고등학교 때 태연이 '주신노' 하면 질색하던 것을 기억하는 동 창들에게서 킥킥거리는 웃음이 나왔다. 그들이 기억하는 주신노 는 학교 선배이자 선생님들이 누누이 읊조리는 나쁜 짓 절대 안 하는 모범생 중의 모범생이었지만 태연은 아니었다.

그녀는 다른 이들처럼 웃어넘기지 못해 머리가 지끈거리기 시 작했다. 주신노의 그 길고 되풀이되는 훈계는 사람을 질리게 하기 에 충분했다. 벌써 예전 일임에도 부모에게도 들어본 적 없는 지나 친 간섭과 가르침을 했던 그가 끔찍한 악몽처럼 가끔씩 기억의 회 로에서 맴돈다. 태연은 뒤집힌 속을 진정시키려 잠깐 눈을 감았다.

"내일 일찍 출근해야……."

"남자랑 다들 자봤어?"

푹신한 의자에서 엉덩이를 반쯤 떼고 먼저 가야 하는 이유를 말 하려는 찰나였다. 그때, 술에 약한 유하정이 달콤새콤하다고 칵테 일을 연거푸 마셔 붉어진 얼굴로 난데없는 질문을 날렸다.

"이 나이에 섹스 경험 있는 게 정상이야, 없는 게 정상이야?"

한술 더 떠서 남자와 자는 문제에 대한 표본 조사까지 낼 기세 였다. 태연은 하정에게 확 모아지는 관심을 돌리지 못하고 자리에 앉고 말았다.

"정상이고 아니고 그런 게 어디 있어? 하면 하는 거고 안 하면 안 하는 거지."

"넌 고작 한 사람하고만 했을 뿐이잖아."

유하정이 강하리에게 삿대질하며 반격했다. 순한 애가 술을 마시더니 맛이 갔다. 약혼자인 이민상과 하리가 대학교 때부터 커플인 것을 모르는 이는 없었다.

"너도 빠져. 나랑 같은 과잖아."

은행이 막 참견하려고 하자 하정이 우렁찬 목소리로 막았다. 그 기세가 자못 억세다.

유하정!

태연이 기억하는 하정은 숙맥에 조용하고 특별히 잘난 데도 그렇다고 못난 데도 없이 성실했다. 현재, 백화점 VIP 고객관리 매니저 조수를 한다고 들었다. 비위를 맞추는 것이 쉽지 않지만 천성이 모나지 않고 원래 남에게 싫은 소리 못하는 사람이라 잘할지도 모른다.

"어디서 잘난 체야. 지도 경험 없으면서."

술 마실 때만 빼놓고.

"웃긴다, 너! 내가 어떻게 너랑 같은 과니? 넌 주변머리가 없어서 남자 경험이 없는 거고 난 많은 남자를 사귀어도 내 신념으로 경험이 없는 거라고. 엄연히 다르다."

주은행도 술에 취했다. 그녀는 상당히 억울한지 목소리를 높이는 바람에 주변 테이블까지 위험한 얘기들이 넘나들었다. 그래도 대연은 흉잡힐 일은 아니라고 보았다. 20대 후반의 여자들이 어둑한 칵테일 바에서 칵테일 몇 잔 들이켜고 이런저런 얘기하다가 섹스 문제를 입에 올렸다고 해서 책잡힐 일은 못 된다.

"태연이한테 물어봐."

"맞아. 그 방면에선 잘 알 거 아니야."

분위기가 급반전되고 있었다. 김태연, 그녀에게! 누군가 그녀의 이름을 입에 올리자 아무도 이의 없이 동감했다.

'젠장, 내가 그렇게 바람둥이였나?'

동창들의 확신에 찬 표정에 부정도 못하고 지난 일을 돌이켜 보았다. 몇 번의 연애사가 있었지만 사실, 소문만 무성하지 다른 이들과 다를 것이 없었다. 물론 사랑도 했고, 경험도 해봤다. 하지만 이 정도의 경험으로 바람둥이란 이름을 붙일 수 있는 것일까? 태연은 머리 아프게 생각해 보았지만 딱히 답은 나오지 않았다. 어떻게 생각하면 평균 같기도 하고 또 어떻게 보면 아닌 것 같기도 하고.

"내가 그 방면으로 잘 아는지는 모르겠지만."

섹스에 대해 충고해 주기를 바라는 유하정의 간곡한 눈빛을 대하니 바람둥이 근처에 있는 것만은 확실했다.

'에라, 모르겠다.'

"마음이 이끄는 대로 해. 네가 잘 알 거 아니야. 안 하면 계속 생각나고 후회할 것 같으면 굳이 사랑이 아니라도 하고 싶은 감정만으로도 뭐 내지르는 거지. 인생은 짧아. 마음 내키는 대로 하는 것이 오히려 후회가 적을 수 있어, 물론 안전하게."

말하고 나니 고수가 된 기분이다. 사실 잡지의 상담 코너를 맡은 서른아홉 살 여기자의 입에서 나온 말 중 하나였다. 결혼 10년 차인 그녀가 몸소 깨달은 것은 바로 마음을 거스르지 말라는 것. 결혼하고 임자 생기면 하고 싶어도 못하는 일이니 미리 많이 해두는 것이 좋다는 그녀의 지론이 생각나 몇 마디 했을 뿐인데 역시 베테랑은 다르다는 표정들이다.

'제 무덤 팠군.'

　그래도 문제될 것 없다고 태연은 생각했다. 바람둥이든 아니든 간에 마음에 충실하며 살아온 것은 사실이니까. 기본적인 예의를 지키면서 마음에 드는 사람과 사귀었고 연애했다. 앞으로도 그럴 것이고, 그렇게 마음 가는 대로 살다 보면 오해도 부르게 된다. 일일이 아니라고 해봤자 소용없다. 태연은 굳이 바람둥이라고 해도 남자와 사귀는 것에 능숙한 것은 결코 아니라는 말을 덧붙이려다 된통 뒤집어쓸까 봐 입을 다물었다.

　“태연아, 너 사귀는 사람 있지?”

　이건 완전 단정인데. 태연은 은행을 보고 삐딱한 표정을 지었다.

　“없어. 지금은 휴식기야.”

　“휴식기? 그게 뭔데?”

　“그동안 사귄 남자들과 잘 안 되어서 문제가 뭔지 생각해 보려고. 나의 남자 보는 시각이 너무 한쪽으로 쏠리는 것은 아닌가 해서 좀 공백을 두려고 해.”

　분명 말에 실수는 없었다. 그것이 사실이니까. 인기 많은 태연이 1년 넘게 혼자로 지낸 것은 좋은 남자를 만나기 위해서가 아닌가.

　“역시 다르다.”

　완전 남자 경험 엄청 많은 여자로 낙인찍히자 태연은 두 손, 두 발 다 들었다. 그녀는 웨이터를 불러 마티니 한 잔을 더 시켰다.

![1]

1

"아, 머리 아파."

태연은 어제 그렇게 많이 마실 생각은 아니었다. 본의 아니게 남자와 섹스를 주제로 한 대화가 억측 난무로 흘러서 술이 필요했을 뿐이다.

"태어나서 열 명 정도는 사귀어봤지? 난 한 사람도 못 사귀어봤는데…… 부럽다."

술 취해 혀가 꼬부라진 유하정의 감탄 섞인 순진한 어조에 태연은 화도 내지 못했다. '부럽다, 김태연'을 남발하는 하정보다 더 기막힌 것은 하정의 술 취한 말에 아무도 이의가 없었다는 것이다.

"세상에."

스물여덟 살 가을로 접어들면서 지금껏 서너 명 사귄 것도 평균 이상이라 생각할 때도 있건만. 열 명을 사귀었다면 대략 열아홉 살 때부터 줄기차게 1년에 한 번씩 사귀고 헤어졌어야 한다는 소리가 아닌가.

"아! 머리 아파."

태연은 지하에 차를 주차시키고 예술적으로 설계된 건물로 발걸음을 옮길 때마다 연신 관자놀이를 꾹꾹 눌렀다. 어제 칵테일을 꽤 마신 죄로 숙취로 오는 두통은 약 몇 알로도 부족했다. 자동문을 지나 건물 안으로 들어가면서 그녀는 사람들의 시선을 자연스럽게 의식하며 머리에서 손을 내렸다. 로비 직원과 눈인사를 하고 엘리베이터로 곧장 가서 7층을 눌렀다. 그 와중에 꽤 많은 사람들과 인사를 나누었다. 사람들의 시선은 유명한 그녀를 흘끗거리며 훔쳐보았다. 그것은 남자나 여자나 마찬가지였다.

광고부와 영업부 층을 지나 같은 계열사의 여성 잡지에 못 미친 곳에서 벨소리와 함께 문이 열리자 '멋진 남자' 라는 예술적인 필체의 문구가 벽에 딱 박혀 있는 사무실 전면이 보였다.

"원 나이트 스탠드를 하기 위한 방법, 바람둥이 기술 하나부터 열까지 따라잡기, 양다리 전법—들키지 않으려면 치밀해져라. 홀딱 벗고 바람 펴라. 또한 샤워는 절대로 모텔 비누를 쓰지 말 것, 싸구려 향이 배면 들킨다. 이게 뭐냐고? 남자들을 완전 속물 취급하는 거잖아?"

사무실에 들어가자 기혼인 서른아홉 살 문주아 에디터의 우렁찬 목소리가 먼저 들려왔다. 묻지 않아도 무슨 얘기인지 다 안다는 표정으로 태연은 다가갔다. 책상마다 자료와 각자의 소지품들로 어수선했다. 물론 깨끗할 때도 있지만 지금은 회의를 앞두고 밤을 새서 만든 기획안을 제출한 뒤라 모두들 잠을 못 자서 부스스한 상태에 카페인의 도움으로 눈을 뜨고 있었다. 물론 운빨 좋고 때깔 좋은 김태연은 예외이지만.

더군다나 이때가 되면 기획안을 만들기 위해 다른 잡지들도 열심히 훑어봐야 한다. 똑같은 소재를 될 수 있으면 피하기 위함과 영감을 얻기 위해서 그들은 그 많은 잡지를 휘적휘적 넘기며 침을 튀기는 채로 적을 알기 위해 열혈토론도 불사했다. 특히 성 관련 기사를 쓰는 문주아의 다른 잡지 평은 무척이나 신랄하며 가차 없었다.

"인간은 속물이에요. 속물을 속물 취급하는 게 어때서요."

후배가 고개를 까딱거리며 툭 내뱉자 주아는 고개를 저었다.

"속물 취급하면 속물이 되고 인간 취급하면 인간이 된단다, 아가야."

사실, 다른 남자 잡지들은 살아남기 위해 남자의, 남자에 의한, 남자를 위한 기사를 쓴다면 그들의 잡지 '멋진 남자' 는 남자를 선도하고 인도하면서 끊임없이 잔소리를 해댄다. 또한, 멋진 남자들을 수두룩 소개하면서 부담과 스트레스를 팍팍 주고 여자들의 마음에 드는 남자가 되라고 압박을 가한다. 여성 구독률이 압도적으로 많은 이유도 거기에 있었다. 문제는 그래서 남성 잡지가 아닌 여성 잡지가 아니냐는 질문을 많이 받을 만큼 정체성 논란에 시달린다는 것이다.

"김 작가 오셨네."

"안녕, 오늘 멋진데."

수석 패션 기자 이우진의 인사에 태연은 미소를 보내며 오늘 패션 감각을 칭찬했다. 이우진은 패션 에디터 중 청일점으로 이곳에서 일하는 많은 여자 직원들의 귀여움을 한 몸에 받고 있는 부담 없는 매력의 소유자였다. 그는 유행 스타일을 기사화하기 위해서 브랜드 샘플실, 패션쇼, 스튜디오 등을 찾아 앞선 정보를 쫓아다니지만 정작 본인은 무난한 스타일을 구사했다. 늘 믹스매치를 잘해서 세련되고 귀염성 있는 얼굴이 돋보였다.

"누가 할 소리! 아, 오늘도 스타일 죽이는데, 김 작가님은 역시 내 이상형이야."

"그럼, 사귀자고 하지?"

다른 동료가 끼어들었다.

"원래 이상형은 환상으로 남아야 하는 거야. 그래야지 현실이 무참히 깨질 때 환상 속에서 기운을 얻지. 나의 환상이 되어주오."

이우진의 너스레에 태연은 웃었다.

"왔어요? 오늘도 생생하시네."

막 책상에서 고개를 든 기자들도 그녀를 보고 반갑게 맞이했다. 그들 또한 패션 감각이 뛰어난 편이었다. 하물며 자신이 못나고 뚱뚱하다며 스스로 사학하는 것이 놀이가 되어버린 명랑한 문주 아도 항상 스타일이 살아 있었다.

"자기야, 이번에 어떤 남자야?"

주아가 태연에게 하는 이 질문은 애인을 묻는 것이 아니다.

"누구예요?"

똑 부러지게 일 처리를 하는 젊은 여기자인 소이도 호기심을 나타냈다.

"글쎄."

태연은 잠깐 뜸을 들이다 태연의 남자로 콕 찍은, 감각적인 영상을 잘 찍는 광고 감독을 말하려고 할 때 편집장이 문을 열고 꼿꼿한 자세로 들어오며 외쳤다.

"회의합시다!"

잠시 후, 작은 회의실은 에디터들로 채워졌다. 편집장은 미처 오지 못한 기자들을 기다려 주지 않고 회의를 바로 시작해 버렸다. 사실 임순일 편집장은 기획회의를 그 누가 오기 전에 될 수 있으면 빨리 해치워 버리고 싶은 마음에 직원들을 두루 훑어봄 없이 제출된 기획안을 하나씩 다시 살펴보았다. 그녀는 40대 초반으로 마르고 다소 신경질적인 인상이었다. 휘어진 코와 얇은 입술엔 고집이 느껴졌지만 생각보다는 깐깐하지 않았다.

"지난달 판매 부수가 올랐어요. 남성들에게도 조금씩 어필하고 있다는 것이 고무적인 편이네요. 그럼 기획안에 대해서 논의해 볼까요?"

편집장이 첫 번째로 내놓은 기획안은 이우진이 제출한 거였다. 내용은 대충 이런 것이다.

─당신은 제대로 입고 있는가? 양복의 기본적인 것만 알고 있어도 당신은 충분히 멋지다.

"유행 패션을 다루는 것이 아니라 제대로만 입어도 '멋진 남자'

가 될 수 있다는 거죠."

'멋진 남자' 에디터들은 뭐든지 잡지 제목과 연결시키는 것을 참으로 좋아한다. 임순일 편집장의 무미건조한 얼굴에 찡그림이 훅 지나갔다.

"협찬이나 광고가 붙을 여지가 없잖아요. 우리는 땅 파서 잡지 내는 것이 아니라는 것을 아직도 얘기해야 합니까?"

"각 브랜드 양복의 기본 사양을 넣으면 됩니다. 물론 믹스매치 방법도 곁들일 것이고, 구두, 타이까지 유행 타지 않고 멋진 남자가 되는 법에 대해서……."

"유행 타지 않고?"

"유행을 자기 스타일로 소화하는 방법으로 바꿀 수도 있습니다. 체형과 함께요."

이우진은 귀여운 미소를 활짝 지었지만 팍팍한 편집장에겐 통하지 않았다.

"다른 것도 준비해 와요. 이번 건 시원찮네."

이우진은 금세 노트에 뭔가를 긁적이며 벌써부터 새로운 아이디어를 구상하기 시작했다. 퇴짜는 그들에게 가장 친근한 벗이라 충격은 거의 없었다.

"성 코너는 어떻게 할 예정이에요?"

다음 차례는 문주아였다. 터질 것 같은 얼굴에 웃음을 띠고 친근한 분위기를 만들며 아무렇지도 않게 섹스 얘기를 툭툭 말하는 입담으로 인해 얼굴 빨개지는 사람은 여기에 아무도 없었다.

"섹스 후 남자들의 매너를 더 구체적으로 다루려고요. 생생한 남자들의 실패담을 다루면서 왜 이 남자는 무엇을 잘못했나? 이것을 짚는 거죠. 물론 압니다. 다른 곳에서도 비슷한 문제들을 엄청 많이 다루었지요. 하지만 소재가 같다고 기사가 같을 순 없지 않나요. 좀 더 생생하게 접근할 겁니다. 마치 이것을 읽는 여성이, 아니, 남성이……."

편집장의 표정이 변하기도 전에 얼른 문주아가 정정했다. 엄연히 '멋진 남자'는 남성 잡지인 것이다. 아무리 여자들이 압도적으로 많이 읽는다고 해도.

"섹스 후 침대에 있는 듯 기분을 덧붙이려고요. 그러니까……."

말을 쉴 새 없이 하는 주아의 말이 끝나길 기다린 편집장이 기획에 대한 감상을 말했다.

"좀 더 아이디어를 붙여봐야겠어요. 흔하디흔한 소재도 흔하지 않게, 알았죠?"

"그럼요."

이렇게 중간쯤 회의가 진행되었을 때 문이 활짝 열리고 즐거운 웃음소리가 폭풍처럼 들이닥쳤다. 부사장 하은주가 몸에 밴 우아한 몸짓과 활기찬 모습으로 춤추듯 들어와서 재킷을 벗어 옷걸이에 걸었다. 갈색 셔츠에 회색 바지와 마놀로 블라닉의 새틴 구두는 뭐 하나 어색하게 튀지 않았다. 30대 중반의 하은주는 뚜렷한 이목구비에 생기가 넘치는데다 10대들처럼 크게 웃기도 잘하는 등 감정 표현이 상당히 요란스러웠다. 그녀가 솔직하다는 것에 이의를 다는 사람은 없었다.

하은주가 나타나자마자 편집장을 위시하여 태연을 제외한 모든 사람들의 표정이 가히 좋지 않았다. 이유는 간단했다. 일명 낙하산. 꽤 알아주는 재벌가 자제로 오랜 해외 생활 후 이곳에 상륙했다. 그들의 잡지사가 재벌가가 운영하는 사업체의 자회사이기에 가능한 일로, 오랜 유학 생활을 했음에도 본인 스스로가 진지하게 공부하지 않았다고 인정할 만큼 노는 것에 일가견이 있었다. 그러나 생각보다 책도 많이 읽고 문화에도 조예가 깊다는 걸 조금만 겪어봐도 알 수 있었다.

그렇다고 해도 많은 직원들은 그녀를 껄끄러워했다. 낙하산이라는 자체만으로도 반감일 수 있는데, 그것보다 더한 이유는 부사장이면 편집장이 하는 일이나 에디터가 하는 일에서 멀찌감치 떨어져 있어야 함에도 가끔 자신이 공동 편집장인 양 스스로 착각하곤 해서다. 그렇다고 편집장을 무시하거나 직원들을 압박하는 경우는 전혀 없었다. 오히려 도와주고 싶은 마음에 늘 친절하게 간섭한다. 불쑥 즉흥적인 기획안을 웃으며 내미는 통에 다들 스트레스가 이만저만이 아니었다.

태연만은 달랐다. 「이런 남자, 저런 남자」가 대박이 나면서 같이 일해보자는 전화들이 많았다. 미인 대회 출신 방송인의 연애 에세이가 대박 났으니 관심이 집중되었다. 그러나 다른 곳보다 하은주의 칼럼 제안이 더 파격적이었다. 대우를 비롯한 모든 것이.

그렇게 해서 탄생된 「태연한 남자」는 대박 칼럼이 되었다. 여자의 눈으로 미혼인 남자를 관찰해서 이 남자가 어떤 성향의 남자인지 파헤치고 살펴보는 코너는 완벽한 남자를 추천하는 것이 아닌 매력적인 남자가 기준이 되고 평범한 사람이라도 자기 일에 신념을 갖고 일한다면 상관이 없었다.

또한 무조건 치켜세워 주는 것이 아니라 숨기고 싶은 단점도 쉽게 캐내어 입 밖으로 내뱉으며 그 단점조차 인간적인 것으로 봐주는, 처음엔 삐딱하게 시작하지만 끝에선 따뜻하게 마무리해 주는 세련된 상부상조의 칼럼으로 많은 사랑을 받고 있었다. 정말 그녀의 태몽처럼 은수저를 물고 태어난 것이 틀림없었다. 확실히 운이 따랐다. 이제 남자 운만 따르면 이렇게 멋진 인생도 없을 것이다. 하여튼, 태연은 하은주를 좋은 상사로 여기고 있어 그녀의 즉흥적인 기획안도 개의치 않았다. 오히려 생각지도 않은 아이디어를 얻기도 하고 잘 풀리지 않을 때는 영감이 되기도 했다.

"태연한 남자에 딱 맞는 사람을 찾았어요."

바로 저런 점을 에디터들이 싫어하는 것이다. 이미 기획안 다 제출하고 스케줄 짜고 있는 이 시점에서 다 뒤집으라는 것과 다름이 없었다. 보통 기획안 짜려면 며칠은 밤을 새워야 하는데 말이다.

"김태연 씨가 이미 제출안 내고 지금 구체적으로 의논할……."

편집장은 열심히 설명했지만 새로 찾아낸 인물에 흥분한 부사장의 감탄사를 막기엔 역부족이었다.

"그동안 우리가 평범함의 미학을 외치면서도 정말 그런 남자를 다루지는 못했잖아요. 어떡하든 유명세가 있던 인물들 아니었습니까?"

편집장이 대강 아우트라인을 잡은 제출서를 처분하기 위해 한쪽으로 뽑아내는 모습을 보면서도 태연은 상관치 않았다. 원래 스케줄 잡히고 나서 본격적으로 일하는 타입이라 그리 힘 빼서 만든 것도 아니기 때문에 광고 감독을 섭외하려던 생각을 단번에 밀어냈다.

"누군데요?"

다른 직원들이 자신들의 일이 아니라 안도를 하며 조금씩 호기
심을 드러냈다.

"바로 이 책입니다."

"작가라면 유명한 사람인데요."

태연은 책에 주목하며 말했다.

"음, 이 책은 시청 직원들이 낸 모음집 중 하나예요. 공무원지에
연재되었다가 지역 신문 그리고 이렇게 지인들에게 돌릴 생각으
로 소장본으로 나온 건데 이번에 정식으로 출판될 예정이랍니다.
이 남자가 좋은 일도 많이 하고 굉장히 정직하고 성실한 사람으로
지역에 소문이 자자한데, 그러니까 이천 사람이에요. 거기에서 나
고 자라서 거기에서 일합니다. 대단하죠, 한곳에 뿌리를 박고. 흔
치 않아요."

갑자기 뒷목이 따끔하고 솜털이 바짝 서는 아찔함이 태연을 지
나갔다.

'설마.'

갑자기 든 생각이 몰고 온 불안함을 가시려고 태연은 피식 웃어
버렸다. 웃고 나니 정말 어이없는 생각이었다. 어울릴 자리가 있
지, 어찌 그 이름이 떠올랐을까? 주신노라니! 다시 웃음이 입가에
맴돌았다. 이것이 다 어제 동창들과 이야기한 그 아닌 남자 때문
이라며 가볍게 넘기려는데…….

"이름은 주신노. 어떤가요?"

"뭐라고요?"

주신노, 라는 이름이 이 세상에서 더 있을 수 없었다. 그 희한한
이름은 절대 두 개가 될 수 없는 것이다.

"이름 참 특이하죠. 매력 있어."

하은주는 김태연의 질문을 잘못 이해했다.

"정보에 의하면 공무원 되기 전에 신부님이 되고 싶었대요. 참 독특하지 않아요? 청렴하고 성실한 남자인데…… 소개하면 좋을 것 같아서. 문학적 재능도 있는 공무원이라 멋있기도 하지."

"말도 안 돼."

부사장이 말한 주신노가 태연이 싫어하는 그 주신노가 맞았다. 태연은 망연자실해서 넋을 놓았다. 주위 사람들이 모두 그녀를 주목하고 있다는 것도 모른 채 인상을 찌푸리며 몸서리를 치고 말았다. 자신의 칼럼에 감히 그런 남자가 매력이란 이름으로 치장될 수 없었다. 그런 편협한 남자는 지향할 대상이 아니라 지양해야 할 대상이다. 절대 제 손으로 쓰지 않을 거다. 절대로!

2

태연은 고급 세단을 끌고 중부고속도로로 내려와 이천으로 향했다. 긴 머리는 느슨하게 묶고, 재킷은 조수석에 벗어놓았다. 헐렁한 회색 셔츠에 데님을 입은 느긋한 모습과 다르게 연신 인상을 쓰며 운전하고 있었다. 시간이 지날수록 인상은 펴지기는커녕 완전히 구겨졌다. 오늘 따라 네비게이션까지 알려주는 족족 틀린 것도 한몫을 했다. 완전 아작 난 모양이다.

[전방 300m 우회전 하세요.]

"야, 이 멍청아, 여기서 우회전하면 죽는단 말이야. 아직도 직신이라고."

그 집을 팔고 나선 근 7년 동안 가본 적이 없었기에 네비게이션이 필요할 줄 알았는데 생각보다 기억력은 쓸 만했고, 이놈의 나사 빠진 네비게이션은 당장 떼어 던져 버려야 할 만큼 엉망진

창이었다.

“아, 신경질 나.”

운전하면서도 조수석을 흘겨보는 그녀는 부아가 치밀었다. 정확히 말해 조수석 위에, 읽다가 아무렇게나 던져 놓은 채 그대로 있는 얇은 소장본에 모든 분노가 집중 투하되었다.

“이럴 수는 없다고. 정말 웃기지도 않아.”

이 악몽은 정확히 기획회의에서 시작되었고 부사장의 사무실에서 선명해졌다.

“우리가 찾는 사람이 아니에요. 절대 아니라고요. 열린 사고를 가진 남자가 더 맞지 않을까요?”

멍청했다. 태연은 인정했다. 막무가내로 흥분하며 반대할 것이 아니었다. 다른 이유를 대야 했다. 정면 돌파가 아니라 흥미가 안 생긴다는 둥, 아니면 태연의 남자에는 어울리지 않으니 다른 코너에서 소개하자고 회유책을 써야 했다.

“혹시, 주신노 씨 아나요?”

‘아니요, 모릅니다.’

지금껏 사는 동안 수없이 해왔던 거짓말에 먼지만도 못한 무게를 더한다고 갑자기 탈이 나는 것도 아니고 그렇다고 양심에 털이 나는 것도 아니면서 왜 그러지 못했을까?

“네, 친구 오빠인데요.”

‘이런~’

“정말? 잘됐다. 태연 씨가 이번 주신노 씨 인터뷰 무한대로 책임지고 맡아요. 알았죠? 난 정말 운이 좋아.”

기뻐서 활짝 웃는 하은주 부사장을 보며 태연은 속으로 쓴물이 올라왔다. 빼도 박도 못하는 상황으로 흘러가고 있는 이 와중에 그대로 쓸려갈 수는 없었다. 여기서 제동을 걸어야 한다.

"주신노 씨는 매력적인 남자가 아닙니다. 생각도 꽉 막힌데다 아주 보수적이에요."

"그래요? 여자가 성공하는 거 싫어하나?"

"그건 아니지만 요즘 여자들의 자유로운 활동성과 영혼을 이해 못해요. 자신의 생각만 가장 바르다고 생각하는 사람이거든요. 꽉 막힌 종교인 같아요. 젊은 여자들이 도무지 흥미를 못 가질 거예 요."

이 정도는 좋았다. 하은주 부사장도 머리를 갸우뚱거리며 흔들 리고 있었다.

"혹시, 쭉정이야?"

네, 맞습니다, 라고 말할 절호의 타이밍이었다. 부사장이 쭉정 이 스타일을 얼마나 싫어하는지 알고 있었다(여기서 하은주가 보는 쭉정이란, 사귀자고 자존심 내던지고 쫓아다니며 온갖 아부를 해놓고 정 작 사귀면 자신의 권위를 높이기 위해 여자의 단점을 다른 사람들에게 불병처럼 흘리고 괜히 신경질을 내며 기선을 잡으려고 기를 팍팍 죽인 나. 게다가 막상 헤어지고 나서는 과장해서 나불거리는 전형적인 못난 남자 유형을 말한다). 그때 태연의 머리에 스친 것은 주신노가 결코 쭉정이는 아니라는 것이었디.

"아니요, 그렇진 않아요."

"그럼, 됐네."

활짝 웃는 하은주 얼굴 앞에 더 이상 반박을 하지 못했다. 남자에 대한 관대한 시각을 가지고 있는 그녀는 쭉정이나 나쁜 놈 아니면 모든 남자에게 햇살이 비치고 있다고 생각하는 너그러운 여자였다.

"그 정도의 단점은 오히려 매력일 수도 있어요. 실력 있는 요즘 여자인 김태연 씨가 잘 요리해 봐요. 기대가 큽니다. 태연한 남자로 만들어요."

원래 제목은 분명 태연의 남자인데 부사장은 자꾸 태연한 남자라고 해서 웃게 만들었지만 지금은 태연한 남자라는 그 단어만으로도 머리가 지끈지끈, 욱신욱신 저려오고 아파왔다.

태연은 두통약이라도 먹으려고 한쪽에 차를 대고 알약을 생수와 함께 집어 삼켰다. 다시 시선이 조수석으로 갔다. 책이라도 읽을 만했다면 머리가 이리 아프지는 않았을 것이다. 큰 숨을 내쉬고 나서 다시 도로로 접어들었다. 이제 거의 다 왔음을 실감하고 있을 때 휴대폰에서 편안한 멜로디가 흘러나왔다. 태연은 휴대폰과 연결된 이어폰을 보지도 않고 찾아 귀에 대강 꽂았다.

〈너 정말 우리 오빠한테 가는 거야?〉

다짜고짜 물어보는 발랄한 목소리에 태연은 한숨을 푹푹 내쉬었다.

"다 왔다. 곧 네 주말 집이 보일 거야."

신나는 서울에 살면서 주말마다 겨우 네 살 많은 아버지 같은 오빠가 사는 집으로 묻지도 따지지도 말고 무조건 가야 한다.

〈정말?〉

"정말! 그래, 나도 믿어지지 않는다. 짜증 나. 내가 네 오빠 인터뷰하러 가야 한다니, 내 운발이 갑자기 왜 이러지?"

주신나의 웃음소리가 한동안 끊이지 않고 들려왔다. 나중엔 웃다가 숨이 막히는지 캑캑거렸다.

"괜찮냐?"

〈응. 근데, 너희 부사장은 어떻게 우리 오빠 책을 입수했대? 그거 완전 소장본이라 이천 지역만 배포했는데, 신기하네.〉

"그 지역으로 도자기 사러 갔다가 지역 신문 보고 거기서 네 오빠 기사를 본 모양이야. 그래서 시청까지 가서 책을 받아온 거야."

〈와, 대단하네. 사실 우리 오빠 책이 지역 신문에서 꽤 쳐줘. 엄청 인정받았거든. 이제 전국적으로 유명 인사 되는 것도 시간문제겠어.〉

"그 책을 알아준다고? 소년과 나무?"

〈그렇다니까.〉

태연은 어이가 없었다. 소년이 나무에 물 주고 있는 책 표지는 빛바랜 듯 누리끼리한 색상에 누가 환경주의자 아니랄까 봐 책 종이 질까지 재활용으로 했는지 여지없이 누리끼리했다. 내용만큼 표지도 중요시하는 그녀로서는 이런 미적 감각 없는 책은 아무리 내용이 좋다 하더라도 손내지 않을 것이 분명했다.

"내용이 뭐냐고. 아무리 읽어도 내용이 뭔지 모르겠어. 도통 잡히지가 않아. 한 소녀이 나무 신고 정원 가꾸는 내용과 자라서 옆집 소녀 손 한 번 안 잡아보고 결혼한 내용이 전부라고 나한테 말하지 마."

〈순수한 소년의 눈으로 세상을 보자는 것이 주제일걸. 방금 한 말 우리 오빠한테 되풀이하지 마라. 지금 네 발언이 아주 속물적이고 세속적인 사람만이 가질 수 있는 근시안적인 관점이라고 비난할 것이 분명하니까.〉

"사실도 말 못하냐? 정말 네 오빠 책 보고 머리가 띵하니 두통이 가시질 않는다. 어쩜 사람이 변함이 없냐. 융통성이라고는 찾아볼 수가 없어. 아니, 나무 심는 것 가르쳐 주는 지침서인 줄 알았다니까. 무슨 소년이 나무 심는 묘사만 몇십 페이지가 넘어. 그것도 나무 하나 심는 데 말이야. 내용의 반이 나무 심는 내용이야. 그냥 밤나무를 심었습니다. 이러면 될 것을……."

신나의 웃음소리가 귓가를 울리자 태연은 또 한숨을 쉬며 반쯤 포기 상태에 이르렀다.

"뭐, 그래도 이왕 하게 된 거니까 곧이곧대로 말하지 않고 비위 맞추면서 끝낼 거야. 그러고 다신 안 보면 되지. 일은 일이니까. 네가 나 대신 섭외해 줘서 고맙다. 나 그 짓까지 했으면 미쳤을 거야."

〈저기, 태연아!〉

"왜?"

〈어떡하지?〉

갑자기 신나가 웃음을 그치고 죄지은 사람마냥 목소리를 비비 꼬더니 말꼬리를 내렸다.

"아, 뭔데? 말해."

〈인터뷰 네가 말해야겠어. 나 그 말 한마디도 못 꺼냈어. 네가 온다는 사실도 말이야. 네 이야기는 하나도 안 했거든.〉

"뭐? 네가 말 다 한다면서?"

태연은 급브레이크를 밟을 뻔했다. 이번 일을 말해주었을 때 신나는 자신에게 맡기라며 장담했었다. 하기 싫은 일이라 신나의 장담에 많이 의존했었다.

〈미안하다. 난 우리 오빠가 네 칼럼에 실린다는 것만으로도 내 이름처럼 신나했지. 근데 사실 우리 오빠 여성 잡지 혐오증 있거든. 내실 없이 광고만 많고 비싼 명품이나 화려한 유행만 덧없이 만든다고 아주 질겁해.〉

"여성 잡지가 어때서? 그리고 우린 남성 잡지거든."

〈근데 여성들이 더 많이 보긴 하잖아. 나도 너희 잡지 완전 애독자니까. 멋진 남자들이 거의 단체로 벗고 나올 때도 많잖아. 으흐흐흐.〉

"기사 좀 읽어라, 인간아! 우리 잡지에 유용한 기사도 많아. 그건 그렇고, 정말 아무 말도 꺼내지 않았다고? 내가 오는 것도 전혀 몰라?"

〈으응.〉

두통약도 소용없었다. 머리가 울리기까지 해서 손이 운전대에서 머리로 가려고 하는 것을 억지로 참았다. 태연은 전방을 쳐다보며 가뜩이나 묵직한 운전대에 힘을 가해서 잡고 생각이란 것을 간단히 정렬시켰다. 그러니까, 주신노란 양반을 취재하러 가는 것도 짜증 나는데, 거기나가 인터뷰 해달라고 부탁을 직접 해야 된다는 것이다. 그것도 아무런 사전 지식도 없는 남자에게 6년, 아니, 7년 만에 들이닥쳐 싫어하는 이 얼굴을 들이밀면서……. 죽겠군.

〈미안해, 태연아!〉

"됐어. 네가 왜? 내 일인데 내가 알아서 해야지. 끊자! 저녁에 봐."

교통체증과 매연에서 벗어난 듯 열어놓은 창문으로 신선한 숲의 바람이 들어왔지만 그녀의 뇌는 상쾌하지 않았다. 오히려 일주일 전 서울의 꽉 막힌 도로에서 더 행복했다.

인생을 지금까지 너무 편하게 살았는지 모른다. 갑자기 반성이란 것을 오래간만에 해보았다. 그리 나쁘지 않을 수도 있다. 끔찍하다는 걸 충분히 인지하고 직면하는 것은 생각보다 덜 끔찍할 수도.

태연은 음악을 틀어놓고 노래까지 부르며 기분을 상승시키려고 나름 고군분투했다. 호수의 물안개를 끼고 있는 아담한 설봉산과 풍요로운 들판도 이제야 시야에 들어왔다.

"괜찮아, 김태연. 해보는 거지, 뭐."

＊

아무래도 이번 기사는 엉망이 될 것이 분명했다. 차에서 내려 쌍둥이 같은 두 개의 남색 지붕 2층 양옥집을 바라보는 그녀의 마음은 심히 울렁거렸다. 담장에 넝쿨장미와 과실나무가 두 집을 더 똑같이 보이게 했다. 녹색으로 칠해진 철문까지 더해서 어지럼증까지 일었다. 여기까지 오는 동안 이천 곳곳은 건물들이 새로 들어서 많이 달라진 모습이었는데 이곳만은 마치 타임머신을 타고 온 것처럼 그대로였다. 학창시절 기억들이 세월을 넘나들며 바로 어제의 일처럼 다가와 울분이 쌓이기 시작했다.

"주신나, 넌 집으로 들어가. 김태연, 넌 나하고 얘기 좀 하자."

양 갈래 머리에 교복을 입은 신나가 미안한 표정으로 태연을 보다가 거의 기어들어 가듯 집 안으로 사라졌다.

"클럽은 친구 오빠가 하는 건전한 힙합 클럽이에요. 개업식이라고 해서 잠깐 구경만 간 거라고요."

태연은 그 말이 무색하게 방금 전까지 입은 요란한 새 옷이—신나가 골라준—들어 있는 한쪽 손의 쇼핑백으로 그의 싸한 눈길이 오자 어깨가 움츠러들었다. 그러다가 그럴 필요 없다는 생각에 턱을 치켜세워 신노를 쳐다보았다.

대학교 2학년인 주신노는 풋풋한 대학생 분위기가 아닌 의젓한 가장의 권위를 내세우고 있었다. 고작 스물한 살이면서. 부모님이 사고로 일찍 돌아가시고 할머니 아래서 2남 2녀의 맏이로 책임감을 가질 수밖에 없겠지만 아무리 이해하려고 해도 지금처럼 자신을 골칫덩어리 쳐다보듯 볼 때면 그저 욱하게 된다.

"야간자율학습 빼먹고, 학원도 가지 않은 것이 벌써 네 번째가 넘어. 너 때문에 우리 신나 성적이 떨어지고 있다."

엄밀히 말하자면 그건 아니다. 클럽 가자고 한 것도 신나였고, 놀자고 옆구리 푹푹 찌르는 것도 그녀였다. 그래도 명랑한 신나가 태연은 좋았다. 원만한 성격 탓에 벌써 친구들이 꽤 많으나 단짝은 신나뿐이었다.

"네가 신나랑 어울리는 것에 대해서 생각해 봐야겠다."

"……."

할 말이 없어서 대답을 못 한 것이 아니라 어이가 없어서 그렇다는 걸 모르고, 신노는 수긍의 의미로 받아들였는지 또다시 긴 훈계를 늘어놓기 시작했다.

학생의 본분에서부터 앞으로 살아가야 할 방향까지, 감정을 휘두르지 않는 정적인 분위기에서 이어지는 지겹도록 긴 훈계는 사람을 미치게 하는 데 충분했다. 한마디도 듣지 않으려고 머리 주파수를 다른 곳에 맞추려 했으나 사람을 몇 단계 낮춰 보는 시선에 열이 나기 시작했다. 열이 나면 주파수도 지지직거리며 제대로 작동을 못한다.

"너 때문에 다른 사람이 피해를 보면 좋겠니? 생각하고 행동하는 버릇을 지금이라도 기르지 않는다면 앞으로 힘들게 될 거다."

"그렇게 말할 때마다 발음을 강조하면서 해야 돼요?"

"내 말을 듣고 있는 거야?"

"대강 말해도 다 알아들어요."

"어른한테 말버릇이 그게 뭐냐?"

겨우 네 살 더 많으면서 마치 마흔 살 더 많은 것처럼 구는 주신노를 향해 태연은 꽥꽥 소리치고 싶었다.

"넌 어른이 아니야!"

하지만 실제로 소리치려고 했던 것은 아니다. 그러나 이미 늦었다. 그만 보면 흥분부터 하는 호르몬이 또 일을 저지른 모양이다. 정적이 가시처럼 돋으며 그녀를 에워쌌다.

"그래, 난 아직 어른이 아닐 수도 있어. 하지만 늘 노력하고 있어. 그래야 우리 가족을 보호할 수 있으니까. 그러니 신나하고 어울리지 마라. 난 내 동생들이 나쁜 친구로 인해 삐뚤어지는 건 원치 않아. 넌 신나에게 아주 해로운 존재야."

그의 음성이 스물여덟 살 태연의 귓가를 여전히 울렸다. 청명한 하늘의 높은 기운도 흔들거리는 코스모스도 그녀의 마음을 달래주지 못했다. 신노에 관한 나쁜 기억에는 세월도 힘을 발휘하지 못했다. 연애사도 지나간 과거 속에 파묻히기 일쑤인데, 주신노는 항상 진행형처럼 그녀의 속을 박박 긁어댔다.

태연은 과거에 휘둘려 이성을 잃지 않으려고 저 쌍둥이 집을 외면하고 복식호흡을 했다. 그렇게 뒤죽박죽 엉터리 복식호흡을 하고 있을 때 저 멀리서 자전거 소리가 들렸다. 지나치지 않고 끼익 소리를 내며 멈추더니 뭔가가 공기 중에 아른거리며 갑자기 옆얼굴이 간지럽기 시작했다. 누군가가 뚫어지게 보는 느낌이었다.

"김태연?"

똑바로 발음하는 낮은 목소리에 자신의 이름이 고스란히 실려 있었다. 돌아보니 한 남자가 서 있었다.

뿔테 안경을 쓴 맑은 눈은 서늘한 편이고, 코는 한 번도 싸워본 적 없는 사람답게 높고 곧았다. 입술은 단정하고 얼굴은 살이 붙지 않았다. 광대뼈는 도드라지지 않으며 자연스럽게 흘러내렸다. 귀티보다는 청렴한 인상이 더 강했다.

태연은 그 안경 낀 눈을 똑바로 보며 마음의 준비를 했다. 웃어야 하나, 아니면 인사부터 해야 하나. 얼굴을 찡그리지 않기 위해서 뇌는 바쁘게 움직이며 일일이 명령을 내렸다. 먼저 온화한 미소를 애써 지었다. 태연은 눈가 아래에 경련이 이는 것을 느꼈지만 무시했다.

"안녕하세요, 오빠!"

오빠란 칭호를 겨우 입 밖으로 밀어냈다.

"태연이구나. 그래, 오래간만이다."

역시 반갑다는 의례적인 인사조차하지 않는 주신노이지만 그래도 다소 당황하는 모습을 보니 마음이 좀 수그러들었다.

'나만 힘든 것이 아니지.'

서로가 얼굴을 맞대는 것 자체가 행복하지 않다는 것은 커다란 공통점이다. 이러다가 동지애까지 생길지도 모른다. 태연은 아주 조금이지만 주신노가 불쌍했다.

'그가 안됐어, 그렇게 싫어하는 김태연을 다시 보다니. 쯧쯧쯧.'

당황함을 뚫고 태연은 직업적인 눈으로 그를 훑어보았다. 자전거를 옆에 끼고 서 있는 남자는 보통 키는 넘었다. 그럼에도 저 칙칙하고 초라한 양복은 태연의 미간을 괴롭히며 잔뜩 찡그리고 싶은 충동을 일으켰다. 물론 깨끗해 보이긴 하나 저 오래된 양복은 세탁할 것이 아니라 버려야 한다. 세련된 느낌도 없고, 어깨선도 잘 안 잡히고, 실루엣도 영 엉망이다. 그나마 얼굴이 정돈된 편이라 단정한 느낌은 주는 것이지, 흰 셔츠에 어울리지 않는 80년도에 유행했을 것 같은 저 유치한 패턴의 타이는 정말 눈 뜨고 보기 괴로웠다.

"웬일이냐? 무슨 안 좋은 일이라도 있는 거니?"

"아니요, 그냥 신나가 놀러 오라고 했어요. 주말에 신나가 꼭 여기에 오잖아요. 그래서 옛날 추억도 곱씹을 겸 내려오라고 해서 먼저 도착했어요. 아마 신나도 곧 도착할 거예요. 일 마치면요."

용건은 분위기 익히고 나서 꺼내야 할 것 같다. 어떻게든 화기애애한 분위기를 기적적으로 만들어서 이번 인터뷰를 수용하게 해야 한다는 생각이 가슴을 꽉 막히게 했지만 거짓말은 입에서 술술 나왔다. 그래도 오랜만에 나타난 이유로는 충분치 않은지 신노의 매사 진지한 얼굴이 뻣뻣해졌다.

"밖에서 기다릴까요?"

너무 오랫동안 응답이 없자 답답하고 좀 춥기까지 해서 참을성 없이 그 말이 툭 튀어나왔다. 그러자 그의 시선이 그녀의 야들야들한 옷차림으로 향해졌고, 느끼함이 전혀 없는 건조한 시선으로 간결하게 훑었다.

"날씨가 춥다. 들어와서 기다려라."

옷차림이 거슬린다는, 신노의 비교적 예의를 갖춘 노친네 말투에 태연은 짜증 나기 전에 웃음이 피식 났다. 그가 얼마나 가족의 건강을 중시했는지 기억이 났다. 초겨울부터 내복을 챙겨 입히는 통에 동생들이 얼마나 괴로워했는지 그 고충을 너무도 잘 알고 있었다. 그래서 아직도 변함없는 그가 웃기기도 했다. 그 잠깐 튀어나온 웃음에 문을 열고 자전거를 번쩍 들고 가는 신노의 등짝이 조금 꿈틀거렸지만 그 외의 반응은 없었다.

그다지 크지 않은 마당의 대부분은 무, 상추, 파 등 단정한 텃밭으로 깔끔하게 가꾸어져 있었고 그 옆엔 옹기종기 장독대가 놓였다. 마당을 대각선으로 나눈 빨랫줄에는 이불을 비롯해서 자잘한 옷가지들이 척척 걸려 있어 요리조리 피하며 고개까지 숙이며 가야 했다. 거기다가 현관으로 이어진 계단 옆엔 쓰레기봉투 두 개가 빵빵하게 가지런히 놓여 있었고, 음식물 수거함도 한쪽 자리를 차지했다.

순간 주신노란 사람은 불법 쓰레기 투기를 해본 적이 있을까 하는 생각이 들었지만 곧 펑 터졌다. 나라의 법은 목숨보다 지키고,

공과금 납부를 비롯한 세금 준수는 납기를 넘긴 적 없는 사람에게 그럴 가능성은 없었다. 그러고 보니 이 동네엔 그 흔한 불법 투기조차 없이 늘 깨끗했던 것 같다.

"춥지 않아? 빨리 들어와라."

"들어가요."

태연은 집 안으로 들어갔다. 처음엔 얼이 빠졌다. 그 세월의 힘에도 변함없는 오직 실용적이고 튼튼하기만 한 칙칙한 내부 앞에 말을 잃고 말았다. 그래서 여기 왜 왔는지도 깜빡하고 어렸을 때 이 집에 오면 신나의 방에 틀어박혀 지내던 버릇이 살아나 그 방으로 쑥 들어가 버렸다.

"거기서 기다리려고? 신나가 주말에 오면 쓰는 방이니까 편하긴 할 거다."

신노의 말이 잠금쇠가 되어서 다시 문을 열고 나오기도 머쓱해 한동안 옹색한 자세로 침대에 걸터앉았다. 역시 이 침대도 낯이 익었다. 평상을 직접 값싸게 맞춘 걸로 옹이가 들어간 나무다리는 여전했다.

그러고 보니 이 방은 미운 정 고운 정이 꽤 들었다. 주신노의 절대 신나와 어울리지 말라는 발언 이후, 그녀는 더 보란 듯이 이 집을 들락거렸다. 정확히 말하자면, 이 방을! 몇 해 전에 돌아가셨지만 신나의 할머니는 그녀를 좋아라 하셨기에 그도 어른 앞에선 대놓고 그녀를 밀어낼 수 없었다. 대신 김태연이란 불량학생을 어떡하든 선도하고 교화하기 위해서 끊임없이 훈계하며 잔소리를 했으나 그럴수록 끈질기게 반항했다.

'좀 심했었나.'

그녀도 만만치 않게 대들고 싫은 소리 하며 골려먹었던 것이 생각나자 슬쩍 후회가 되었다. 아무리 어렸다 해도 참 유치했다는 생각을 어렵게 인정하려는 순간, 노크하는 소리에 이어 문이 열렸다.

"이 방 보온 지금 틀었으니까 따듯해질 때까지 나와서 기다려라. 뭐 하니, 어서 나오지 않고."

참 말도 정 떨어지게 하고 나가는 무뚝뚝한 신노를 보며 태연의 표정 변화가 일순 격렬해졌다.

"겨우 네 살 많으면서 왜 저러는지 몰라."

태연은 구시렁대며 겨우 성질을 죽이고 거실로 나왔다. 어디 중고 가게에서 샀을 것이 분명하다고 처음 봤을 때부터 생각했던 소파에 앉으니 엉덩이가 푹 들어갔다. 그때 신노가 쟁반에 받쳐 김이 솔솔 나는 찐빵과 차를 내놓았다. 그래도 손님이라고 대접해 주는 그를 보니 태연은 작은 일에 꽁해 있는 자신이 옹졸하게 느껴졌다.

"배 안 고파? 먹어라."

"네, 고마워요. 잘 먹을게요."

'저 늘어지고 해진 니트 좀 봐라. 집에서 셔츠를 입으면 어디 덧나나. 난방비 아끼려고 별짓을 다 하네.'

태연은 숨을 크게 쉬며 신노에 대한 단점을 무수히 찾아내려는 머릿속 안테나를 한쪽 방향으로 확 돌려놓고, 그가 내놓은 둥그렇긴 하지만 하얀색이 아닌 거무스레한 찐빵을 쳐다보았다.

"보리 가루로 만든 찐빵이야. 몸에 좋은 거다."

"네에."

이왕 이렇게 된 거 먹어보자는 마음에 하나 집어 들어 뜨거웠지만 한입 물었다. 고운 밀가루가 아닌 뻑뻑한 거친 보리가 내는 구수한 맛이 퍼지면서 그 안에 듬뿍 든 뜨거운 팥이 달콤했다. 근데 팥이 좀 거칠고 먹을수록 뜨거워 연신 호호거렸다.

"요즘 이런 보리 호빵도 나오나 봐요. 색깔이 일정치 않네요."

"내가 만든 거다."

먹던 보리 찐빵이 목구멍을 막았는지 그녀가 켁켁거리기 시작했다.

"괜찮니?"

"괜찮아요."

태연은 물 한 모금 마시고 나서 푹 잠긴 목소리로 가까스로 대답했다. 잠깐 잊고 있었다, 주신노가 유기농 재료로 직접 요리도 한다는 것을. 학생 시절 그가 만든 음식은 마치 독이 든 것처럼 피했었다.

주신노는 그녀의 성격이 매사 반항적인 것이 인스턴트 음식 때문이라고 확신했다. 동생들과 봉사활동뿐 아니라 항시 나눠 먹는 것을 실천하는 그답게 직접 만든 음식을 다른 이웃들과 더불어 그녀에게도 먹이려고 부단히 노력했었다. 절대 입에 대지 않으려던 이유는 주신노의 손맛이 빚은 음식을 먹다가 정말로 그에게 동화될 수도 있다는 어처구니없는 상상 때문이었는데, 지금껏 잘 지켜오다가 한순간의 방심으로 이렇게 된 것이다.

"맛이 없는 모양이구나."

"그건 아니고요."

"첨가제나 맛내기용 조미료에 입맛이 길든 사람들에게는 심심하고 맛이 없을 수도 있겠지."

그 사람들 안에 일 순위로 김태연이 들어간다는 것을 벌써 이 집 공기가 말해주고 있었다.

"그래도 자극적인 맛보다 자연에 가까운 음식을 먹는 버릇을 들여야 건강에 좋은 거란다."

태연은 그의 짜증 나는 훈계를 참기 위해 앞에 놓인 새까맣고 뜨거운 차를 마셨다.

"으웃, 뜨거워!"

생각보다 너무 뜨겁고 또 너무 쓰면서도 달달한 맛이 감돌았다.

"조심해라."

"이게 뭐예요?"

"집에서 끓인 쌍화탕이야. 서늘해지기 시작할 때 복용하면 누구한테나 좋아. 백작약, 황기, 당귀, 생강, 대추, 감초, 계피……."

묻지 말 것을. 그랬다면 한약재를 쭉 늘어놓으며 부족한 기혈을 보강해 준다는 지겨운 말을 들을 필요도 없었을 텐데.

"무슨 일 한다고 그랬지? 책 쓴다고 들은 것도 같은데. 지금도 쓰고 있니? 구체적으로 무슨 일을 해?"

정말 놀랄 일이었다, 관심을 보이다니. 어쨌든 태연은 기회를 잡았다.

"지금은 잡지사에서 칼럼을 쓰고 있어요. 꽤 인기 있고 화제가 되고 있죠. 다른 매체에서 인용도 많이 하니까요."

태연은 자기 칭찬을 하자니 낯간지러웠지만 미끼를 툭 던지기로 했다.

"잡지? 무슨 잡지? 흔히 볼 수 있는 인기 잡지들 말이냐?"

"네, 흔한 것은 아니지만 인기 잡지는 맞아요."

주신노의 표정이 꿈틀거렸다.

"연예인들 무작정 띄워주는 찬양 기사 말이구나."

단정적인 그의 말에 태연은 화가 나려는 정신에 강한 스파크를 주었다.

"그렇지 않아요. 연예인도 취재 대상이지만 그게 전부는 아니에요. 자기 일을 사랑하고 자신감 있게 사는 사람이라면 평범한 남자라도 취재 대상이 될 수 있어요. 지금 하고 있는 일은 최대한 우리 세대의 남자들을 조사, 분석하는 거니까요. 그 속에서 요즘 남자들의 개성과 공통점을 부각시키는 편이죠."

"환상을 주면서 부추기는 기사가 아니고?"

"아니라니까요."

"대부분의 잡지 기사들이 그렇던데. 막무가내식 연예인 신변잡기 아니면 유행을 좇는 비싼 옷들의 향연, 그리고 업체 선전이 기사처럼 쏟아지거나 불순한 욕망을 마치 유행인 양 권장하는 듯한 내용들이 많던데 아니란 말이냐?"

"관심 없다면서 정말 많이 읽어보신 모양이에요. 난 오빠는 아예 그 흔하고 인기 많은 잡지에 손도 안 댈 줄 알았죠."

태연의 인내심이 바닥을 치고 있었다.

"'좋은 사회 만들기' 모임에 지역 회원으로 주변 환경을 조사한 적이 있다. 잡지를 본 것도 그 일의 일환이었지."

"꼭 그렇게 좋은 것과 나쁜 것을 정확히 나눠야 하나요? 모든 것은 공존하고 섞여 있어요. 그럼 TV는 왜 보는데요? 뭐 하러 이 도시에 살아요, 유혹과 탐욕이 득시글거리는데. 차라리 산속에서 명상이나 하고 풀이나 뜯으면서 살아야지. 안 그래요?"

"……."

"사실 갑자기 내려온 건 칼럼에 대한 용건도 좀 있어요. 하지만 오빠의 마음이 좀처럼 열려 있지 않으니 말하기가 곤란하네요."

신노가 태연과의 언쟁에서 이처럼 입을 다물고 들었던 적은 없었다. 그런데 지금 그는 그녀의 목소리에 집중하고 있었다. 왜 그런지는 알 수 없었다. 태연은 혼자 입이 살아 움직이는 것처럼 공존에 대해 앞뒤 안 맞는 말들을 좀 더 늘어놓다가 자신의 칼럼에 대한 거창한 말을 하는 지경에 이르렀다.

"내가 하는 일에 자긍심을 가지고 조금도 부끄러운 적 없으며 그 누구에게도 우리 잡지를 권할 수 있어요."

이건 좀 심했나? 분명 19세 이상 봐야 하는 내용들도 수두룩하다는 점이 머릿속을 스치고 지나갈 때 어디선가 새된 목소리가 그녀의 뒤통수를 강타했다.

"웃기고 있네."

고개를 돌려보니 신나와 한 치도 다르지 않은 이목구비를 갖춘 여자가 한껏 비꼬며 빈정거렸다. 태연은 너무도 똑같이 생긴 신나와 신명, 이 쌍둥이 자매를 한 번도 헷갈린 적이 없었다. 똑같은 단발에 같은 치수의 교복을 입었을 때조차 정확히 그들을 구분할 수 있있다. 표성만으로 충분했다. 자유분방하고 호기심 많은 신나의 밝은 일굴과 규율과 규칙을 중시하는 신명의 딱딱한 표정은 극명하게 갈라졌다. 하물며 지금은 스타일도 완전히 달라 그들을 구분하는 것은 누워서 떡 머기보다 더 쉬운 일이었다. 저 검은색 통 정장에 새까만 머리를 보기 싫게 묶은 저 여자는 절대로 신나가 아니었다.

"너희 잡지가 제일 심해. 남성 잡지라면서 순전히 속없는 젊은 여자들 꼬이기 위한 거 아니야? 콘돔 사용법에서 종류와 향까지,

완전 섹스 권장이잖아.”

“그건 안전을 위한 거야.”

사실 그러했고, 그래서 주아가 사무실에서 기사를 쓰기 위해 콘돔을 쭉쭉 늘려도 하나도 당혹하지 않았지만 신노가 듣고 있는 지금은 그러지 못했다.

“한 가지 체위로 섹스를 지루하게 만들지 말기. 낯 뜨거워 죽는 줄 알았다.”

정말 낯 뜨거워 죽을 것 같다. 제 오빠 앞에서 저렇게 말하는 인간은 저 인간밖에 없다고 태연은 생각했다. 평상시 교양을 내세우는 타입이지만 한 번 흥분하면 앞뒤 안 가리고 상황을 당혹하게 만드는 데 재주가 참 많은 인간이다. 학교에서 그 젊은 나이에 주 사감이란 별명을 괜히 듣는 것이 아니다. 신명은 학교 선생이었다.

“또 뭐야? 남자 속, 그것이 알고 싶다와 남자 속옷들 그리고 피부 관리뿐만 아니라…… 팬티 속…….”

주신노가 헛기침을 했다. 태연은 신명의 표정 변화 없는 모습에 질겁했다. 학교 때도 쪼르륵 가서 선생님에게 할 소리, 못할 소리 다 고자질하더니 그전보다 더 심하게 변한 것 같다.

“제모 관리까지.”

수위 조절을 했다지만 기어코 말을 하는 저 철저한 정신력!

“부동산 투기에 각종 옷 고르는 것에…… 무슨 남자들을 다 연예인화 하려고 작정했는지. 지네들이 그렇게 만들어놓고 또 너무 멋 낸다고 지네들이 칼럼 쓰고, 완전 쓰레기야.”

당황했던 기운이 사라지자 태연은 어처구니가 없었다.

“그걸 그렇게 자세하게 읽은 남매는 너무도 고급스러우시네.”

"어쩔 수 없이 조사 차원으로 읽었다. 상스러워."

"그래, 그렇게 촌스럽게 꽉 막힌 채로 살아가라고. 누가 말리냐? 우리도 너 같은 독자는 노 땡큐야. 사절이라고. 어떻게 남매가 딱 닮았을까, 흥!"

옆에서 잔뜩 인상을 쓰고 있는 신노를 보니 더욱더 화가 났다. 주말 황금 같은 시간에 뭐 하는 짓인지 한심스러운 짜증이 바글바글 솟아올라 거의 소리를 질러댄 후 그 집을 나와 버렸다. 잘했다는 생각 끝에 후회가 대롱대롱 매달리며 거치적거렸다. 그것이 싫어 가지런히 균형을 지키고 있는 쓰레기봉투를 괜히 발로 차고 나왔다. 사실 그 나란히 있는, 정갈하기까지 한 쓰레기봉투가 싫기도 했다. 쓰레기봉투 주제에 왜 깨끗하냐고!

"김태연!"

차에 올라타기 직전 주신노가 집에서 나오면서 불렀다.

"용건 있다면서?"

씩씩거리던 태연이 명함 하나를 그의 손에 쥐어주었다. 그가 움찔하는 것은 눈에 들어오지도 않았다.

"신나한테 듣고 관심 있으면 연락하시든가요."

태연은 그걸로 용건 끝났다는 듯 떠나 버렸다. 명함을 쥐고 멍하니 바라보는 주신노를 뒤에 둔 채.

*

"실망입니다. 너무 실망이에요."

태연은 부사장 사무실에 배인 화려한 향수 냄새도 무감각할 만큼 긴장된 공기 속에 있었다. 하은주는 방금 태연이 한 말을 변명으로 쉽게 치부해 버렸다. 그래서 책상을 사이에 두고 지금 실망이란 말을 수없이 남발하고 있었다.

사실 그럴 만도 했다. 잘되어 가느냐는 질문에 잘 안 되었다는 뉘앙스로 모르겠다고 애매하게 말해 버렸다.

"겨우 한 번 가서 모르겠다는 자세는 김태연 씨가 지금껏 보인 적 없던……."

제대로 실망한 모양이었다. 하은주는 인상을 쓰며 자신의 감정 상태를 제대로 표현하기 위해 입안에서 맴도는 단어들을 찾고 있었다.

"태연 씨가 이렇게 소극적일 줄은 몰랐어요."

"주신노 씨는 요즘 여성들이 가장 지긋지긋하게 생각하는 스타일이에요. 검소하다 못해…… 빈티가 난다구요. 재활용에 자급자족까지 하는 데 이르렀고, 멋을 내는 것 자체를 무조건 사치로 보는…… 꽉 막힌데다 휴식과 여유를 게으르다고 보는 사람이에요. 차라리 청학동 서생들이 나을걸요."

주신노를 생판 모르고 잘못된 환상에 젖은 사람에게 그 진상을 알려주는 일은 일종의 쾌감이고 사명이여야 함에도 왠지 못난 짓을 하는 것 같은 찝찝함이 느껴졌다. 아니나 다를까, 본인이 그렇게 느낄 때 듣는 이는 그 배로 와 닿는 모양이었다. 하은주 부사장이 눈을 감고 슬로모션으로 고개를 저었다. 못난 사람 타이를 때 간혹 쓰는 이 제스처는 사람을 참 황당한 비애에 빠지게 한다고 여기서 일하는 많은 에디터들이 생생하게 증언했었고, 태연은 오늘 처음으로 그 느낌과 마주했다.

“개인적인 감정으로 사람을 폄하하고, 거기다 일까지 영향을 미치는 협소한 사람이 김태연 씨라고 보지 않아요.”

하은주는 어려운 말을 간혹 한다. 그것은 그녀가 지금 심각한다는 암시이기도 했다.

“우리 잡지를 쓰레기로 본다고요.”

이건 완전히 유치한 고자질 단계까지 가고 있었다. 치사한 김태연! 쪼잔한 김태연!

“설득시키세요. 그 원목 같은 남자에 무늬를 입히세요.”

‘뭔 소리야?’

압박 어린 말들과 극적인 표정에 태연은 아무 대답도 못했다.

“김태연 씨를 믿습니다.”

목사처럼 말하는 하은주의 마지막 신뢰에 태연은 벌레 씹은 표정으로 그 사무실을 나올 수밖에 없었다. 아무래도 신나의 도움이 절실했다. 휴대폰을 꺼내는 태연에게서 깊은 한숨이 흘러나왔다.

✳

“넌 다른 때는 안 그러던 애가 우리 오빠만 보면 인내심이 바닥을 치냐? 6년이나 지났잖아.”

“상극인가 보지.”

“그래서 일 안 할 거야?”

“해야지. 우리 부사장이 완전 꽂혔어. 꽂힌 일 못하면 찜찜해. 내가 그래도 유능하다고 알려진 재원 아니냐? 하여튼, 잘해보려고 한다.”

태연은 신노를 대하는 태도에 유치한 점이 있다는 것을 인정하며 우물거렸다.

"나, 겨우 이 자리 마련했다. 엄청난 노력이 들어간 결과라고."

"고마워, 한턱 쏠게."

"사실 뭐, 말만 많이 한 것뿐이야. 과거, 내가 학창 시절, 놀러 가고 싶을 때마다 네 핑계 많이 댔거든. 알지?"

"몰라. 이 나쁜 기집애."

말은 그렇게 해도 태연은 대수롭지 않은 표정이었다.

"그래서 그 얘기를 좀 하면서 너 원래 그리 나쁜 애가 아니라고 했지. 네가 얼마나 열심히 일하는지, 얼마나 프로 의식이 강한지 좋은 이미지를 단기간에 만들려고 상당히 애를 썼다. 웬일인지 우리 오빠 듣기만 하더라. 무시할 줄 알았는데 말이야. 하여튼 이런 기회가 흔치 않으니까 잘하란 말이다."

"너희 오빠가 무슨 대단한 사람이라도 되냐? 내가 이런 노력을…… 알았어. 들어가자."

무섭게 노려보던 신나가 또 금세 생글거리며 태연의 손을 잡아 끌었다. 태연은 아직도 불만스러워 뚱한 표정으로 그의 직장 근처 자그마한 찻집으로 들어갔다. 찻집은 은은한 이름 모를 차 향기와 아늑한 분위기가 풍겼다. 한쪽 벽엔 말린 이파리들이 걸려 있었고, 걸을 때마다 목재의 삐걱거리는 소리가 났다. 탁자, 의자 모두 좁고 작으며 벽 한쪽으로 다닥다닥 붙어 있는 공간엔 가야금 선율이 흘렀다. 제일 가장자리에 신노가 허리를 꼿꼿이 세운 자세로 앉아 있었다. 태연이 마지못해 자리에 앉은 것을 확인한 신나가 임무가 끝났다는 듯 운을 떼었다.

"난 바빠서 가볼 테니 얘기 잘들 해보세요. 되도록이면 건설적으로 하세요."

신나가 자리를 피해주고 나서도 태연은 입을 열지 않았다. 분명 아쉬운 사람은 그녀이면서 시간을 끌고 있었다. 이놈의 작디작은 탁자에 두 사람의 네 다리가 참 기묘하게 엉켜들며 조금씩 부딪쳤다. 쉬운 자리는 아니다.

"먼저 사과할게요. 죄송해요. 그땐 잠시 이성을 잃었어요."

"……."

"신나에게 대강 들으셨죠?"

"그래, 들었다."

저 어르신 말투, 미치겠구만. 비위가 확 상함에도 태연은 꾹 참았다.

"요즘 제가 쓰는 칼럼이…… 태연한 남자로, 아니, 태연의 남자를 쓰거든요. 제가 직접 고를 때도 있고 여러 창구로 추천받을 때도 있어요. 그럴 남자가 없을 때는 보통 연애 칼럼으로 때우기도 하죠. 그만큼 신중을 기하려고 애써요. 그래서 인기도 많고요. 사실 한동안 유명세에 좌우되긴 했어요. 기획은 세상의 모든 남자라고 했지만 우리들의 눈에 뜨인 것은 주목받고 있는 남자들이니까요. 그러나 그것은 어느 정도의 한계가 있어요. 우리들이 흔히 겪는 남자들은 화려한 성공을 하고 늘 시선을 받는 이들이 아니잖아요. 그래서 평범하면서도 자기 신념이 강한 사람을 선택해야 한다는 문제가 상당히 대두되었죠."

'자기 신념이 강한 사람' 이란 말에 힘을 주어 강조했다.

"그러던 어느 날~"

유치한 이야기를 늘어놓는 기분이 드는 것은 왜일까? 그것도 사실을 바탕으로 얘기하고 있는데, 99% 사실 아래 설명하고 있지 않은가. 지금 태연은 하은주 부사장이 주신노란 남자를 발견하고 그동안의 칼럼 인물 기사에 대한 맹점과 고민거리를 어떻게 풀어 나가야 할지 알게 되었다는, 일종의 깨달음에 대해서 열정적으로, 아니, 열정적인 척하며 설명해 나갔다.

"그것이 주신노, 바로 오빠라구요."

그녀의 눈빛과 행동은 과장되어 갔다. 마음이 겉도니 입에도 손에도 하물며 이 설득에 그다지 역할이 없는 발가락까지 힘이 들어가 버렸다.

"황공하구나. 내가 남성 잡지 인물 기사 전환점의 주역이라니……."

그가 미소를 지었다. 반듯한 얼굴에서 나온 그 미소는 그녀의 행동이 얼마나 코미디처럼 느껴졌는지 확연히 말해주고 있었다.

"웃기죠. 알아요. 원래 설득 과정이 이렇게 웃기지는 않아요. 솔직히 까놓고 말해서 오빠와 나의 특수한 관계 때문에 이렇죠, 뭐. 모든 게 자연스럽지 않잖아요. 지금 한 말에 과도한 힘이 들어간 것은 사실이지만 거짓말한 것은 하나도 없어요."

"특수한 관계?"

"막 생긴 어정쩡한 미운 관계 말이에요. 예전에 미워하고 서로 마음에 안 들어 했지만, 지금은 시간이 지나 원만히 볼 수는 있으나 영 불편하고 불씨가 좀 남아 있는 애매한 사이 아니겠어요."

"난 널 미워하지 않는다."

"그럼 좋고요. 뭐, 나도 날 미워하지 않는 사람을 구태여 미워할 만큼 독하진 않아요. 그건 그렇고, 어때요? 관심 있으세요, 오빠?”

오빠라는 말을 굳이 계속 붙이는 것은 별 도움이 될 것 같진 않지만 그래도 친분 관계를 일깨우기 위해서였다. 급한 불은 일단 끄고 봐야 하니까.

“네가 직접 쓰니? 칼럼 말이다.”

“네.”

“너도 관심이 있는 거냐? 쓰는 사람이 내키지 않는다면……..”

“그럼요. 관심 많아요. 오빠를 좋아하진 않지만 오빠처럼 독특한 사고방식을 가진, 하여튼 진실? 진실 된 남자에 대한 칼럼을 쓰는 것에 관심 있어요. 나쁘게 쓰지 않을게요. 공생 관계인데 나쁘게 못 써요. 아니, 안 써요.”

“생각해 볼게.”

“그러세요. 대신 일주일 안에 의견 주세요.”

“그래.”

두 사람은 동시에 일어섰다. 좁은 탁자를 사이에 두고 얼굴이 닿을 것 같은 착각이 들었다. 태연은 흠칫했지만 그뿐이었다. 하지만 그의 당황스러움은 꽤 오래 지속되었다. 시선이 흩어지며 뒤로 풀썩 물러섰다.

“그럼 전화해 주세요.”

“응. 잘…… 질 가라.”

“네, 오빠도요.”

약간 긴장된 느낌이 스치고 난 후 태연은 금세 제자리로 돌아왔다. 아무렇지 않게 작별 인사를 하고 찻집에서 나와 차에 올라탔다. 룸미러로 슬쩍 보니 그는 아직 안 나온 듯했다. 고민 중인가!

"무슨 남자가 여자하고 부딪쳤다고 저렇게 놀라, 민망하게."
태연은 툴툴거리며 서울로 향했다.

신노는 한동안 우두커니 그녀가 탄 차를 쳐다보았다. 6년이나 흘렀는데 여전했다. 기질도, 모습도. 감정적인 아이였다. 그리고 지금은 여자가 되었다. 가끔 김태연이 떠오를 때마다 그는 티 나게 그녀에 대한 생각을 없애려고 애를 썼다. 자신에게 화낼 때 보이는 인상적인 입가와 다혈질 눈빛들이 오래 남아 불쑥 속을 휘저었다. 노력하면 감정 조절은 어렵지 않았지만 태연에 관한 것은 너무도 많은 노력이 들어갔다. 하지만 그는 결심했다. 사소한 그녀의 모습이 더 이상은 자신을 흔들고 버겁게 하지 못하게 할 거라고.
'김태연은 신나의 친구이고, 나에겐 동생일 뿐이니까.'

*

"왜?"
태연이 잠에서 겨우 깨어나 휴대폰을 받았다.
〈세상에, 우리 오빠가 할 것 같다.〉
"뭐?"
〈우리 오빠가 할 것 같다고. 내가 설득 좀 했거든. 네 칼럼에 나오는 거…… 내가 이번 일 안 하면 너 거기서 잘릴지도 모른다고 그랬거든. 뻥 좀 쳤지. 부사장이 너랑 오빠가 친분이 있다는 걸 알기 때문에 더욱더 이번 일 제대로 못하면 완전히 찍힐 거라고 했더니 좀 놀라더라. 어제 네가 쓴 지난 칼럼들 인터넷으로 쭉 읽었어.〉

“지금 몇 시야?”

〈토요일 아침 6시야. 나 오늘 오빠랑 산행 가야 돼서 일찍 일어났어. 그럼, 나중에 다시 연락할게.〉

태연은 멍한 상태로 있다가 다시 잠이 들었다. 얼마 후 휴대폰이 울렸다.

“여보세요?”

〈나다.〉

“네?”

〈주신노.〉

“네에.”

〈하기로 했다. 취재 스케줄은 차후 연락 주면 조정해 보자. 그럼, 들어가라.〉

자신의 할 말만 하고 신노는 전화를 끊어버렸다. 그러나 그런 무례는 하나도 마음에 들어오지 않았다.

“하기로 했다고?”

태연은 그가 한 말을 멍하니 반복했다.

“정말인가 보네.”

정말 신기한 일이다.

3

　태연은 고민에 빠졌다. 역시 그럴 줄 알았다며 기대한다는, 하은주 부사장의 만면에 피어난 미소에 압박을 받았지만 더 큰 스트레스는 주신노에 대한 아우트라인을 잡는 일이었다. 주신노가 메일로 보내 온 프로필을 다시 면면히 살펴보았다. 프로필 조사는 중요한 시작으로, 칼럼 앞부분에 당사자가 적은 것을 그녀가 잘 검토하고 정리해서 간단히 올리는 게 지금까지의 관례였다. 이번이라고 다르지 않았다.

　1) 키: 178.5㎝.

　'이 남자 융통성 없기는. 그리고 이게 언젯적 키야. 아무리 봐도 180은 훌쩍 넘어 보이는데.'
　태연은 181cm로 고쳤다.

2) 몸무게: 69~70킬로그램.

'말랐다. 소식한다더니 그런가 보다.'
태연은 74킬로로 고쳤다. 그리고 메모를 했다.

—잡지 나오기 전에 3~4킬로그램 꼭 찌울 것. 그것도 될 수 있으면 근육으로.
3)학력: A대학교 사회복지학과.

그녀가 조사하기로는 장학금을 한 번도 놓치지 않고 수석으로 졸업했다고 한다. 더 놀라운 것은 결강 한 번 없이.
'너무한다. 인간미 제로.'

4)직업: 공무원—복지 관련 행정 업무를 주로 담당한다.

'청렴하기 이를 때 없다는 소문.'

5) 연봉: 밝히기 곤란.

'웃기고 있어.'

6) 재테크: 저축. 다른 건 한 적 없다.

'이 남자, 살아생전 부자 될 수 있을까?'

7) 빚: 없다.

'그럴 줄 알았어.'

8) 이상형: 성실하고 진실 되며 깨끗한 여자.

'깨끗한 여자! 깨끗한? 무슨 뜻이야? 목욕을 자주 한다는 뜻인가? 아니면 순결을 의미하는 거야? 그것도 아니면 뭐지?'
이 대목에서 좀처럼 앞으로 나갈 줄 몰랐다. 이 부분만 읽으면 무언가가 목에 확 걸린 기분이 들었다. 반쯤은 속물인 태연은 그 깨끗한 이란 표현에 알아서 제 발이 저린 채 머리 세포가 지지직거리더니 확 짜증이 일어났다.
'생각하지 말고 쳐들어가자. 주신노에게 생각은 독이야. 그냥 마음 내키는 대로 해부해 버리는 거야. 본능을 믿자. 생각을 걷어내란 말이야.'
그것이 겨우 얻어낸 답이다.

"이제 아침 준비해야 돼."
"알았어요."
태연이 대답했다. 지금 그녀는 새벽 5시에 아무리 노력해도 반쯤 감기는 눈으로 짧은 명상에 빠진 신노를 그의 집에서 쳐다보고 있었다.

카메라를 들고 겨우 그를 찍고 나서 감상을 메모지에 적으려고 했으나 마구 졸음이 몰려왔다. 겨우 쓴 깨알 같은 글씨는 지루하다는 단어로 꾸불꾸불 기어 다니고 있었다.

신노는 전혀 졸리지도 않은지 가벼운 몸놀림으로 주방으로 음식 준비를 하러 갔다. 태연은 이번엔 한쪽 눈만 뜨고 그 모습을 지켜보았다. 한쪽 눈으로만 보니 그의 손놀림은 가히 신의 경지에 올라선 것처럼 군더더기 없이 빨라 보였다. 마치 무공이 있는 듯.

—아침 준비하는 도인.

겨우 사진을 찍고 메모하며 하품을 늘어지게 하고 나니 그가 식탁에 음식을 탁탁 놓았다.

"너도 같이 먹자."

시계를 보니 6시도 채 안 되었다. 해가 뜨지도 않은 시각, 새벽이다. 그런데 지금 태연은 정돈된 모습 그 자체로 아침 일과를 보내는 신노를 고양이 세수만 겨우 한 꾀죄죄한 모습으로, 그것도 잠도 털어내지 못한 몽롱한 눈빛으로 마주하고 있었다.

사실 시간 약속 잡을 때도 자신의 말만 딱딱하고 끊어버리자 심술이 나서 좀 골려주자는 심리로, 깨어나서 잠들 때까지 심층 취재로 바뀌었다고 거짓말을 했다. 그러나 오히려 신노에겐 아무런 손해도 주지 못하고 그녀 자신만 잠을 잘 못자서 허우적대고 있는 것이다.

"옆에서 지켜보기만 할 테니 식사하세요."

태연의 말에 잘 따르는 것은 신명 혼자였다.

"아침 밥을 든든하게 먹어야 일을 하지. 내 집에 온 사람, 밥 한

끼 건너뛰게 할 만큼 몰인정하진 않다."

아무리 괜찮다고 해도 소용이 없었다. 태연은 잠이라도 완전히 깨려고 냉수를 마시려는데 신노는 그마저도 못하게 했다.

"아침엔 냉수보다 미지근한 실온의 물을 먹는 게 좋다. 그래야 오래 산다. 자, 이거 마셔라."

"아, 제발!"

장수 안 해도 되니까 하고 싶은 것 하게 내버려 두라는 그녀의 고함을 간단히 무시하며 그는 계속 미지근한 물을 면전에 내밀었다.

지금은 싸울 때가 아니다, 관찰할 때지. 태연은 숨을 고르고 가까스로 미지근한 물을 마시고 식사를 시작했다. 자세히 보니 현미밥에 된장국 그리고 나물과 김치 종류와 두부 반찬이 다였다. 무척 소박했다. 물론 감사 기도를 하는 신노를 따라 하지는 않았다. 사진만 연속 더 찍을 뿐. 이 모습을 감히 내놓을 수 있을까 심란해하면서 셔터를 서너 번 눌렀다.

식사가 끝나고 그는 신문과 뉴스를 보더니 남은 자투리 시간조차 헛되이 보내지 않았다. 마당과 집 주변을 청소하고 손을 씻고 출근 준비를 시작했다.

"왜, 어디 아프냐?"

"체했나 보군."

출근 준비에 분주하면서 배 쓸고 있는 모습을 어떻게 포착했는지 내내 입 다물던 신명이 고소해하며 말했다.

"아침을 계속 거른 모양이구나! 위가 약해졌다는 증거다."

태연은 소화제 한 알 입에 털어 넣으면 괜찮아진다는 말을 하기도 전에 신노는 1초도 허비하지 않고 뭔가를 주방에서 만들어내어 눈앞에 가져다 댔다. 시큰한 냄새가 코를 자극해서 기침이 나오려 했다.

"어서."

에이, 모르겠다는 식으로 태연은 받아마셨다. 시큰 짭짤한 물은 불편한 속을 타고 내려갔다. 이게 뭐냐고 묻고 싶지는 않았다. 잘난 척하며 약보다 좋은 자연식 치료라고 설명하는 모습을 굳이 보고 싶지 않으니까.

출근 준비하는 그를 볼 여력은 없었다. 그녀 역시 그가 일하는 직장까지 따라가려면 이른바 단장을 해야 했다. 맨 얼굴로 갈 수는 없으니까. 아무리 생각해도 하룻밤 신나 방에서 신세 진 것이 가히 잘한 일이 아닌 것 같다. 어쩔 수 없다는 듯 태연은 비상식량처럼 챙겨온 화장품으로 피부 톤을 정리하며 단축 화장을 했다.

머리까지 대충 묶으며 옷까지 차려입는데 채 30분도 안 걸렸지만 거실에 나가니 이 꼬장꼬장한 남매가 한참 기다린 듯 서 있었다.

"빠르시네요."

신명의 눈흘김과 신노의 똑바른 시선에 별로 할 말이 없어 사실을 말해주었다. 신명은 단정한 무채색 정장 차림에 '나, 깐깐한 교사예요'라는 걸 몸소 보여주는 태도로 몸을 돌려 나갔다. 신노는 어제와 좀 다른 옷인 것 같은데도 거의 표 나지 않는, 깨끗이 세탁한 낡은 양복 차림으로 그녀를 좀 더 보더니 현관문을 나섰다. 태연은 그 뒤를 터벅터벅 따라가다가 신명이 반대 방향으로 걸어 나가는 걸 보며 말했다.

"잘 가라."

"흥."

그래도 말이 없는 것보다 낫다고 생각하고 있는데 주신노가 자전거를 끌고 오는 모습이 보였다.

"제 차 타고 가세요."

"내 일상을 보고 싶다면서 그러면 안 되지."

"그래도 편한 게 좋잖아요."

"그건 반칙이잖아."

뚱한 표정으로 쳐다본 태연이 아무런 말도 못한 것은 그의 말이 맞기 때문이었다. 그러나 그도 알아야 한다. 오직 정직하고 옳은 일만 너무 반듯반듯하게 하다 보면 융통성이란 것이 들어갈 틈이 없어서 주변 사람들을 속 터지게 한다는 것을! 기본만 바르면 되지, 생활 자체가 모두 옳아야 함은 복잡한 인간 세상에서 얼마나 고달프고 어리석은 일인지 말이다.

"알았어요. 가세요. 따라갈게요."

어쩔 수 없었다. 신노가 자전거를 타고 가는 모습을 보며 사진을 한 방 찍고 나서 서서히 시동을 걸었다. 덩치가 좀 나가는, 그것도 최신으로 뽑은 값나가는 세단으로 콩만 한 자전거를 따라가는 것은 감질나고 짜증스런 일이었다. 그런데다 이 자전거는 막힘없이 법을 준수하면서도 물 찬 제비처럼 빨리도 앞으로 나간다.

물 찬 제비와 주신노라!

태연은 헛웃음이 나왔다. 저 멀리서 자전거를 타는 모습은 흡사 경륜 선수 같기도 했다. 문제는 따라가기가 좀이 쑤셔서 그렇지.

"아이고, 내가 미쳐."

미친다는 말을 몇 번씩 하고서야 그 콩만 한 자전거보다 늦게 신노가 일하는 시청에 도착했다. 그가 자전거를 간단히 주차하고 그녀를 기다리며 서 있었다. 길은 막히지 않았지만 그래도 쫓아가는 길에 몇 번의 신호에 걸려 자전거보다 늦게 도착한 것이다.

신노는 그녀의 곡선미가 강조된 유선형 스타일의 세단을 쓸데없는 짐짝 보듯 했다. 저렇게 차 욕심 없는 남자는 이 세상에 주신노 한 사람뿐일 것이다. 아니, 세속적인 욕망은 죄라고 생각하는 인간은 저 남자뿐이다. 종교인보다 더한 도덕으로 무장해서 인간미라고는 한 톨도 없는 남자!

"들어가자."

태연은 그를 따라 시청 건물 안으로 들어갔다. 정문 안으로 들어가서 촘촘한 계단을 따라 올라갔다. 아직 직원들이 출근하기엔 이른 시각이었지만 그중에도 몇몇 출근한 이들은 주신노와 인사를 했다. 부하 직원이든, 상사든, 나이 든 사람이든 그의 인사는 짧은 목례가 다였다. 그래도 누구한테나 진지하고 공손하다는 것이 단점은 아니다. 태연은 사진을 찍고 나서 그의 특징 하나를 메모했다.

—서열에 관심 없음. 인간관계가 깊지 않다. 잡담 없음.

남자들도 수다를 떤다. 수다를 떨면서 스트레스를 떨치고, 수다를 떨면서 동지애를 불러일으키고, 괜한 허풍과 객기를 부리며 현실의 작아짐을 잊어버린다. 또한 수다를 떨면서 정보를 공유하기도 한다. 그들의 입은 결코 묵직하지 않고, 그것은 요즘 시대에 절대로 단점이 아니다. 주신노의 입이 너무 무거운 것이 결코 장점이 아니듯이.

그가 근무하는 사무실로 따라 올라갔다. 역시 제일 먼저 온 신노는 자신이 할 일도 아닌데 책상들을 닦기 시작했다. 소식통에 의하면(신나는 이번 칼럼에 들어가면서 스스로를 소식통이라 칭했다.)

주신노가 워낙 열심히 일하고 그것이 본의 아니게 지역 방송을 타서 그런지 서른 초반에 승진이 쉽지 않은 사회복지 관련 업무에도 남들보단 승진이 빠른 편이라 했다. 솔선수범하는 자세는 지금껏 그를 알고 있는 그녀로선 결코 놀랍지 않았다.

'사서 고생!'

그는 청소를 마치고 의자에 앉았다. 그리고는 기도를 했다. 두 손을 모으고 눈을 감고 고개를 숙이는 모습에 태연은 주위를 서둘러 살폈다. 종교가 없는 태연은 민망하고 이해를 할 수가 없었다. 출근하기 시작한 몇몇 직원들은 늘 보는 일상이라 그런지 감흥이 없어 보였다. 사진을 찍고 나서 메모지에 크게 적었다.

—유별을 떨어요, 유별을. 웃긴다.

아침 대부분 시간은 복지 관련 시설과 협회 관할에서 올라온 서류 등을 검토하는 일이 대부분이었고, 그의 집중력은 굉장했다. 공무원이나 회사 직원들이나 일하는 시간 모두 일만 할 수는 없다. 인간이란 한곳에만 열중하기에는 너무도 복잡한 존재이다. 그것은 학교생활과 비슷하다. 딴짓도 하고 잡념에도 빠지면서 업무를 보는 것이 자연스러운 일인 것이다. 하지만 주신노는 그렇지 않았다.

오로지 서류와 컴퓨터 그리고 걸려오는 전화에 몰두했다. 자세는 질리도록 반듯하고 눈빛도 강직하다. 카메라로 찍느라 사람들의 시선이 자꾸 붙는데도 그의 신경을 분산시키지 못했다.

'열심히 일한다. 이런 공무원은 세금이 아깝지 않겠다.'

칭찬이다. 문제는 동료 직원들은 스트레스를 많이 받을 거라는 거고 그것은 그들의 경직된 표정으로도 알 수 있었다.

'공공의 적이 아닐까? 한데, 적응하는 눈치다.'

점심도 되기 전에 주신노가 일어나서 웬일인가 싶었는데, 외근이다. 그럼, 그렇지. 그전에 수고한다면서 잘 써달라는 신노의 상사인 계장님의 덕담 어린 당부를 들었다.

'불쌍한 상사, 부하 직원 잘못 만났네.'

통통한 중년의 상사가 측은하다고 느끼면서 태연은 그를 따라 나섰다. 공무용 차는 거의 경차에, 아니, 완전 경차였다. 태연은 그의 긴 다리와 닿지 않으려고 다리를 앞으로 구겨 모으고 있느라 내릴 때는 힘이 빠져 휘청거렸다.

외근은 복지 관련 시설과 협회 등을 찾아가서 제출한 서류와 맞는지 살펴보는 작업과 여러 고충들을 듣는 일로 채워졌다. 나랏돈이 들어가는 복지 시설, 건축 점검을 그보다 잘할 사람은 없을 것이다. 눈으로 손으로 일일이 확인하니 더욱더 그러했다. 사무실에 가서 차 마시고 얘기하는 것으로 끝날 수 없다는 것을 이미 아는지 그가 소소한 것을 돌아보며, 하물며 화장실까지 점검하는 것도 당연하듯이 바라보고 있었다.

'우수 공무원, 당신은 그 이상도 그 이하도 아닙니다.'

숨도 돌리지 않고 외근을 마치고 한참 늦은 점심을 먹으러 발길을 옮겼다. 가는 동안 태연은 신나가 말했던 독거노인을 직접 찾아가는 일은 안 하냐고 물었다. 그는 그것은 공무원이 된 지 얼마 안 된 신규 인원들이 읍면동사무소로 인사 발령받으면서 하는 일이라고 말했다. 그때부터 알았던 분들을 개인적으로 시간 날 때 찾아가곤 한다고 덧붙였다. 그러니까 일이 아닌 봉사라는 것이다.

‘대단하다.’

가끔 하는 감정적 기부가 아닌 철저히 생활의 일부로 만들기엔 희생정신이 많이 부족한 태연은 신노의 그런 헌신적인 면을 순수하게 감탄하며 뼈해장국 집으로 들어갔다.

“이런 음식 싫어하지?”

그가 뼈해장국 두 개를 주문하고 나서 물었다. 이 식당엔 그것밖에 없었다.

“아니요. 좋아해요.”

주신노가 의아해했다. 그의 편견은 참으로 끝도 없었다.

“오빠가 만든 음식을 싫어했죠.”

편견 좀 바로잡아 줄 겸 예전 김태연의 습성을 순순히 말해주었다.

“그랬던가?”

그가 화내지 않고 웃자 기분이 좀 풀어졌다. 태연은 자신에게 화내지 않는 사람에겐 마음이 쉽게 풀리는 단순한 면이 있었다. 게다가 웃으니 훨씬 인상도 좋아 보였다. 뭐, 사실 못생긴 얼굴은 아니다. 솔직히 까놓고 말해서 너무 멋을 안 내서 그렇지 남자치곤 모공도 거의 없고 피부도 좋다. 반질반질하니. 게다가 눈도 느끼하지 않고 코도 높고 반듯하며 입도 너무 크지도 작지도 않은 딱 좋은 사이즈에 단정하다. 잘생긴 축에 드는 얼굴이다. 기분이 다 싶어 태연은 카메라를 들고 사진을 찍었다. 기분이 좋을 때 찍었으니 잘 나올 것이다.

“왜?”

“오빠가 잘생겨 보여서요.”

태연이 싫었던 맘을 잊어버리고 반쯤 얼굴을 찡그리는 우스운 윙크를 하며 말했다. 유혹적인 느낌이 전혀 없는, 기분 좋으면 나오는 별다를 것 없는 버릇이었다. 강아지한테도 하고, 동료한테도 하고, 취재 대상한테도 하는…….

"으흠."

갑자기 큰 헛기침을 하는 신노는 때마침 나온 뼈해장국을 먹으면서 더 무뚝뚝한 표정이 되었다. 뭐가 또 마음에 안 드는 모양이라며 태연은 속으로 툴툴거렸다. 좀 친하게 굴었더니 그게 또 기분이 상한 듯싶다. 그래, 일로써만 상대해 주겠다.

"일에 만족하시나요, 주신노 씨?"

수저가 허공에서 딱 멈추더니 그의 눈썹이 삐뚤어졌다. 그 반응에 흡족하면서 그녀는 태연히 시선을 맞추었다.

"왜요? 호칭이 마음에 안 드세요? 아무래도 일로써 보는데 계속 오빠, 오빠 하면 일에 지장을 줄 수도 있을 것 같아서요. 칼럼니스트 김태연이 공무원이고 신진 작가인 주신노를 취재하는 걸 잊으면 좋은 칼럼이 나오기 힘들지 않겠어요?"

"마음대로 해라."

"그쪽도 말을 놓지 않았으면 좋겠네요. 그럼 오빠라는 호칭을 애써 하지 않은 것이 다 헛수고잖아요. 그리고 지금껏 이 칼럼에서 반말한 사람은 없었는데, 특별 내우받고 싶으세요?"

신노의 망설임이 느껴지자 태연은 고소한 마음을 숨기고 대답을 기다렸다. 그녀의 얼굴엔 유치한 마음 정도 가릴 수 있는 노련함이 있었다.

"그래, 아니, 그렇게 합시다."

웃음이 나오려는 걸 참느라 태연은 눈알이 빠질 뻔했다.

"일에 만족하시나요, 주신노 씨?"

"만족합니다. 제가 좋아하는 일이니까요."

"글 쓰는 것도 좋아하신다고 했는데, 그러면 혹시 생활을 위해서 공무원이 되신 것 아닌가요?"

"그렇지 않습니다. 노동은 신성한 것이고, 그 노동 자체를 사랑합니다. 오직 생활을 위해서 일하지 않습니다. 다른 이들에게 도움되는 일은 수도 없이 많죠. 장사나 건축, 운전, 서비스업 등등 그중에서 제일 맞는 일이 공무원이 아닌가 싶습니다."

저 정석에 가까운 바른말에 온몸이 지루함을 넘어서 치를 떨 지경이었다. 하품까지 나오려는 걸 참으며 그가 한 말을 녹음했다.

"그럼 글 쓰는 것 자체가 좋다고 하셨는데, 어떤 글을 쓰고 싶으세요?"

"정직한 글을 쓰고 싶습니다."

그는 식사를 하면서 대화하는 것이 무척 힘든 모양이었다. 하지만 칼럼 과정 자체가 태연 마음대로라서 상관이 없었다. 이미 말해두었고, 이해는 못해도 이의를 달지는 않았다.

"소설을요?"

그녀는 계속 질문을 했다.

"네. 사람의 마음이 그대로 투영되는 그런 글을 쓰려고 노력 중입니다."

"책을 읽어보니까 너무 단편적인 얘기만 있던데, 어떻게 생각하세요? 사람과 사람의 관계인데, 여러 감정들은 다 무시한 채 충실한 마음만 다루는 것이 옳다고 보세요?"

"가장 중요한 감정을 포착하려고 하니까요."

유아적인 사랑? 손만 잡고 사랑했다고 표현하는?

'내가 속물인가?'

"인간의 감정은 순수하지만은 않은데, 너무 순수한 것에 매달리신 것은 아닌가요?"

"순수하지 않다고 생각하지 않습니다."

"순수하지 않은 것이 나쁘다고 생각하시죠?"

"네. 그렇지만……."

신노는 자신도 모르게 나온 답에 얼른 부연을 하려고 했지만 태연이 막아섰다.

"그럼 전 나쁜 사람이겠네요."

"네?"

"농담이에요. 신경 쓰지 마세요. 식사하시죠."

신노는 식어가는 해장국을 쳐다보다 겨우 한술 떴다. 저 머릿속에 이런 생각을 하겠지.

'김태연 무진장 드세네. 괜히 했어.'

하지만 신노는 다른 생각을 하고 있었다. 김태연은 돌발적인 말들을 잘해서 그를 당황케 한다, 심장 철렁하게. 게다가 너무 예쁘다. 막 자고 일어났는데 그렇게 예쁜 사람이 있다니, 깜짝 놀랐다. 그를 몰아붙이는 표정도 예쁘다. 신노는 이런 감정과 싸워야 한다고 생각했다. 이건 결코 좋은 것이 아니고 그에게 아주 해로운 거니까.

태연은 그의 생각을 전혀 모른 채 이제 속은 그만 뒤섞고 그의 우습도록 맑은 진심이나 다시 듣기로 했다.

"신부가 되고 싶다고 하셨죠?"

"그건 예전 꿈이었죠. 모든 걸 신께 맡기고 그 따름에 순종하며 봉사하는 삶을 살고 싶었으니까요."

"그 꿈을 이루지 못해서 슬프시겠어요?"

차라리 신부가 되지 그랬어, 그럼 이렇게 취재할 필요가 없잖아. 종교에 귀의하는, 여자들과 이성적으로 아무런 상관관계가 없는 남자는 취재 대상이 아니니까. 자고로, 유부남도 제외다. 왜? 남의 떡이니까.

"그 꿈은 열여섯 살 때 접었습니다."

그 말에 태연은 순간 숙연해졌다. 그의 나이 열여섯 살 때 부모님이 차 사고로 돌아가셨다. 굉장히 큰 사고였다. 눈이 언 빙판길에 다중 추돌사고로 인해 많은 사람들이 죽고 다쳤고, 뉴스에서도 날 만큼 끔찍한 사건이었다. 그땐 신노를 몰랐지만 후에 신나로부터 얼마나 큰 충격이었는지 자세히 들었었다.

생각해 보니 열여섯 살 어린 나이에 할머니와 세 명의 동생을 보살펴야 하는 가장의 위치에 섰으니 일찍 의젓해져야 했고, 짐도 무거웠을 것이다. 불행 중 다행으로 보험 덕분에 생계는 겨우 유지되었다고 해도 절약이 몸에 밸 수밖에 없고 뭐든지 신중하게 행동해야 하며, 실수도 없는 삶을 살아야 했을 것이다. 일찍 어린 시절이 끝나 버린 것이니, 안타까운 일이다. 때론 앞뒤 생각하지 않고 멋대로 감정적인 태연은 탁자 위에 놓인 그 손을 토닥이고 싶었다. 아니, 토닥이고 있었다. 그녀보다 겨우 네 살밖에 더 먹지 않았으면서 이런 노친네적인 사고방식에 젖은 것은 그의 잘못만은 아니다.

그녀의 돌발적인 행동은 그를 잠시 정적에 빠지게 했다. 흔치 않은 현상인, 따스한 동정심이 넘치는 태연을 보는 신노의 눈동자가 흐릿해지며 꿈틀거렸다. 무슨 고민이 있나 하는 생각이 태연에게 스쳤을 때 그가 입을 떼었다.

"김태연 씨, 사적인 행동을 자제해 주시기 바랍니다. 부담스럽네요. 원래 이러시는 것 아니겠죠? 그럼, 그 버릇 고치셔야겠네요. 오해 사기 딱 좋을 것 같은데요."

"오빠!"

"주신노 씨, 라고 하셔야죠."

태연은 사무실에서 중간 점검을 하고 있었다. 한창 이쯤 되면 출장에서 속속 돌아와 구성을 해보며 무엇을 자르고 무엇을 보충할지 가늠하는 기자들을 보곤 한다. 그런 소란함이 태연의 기본적인 여유에 생기를 주곤 했다. 그런데 지금 그들은 이미 한잔하러 자리를 뜨고 없는 상태였다.

보통 때라면 이어폰을 끼고 음악에 몸을 맡긴 채 발장난까지 치며 혼자 유유자적한다는 불평 속에 기사를 점검한 후 후다닥 끝내고 일어섰을 것이다. 아무리 진지한 칼럼 내용이라 해도 무겁지 않게 만드는 묘한 재주를 타고난 김태연이라면 그래야 했다. 그런데 지금 그녀의 상태는 심각하고 복잡했다. 한 단어 때문에 전혀 진전을 하지 못하고 있었다.

순결!

그녀는 그 단어 속에 음모가 깃들어 있기라도 하듯 뚫어지게 쳐다보았다. 사실, 이 단어를 싫어하는 것은 아니다. 아니, 오히려

좋아한다. 사귀는 사람이 있을 때 이 단어는 꽤 아름답게 느껴진
다. 그 사람만 생각하고 열중한다는 것이 태연이 생각하는 순결의
의미였다. 그렇다. 협소한 단어로서의 갇혀진 의미를 지양하고 외
려 사전적 의미는 융통성 없이 속 좁은 것으로 생각했다. 그런데
여자도 아니고 남자가 그 협소한 순결의 의미를 인생의 길잡이로
삼는다는 것 자체가 그녀를 무지 심각하게 만들었다.

　뼈해장국 식당에서 기 싸움을 하는 중에 문득 프로필에서 그가
적은 이상형에 대한 답변이 떠올랐다. 도저히 그냥 넘어갈 문제가
아니었다. 더 생각하지 않고 바로 물었었다.

　"참, 이상형이 성실하고 진실하며 깨끗한 여자라고 하셨는데,
깨끗한 여자의 의미가 뭐죠?"
　"마음이 깨끗함을 의미합니다. 사실 깨끗한 여자가 아니고 깨
끗한 사랑을 하고 싶다는 뜻인데 잘못 쓴 것 같네요."
　"깨끗한 사랑이요?"
　"질투, 상처, 욕망, 집착이 없는 상태를 말하는 겁니다."
　태연은 웃었다. 아니, 비웃었다. 도인끼리 연애할 일 있나? 어
떻게 연애하면서 질투, 상처, 욕망, 집착이 없을 수 있단 말인가!
쎄쎄쎄만 할 생각인가 보다. 일단 생각했던 그 순결이 아닌 것에
고개를 끄덕거렸다.
　"육체적 순결을 의미하는 것은 아니군요."
　보통 칼럼에서 이런 얘기도 한다. 성인 남자의 사랑에 대한 질
문은 섹스와 관련이 될 수밖에 없다. 진지하게 물어서 성실하게
토론하는 분위기를 만들어 불편하거나 유희적인 농담으로 흐르지

않게 한다.

하지만 이런 질문조차 감당하지 못하고 신노의 얼굴이 잔뜩 경직되었다. 서른 살이 넘었으니까 경험도 있었을 텐데 웬 남자가 저렇게 뻣뻣하게 변하는지 짜증이 났다. 느물느물한 것도 질색이지만 너무 바른 것도 문제다. 신부같이 살아왔다고 해도 엄연히 신부처럼 살아온 것과 신부는 다르다. 그는 신부가 아니지 않은가!

"순결을 강요하시는 것 아니죠?"

"아닙니다."

"그래야죠. 그것 좀 구식이잖아요, 요즘 시대에."

"전 순결을 정신적 충만의 상태라고 봅니다. 구태의연한 것이 아니라요. 다만 강요하고 싶지 않을 뿐입니다. 한 사람에게 가는 가장 아름다운 길이라고 봅니다. 그렇게 살고 싶고, 인생에서 사랑은 오직 한 사람만 있으면 충분하다고 봅니다."

무척이나 어렵게 말하는 신노의 입에서 나온 닭살 돋는 내용들은 태연의 머리를 일시에 복잡하게 만들었다.

"그럼, 결혼을 어떻게 해요? 여럿 만나봐야 내 사람인 줄 알죠. 한 사람만 이 세상에서 사랑하겠다고요? 사랑해 보셨을 것 아니에요?"

대답이 없었다. 태연의 눈이 동그래졌다. 혹시? 설마?

"여자랑 안 사귀어봤어요? 전혀? 그럼, 섹스도 안 해봤어요?"

사실 칼럼에서 이렇게 황당하게 물은 적은 없었다. 그녀도 자신의 입에서 튀어나온 말에 적잖이 당혹스러웠다. 다른 남자 앞에서는 이런 적이 없었는데, 하필 주신노 앞에서 이런 실수를 하다니. 미간을 심하다 할 정도로 찡그리던 그가 천천히 입술을 열었다.

"육체적 결합은 사랑하는 사람과 서약이란 성스런 약속이 있은
후에 맺어지는 아름다운……."

"네? 무슨 말인지 못 알아듣겠는데요?"

말을 환장하게 어렵게 하는 신노의 말을 과감히 끊어먹고 태연
이 말했다. 그의 눈빛이 다소 흔들리더니 목소리 톤이 낮아졌다.

"아직…… 사랑하는 사람을 못 만났습니다."

"네에?"

그녀는 충격을 받았다. 얼이 빠졌다. 그래서 인터뷰도 그렇게
끝나 버렸다.

놀란 심정은 기사를 점검하는 지금도 마찬가지였다. 주신노가
육체적으로나 정신적으로 아주 순결한 상태라는 것이 믿어지지
않았다. 순결=주신노. 주신노=남자. 남자=순결?

"그게 가능하나?"

태연은 크게 혼잣말을 했다.

✽

술집, 재즈에 일행들이 다 모여 있었다. 너무 밝지 않은 조명에
화려하지 않고 담백한 내부가 사람들을 끄는 곳으로 근처 잡지사
의 아지트이기도 해서 약속 없이 와도 아는 얼굴들이 많았다. 태
연은 맥주를 마시며 정치, 스포츠, 방송연예 얘기를 흘려듣고 있
었다. 그들은 자신의 주장을 펼치고 말하는 것에 주저함이 없었
다. 사실 태연도 이런 대화에 잘 끼어들며 토론을 주도하는 편이

지만 오늘따라 말이 없었다.

주신노가 생물학적으로 완전 총각이란 생각만이 머리를 어지럽혔다. 신노란 남자가 과연 이 시대에 공통분모가 될 수 있는지 그것이 알고 싶었다.

"남자가 섹스 안 하고 서른을 넘길 확률은?"

너무 궁금한 나머지 그 말이 목소리를 타고 크게 울렸다. 태연은 놀라지 않았고 동료들도 마찬가지였다. 물론 패션, 공연, 요리, 주택 등등 밝은 세상의 것을 주로 다루지만 사적이고 은밀한 성에 관한 것도 가차 없이 다루고 토론한다. 이런 질문은 그저 '무슨 안주 먹을래?' 정도의 강도였다.

"0%"

"성직자들도 있으니까 제로는 아니잖아."

"남자라고 했잖아. 우리가 성직자를 남자로 보나? 여기서 남자란 분명 평범한 성인 남성을 말하는 거잖아?"

"그래도 0%는 아니지. 주변머리가 없거나 매력이 전혀 없거나 아니면……."

"신념이 있어 지킨다면?"

태연이 그들의 토론을 지켜보다가 슬쩍 끼어들었다.

"뭔 신념?"

"사랑하는 사람을 만나기 위한?"

말하고 나니 참을 수 없을 정도로 민망스러웠다.

"여자가 아닌 남자가요? 서른 살 되기까지 사랑하는 사람 하나 못 만나서 섹스를 못했다고요? 영화로 있긴 하지만 그건 신념은 아니었지. 아, 변명이라도 너무 닭살인데. 차라리 못난 놈이라면 모를까? 못난 놈이라도 요즘은 연애 경험 하나 없을까. 하나 정도는 있잖아. 물론 남자가 경험이 없을 순 있는데, 신념 운운하는 건 좀 그렇다. 근데 어디서 그런 얘기 들었어요, 김 작가?"

이우진이 특유의 다정한 어투로 어이없어하자 태연은 죄 없는 자신의 머리를 가리킬 수밖에 없었다.

"녹슬었구나. 업그레이드 좀 시켜야겠다. 돈도 많이 벌면서 왜 그러니? 요즘 신파에 끌려?"

우진 대신 주아가 격렬한 반응을 보였다.

"그럴 리가!"

태연은 자신이 파헤쳐야 하는 주신노란 사람이 이 세상에서 통하는지 알고 싶었을 뿐이다. 모든 것이 다 드러났을 때 어떤 반응이 올지 벌써부터 겁이 났다. 잡지사 관련 사람들은 그런 남자를 아예 무가치하게 보고 있었다. 물론 이들이 조금은 더 개방적인 사람들이기도 하지만.

"그런 남자가 만약 있다면 여자들은 좋아할까? 순수하고 순진한 거니까 바람둥이보다 더 끌리지 않을까?"

"미쳤어? 바람둥이가 낫겠다. 로맨스도 한 번 안 봤니? 남자들은 능숙하고 자신감 있게 여자들을 어느 정도는 리드해야 한다고. 남녀가 아무리 평등하다고 해도 어느 정도 남자가 알아서 이끌어 주는 것은 절대 변하지 않는 규칙이야. 그것은 변할 수 없는 이치야. 아무리 순진하다고 해도 어떻게 해야 하는지 알아야 할 거 아니야? 여길 어떻게 해야 하나요? 이 시점에서 이쪽을 만질까요? 저쪽을 만질까요? 이런 남자는 악몽이지."

문주아의 말에 주위 사람들에게서 웃음이 터져 나왔다. 그녀의 표정이 너무 실감나기도 했다. 예전에 연극을 해서 무엇 하나 얘기를 하면 생생한 것은 알아줘야 한다. 태연은 같이 웃으면서도 주신노란 이 대책 없는 캐릭터를 웃음거리로 전락시키느냐 아니면 기본적으로 갖춰진 외모에다 양념을 이리저리 쳐서 그나마 봐줄 수 있게 살리느냐, 심각한 고민에 빠져들었다.

태연의 고심은 계속되었다. 동료들과 헤어지고 자신의 아파트에 와서도 잠들지 못하고 고민에 빠져들었다.

뭔가 내세울 만한 남자라면, 그것도 잇속을 적당히 가지고 있는 현대인이라면 반쯤 껍질을 벗겨도 꽤 괜찮은 남자로 스스로 포장할 힘이 있기 때문에 마음 놓고 역량을 발휘해 쓸 수 있지만, 이 남자는 절대 그렇지 않았다. 그저 내버려 두면 자신이 알아서 웃음거리로 전락하고야 말 것이다. 그렇다면 방법은 하나밖에 없다. 주신노를 어느 정도 포장해서 그의 치부가 완전히 드러나지 않게 막아야 한다.

"아, 골치 아파."

그녀는 머리를 우두둑 뜯었다.

태연은 브랜드 샘플실에 직접 가서 촬영에 대비했다. 패션 팀 스타일리스트가 전체적인 이미지 설명만 듣고 대략 알아서 가져오곤 했지만 신노를 모르는 사람들에게 맡겼다가는 그 남자가 입고 온 그 유행 지난 낡고 깨끗한 옷만으로 주구장창 회보를 찍을 수도 있었다. 패션 감각 하나 없으면서 고집은 얼마나 센지 그나마 입을 만한 적당한 옷으로 회유해야 한다.

태연은 남자친구 옷 고를 때보다 더 성심성의껏 눈에 힘까지 주면서 고르기 시작했다. 최신 유행하는 옷들은 다 지나쳤다. 셔츠를 고를 때도 핑크를 비롯한 붉은 계통엔 눈길도 주지 않았다. 입지도 않을 테니 화이트와 그레이, 블랙으로 선택했다. 이 정도로는 타협이 될 것 같기도 했다. 색상은 무난하지만 모양이 잘 빠져서 누구든 어울릴 듯싶었다.

"뭐 이렇게 열심히 해요, 김 작가?"

사진작가가 한마디 했다. 한 무더기의 옷을 하나씩 행거에 어시스턴트와 함께 걸며 안절부절못하는 태연의 태도는 그동안 구축해 온 이미지와 사뭇 달랐다.

"다른 사람 같잖아요. 옆에서 팔짱끼고 아름다운 분위기 팍팍 풍겨주는 것만으로도 존재감 확실한 분이 왜 안 하던 짓을 할까?"

"그러게요. 그렇게 됐어요."

태연이 미적지근하게 웃었다. 때마침 주신노가 도착했다. 역시 약속 시간에 조금도 늦지 않았다. 그는 촬영 스태프에게 정중하게 인사하고 한쪽에 서 있었다. 소란하고 어지러운 곳에서 길을 잃지 않으려는 듯 구석에서 꿈쩍 안 하고 있었다. 그런 그를 탈의실로 데려가 옷들을 건네주고 설득하는 데 20분 이상 걸렸다.

"제 옷이 아닌 옷을 입고 찍는다면 그것은 다른 모습을 보여주는 것 아닌가요?"

"스튜디오 촬영에선 자신의 옷을 입고 찍으면 그것이 예의가 아닌 거예요."

"제 모습 그대로 나가면 안 되는 겁니까?"

"네, 안 됩니다. 주신노 씨의 모습이 확 변하는 것이 아니에요. 모델처럼 하라는 것도 아니고요. 새로운 재미라고 생각하세요. 그렇다고 화려한 의상을 입는 것도 아니잖아요. 저를 봐서라도 해주시면 안 됩니까? 우리 아는 사이잖아요. 일 어렵게 만들지 말고 쉽게 가면 안 될까요?"

문득 그녀가 불쌍해 보였는지 그의 검은 눈동자가 생각에 잠기더니 더 이의를 달지 않고 옷을 들고 탈의실로 갔다.

"휴우."

저절로 한숨이 나왔다. 잠시 후 태연이 골라준 옷으로 갈아입고 나왔다. 어색한지 긴 팔을 연신 휘적거리다가 로봇마냥 가만히 앉아 있었다. 그래도 뭐, 검은 셔츠에 브이네크라인의 니트와 회색 바지는 꽤 근사했다. 게다가 화장 대신 로션만 직접 발랐는데도 괜찮아 보였다.

"그래도 피부가 깨끗하고 모공도 거의 안 보여서 다행이네요."

"그러네요."

태연은 주위 사람들의 말에 마지못해 동조하며 이제야 겨우 사진 찍는 걸 지켜보았다. 그러나 이 남자는 포즈가 뭔지도 모르는 것 같았다. 아니, 다리를 저렇게 어정쩡하게 벌린 상태로 차렷 자세를 하면 어떡하나, 괴상할 따름이지.

"편하게 생각하세요."

사진작가가 주문을 할수록 그의 얼굴과 몸은 더욱 굳어졌다.

"웃으면 안 돼요?"

어쩔 수 없이 태연이 카메라 뒤에 있다가 나섰다. 주신노가 조금 입술을 당기는 것이 보였다. 웃을 줄 모르나.

'어쩜 좋냐?'

"행복한 생각을 해보세요."

태연의 주문에 신노의 표정은 더 심각해졌다. 혹시 기도할 때를 생각하는 것은 아니겠지? 관자놀이 부분이 꾹꾹 쑤시자 인상을 쓰기 직전 사진작가가 거들었다.

"매력적인 여자를 생각해 보세요. 그 여자가 코앞에 있는 거예요. 몸매 빵빵하고 얼굴은 근사한 아주……."

태연이 사진작가를 노려보았다. 가뜩이나 고지식한 사람 앞에서 저런 소리를 하면 참으로 긴장이 풀리겠다.

"이럴 땐 야한 생각 하는 것이 최고인데."

이 사진작가가 게이라는 걸 뻔히 아는데, 말하는 투는 마초 같은 데가 있었다. 그의 웅얼거림을 그냥 무시하기엔 지금 이 순간이 참으로 막막했다. 이 방법도 굳이 나쁜 것은 아니라는 생각마저 스쳤다.

"그래요, 날 막 흔드는 여자, 없으세요? 제발 그 굳은 표정을 풀 수 있는 상상을 좀 해보시라고요. 연예인 중에 없어요? 한 번만 나쁜 생각 하면 안 될까요?"

얼마나 답답하면 이런 말까지 했을까 이해해 주길 바라지는 않는다. 그래도 벌써 두 시간째 아무 성과도 없다는 것만은 알아주길 바랐지만 그의 눈이 커지더니 뻣뻣한 정색이 전체로 퍼졌다. 숙녀에게서 그런 말이 나올 수 있다는 것이 믿어지지 않는다는 내면의 놀람이 넘쳐 났다.

"아니, 못, 못된 생각 말구요. 아, 어렵다. 나만 보지 말고 한 번 느슨한 생각 좀 해보자구요. 남자처럼 보였으면 좋겠어요. 솔직히 신부님 같아요. 내 코너엔 오직 남자만이 나올 수 있어요. 제발 한 번 제대로 해보자구요. 오빠 매력 없는 사람 아니잖아요. 그 매력 조금만 표현한다고 달아지는 것도 아니구요.”

태연이 두 손을 모으고 흔들며 애원하자 사진작가가 킥킥거리며 웃었다. 그러나 이 남자는 농담도 얼게 만드는 아주 무서운 능력이 있었다. 때와 장소를 못 가리는 그 진지함이 태연을 머쓱하게 했다.

“노력은 해보죠.”

“감사합니다.”

태연도 진지함으로 응대해 주었다. 사진작가는 계속 킥킥거리다가 겨우 웃음을 참고 카메라를 들었다. 촬영이 다시 시작되었다. 많이 헤매다가 조금씩 나아지고 있었다. 태연은 겨우 한숨을 내쉬며 몇 발자국 뒤로 다시 물러났다.

그는 별다른 포즈 없이 겨우 카메라를 따라가고 있었다. 그런데 멋있는 정도까지는 아니더라도 뭔가 분위기는 있어 보였다. 근 서너 시간 동안 찍어댄 보람인가. 그도 지쳐서 자신의 모습이 철썩 달라붙지 못할 때도 있는 것일까? 하여튼 뭔가 달랐다. 그늘과 빛이 엇갈리는 눈빛도 심각한 듯 그렇지 않은 듯 고민이 엿보여서 보는 사람의 시선을 붙잡았다.

‘데체 무슨 생각을 하는 걸까?’

보는 사람 궁금하게 할 정도였다. 신노라는 사람에게 호기심이 들 때도 있군. 태연은 머리를 내저으며 다시 일에 몰두했다. 촬영이 끝나고 그가 너무 지쳐 반듯한 어깨가 약간 기울어지는 걸 보니 조금은 미안했다. 같이 식사나 할까 싶었는데, 내일 출근 때문에 빨리 가야 한다고 말했다.

“그러세요. 그럼, 가세요. 참, 이번 주말 데이트 있는 거 아시죠? 내가 그쪽으로 갈게요."

"데이트?"

"네."

그녀의 칼럼은 세 가지로 이루어졌다. 일상 스케치, 스튜디오 촬영, 그리고 데이트. 마지막 코스가 데이트였다. 그것도 칼럼 대상인 남자 쪽에서 이끄는 대로 하는 데이트. 여기서 그들의 성향을 파헤치는 것이다. 그런데 데이트라는 말에 신노는 몹시도 당황했다. 태연은 자신이 분명 칼럼을 하기로 하면서 언급했던 걸로 기억했기에 의아했다.

"말하지 않았나요? 마지막 코스로 데이트가 있는데 오빠가, 아니, 주신노 씨가 알아서 데려가고 싶은 곳으로 가서 마지막 인터뷰하는 거예요. 부담 갖지 마세요."

"아…… 알았습니다."

잠시 정적이 흘렀다.

"안녕히 가세요."

태연은 먼저 인사하고 돌아서려다가 뭔가 걸려 다시 그를 불러 세웠다.

"참, 수고하셨어요."

태연이 습관적인 미소를 지었다. 그러자 신노가 갑자기 멍한 얼굴로 쳐다보았다. 그녀는 자신의 미소가 남자의 정신을 혼란스럽게 한다는 걸 알고 있었지만 워낙 어릴 때부터의 습관으로 고쳐지지도 않았고, 남자들에게 혼란을 주는 것도 싫지 않았다. 그리고 신노에겐 그런 이성적인 의식은 전혀 없었다. 그래서 자신의 미소가 그에게 어떤 여파를 줄지 가늠하지도 않고 스튜디오로 올라왔

다. 그러면서도 주신노와 어울리지도 않는 그 멍청한 표정이 마음
에 쓰였다.

"왜 저렇게 바보 같은 멍한 표정을 짓지?"

태연은 그날 밤 주신노가 자신 때문에 잠을 못 이루고 몇 번씩
이나 깨어나서 작은 방 안을 왔다 갔다 했다는 걸 알 리가 없었다.

 4

　드디어 주신노란 남자를 이 세상에 내놓기 위한 마지막 코스가 기다리고 있었다. 데이트! 주말, 이 금쪽같은 시간에 주신노와 데이트하며 한순간도 그에 대한 관찰을 게을리해선 안 된다니, 악몽 한번 진탕 꿨다고 생각하기엔 오늘 날씨까지 너무 근사했다. 흐리고 시린 날씨가 연속되었던 평일과 달리 오늘은 맑고 높다란 하늘에 온화한 훈풍이 불었다.

　이런 날에 굳이 마음 맞는 사람들과 같이 가지 않더라도 혼자서 어디론가 훌쩍 떠나면 딱 좋겠다는 생각을 안고 그와 만나기로 한 이천의 설봉공원으로 갔다.

　자그마한 설봉산은 이 지역의 안식처로 물이 풍부하고 산의 정상에 가면 도시 윤곽과 관악산까지 보인다고. 한 달에 두 번씩 오빠 따라 등산을 하는 신나의 눈물 젖은 감상이다.

데이트 장소로 떡하니 공원을 고르는 신노의 센스에 머리가 띵했다. 주말에 얼마나 많은 사람들이 몰려드는지 모르는 걸까? 태연은 더 깊이 생각하지 않고 약속한 대로 입구로 갔다. 약속 시간보다 10분 정도 일찍 도착했는데, 고개를 드니 이 남자가 멀찍이 기다리는 모습이 보였다.

"언제 오셨어요?"

"30분 전에요."

구식이야. 그래도 여자 입장에서 기다리고 있는 남자, 괜찮은 편이다. 태연은 머릿속에 공대정명하기로 마음먹고 억지로 후한 점수를 주었다.

"휴우."

아무리 봐도 옷 때깔은 점수를 깎아 먹기에 충분할 정도로 너무나 후졌다. 짙은 갈색 재킷에 모자를 쓰고 청바지를 입은 태연은 저 색이 바래서 본래 색이 정확히 뭔지는 모르겠지만, 거무죽죽한 잠바에 주름 들어간 아저씨 바지를 입은 그를 보며 인상을 펴려고 안간힘을 썼다.

사실 신노는 멀리서 보면 언뜻 괜찮아 보인다. 오늘도 그러했으니까. 키도 크지, 얼굴도 무나지 않았지, 비율도 좋지. 하지만 가까이서 보면 여지없이 답이 안 나온다.

"기념으로 사진 좀 찍고요. 놀라지 마세요."

주신노가 살짝 굳어지는 걸 보며 태연이 덧붙였다. 그녀는 그에게 가자고 눈짓을 했다. 첫 데이트의 구성은 그의 아이디어여야 하니 먼저 걸음을 떼라는 신호였다. 그에 따라 신노가 앞섰다. 그런데 너무 앞섰다. 태연은 그의 걸음을 잡으려고 빨리 걸어야 했다.

'같이 가요.'

라고 말하려다 말았다.

무슨 말이라도 하지, 답답하다. 그도 그럴 것이 지금껏 그녀가 취재한 대상들은 이 마지막 코스를 묵묵부답으로 보내며 저렇게 열심히 걷진 않았다. 요즘 세상 남자들은, 특히 한국 남자들은 패션에 눈뜨고 자기에 눈뜨면서 잘난 맛을 적당히 풍기면서 그것을 한껏 이용할 줄도 알게 되었다.

인기 작가였던 지난번 취재 대상은 걸음을 맞추며 부드러운 논조를 사용해서 그동안 자기중심적인 사고로 글을 쓴다는 평가를 그녀에 의해서 조금은 풀려는 시도를 했다. 그의 부드러움이 마음에 들었던 태연은 눈에 보이는 뻔한 시도에 타협해 주었다.

지지난번 운동선수는 바람둥이고 즉흥적이라는 평가를 없애려고 부단히 애를 썼지만 그녀는 타협하지 않았다. 다만, 재미나고 귀엽고 자기 일엔 성실하다는 점을 부각시켜 다른 단점보다 장점을 돋보이게 했다.

이 남자는 뭔가? 대체 왜 말이 없지?

태연은 지루했다. 그러다가 단정하고 경직된 등을 보니 없던 장난기가 스멀스멀 기어오를 판이었다. 그래서 넘어진 척 소리를 질렀다. 그가 얼른 뒤돌아봤다. 만약 그냥 가버렸다면 일이고 뭐고 단점만 왕창 부각시킬 뻔했지만 그의 놀란 모습에 반쯤 짜증이 풀어졌다.

"아무것도 아니에요."

태연은 그를 앞서 부리나케 걸어갔다. 점차로 그의 걸음과 맞추었다. 다시 침묵이 그들 사이에 놓여졌다.

"사랑하는 사람을 만나면 결혼하실 거죠?"

침묵이 너무 길어지자 아무거나 묻자고 물은 것이 그만 이 말이 툭 나와 버렸다. 사랑에 빠진 그의 모습이 상상이 되지 않았다.

"그렇겠죠."

"결혼하면 아내가 일하는 것에 반대하실 건가요? 아니면 요즘 남자들처럼 찬성인가요?"

"사람과 사람으로 만나는데 그 사람을 구속할 생각은 없습니다."

"그러시겠죠."

어렵게 말을 하는 신노를 태연은 구겨지는 표정으로 보았다.

"당연히 집안일은 도와주실 생각이겠죠?"

"도와주는 것이 아니라 같이 해야죠. 그건 누구만의 일이 아닙니다."

"맞아요."

두 사람 눈이 마주쳤다. 그녀가 미소 짓자 그가 화들짝 놀라며 고개를 돌렸다. 신노는 태연의 미소가 습관 같은 것이라는 걸 알면서도 심장이 쿵 하고 내려앉았다. 하지만 내색하지 않으려고 노력했다. 김태연에 대한 감정은 그저 아름다운 사람에 대한 감정이지 결코 특정한 한 사람에 대한 감정은 아닐 거라고 생각하면서.

"취미는 뭐 있으세요?"

"나무 보는 거 좋아합니다."

"아, 그러시겠네요."

그의 소설, 소년과 나무를 잊으면 안 된다.

"구체적인 이상형은 뭐예요? 아니, 정신적인 것 말구요. 외모적인 거요.”

데이트 형식이라면 자연스럽게 대화하는 것이 생명인데 이 남자에게 그걸 바라기엔 무리인 것 같다.

“모르겠습니다.”

“한 번도 생각해 본 적 없으세요?”

“그럴 틈이 없었으니까요.”

놀랍지도 않았다.

“여자를 보면 어딜 가장 먼저 보세요?”

“특별한 데는 없습니다.”

예전 칼럼에선 누가 엉덩이라고 했던 기억이 있다. 많은 남자들이 눈이라고 말하곤 한다. 가슴이나 다리라고는 말하지 않는 편이다.

“여자 때문에 잠 못 든 적 있으세요?”

이 정도로 유치하게 몰아세울 생각은 아니었다.

‘제발, 약한 모습을 보여줘, 주신노!’

“그런 적 없습니다. 밤새 책을 읽은 적은 있지만.”

그다운 답변이었다. 그의 음성이 약간 떨린 것을 태연은 포착하지 못했다.

“무슨 책을 즐겨 읽으시나요?”

태연은 이 질문을 해버린 자신의 목을 꽉 조르고 싶었다. 심도 깊은 철학에서 명작 그리고 윤리학까지 긴 대답을 하는 주신노가 아니라, 자신의 목을! 그를 모르는 것도 아니고 그가 예술과 정신 세계에 관심이 많은, 아니, 경지에 오른 사람이란 것을 간과하다니, 미쳤지.

‘내 탓이오.’

공원 안은 갈대밭과 산책로 등 잘 조성된 공간들이 이어졌다. 또한 이곳 상징인 도자기에 관한 것이 역시 쉽게 눈에 띄었다. 도자기 굽는 가마에 도자기로 만든 집, 도자기 종 등, 도자기를 사랑하지 않으면 안 될 것 같은 분위기였다.

야외공연장 위쪽으로 올라가 산림욕장으로 걸음을 옮겼다. 숲이 우거져 아늑하고 공기도 너무 맑았다. 그때 소란스러움과 함께 축구공이 이쪽으로 날아왔다. 태연은 생각에 잠긴 신노의 머리에 쿵 하고 공이 맞는 장면을 보곤 쿡쿡거리며 웃다가 그 공이 자신에게 흘러오자 학생들에게 시원한 발놀림으로 차서 넘겼다. 고맙다는 소리와 함께 다른 데서 휘파람 소리가 들렸다. 그녀는 손을 들어 웃음으로 답례했다.

그는 활발한 태연을 무거운 표정으로 마주하더니 다시 발길을 떼었다. 예전 생각이 났던 것이다. 학창 시절, 활달하고 명랑하고 제멋대로인 그녀를 훈계할 때마다 시선이 그녀에게 너무 오래 머문다는 걸 깨닫고 더욱 자신을 엄격하게 몰아친 것을.

어느새 앞선 그의 발걸음을 따라 계곡을 건너는 다리에 이르렀다. 산림욕장 입구에서 그는 쭉 올라가기만 했다. 다행히 얼마 안 있어 구암약수터라는 곳이 나왔다. 물을 마시고 나서 주신노가 무수한 계단으로 올라가려고 했다.

“어디로 가려구요?”

“산에 가려고……”

신노가 말을 다 마치기도 전에 태연이 인상을 모질게 찡그렸다. 그러자 그가 잠시 생각을 하더니 다시 가던 길을 내려왔다.

"휴우."

태연은 안도의 한숨을 쉬었다. 정말 대책 없는 사람이네. 아무리 무리가 안 가는 산행이라도 데이트 코스로 산행이라니……. 그녀는 어이없었다. 다 내려오고 나서도 약간 지친 태연이 벤치에 앉자 그 앞에 서 있던 신노도 같이 벤치에 앉다가 다시 일어섰다. 그리고는 공원을 휘둘러 갔고, 그녀도 따라갈 수밖에 없었다. 정말 실제로 이 남자와 데이트하는 사이가 아니라는 것에 하늘에 감사하면서.

잠시 후, 그가 식사하자고 해서 식당으로 갔다. 그리고 카페에도 갔다. 식사는 아주 좋았다. 이천하면 또 유명한 것이 쌀이니까. 쌀밥 정식은 황홀할 정도였다. 유명하다는 한옥 식당으로 가서 풀이 무성한 창밖의 풍경을 보고, 윤기가 잘잘 흐르는 쌀밥과 스무 가지가 넘는 반찬들을 다 맛보며 식사를 했다. 사실, 그런 즐거움도 주신노와 함께하니 반쯤 감소되었다. 느슨하게 즐기며 얘기하고 식사하면 얼마나 좋을까. 그는 음식도 진지하게, 흘리지 않고 매 순간 감사하며 먹는 남자가 아니던가.

카페에서도 마찬가지였다. 말없이, 아예 시선도 탁자와 찻잔에 고정되어 있었다. 차라리 자신의 신념에 대한 뻔한 얘기라도 하지, 태연은 지루하면서도 뭔가 쫓기는 기분이 들었다. 뭔가 그에 대한 매력을 잡아내야 하는데 그러질 못하니 더욱 조바심이 나서 손가락으로 탁자를 연신 툭툭 치고 있었다. 그가 고개를 들어 쳐다볼 때야 깨달았다.

"죄송해요."

태연은 얼른 사과를 하다가 그를 마주 보았다.

"이런 조용한 분위기 좋아하시나 봐요?"

"네."

태연은 고개를 끄덕거렸다.

"노래방에 갈까요?"

그냥 한 제의였다.

"왜요?"

왜요, 라니? 태연은 난처해하는 신노를 보면서 뭐든지 이유가 있어야 하는 그를 속으로 욕하며 투덜댔다. 즉흥적인 것도 있다는 걸 모르나.

"오빠, 아니, 주신노 씨 노래를 듣고 싶어서요."

"……."

그냥 한 말인데, 대답이 없다. 신노는 그답지 않게 정자세를 유지하지 못하고 이마를 긁적이며 난처해했다. 눈빛도 일정치 못했다.

잠시 후, 태연은 그가 왜 그리 난처하며 주저했는지 이유를 알았다. 그는 음치였다. 그것도 아주 심각한 수준이었다. 그의 음성은 일부러 딱딱하게 말하는 주인을 잘못 만나서 그렇지 적당히 낮고 부드러우면서도 담백하고 윤기 나는 목소리였다. 그러나 음정은 겉돌고 박사를 못 맞추는 그의 노래는 거의 소음 공해 수준에 가까웠다. 그럼에노 뭐는지 주어진 상황에 열심히 해야 한다는 강박관념은 방음이 거의 안 되는 작은 노래방 공간 조명등 아래에서도 여지없이 지켜지고 있었다.

두 손으로 마이크를 쥐고 올라가지 않는 영역대로 올라가려는 시도 때문에 목엔 힘줄과 핏대가 생생히 튀어나오고 목청은 터질 듯 뒤흔들렸다. 무슨 노래를 하는 건지 달팽이관이 시달리고 있는 귀만으로는 도저히 알 수가 없었다. 모니터에서 제목이 반짝거린 것을 보고서야 기가 막혔다. 감히 그 발라드계의 주옥 같은 노래를 이 남자가 소음으로 만드는 것인가! 화나는 대신 웃음이 나왔다.

'귀여운 데가 있네.'

"노래 못하시네요."

"노력은 하는 편이지만 그게 잘 안 돼요."

"좀 더 노력하면 나아질 거예요."

'세상에.'

신노는 태연의 말을 곧이곧대로 믿는 모양이었다. 한술 더 떠서 그녀의 충고대로 몇 곡 더 불렀다. 놀리고 있다는 것도 알아차리지 못했다. 나중엔 태연은 일어나 같이 듀엣을 하며 그의 음정을 그나마 듣기 힘들지 않게 교정해 주고, 소리를 덜 지르는 방향으로 인도했다. 물론 결실은 그다지 없었지만 두 사람은 옷자락을 스칠 수 있을 만큼은 친근해진 채로 노래방에서 나왔다. 이젠 헤어질 시간이다.

"고마워요, 오빠."

마지막 인사는 주신노가 아니라 오빠로 돌아왔다. 버릇 같은 화사한 웃음을 지으며 그녀가 경쾌하게 말하고 돌아서려는데, 신노가 잠깐만 기다리라며 달려가더니 장미 한 다발을 안겨주었다.

"이게 뭐예요?"

"꽃다발."

뻔히 보이는 것을 물었을 때는 이게 뭐냐는 사전적인 의미가 아닌, 이걸 대체 왜 주냐는 의미가 아니던가. 태연의 눈초리가 올라가려고 할 때 그가 말했다.

"꽃 주는 거 아니야? 데이트의 상징이잖아. 그래서 사왔어. 그 래도 데이트라는 형식이니까, 너 가져."

신노는 자기 자신을 자제하려고 애쓰면서도 이 형식적인 데이 트가 그래도 태연의 맘에 들기를 바라고 있었다.

"오우!"

"실수했구나!"

태연은 고개를 저으며 꽃다발을 받아 들고 냄새를 맡았다.

"주신노 식이니까 오빠 마음이에요. 그래도 시대를 초월하는 고전은 있는 법이니까."

여자를 세워놓고 달려가서 고작 이 꽃다발을 주는 것이 뜬금없 이 좀 유치하다고 생각하면서도 왠지 마음에 들었다. 신노에 대한 유별난 삐딱함을 가지고 있는 태연이지만 자신도 어쩔 수 없는 여 자임을 인정했다.

"마음에…… 들어?"

태연은 신노의 주저하는 태도에 미소를 지었다. 이 재미없고 올 바르게 살려는 남자도 기사에 어떤 이미지로 실릴지 걱정이 되나 보다.

"전수 잘 드리죠. 이제 칼럼만 쓰면 돼요. 기절초풍할 복수는 없 을 테니 염려 마세요. 그럼 여기서 헤어지죠. 꽃 고마워요. 시들 때까지 갖고 있을게요."

그렇게 헤어졌다. 집으로 와서 태연은 커피를 마시며 자료 정리 한 것을 훑어보다, 오늘 데이트한 것을 간단하게 적어놓고 고개를 들어 주신노의 이미지를 형상화해 보았다. 칼럼의 맥락을 잡아야 한다.

─구식 남자가 사는 법.

주신노란 남자를 설명하는 데 제일 어울리는 적절한 표현인 것 같았다. 신노는 패션을 모른다. 유행도 모른다. 여자도 잘 알지 못한다. 그는 평범한 남자다. 태연은 '그는 평범한 남자다'를 강조해야 한다고 머릿속에 밑줄을 쫙 그었다. 여자를 잘 모른다. 그러나 알고 싶지 않아서가 아니다. 그는 여자들에게 호기심을 일으킬 가능성이 많은 남자다.

가능성? 태연은 그 단어에 약간 삐걱거렸다. 공무원이고, 성실하다. 이 정도면 가능성이 없다고 할 순 없지만 도전적이고 멋진 남자에 부합되지는 못하다. 그래, 솔직하자. 태연은 주신노를 너무 포장해선 안 된다고 중얼거렸다. 다른 남자보다 낫다고 억지를 부리면 안 된다.

처음 포문을 열 때는 구식이고, 가능성이 큰 남자는 아니라는 부정법을 쓰기로 했다. 읽는 사람들로 하여금 주신노를 옹호하게끔.

"힘들다."

태연은 계속 머리를 움직여 신노를 생각했다.

그는 기본을 지키는 남자다, 골 때리게. 물론 골 때리게는 빼야지만. 약속을 지킨다. 침을 뱉지 않는다. 함부로 버리는 일이 없다. 질서와 규칙은 목숨처럼 지킨다. 담배를 피우지 않는다. 술은 아주 조금만 마신다. 도박은 일체 한 적이 없다.

슬슬 구도가 잡혀갔다. 기본을 확실히 지키는 남자니까 그가 가진 소소한 장점들을 절대로 놓치지 말자고 다짐했다. 하지만 그게 쉽지 않았다. 며칠 동안 쓰질 못하다가 마감을 앞두고 사무실 컴퓨터 앞에 앉았다.

태연은 드디어 타닥타닥 소리를 내며 쓰기 시작했다. 무아지경까지는 아니더라도 무언가 발동 걸린 사람처럼 빠르게 쳤다. 멈추는 것이 무서운 것처럼, 멈춰서 생각을 하면 다시 걸림돌에 꽉 막힐 것처럼 빠르게 쓰고 나서 서너 번 읽어 내려갔다. 지금 넘겨야 제때 검토와 교정을 해서 전체 배열에 들어갈 수 있다는 걸 알기에 눈을 질끈 감았다. 고개를 들어보니 편집장은 광고영업부장과 함께 확정된 광고 순서에 대해 논의하고, 에디터들은 제자리에서 머리를 박고 열심히 모니터를 들여다보며 타자를 치고 있었다. 그녀는 고개를 돌려 창가의 풍경을 멍하니 바라보았다. 빌딩에 반사된 조명들이 마치 별빛처럼 반짝거리고 차들은 줄지어 어디론가 가고 있었다.

'내 칼럼은 어디로 가는 걸까?'

태연은 더 생각할 것도 없이 넘겼다. 분명 검토 작업이 있었는데도 편집부에 넘기고 나니 머릿속이 텅 비어갔다. 오자는 팀장이 알아서 점검할 텐데, 물론 그것 때문에 걱정하는 것은 아니다. 그럼 무엇일까?

손을 떠난 자신의 칼럼이 이상하게 무섭게 느껴졌다. 왜 그럴까? 모를 일이다.

*

태연은 하은주 옆에서 신노와 신나를 마주하는 것이 당황스러웠다. 잡지책이 나오고 나면 잘 마쳤다는 의미로 이렇게 식사를 할 때가 있었다. 어색한 표정과 불편한 눈빛 속에 신노를 바라보았다. 그는 언제나처럼 깨끗하고 낡은 양복 차림이었다. 또 짜증이 일었다. 그래도 반듯한 자세 때문인지 호텔 뷔페 손님 중 가장 초라한 차림임에도 꿀려 보이지 않았다. 세련된 분위기에 하얗게 세팅된 테이블 앞에서 신노는 그녀를 보고 있었지만 눈빛이 마주치자 시선이 빗겨 나갔다. 짧은 목례를 하는 신노에게 고개를 까딱한 태연은 부사장의 장황한 인사가 끝날 때까지 기다린 후 신나와 함께 접시를 들고 음식을 가지러 서둘러 나오면서 어색함을 떨쳐 버리려 애썼다.

"너, 우리 오빠한테 반했나?"

부사장과 대화하며 물을 마시는 신노를 보는 태연의 시선이 꽤 길어질 무렵 신나가 귓가에 지져댔다.

"뭐?"

"칼럼이 예술이던데. 어제 소포로 온 거 열심히 봤는데 정말 내가 너를 아니까 그렇지, 아니면 그 기사만으로도 여자들이 반하겠더라. 수고했다, 친구야!"

"그 정도야?"

태연의 반응이 뜬금없다는 듯 신나가 옆구리를 찌르며 쇠고기 육회와 훈제연어를 떴다. 태연은 멍하니 따라가다가 카레와 허브 향이 범벅된 인도식 닭고기 구이를 생각 없이 떠서 접시 한쪽에 놓으며 어깨를 불안하게 으쓱거렸다.

"마감 직전까지 못 써서 정신없이 쓰느라 뭐라 했는지 기억이 잘 안 나. 이상하지!”

“아무래도 네가 더 이상 우리 오빠를 싫어하지는 않는 것 같다. 이번 칼럼이 여러 가지 좋은 작용을 하네.”

“아, 머리 아파.”

태연은 중얼거리며 테이블로 왔다. 하은주 옆에서 맞은편 신노를 느끼며 음식이 어떻게 입으로 들어가는지도 모른 채 칼질을 하면서 그의 눈치를 슬쩍 살폈다. 무언가 기분이 안 좋다. 얼른 잡지를 볼 수 있게, 그래서 칼럼을 정독하여 자신이 무슨 실수를 했는지 알아볼 수 있는 집으로 가기만을 고대했다. 지금 뷔페임에도 적은 양만 깔끔하게 먹고 있는 신노는 부사장인 하은주의 관심을 듬뿍 받고 있었다. 달콤한 케이크를 앞에 두고 더 달달한 목소리로 대화를 주도하는 부사장의 제스처가 정신 사나웠다.

“어머, 왼손잡이시구나!”

“네.”

“피부가 좋으시네요. 모공이 거의 안 보이세요. 천연비누가 그렇게 좋은가 봐요. 직접 만드신다면서요?”

“네.”

“대단하시네요.”

천연비누? 그러고 보니, 신노가 직접 자연식으로 비누를 만든다는 것도 언급한 기억이 났다. 그 노란색의 예쁘지만 뭔가 투박해 보이는 비누를 사진으로도 남겼다. 태연은 그들의 대화에 귀가 저절로 쫑긋거렸다.

“그런 비누 흔치 않은데 하나 갖고 싶다.”

“네, 드릴게요.”

"감사합니다. 참, 매 순간 열심히 사시네요."

"그게 의무니까요."

"아름다우세요."

하은주에겐 외국 사람들이 쓰는 뷰리풀 같은 흔한 표현이지만 처음 겪는 신노는 무척 당황한 듯 얼굴이 경직되었다. 태연은 신노를 보며 그에 대해서 어떻게 썼는지 기억이 나질 않자 안절부절 못했다. 만약 그게 아니라면 하은주의 과도한 표현과 관심에 힘들어하는 신노를 보는 것만으로도 재미있어했을 것이다. 하지만 지금은 그럴 여유가 없었다. 얼른 이 시간이 지나가기만을 기다릴 뿐. 느리게만 가는 시간이 겨우 흐르고 작별 인사를 했다. 헤어지기 직전에 신나가 옆으로 다가와서 작은 소리로 물었다.

"너희 부사장, 우리 오빠한테 반한 거 아니냐?"

화사한 웃음으로 다시 만날 것을 당부하는 높다란 목소리를 들으며 태연은 고개를 가로저었다.

"아니야, 원래 밝은 성품이라 그래. 누구한테나 친절하거든."

"과도한 친절함인데, 모든 남자들한테 다 저런단 말이야?"

"응, 외국에서 생활에서 그래."

"남자들 오해하겠다."

태연은 별거 아니라는 듯 손을 내저으며 잡지에만 신경이 갔다. 빨리 혼자 있고 싶었다.

"세상에! 미쳤구나! 하하하."

탄성에 이어서 막바지 부분에 다다르자 어처구니가 없어 허파에 바람 빠진 웃음소리가 새어 나왔다. 완전 자포자기였다. 후회해 봤자 이미 자신이 쓴 기사는 남성 잡지라는 허울 아래 많은 미혼 여성들의 시간 보내기 용으로, 또한 수다의 소재로 때우기 위해 서점과 공공시설로 마구 퍼져 나가고 있을 것이다. 원더우먼이 되어 잡지를 배달하는 차들을 멈춰 돌리고 싶은 욕구가 불끈 솟아올랐다. 주신노를 칼럼에 올리지 말아야 했다. 어떡하든 막아야 했다. 후회막급이었지만 그래도 자기 해명이라도 필요한 맘에 다시 읽어 내려가기 시작했다.

　—주신노는 스타도, 그렇다고 유명인도 아니다. 그의 직업은 공무원이다. 복지 관련 업무를 보는 30대 초반의 성실하고 일 열심히 하는 직장인이다. 그것만으로 그를 소개하는 것은 아니다. 일에 치여 사는 많은 평범한 이들과 달리 그는 자신의 일에 헌신적으로 노력하며 그 와중에 소설, '소년과 나무'를 발표했다. 자신의 정신세계에 대한 탐구도 게을리하지 않는 것이다.

　자신이 쓴 글에 태연은 조소를 날렸다.

　—그뿐이 아니다. 이 지극히 평범한 소시민인 주신노가 어찌 보면 우리가 잃었던 아득한 향수를 자아내는 고전적인 남자상이 아닐까 싶다.

　'설마?'

　—그는 큰 키와 마른 이상적인 체형을 지녔다. 요즘 서울 중심가에

서 흔히 발에 채이도록 볼 수 있는 자기 멋에 사는, 세련된 남자 스타일은 아니다. 아니, 오히려 거리가 멀다. 그는 꽤 잘생긴 편이다. 그러나 그가 쓰는 로션은 브랜드가 아니며 비누는 자연의 재료로 직접 만든다. 빨래나 음식도 스스로 하고, 폐식용유로 빨랫비누를 만든다. 또한 멋을 내기 위해 구제 옷을 비싸게 사는 것이 아니라 남이 필요 없다고 버린 것을 깨끗하게 빨아 수선해서 남을 도와준 후 남은 옷을 자신이 입는다.

'구질구질해!'

―뿐만 아니라 도박도 담배도 안 하고 술은 형식상 조금만 하며 목돈은 무조건 저축을 하고 사채는 써본 적도 없고, 정기적으로 월급 20%는 남을 위해 돕는데 쓰고 있으며, 직접 봉사도 한다.

이 부분에서 태연은 아예 잡지책을 덮고 심호흡을 고르는 데 다시 몇 분을 소요했다.

―그는 즐거움을 위해 사는 남자라기보다 가치를 위해 사는 남자다. 사제 같은 정신세계를 한때 이상으로 보던 그답게 쾌락과 무분별한 즐거움은 그에게는 죄악 같은 것이다. 어찌 보면 이 고리타분한 이 남자, 주신노는 우리가 잃었던 청렴한 선비 같은 남자일 수도 있다.

"선비? 여기서 왜 선비가 나왔지?"
그런데 갓 쓰고 도포 둘러 입은 신노의 모습을 상상해 보니 제법 어울렸다. 거기다 너무 오래 입어 낡아 여기저기 기운 도포라면 더욱더 어울릴 것이다.

―(중략)……. 그는 쉽게 말하는 사람은 아니다. 많은 생각 중에 다시 음미한 후 말을 내뱉고 그 말에 책임을 질 줄 아는 그런 남자이다. 감정 분비가 과다한 요즘 시대 젊은이들과는 확실히 경계가 있는 남자임이 틀림없다.

"사실 뭐, 주신노, 그만하면 괜찮은 편이야!"
태연은 그렇게 결론을 내리고서도 화끈거리는 뺨을 주체 못했다.
"그래, 거짓말은 아니잖아."
그녀는 자신이 찍은 일상의 신노 사진과 스튜디오에서 직접 골라준 옷을 입고 희미한 미소를 짓고 있는 그를 한참 동안 들여다보다 뇌에 주름이 더 가려는 순간 잡지를 덮고, 그것도 모자라 탁자 아래 구석에 처박아 버렸다. 아무래도 이번 기사는 다른 때보다 더 빨리 잊어야겠다. 그것이 정신 건강에 좋을 것 같았다.

＊

"네, '멋진 남자' 가 맞습니다만, 여기는 잡지사이지 주신노 씨 기획사가 아닙니다. 그리고 주신노 씨는 연예인이 아니며, 연예인이 될 가능성이 전혀 없습니다. 그러니……."

한동안 잡지사는 이런 종류의 전화로 정신없었다. 거기서 멈추지 않고 그가 낸 구닥다리 소설이 서점에 소개되었고, 베스트셀러 순위에 오를 기세까지 보였다. 물론 잡지는 대박이 났다. 기적이었다. 소설을 계속 쓸 계획이지만 공무원 일도 자신의 본업이라 멈춤 없이 하겠다는 덤덤한 신문 기사가 나올 정도로 화제가 되었다. 김태연, 자신이 그렇게 만든 것이다.

인터뷰 요청이 쇄도하자 그는 일절 거절하며 갑작스런 과도한 관심에 버거워한다는 신나의 말을 전해 듣고 태연은 약간 미안한 감정이 들었다. 하지만 즐거운 흥분에 빠진 신나한테 미안하다는 말을 전해달라고 할 수가 없었다.

태연은 잡지사 쪽에서 보내는 주신노에 대한 선물을 직접 전해 주기로 마음먹었다. 자신의 결심이 막 퇴근하고 나오는 신노를 놀라게 하리라고는 생각도 하지 못하고. 사실 그녀는 뭔가 뱃속을 긁는 불퉁거리는 그에 대한 미안한 부분을 없애고 싶었다.

"무슨 일이야?"

자전거를 옆에 끼고 있던 신노는 달라진 것이 없었다. 늘 같은 낡은 양복과 서류가방. 갑자기 뚝 떨어진 기온에 자전거를 타서 뺨이 약간 붉어진 것 외에는 변함이 없었다. 어지간히 놀란 모양이었다. 모양 좋은 긴 눈이 동그래졌다.

"놀라지 마세요. 또 기사 요청하러 온 거 아니니까. 잡지사에서 준비한 선물이 있는데 깜빡했거든요. 덕분에 반응이 너무 좋아요. 여기 양복상품권하고 또 의류상품권, 구두 그리고 문화상품권이요. 뭐, 잡다한 것들이에요."

"잡다한 것치곤 너무 귀하고 비싼 건데."

“선물이잖아요. 받으세요. 원래 다 받는 거예요.”

“고맙다.”

신노는 한참을 머뭇거리다가 선물을 받았다. 그리고는 그 상품권이 무슨 전할 내용이 있는 편지라도 되는 것처럼 오랫동안 내려다보았다.

“내가 한 게 아니라 잡지사에서 한 거예요.”

“그래도 여기까지 와줘서 고맙다.”

신노는 딱딱한 표정 속에 진심 어린 태도로 말했다. 태연은 피식 웃어버렸다. 신노는 머릿속이 무거운지 자꾸 고개를 숙이고, 그녀는 미안하다는 말만 속으로 되뇌고 있었다. 이 말을 어떡하든 해야 할 텐데, 쉽지가 않았다. 한 번도 신노에게 사과한 적이 없었던지라 더 뻘쭘해졌지만 그가 자신 때문에 겪은 번잡스러움과 어려움을 앞으로도 한동안 더 거쳐야 한다고 생각하니 그냥 모른 척할 수가 없었다.

“미안해요.”

“뭐, 뭐가?”

“우리 잡지사로 인해 요즘 소란스럽잖아요. 신나한테 들어서 얼마나 심힌지 일아요. 뭐, 원래 대중의 관심이란 것이 한때 폭주하다가 금세 잠잠해지겠지만 그래도 오빠의 생활 리듬이 깨졌을 텐데……. 미안해요. 진심이에요.”

신노는 사과하는 태연의 조심스런 모습에서 눈을 떼지 않더니 자꾸 눈을 끔뻑거렸다.

“눈에 먼지 들어갔나 봐요?”

“아니야.”

눈에 바람이라도 불어줄까 봐 걱정했는지 그가 한 발자국 뒤로 물러섰다.

"괜찮아."

"하여튼, 고마워요."

태연은 이제 깜박이지 않고 바라보는 그의 눈과 직면했다.

'이 남자, 생각보다 눈이 맑고 예쁘네.'

볼 때마다 그에 대한 생각이 많아진다는 걸 모른 채로 순수한 감상인 양 넘어갔다. 쌍꺼풀이 없는 깨끗한 눈은 자신만 옳고 남들은 다 속물이라는 판단 의식만 걷혀지면 참 예쁘다.

"앞으로 우리 잘 지내고 싸우지 마요. 가끔씩 볼 때도 기분 좋게 보도록 해요. 인생 짧잖아요. 좋게 지내자구요."

갑자기 예뻐 보이는 그의 눈에 휩쓸려 신노가 들으면 싫어하는 동갑내기 친구 같은 말투를 써버리고 말았다. 분명 한 소리 할 것이 틀림없었다.

"그래."

다행히 신노는 아무런 지적도 불평도 하지 않았고 인상도 쓰지 않았다. 그러자 태연의 기분도 덩달아 좋아졌다.

"고맙다는 의미에서 우리 악수해요."

기분이 좋아지면 약간 치우치는 경향이 없지 않았다. 상대가 굳어서 뻣뻣해지는 것도 신경 쓰지 않고 태연은 내밀지도 않은 남자의 손을 덥석 잡아 흔들었다. 때마침, 휴대폰이 울리지 않았다면 눈치 빠른 그녀가 신노의 상기된 얼굴에서 무언가 제어되지 못하는 감정을 포착했을지도 모른다.

"네, 부사장님. 아니요. 바쁘지 않은데요. 그럼요, 볼일은 다 봤어요. 가는 길에 회사에 들를게요."

태연은 휴대폰을 끊고 신노에게 가봐야겠다고 말했다. 그가 다행이라는 듯 고개를 끄덕거렸다.

"다음에 기회가 되면 식사나 해요."

태연이 아주 의례적인 말로 작별 인사를 대강하고 뒤돌아섰다. 차에 올라탄 그녀는 손을 흔들려고 하다가 그럴 필요까진 없을 것 같아서 웃음으로 얼버무렸다.

신노는 차가 사라질 때까지 마음껏 그녀에 대한 생각을 자신에게 허락하고 있었다. 집 안으로 들어가면 다시 동생들의 믿음직한 오빠로 한 치의 빈틈도 없어야 한다.

백미러로 신노가 점이 될 때까지 자신의 자동차를 배웅하는 모습을 보고 태연은 머리를 갸웃거리며 눈가를 찌푸렸다.

"무슨 일 있나?"

약간 석연찮은 기분이 든 것은 있었지만 사과도 했겠다, 앙숙 같던 신노와 이번 일로 인해서 좋게 풀렸겠다, 대체로 기분이 좋았다. 이제 일 년에 많아야 한두 번 만날 기회도 예전처럼 피할 필요 없고 굳이 인상을 구길 이유도 없었다. 그렇게 마침표를 진하게 찍고 태연은 유연한 운전 실력을 뽐내며 회사에 도착했다.

"계신가요?"

"네, 들어가세요."

태연은 부사장의 비서에게 미소를 보이고 안으로 들어갔다. 비서는 태연이 들어간 뒤에도 선망의 눈빛을 한동안 거두지 않았다.

하은주는 무언가 신나는 일이 있는 것처럼 음악을 들으며 잡지를 보는 중이었다.

“우리 바쁜 태연 씨를 이렇게 불러서 미안해요.”

은주가 의자에서 일어나 돌아 나와 책상 위에 편한 대로 걸터앉았다.

“괜찮습니다. 오던 길이었어요. 이번 호 마음에 드시나 봐요?”

태연이 책상에 펼쳐진 이번 호, 멋진 남자를 눈짓으로 가리키며 물었다. 그러자 은주가 그 잡지를 가슴에 품으며 소리쳤다.

“걸작이야! 코너가 다 마음에 들어요. 그중에서도 태연한 남자는 더욱더 마음에 들고.”

“감사합니다.”

은주의 화려한 감정 표현에 가끔씩 어지럼증이 일긴 했지만 칭찬을 좋아하는 태연은 다른 사람들과 달리 잘 받아들였다.

“평범한 남자의 미학이라고 할까.”

그녀는 연극적인 요소를 가미하며 계속 칼럼에 대한 감상을 늘어놓았다. 무슨 용건이 있어서 부른 것은 아니라는 생각이 들 때쯤 은주가 잡지를 책상 위에 놓았다.

“할 말이 있어서 불렀어요. 사적인 일이지만 제일 먼저 말해주고 싶었어.”

“사적인 거요? 뭔데요?”

“아무래도 나 주신노 씨한테 끌려. 너무 멋진 거 있지. 이러면 안 된다고 생각했지만 뭐, 어때? 좋아하는 감정이 나쁜 건 아니니까. 나, 주신노 씨한테 대쉬하려고. 그래서 내가 태연 씨 불렀어요, 도와달라고. 다리 좀 놔줘요. 이렇게 말하는 것 맞나?”

태연은 순간 얼이 빠져 넋을 놓고 쳐다보았다.

“그때 넷이서 만났을 때 보니까 정말 괜찮은 사람 같더라고. 나 원래 오래 생각하는 타입이 아니니까. 그래서 난처한 일도 많이 저지르고 즉흥적인 감정에 휘둘려 사는 인생이지만 이렇게 마음이 훈훈해지는 남자를 두고 어떻게 가만히 있겠어, 안 그래요?"

이런 어이없는 말에 동조를 구하다니.

"난 내가 알지 못하는 장점을 가진 남자를 보면 너무 신기해져. 그래서 지나칠 수가 없단 말이야. 한번 사귀어보고 싶어. 정말 주신노란 사람은 말이지……."

하은주는 끝도 없이 말하고 있었다. 최초의 주신노에 대한 자신의 감정을 말로써 풀어내면서 점점 눈덩이처럼 부풀려 갔다. 그것은 그녀에게서 흔히 볼 수 있는 현상이었다. 감정에 치여 더욱더 감정적이 되어버리는. 그래도 사리분간 정확하고 시원스러운 면도 많은 좋은 상사가 아닌가. 그런데, 왜?

"내 스스로 움직이겠지만 많이 도와줘요. 참, 그전에 확실하게 할 점이 있는데, 태연 씨가 주신노란 남자에게 여자로서 어떤 감정이라도 느낀 적 있는가 해서."

어떤 질문이든 떨어지면 당혹함 없이 몇 초간의 생각을 하고 말을 한다. 그것도 더듬지 않고, 초롱초롱 어여쁜 눈을 빛내며. 그런데 지금 데언은 생각부터 너듬고 있었다.

"솔직히 말해봐요, 자기가 관심 있다면 난 깨끗이 손 뗄 테니."

"뭘, 뭘요?"

"주신노 씨 좋아하냐고."

"아니요. 절대로요. 그럴 리가요."

격한 부정이 아주 크게, 목소리에 확성기를 단 것처럼 울리듯 터져 나왔다.

‘이런!’

너무 강한 부정은 강한 긍정일 수도 있다고 학창 시절에 국어 선생님은 누누이 말했었다. 태연은 깜짝 놀랐다. 그런 뉘앙스로 들렸을까?

“OK.”

부사장은 시원스런 표정으로 손가락을 까딱거렸다.

“저기요, 왜 주신노 씨가 좋으세요?”

겨우 정신을 가다듬고 태연이 물었다.

“그런 남자 드물잖아. 너무 성실하고 너무 보수적이고 융통성 없이 고리타분한 것도 귀엽고.”

고리타분한 것이 귀여울 수가 있을까?

“게다가 자기가 쓴 태연한 남자, 칼럼 속에 나온 주신노는 너무 근사하더라. 데이트 한 번 안 하면 큰일 날 정도로 너무 멋져.”

“네에? 네에.”

멍청하게 답하고 태연은 사무실을 나왔다. 부지불식간에 같이 파이팅까지 해주었던 걸로 기억한다.

 5

　"세상에, 이런 일이!"

　믿을 수가 없었던 어제와 달리 이젠 현실을 직시하게 되었다. 오직 머릿속에 하은주, 자신의 상관이 주신노에게 반했다는 것과 그녀가 쓴 칼럼이 거기에 일조를 했다는 생각뿐.

　태연의 미래는 과거로 충분히 예측할 수 있었다. 하은주의 애인은 태연이 은주를 알게 된 시점부디 지금까시 세 명 정도 되었고, 태연은 그 남자들의 자세한 내면괴 갈등을 비롯한 성장 과정 뭐, 이런 것들은 모르더라도 누구인지 대략 파악은 할 수 있었다.

　그 이유는 간단했다. 하은주는 애인이 생기면 가까운 시림들에게 품평회를 거쳐 자신들의 연애 속도를 지켜보게 하는 특이한 습관이 있었다. 그렇기 때문에 분명 주신노가 하은주의 애인 명단에 올라가게 된다면 두 사람을 다 안다는 그 이유만으로도 태연은 그 누구보다 많은 것을 지켜봐야 할 것이다.

하은주는 적극적이면서 활발한 사람이니 그들의 애정 표현도 보게 될 것이 분명했다. 하은주와 주신노가 손잡고 다니고, 포옹하고, 키스하는 모습까지 보게 될지도 모른다고 생각하니 갑자기 모든 것이 끔찍했다.

"안 돼."

'이럴수록 차분해져야 돼. 그렇지 않으면 우스워진다.'

'설마 벌써 행동하겠어.'

태연은 성급한 고민으로 소중한 시간을 흐리지 않기로 했다. 며칠 있다 생각해 봐도 늦지 않을 것이다. 그때, 전화가 울려댔다.

"왜?"

신나다.

〈야! 네 상사 말이야. 그 부사장이란 사람, 아무래도 우리 오빠한테 흑심 있는 것 같아.〉

"으응?"

〈우리 집에 어제 전화했어. 전화가 너무 많이 와서 잡지사한테만 알려주고 이번에 바꿨잖아. 우리 오빠 바꿔달라고 하더라. 그런데 목소리가 달짝지근한 것이 예사스럽지가 않아. 막 코웃음 소리도 내고 그러던데. 금방이라도 우리 집에 쳐들어올 것 같은 분위기더라.〉

"아이, 씨이."

태연의 휴식은 완전히 박살 났다.

✱

불행은 미리 막으면 충분히 예방할 수 있다는 것이 태연의 신념이자 강한 믿음이었다. 당장 쪽팔린 것이 내내 끔찍한 것보다 백배, 아니, 천배는 나을 거라는 생각.

"꼭 이래야 돼?"

"꼭 이래야 돼."

신나는 주말이 낀 황금 같은 연휴에, 그것도 외국 여행 가기로 한 스케줄을 모두 취소하고 오빠의 집에 들어와 있는 태연을 한심하게 바라보았다. 신나는 모처럼 긴 휴식이니 가족과 꼭 보내야 한다는 오빠의 강압적인 명령에 어쩔 수 없이 혈육이란 이유만으로 끌려왔다지만 완전히 타인인데다 미모 되지, 재력 되지, 시간도 있는데 이렇게 주말을 집 지키는 개처럼, 아니, 주신노를 사수하기 위해 주말을 망치는 친구가 심히 불쌍했다.

"내가 장담한다니까. 우리 오빠는 부사장 같은 타입한테는 안 끌려요. 너 같은 스타일은 딱 질색인 거 모르냐? 자유분방하고 연애 경험 많은 여자들은 이성을 떠나 인간적으로도 싫어해."

"사람 일은 모르는 거야. 설마가 사람 잡는다고, 어떻게 될지 모르니까 미연에 방지할 거야."

"너, 우리 오빠 좋아하지?"

"제발 말도 안 되는 소리 좀 하지 마."

장난인 줄 알면서 또 격한 부정이 튀어나왔다. 태연은 얼른 목소리를 낮추었다. 왜 자꾸 과민 반응이 나오는 것일까? 그러다 오해라도 사면 어쩌려고. 신나는 배를 잡고 웃기만 했다.

"장난친 거야."

"알아."

태연은 왜 자꾸 이런 질문에 가슴이 철렁한지 모를 일이다.

"그럼, 우리 오빠 매번 따라다닐 거야?"

"미쳤냐?"

사실 다른 방법이 떠오르지 않았다. 얼굴을 대면하고 상황을 설명한다면 확신이 들지도. 신명은 다른 선생 대신 세미나에 나갔고, 문제의 신노 역시 태연이 오기 전에 긴급한 일로 나가 아직 들어오지 않은 상태였다.

신나와 태연은 오래된 TV를 켜놓고 이런저런 잡담을 하며 강냉이를 먹다가도 태연의 가장 큰 고민거리인 신노에게 필이 간 하은주에 대한 얘기로 자꾸 빠졌다. 신나는 마음 놓으라고 했지만 태연은 자꾸 두 사람의 키스 장면이 상상되어 시도 때도 없이 경악스러웠다.

"난 네 오빠 그렇게 자주 보면 병날 거란 말이야."

"그래, 내가 네 맘을 알지."

"그러니까 무슨 일이 있어도 두 사람이 사귀지 못하게 만들어야 돼! 내가 그렇게 할 거야."

"애쓴다, 김태연!"

이런 대화도 애인 전화에 잠깐 나갔다 오겠다는 신나로 인해 끊어졌다. 그 바람에 이 검소하다 못해 누추한 집에 태연은 혼자 덩그러니 남겨져 방어 태세에 들어갔다. 마음이 초조하니 앉아 있어도 불편하고 혼자 있으려니 더더욱 TV도 눈에 들어오지 않아 아예 꺼버린 후 자리에서 일어났다. 신노의 손길이 가득한 잘 정돈된 마당으로 나갔지만 거기서도 좁은 공간에 숱한 발자국만 남기다가 밖으로 나와 버렸다. 옆집에 집을 내놓겠다는 팻말이 보였다. 옳은 일에 솔선수범하는 꽉 막힌 사람 옆에 살았던 이웃집은 꽤 지쳤을 거라는 생각이 문득 들었다. 그때였다, 사람의 형체가 시야에 들어온 것이.

"태연이구나!"

"안녕하세요."

자전거를 타고 오는 주신노와 딱 마주쳤다, 마음에 준비도 없이. 다행히 그는 그녀가 지금 막 온 것으로 착각한 듯했다.

"네가 여기 웬일이냐?"

"그냥요."

"그냥?"

"예, 오빠가 보고 싶어서."

태연은 나오는 대로 말한 후 커다란 눈을 끔뻑거리며 소리 내어 웃었다.

"뭐라고?"

"네?"

"아니다."

태연은 자기가 한 말에 이띤 부담노 갖지 않고 신노를 살피기 시작했다. 이미 하은주를 만났을 가능성도 있었다. 그래서 그 흔적을 찾느라 자신이 방금 내뱉은 단어가 주는 엄청난 파장을 알지 못했다. 신노가 그녀의 그 말에 마음속에 굳게 쌓아놓은 벽돌이 우르르 무너지는 기분이라는 걸. 헛고생을 몇 번씩 하는 건가. 또 그 벽돌을 쌓아야 하는가. 김태연에 대한 감정은 매혹이고, 그것은 생각보다 강했다. 그냥 자신을 그녀의 매혹에 무방비로 내버려

두고 싶은 유혹까지 치밀어 올랐다. 그런 감정에 당황하며 그는
헛기침을 했다.

"오빠, 누구 만나고 오는 길이에요?"

"응."

"누구요?"

"환경업체 사람들과 모임이 있어서."

"아!"

태연은 너무 티가 날 정도로 안도를 했다.

"밥은 먹었어?"

신노의 물음에 태연은 그제야 자신이 강냉이 몇 알밖에 먹은 것
이 없다는 걸 깨달았다. 위장도 그걸 완전히 인식했는지 민망하게
꼬르륵 소리를 냈다.

"밥 먹자."

신노가 그 말을 툭 던지고 앞서 걸었다. 태연은 막상 저 집에 신
노와 단둘이 있을 생각에 머리가 괜히 어질어질했지만 그가 뒤돌
아보자 따라 들어갔다.

"하은주 부사장이?"

"그렇다니까요."

식사를 반듯하게 하는 신노의 맞은편에서 밥 먹는 것도 뒷전인
태연이 창피함을 무릅쓰고 열심히 설명을 했다. 하은주 부사장이
잠시 착각한 것이며 두 사람이 너무 다르다고 강조까지 덧붙이면
서. 마치 그와 그녀처럼! 그 비유에 그의 눈썹이 꿈틀댄 것을 보면
적절한 비유였다.

“놀랍지 않아요?”

“놀랍구나.”

“응하지 않을 거죠?”

“…….”

물론 응하지 않을 거라는 확답이 나올 거라는 데 믿어 의심치 않았었다. 그런데 이 남자, 묵묵부답이다. 혹시 마음이 있는 거 아니야?

“사귈 거예요?”

“…….”

“절대 사귀면 안 돼요. 둘이 안 어울려요. 무조건 싫다고 하세요. 알았죠? 네? 제발, 대답 좀 해봐요.”

사실 태연은 모양새 빠지게 이렇게 오버할 생각은 없었다. 만약 주신노가 하은주의 관심에 의외라는 듯이 ‘정말?’ 이라든가 ‘설마?’, ‘그럴 리가’ 또는 ‘그게 말이 되냐?’ 이 정도의 추임새만 넣었어도 당황하지는 않았을 것이다. 이런 놀라운 사실에 침묵으로 일관한다는 것은 뭔가 암묵적인 동의가 있을 수도 있다는 극도의 날카로운 의심이 예민한 신경을 파고들어 태연을 안달 나게 했다.

“무조건 내 뜻대로 하세요.”

“싫어.”

“네?”

“무조건 네 뜻대로 하라면서? 거기에 대한 답이야.”

“…….”

이번엔 태연이 침묵했다. 신노도 밥 먹던 것을 멈추고 그녀를 쳐다보았다. 그의 눈동자가 그녀의 작은 행동에 따라 움직였다.

“너, 나 좋아하니?”

참, 정직한 질문이다. 감정이 자제된 깔끔한 태도를 유지한 물음이지만 태연에게는 그 순간 신노가 어색한 공기에 웃음 세포를 주입해 준 거나 다름없었다. 신노가 자신에게 이런 질문을 한다는 것 자체가 너무도 웃겨서 몸을 흔들어가며 주체를 하지 못했다.

“그 질문이 웃긴가?”

겨우 정신을 차렸을 때 신노는 진지하게 물었다. 그렇다고 화가 난 것도 아니고 감정이 상하거나 그런 것도 없이 그저 진지하고, 조금 부드럽기까지 했다.

'왜 자꾸 주신노를 좋아하느냐는 질문을 사방에서 받는 것일까? 내가 얼마나 주신노를 싫어하는지 내가 사는 세상은 다 아는 일인데 말이야.'

그럼에도 불구하고 태연은 이 좁고 낡은 식탁, 너무도 가까운 거리에 얼굴이, 그것도 제법 반듯하게 균형이 잡힌 얼굴이 오로지 자신의 눈동자에 집중하는 것을 확실히 느꼈다. 화끈한 느낌이 뺨에 열기를 주었다.

“으흠.”

태연은 헛기침을 했다. 만약 주신노가 아니라 다른 남자였다면 이런 표정과 눈빛 그리고 자신의 대답을 기다리는 저 부드럽지만 뭔가 묘한, 남성적인 태도에 신경 세포와 감정이 휘말려 뭔가 일을 저지르기에 충분한 분위기였다. 그런 기분에 빠져 몇 번의 의미 없는 데이트를 한 적도 있었다. 다행인지 불행인지 그녀 앞에 있는 사람은 다름 아닌 주신노였다.

“우린 앙숙이잖아요.”

태연은 그들의 사이를 표현한 정확한 단어에도 신노가 모르겠다는 표정을 짓자 두 손을 들고 으르렁거리는 모습까지 재연해 보였다. 그제야 피식 웃고 만다. 그 모습이 꽤 매력적이었다. 태연이 잠시 말을 잊고 쳐다볼 정도로. 그러나 그는 안타깝게도 주신노였다.

"네가 왜 여기 있어?"

신명이 일을 마치고 들이닥치는 바람에 태연은 신노에게 더는 어떤 말도 꺼내지 못했다. 더군다나 자기와 취향이나 태도가 너무도 비슷한 친구까지 데려와서 이리저리 속닥이는 통에 정신이 없어 신나가 오기도 전에 쫓기듯이 빠져나왔다.

"너희 오빠 애인이야?"

"아니, 미쳤냐? 쟤가 우리 오빠 가치를 알기나 해? 완전 속물에 바람둥이 주제에 감히."

속닥거리는 속에서도 분명히 들렸던 대화가 떠오르자 태연은 운전 중에 코웃음을 쳤다.

"웃기고 있네."

고민을 안고 집에 왔을 때 그 정도로 자존심 버리고 말했으면 알아들었을 것이라는 생각이 들었다. 초등학생도 알아들었을 거다. 문득 자신이 말했을 때 그의 표정이 떠올랐다. 그 표정이 무척이나 인상적이었다는 사실과 함께. 부드럽고 진지하면서도 곤란한 빛을 띠며 조용히 말하는 그 모습.

"주신노잖아."

태연은 안도의 한숨을 쉬었다. 순간의 매력에 끌려 실수할지도 모를 위험에 직면할 때마다 여러 가지 이유를 대며 자신을 자제하지만 이번에는 간단하게 막을 수 있었다. 주신노라는 이름만 되면 되니까. 무슨 주문처럼 말이다.

걱정했던 일들은 현실로 일어나지 않았다. 너무 전전긍긍했던 것이 우스울 정도로 아무 일도 없이 언제나 운 좋은 김태연의 하루가 거듭되었다. 마음의 동요는 그렇게 가라앉는 듯싶었다.

태연은 최상의 컨디션으로 파티 준비를 하기 시작했다. 오늘 잡지사 파티를 시작으로 줄줄이 사탕으로 연말파티가 잡혀 있었다. 그중에서도 잡지사 창립기념파티는 다양하고 많은 사람들이 모일 것이다. 사실, 다른 회사 창립기념파티라면 엄숙하고 경건하게 치러질 터이지만 남성 잡지의 생일은 그리 엄숙할 필요도 격식 차릴 필요도 없이 신나게 놀면 된다는 취지가 오래전부터 자리 잡고 있었다.

태연은 헤어샵을 다녀온 후 미니드레스를 입고 머리부터 발끝까지 완벽한 준비를 마쳤다. 거울 속 자신의 황홀한 모습에 흡족한 표정을 지어 보인 다음 집을 나섰다.

고급 세단을 몰고 저무는 해를 뒤로한 채 약속 장소에 도착하니 벌써 주변은 많은 사람들로 웅성거렸다. 곧 차에서 내려 발렛에게 차키를 주고 망설임 없이 오늘 하루 빌린 클럽으로 걸어가 제복을 입은 커다란 덩치에게 초대장을 보여준 후 들어갔다.

몸에 꼭 맞는 브이네크라인에 약간의 러플이 달린 검정 미니드레스와 황금빛 구두를 신은 그녀는 자신 있게 안으로 걸어갔다. 음악이 요동치며 사람들 사이로 비집고 들어와 춤을 추듯 퍼져 나갔다. 기다란 탁자에 쭉 늘어선 와인 한 잔을 집어 들고 한 모금 마시며 주위를 둘러보았다.

복층 구조로 되어 있는 내부 안쪽 바 위, 중앙 부스 안의 디제이는 댄스 음악을 시끄럽지 않게 약간 늘어진 템포로 틀고 있었다. 벽 한쪽엔 의자들과 작은 탁자들이 있고 맞은편엔 간단한 음식들이 뷔페로 차려져 있었다. 역시나 올해도 거창하게 창립파티를 하지 않고 즐겁고 자유롭게 즐기는 분위기로, 벌써부터 '멋진 남자'에 초대된 사람들은 음악에 맞춰 몸을 조금씩 좌우로 흔들고 있었다. 대화할 때도 마실 때도 그들의 몸은 살랑살랑 리듬을 탔다. 그런 자유스런 분위기에도 은근한 규칙은 있었다.

초대장에 명시된 드레스 코드엔 여성들은 미니드레스, 남성들은 바지는 무얼 입든 상관없어도 상의는 반드시 정장 차림으로 명시되었다. 그걸 어기면 마치 물 좋은 클럽처럼 통과 자체가 안 되는 것이다. 클럽 안의 남자들은 청바지나 면바지에 회색, 고동색, 감색 등의 양복 재킷을 입었고 여자들은 여러 종류의 미니드레스를 입었다. 뭐, 그중에서 간혹 장난치려고 양복 재킷에 피서용 반바지 차림도 있어서 재미나다는 듯 여자들이 손가락질하며 웃음을 터트리는 모습이 간혹 눈에 띄기도 했다.

"태연 씨 멋있다."

"선생님도요."

아는 디자이너와 인사하며 기뻐운 대화를 하는 동안에도 올해를 장식했던 태연의 남자들이 속속 등장했다. 태연의 남자들에게도 당연히 초대장이 갔고, 오고 싶은 이들은 자유 의사로 오는 것이다. 태연은 먼 거리에 있는 그들과 시선이 마주치자 일부러 가지 않고 눈짓으로 인사했다. 그쪽도 그러했다. 촌스럽게 쪼르르 달려갈 필요가 없다고 생각했다. 움직이다 마주치면 그때 안부를 물어도 되니까. 그런 생각으로 고개를 돌리는데 문 쪽에서 눈에 띄는 남자가 막 들어왔다.

검은 청바지에 회색 재킷과 같은 색 조끼, 보랏빛이 옅게 도는 셔츠를 입은 모습은 꽤 멋져 보였다. 여자들의 시선도 하나씩 달라붙었다. 태연은 아무리 멋지다고 해도 요즘 주신노 때문에 너무 지쳐 있어서 다른 남자들이 눈에 들어오지 않았다. 지금은 골치 아픈 일 없이 즐겁게 즐기면 그만이란 생각에 고개를 돌리다가 다시 그 남자를 쳐다보았다.

"그럴 리가 없어."

너무나 신노를 많이 봐와서 갑자기 뇌에 부작용이 생겨 이상한 착시 현상이 생긴 것이다. 저렇게 멋진 남자가 어떻게……. 그 남자가 태연을 발견하고 정면으로 쳐다보았다. 검은 뿔테가 너무나 낯익었다.

"주신노잖아."

태연은 자신의 눈을 의심하면서 뚫어져라 쳐다보았다. 아무리 봐도 저 늘씬하게 빠진 눈길 가는 남자는 주신노가 확실했다. 주위의 음악 소리가 갑자기 멀어지고 시야에 보이는 신노만이 조명을 받아 유달리 번쩍번쩍 빛이 났다. 그는 이 자리가 어색한지 한 발짝도 움직이지 않았고, 태연은 폼 안 나게 바로 쪼르르 달려갔다. 가까이서 보니 그는 더욱더 멋있어 보였다. 숱 많은 검은 머리는 왁스나 젤 같은 제품을 하나도 바르지 않았지만 잘 드라이되어 자연스러웠다. 저 익숙한 낡은 검은 뿔테 아니면 몰라볼 뻔했다.

"옷이 왜 이래요?"

"신나가 도와줬어. 이상하지?"

"멋져요."

퉁명스럽고 뻬딱한 그녀의 태도에 신노는 신경이 쓰인 모양이었다. 태연은 매너 좋게 그를 대하기 힘들었다. 왜냐하면 그는 공무원 분위기 팍팍 풍기는 가지런한 가르마가 없어진 헤어스타일과 옷 몇 가지로 여기 있는 남자들 중에서 상위에 속할 만큼 눈길을 확 모으고 있었다. 저리 멋지니 대략 난감해졌다. 신노는 새 패션이 어색하고 몸에 안 맞는지 자꾸 몸을 조금씩 비틀며 인상을 찌푸렸다.

"여길 왜 오셨어요?"

"초대받았어."

"누구한테요?"

"잡지사한테."

그의 대답은 너무나 간결했다. 답답할 정도로 뻔히 아는 대답만 하고 있었다.

"그렇다고 꼭 와야 하는 건 아니에요."

"그건 내가 판단한다."

"내가 한 말 다 허투루 들은 거예요?"

태연은 두 손을 모은 채로 흔들면서 성질 지수가 올라가는 걸 느끼며 그를 다그쳤다.

"왜 이렇게 걱정하는 거야? 네 말대로 네 상사분과 난 전혀 다른 사람인데, 어울리지 않는다는 거 잘 안다. 됐나?"

"그럼 여기에 오지 말았어야죠."

"난 예의 없는 사람이 아니다. 지켜야 할 약속은 지켜."

속이 갑갑할 정도로 타서 물이 필요했다. 태연은 손을 뻗었지만 그것은 와인이었다. 아무리 봐도 물은 없었다. 어쩔 수 없이 손에 잡힌 와인을 우아한 폼 다 떨어내고 꿀꺽꿀꺽 마시며 앞서 가는 신노를 못마땅한 눈으로 쳐다보았다.

"짜증 나!"

그럼에도 왜 이렇게 강가에 내놓은 아이를 바라보는 맘이 되는지 모르겠다. 그가 파티에 온 것뿐인데 머리는 오만 가지 걱정으로 들끓기 시작했다. 이 세상에 얼마나 많은 유혹이 있을까? 확실한 것은 그 유혹 중 많은 것들이 지금 이곳에 존재하고 있다는 것이다. 물론 유혹은 매력적인 자극이고, 사람들의 삶을 생동감 있게 만들 때도 있다. 그러나 유혹에 면역성이 전혀 없는 얼굴로, 그것도 멋져 보이는 모습으로 뚜벅뚜벅 중심을 향해 걸어가니 환장할 지경이었다.

'젠장, 왜 이러지!'

태연은 지끈거리는 관자놀이를 왼손으로 꾹꾹 누르며 다른 손으로는 반자동으로 와인잔을 들었다. 마음의 안정이 필요했다. 다른 사람들과 대화하는 척하며 고개를 돌려보니 신노가 잔뜩 긴장한 얼굴로 벽 구석에 조용히 서 있었다. 사람들의 분방한 접촉들이 눈앞에 펼쳐지니 동공이 커지고 입술은 꽉 다물어져 있다. 그 와중에 자세는 반듯하다. 헛웃음이 나오려 했다. 두 사람의 시선이 많은 사람들을 비집고 일직선으로 마주쳤다. 그는 꼿꼿한 자세로 다른 사람들의 관심을 버거워하면서도 패션 피플들의 아는 척에 예의에 어긋나지 않는 선에서 간략한 인사를 차리고 있었다.

"이제 그만 가봐야 하지 않아요?"

"자꾸 내 앞에서 어슬렁거리지 마라."

"난, 어슬렁거린 적이 없어요. 오빠가, 아니, 신노 씨가 날 자꾸 처다본 거지. 내가 그렇게 거슬려요? 아니면 다른 이유 있어요? 아, 몰라. 하여튼 난 오빠가 여기 있는 것이 싫어. 알았어요? 그러니까 갑시다. 여긴 당신에게 너무 위험한 곳이에요."

"너, 취했구나."

"흥, 겨우 다섯 잔에 취할 김태연이라면 이 자리에 있지도 않았습니다."

신노는 피식 웃었다. 그러다 자신의 웃음에 다시 멈칫하고 그녀를 처다보았다. 서로의 눈이 너무 가깝게 느껴졌다. 태연은 남자의 눈이 너무 맑아서 화가 났다. 그래서 그를 다짜고짜 잡아끌었고, 자신보다 힘이 훨씬 약한 여자에게 신노는 무턱대고 끌려갔다. 사람들의 시선이 붙을 만했지만 지금 어떤 남자가, 정확히 말해서 검은색 재킷에 빨간 반바지 차림인 20대 초반의 애송이가 춤추기 시작한 것을 보느라 모두 정신들이 팔렸다. 게다가 이들은 자유로운 분위기에 손을 잡고 어깨를 기울이고 친한 척하는 것에 그다지 문제 삼지 않는다. 이러다가 다음날 다시 그저 아는, 소홀한 사이들로 넘어가는 일이 대부분이니까.

신노는 태연의 손에 꼼짝없이 잡혔다. 사실 그녀의 힘이 엄청 세어서가 아니라 그녀의 체온이 그를 당황케 했다. 그녀로 인해 자신답시 않은 감정에 빠져들어도 매번 그걸 완전히 받아들이지 않은 것은 몸에 밴 자제력 때문이었다. 그런데 지금은 순간 그의 머리가 하얘졌다. 여기에 온 것이 실수였다.

그 와중에 태연은 저 문턱만 넘으면 된다는 생각뿐, 머리가 와인과 정확히 꿰뚫기 힘든 흥분으로 부글부글 끓고 있었다. 하여튼 이 남자를 이곳에서 어떻게하든 데리고 나가 다른 곳에 버리고 오는 한이 있어도 여기에 두면 안 된다는 생각에 성마른 걸음으로 막 문을 밀려는 순간, 화사한 웃음소리가 음악을 뚫고 울려 퍼졌다.

"오, 이 분위기 너무 좋다."

붉은색 홀더 미니드레스 위에 걸친 외투를 막 벗어 보관소에 맡긴 하은주가 활짝 웃으며 걸어 들어왔다. 그들의 시선이 코앞에서 마주쳤다. 태연은 하은주의 귀중한 보석을 훔치다가 현행범으로 딱 들킨 기분이 들었다.

"자기, 오늘 너무 근사하다."

은주가 태연에게 다정하게 말한 후 신노를 쳐다보았다.

"안녕하세요. 멋지시네요. 이렇게 와주셔서 너무 감사드립니다. 이리로 가실까요?"

그들이 멀어졌다. 태연은 멍청하게 바라보다가 하은주와 신노가 같이 있는 걸 막아야 한다며 숨을 몰아쉬었다. 방법이 떠오르지 않는다. 누군가 그녀의 손에 와인잔을 안겨주었고, 망설임 없이 물처럼 들이켰다. 그랬더니 정신은 더 몽롱해지고 심장이 거세게 쿵쾅거리며 담대해졌다. 하은주가 무언가 진지하고 고마워하는 표정으로 신노에게 말을 꽤 길게 하자 그가 어색한 태도로 고개를 살짝 끄덕거렸다. 태연은 그들의 대화가 절대 들리는 거리가 아님에도 머릿속에선 제멋대로 소리가 들렸다.

'제 맘을 받아주셔서 너무나 감사드립니다. 앞으로 우리 화끈하게 사귀어보도록 해요. 어머나, 눈이 너무 예쁘시네요. 맑고 투명하고, 당신 눈 안으로 퐁당 빠져들고 싶어져요. 호호호.'

'당신의 뜻에 따르도록 하겠습니다. 이제부터 그것이 나의 의무이니까요.'

클럽 안의 과도한 열기와 술로 인해 제정신이 아님에도 그 상상 속의 대화가 너무 웃겼다. 그런데 한편으론 그 대화가 문득 진지하게 느껴지기도 했다. 웃던 태연의 얼굴이 갸우뚱해지면서 의심스런 빛이 뭉게뭉게 피어났다. 하은주가 꽤 정중한 것도 수상했고, 신노가 어색해하면서 자리를 지키는 것도 이상했다. 태연은 무작정 그들에게로 갔다. 아니, 정확히 말하면 그들 사이로 비집고 들어갔다. 마침 은주가 그의 옷에 대한 칭찬을 하고 있었다.

"옷이 잘 어울려요. 비율이 굉장히 좋으시네요. 비율이 좋으면 약간만 멋을 내도 정말 근사해 보이죠. 멋져요!"

"감사……."

신노가 말을 끝내기도 전에 태연이 끼어들었다.

"원래 신노 씨가 옷발이 좋아요."

두 사람이 쳐다보자 어깨를 으쓱거리며 태연하게 미소를 지어냈다. 은주는 어리둥절한 표정이고, 신노는 당황하는 기색이었다. 어색한 짧은 정적은 주위 사람들이 즉흥적으로 건배를 하자며 분위기를 띄우는 바람에 깨졌다.

"우리의 주인공을 위해서 건배."

지금 이 말을 하는 사람은 다름 아닌 김태연으로 술은 취했어도 하는 행동은 우아해 보였다. 다른 사람들도 약간 취기가 오른 상태라서 그녀의 과도한 우아함을 이해했다. 사실 제정신이라면 절대 이러지 않겠지만, 술에 취해서일까, 두 사람이 함께 있지 못하게 만들어야 한다는 강박관념은 우스울 정도로 강해졌다.

"요즘 어떤 음악 들으세요?"

"요즘은 그냥 댄스음악이 좋더라구요. 한때 재즈에 빠졌지만 지금은 신나는 음악이 좋아요. 그렇죠?"

"네."

하은주가 신노에게 질문하면 마치 배달처럼 태연이 자신의 생각까지 듬뿍 담아서 하은주를 보며 답하고, 슬쩍 신노에게 묻는다. 그러면 그는 간단하고도 명료하게 답한다. 네.

이번에는 스포츠였다.

"농구 시즌이 되어서 너무 좋아요. 농구 좋아하세요?"

"농구도 좋고 배구도 좋아요. 요즘 배구 선수들 중에 너무 잘난 사람들이 많더라구요. 물론 농구도 그렇지만. 그래도 야구가 짱이죠."

하은주의 물음에 태연이 답하고 신노는 어색한 미소만 짓는다. 은주는 이 재미난 상황을 약간은 심각하고도 코믹하게 받아들였다.

'하은주는 시원시원하다. 쉽게 화도 안 낸다. 멋지다. 그런데 난 구질구질하게 무슨 짓을 하는 거지?'

다행히 다소의 자각으로 그녀는 잠시 입을 다물며 미소만 지으려 했다. 이상하게 입만 열면 하은주의 이마에 찡그림이 하나둘 늘어가는 것이 알딸딸한 정신에도 선명하게 보였기 때문이다. 하은주는 많은 사람들과 즐겁게 어울렸고, 신노 또한 챙겼다. 그러나 옆에 서서 무언가 개인적인 얘기를 할 분위기만 되면 판을 깨려는 듯 자신을 몽롱하게 바라보고 있는 예쁜 태연 또한 계속 관찰했다.

"자기, 오늘 이상하다."

"네?"

“날 자꾸 생각하게 만들어.”

“네?”

“사실 자기한테 할 말도 있긴 한데, 아무래도 나랑 좀 내일 얘기해야겠어. 지금 말고. 지금은 정말 이상해.”

하은주가 다른 무리로 합류했다. 태연은 반성 어린 알딸딸한 얼굴로 고개를 숙였다.

“괜찮니?”

“신경 쓰지 말아요.”

태연이 까칠하게 대꾸하자 신노는 더 이상 묻지 않았다. 화가 났다. 왜 이렇게 이 남자 때문에 꼬이는지 모르겠다. 이 즐거운 파티도 즐기지 못하고 자신이 가장 좋아하는 상사로부터 이 남자를 떼어놓으려는 시도나 하는 것은 정말이지 기분 질척하고 꿀꿀한 일이었다.

“에라, 모르겠다. 사귀어라.”

태연은 신노를 떠나 저 멀리 구석진 곳에 가버렸다. 그러나 자꾸 시선은 신노에게로 향했다. 주위 여자들의 눈빛이 심상치 않았다. 저렇게 차려입으니, 아무리 옷이 불편해 무슨 벌레 들어간 사람마냥 꾸물꾸물 움직여도 멋져 보였다. 오늘 그가 멋지다는 생각을 몇 번 하는지 세어보면 섬뜩할 듯싶다.

“신경질 나. 왜 저렇게 입은 거지?”

태연은 심기가 다시 꼬깃꼬깃해져서 고개를 돌렸디. 다시 안 보려고 하는데 갑자기 하은주에게 다가가 뭔가 말하는 신노가 다시 시야에 들어왔다. 하은주는 아쉽다는 표정을 짓고 있었다. 그러더니 두 사람이 함께 나가고 있었다.

"헉!"

태연은 깜짝 놀라서 더 생각할 것도 없이 그들을 쫓아갔다. 뭔가 대화를 끝낸 후 신노가 짧은 목례를 하려고 하니 그녀가 안겼다. 아니, 태연의 눈에는 안기는 것이었지만 실제로는 신노에게 은주가 작별 인사를 서양식으로 살짝 한 것뿐이었다. 물론 신노는 많이 놀랐지만 티를 내지 않고 살짝 몸을 떼었다.

"잠깐만요."

그나마 그냥 가려는 신노를 보고 안도하려던 순간 하은주가 명랑한 목소리로 불러 세웠다. 은주의 빨간 스포츠카가 막 인계되는 순간에 태연은 목소리를 드높여서 말했다. 사실, 술기운에 흥분지수가 이렇게 높아지지만 않았다면 상황을 봤을 테고, 이런 불상사는 없었을 것이다.

"오빠! 나 데려다 줘."

술기운이 있어서 하은주가 시야에 들어오지 않은 것처럼 말했다. 연기할 필요 없이 술기운이 코끝까지 와 있었다. 하여튼 태연의 다급한 목소리는 하은주의 명랑한 소리를 공중에서 중단시켰다. 너무 급하게 왔는지 몸이 좀 휘청거려 중심이 반쯤 앞쪽으로 넘어가고 있었다. 앞쪽에 누가 있었지?

"조심해야지."

"내가 술을 마셔서 그런데, 오빠가 나 대신 운전 좀 해줄래?"

긴 속눈썹을 나비 날갯짓하듯 깜빡이며 물었다.

'아, 이게 무슨 짓이지? 사람이 할 짓이 아닌데.'

"죄송합니다. 그럼, 가봐야겠어요. 태연이도 데려다 줘야 할 것 같구요."

"그러세요. 그럼, 여기서 완전히 헤어져야겠네요. 정말 아쉬워요. 태연 씨, 잘 가. 내일 나 좀 꼭 보자고."

태연은 빙구 웃음으로 하은주의 의미심장하면서도 명랑한 얼굴을 배웅했다. 그녀는 머리를 날리며 빨간 스포츠카에 올라탔다. 그리고는 손을 흔들고 바람처럼 떠났다.

"차는 어디 있어?"

"안녕히 가세요, 주신노 씨!"

술에 취한 태연은 손을 휘젓고 나서 다시 파티장 안으로 들어가려고 했으나 머리가 어지러운데다 흥미도 잃어서 무작정 주차장으로 갔다.

"차 열쇠 줘, 빨리. 음주운전하려고 그러냐?"

그의 목소리가 낮은 울림으로 질책을 했다.

"아니에요. 그러니까……."

"택시 타고 가. 잡아줄 테니까."

뭔가 화난 그의 태도가 마음에 안 들어 태연의 목소리도 날이 서졌다.

"난 내 차로 내 집에 갈 거예요. 염려 말아요, 대리 부를 거니까."

"마음대로 해라."

신노는 뚜벅뚜벅 소리와 함께 그녀와 그녀의 멋진 세단에서 멀어졌다. 정말로 화가 난 모양이다. 왜 이렇게 남의 일에 오지랖이 넓어졌는지 모르겠다. 맘이 뒤숭숭해서 갈피를 잡지 못했지만 우울하기 짝이 없었다. 태연은 자신의 멋진 차에 아무렇게나 기대어 골골한 마음을 위로 없이 마주했다. 눅눅한 지하주차장의 기운이 곰팡이 냄새와 함께 저 아래에서 스멀스멀 기어 나왔다. 그렇게 시간이 흘러갔다. 서늘한 기운에 술이 점점 깨고 나니 여기에 너무 오래 있었다는 자각이 들었다.

쿵쿵 울리는 지상의 각종 소음들과 지하의 어둑한 고요가 이상한 조화를 이루었다. 오래 있을수록 찬 기운과 함께 무섭다는 생각이 들자 얼른 차에 올라타려고 했다. 그때 뒤에서 발자국 소리가 났다. 그녀는 얼른 차 문을 열려고 하다가 급한 마음에 차 열쇠를 떨어뜨렸다. 그러나 그 발걸음 소리가 그치기 전에 강도나 뭐 흉악범이 아닌 발자국의 주인공이 누구인지 바로 느꼈다. 단정하고 바른 몸가짐이 그 발자국 속에 그대로 박혀 있었다.

"놀랐잖아요. 왜 돌아왔어요?"

신노가 아무 말 없이 바닥에 떨어진 차 열쇠를 주워 들었다.

"줘요. 난 괜찮다니까. 정말이에요."

신노는 가만히 태연을 쳐다보았다. 그 시선에 부응하기라도 하듯이 태연은 기다란 팔을 휘적거리며 술이 이제 완전히 깼음을 보여주었다. 그 모습이 더 못 미더운 눈치였다.

"대리 부를 거예요."

그가 벌써 운전석에 탔다. 태연이 저항의 의미로 좀 더 버텼지만 잠시 후 조수석에 올라타고 말았다.

"서울 지리 알아요?"

"깜깜하진 않아."

태연은 이마를 문지르며 차가 덜컹거리며 앞으로 나가는 것을 바라보았다. 그답지 않게 다소 거칠게 운전하는 모습에 고개를 돌리니, 무언가 깊은 고민에 빠져 있는 것 같았다.

“오늘 파티 어땠어요?”

태연이 불편한 침묵이 싫어 나오는 대로 물었다.

“넌 어땠어?”

“재미있었어요.”

“그래?”

비꼬는 기색은 없었는데 괜히 찔렸다.

“재미없었어요?”

“복잡해.”

그는 뜻 모를 말만 하다가 입을 다물었다. 그가 운전하는 자신의 차가 약간씩 반동을 일으키자 마음도 같이 흔들흔들거렸다.

“모르겠다.”

혼잣말처럼 태연은 중얼거리고 창가를 바라보았다. 빗물이 조금씩 맺히기 시작했다. 사람들과 차와 건물의 존재적 율동이 느껴졌다. 모든 물건에는 그것이 생물이든, 무생물이든 무언가 느껴지는 것이 있는 열정의 지수가 있다고 대학교 시절 반쯤 정신 나간 노교수는 말했었다. 그 열정은 삶에 대한 태도라고 했던 것 같은데. 하여튼, 지금 서울의 열정과 함께 그에 못지않은 신노의 열기가 느껴졌다. 이것이 삶에 대한 것인지, 아니면 무엇인지 모르겠다. 화가 난 것일까? 화가 났다면 또 미안하다고 해야 하나.

태연은 차가 아파트 안으로 진입하자 얼른 웃겼던 오늘 밤의 마무리를 그럴듯하게 지으려고 입을 열었다.

“고마워요, 오빠. 오늘 같은 파티는 좀 정신없는 것이 특징이에요. 그러니까 뭐, 실수가 있었다고 해도 상관하지 마세요. 그럼 잘 가세요.”

태연은 멈추자마자 차에서 내려 머리를 날리며 앞으로 갔다. 마치 도망가는 기분이 들었다. 무엇으로부터? 갑자기 느껴지는 신노의 존재 지수가 갑자기 높아져서? 아니다. 이 모든 것은 취기에 휩싸인 김태연, 자신의 문제인 것이다.

"김태연."

신노가 부르자 태연은 작은 빗방울이 조금씩 내리는 하늘 아래서 미니드레스 위에 대강 걸친 외투를 잡고 돌아봤다. 그가 멋진 검은 세단을 배경으로 서 있으니 더 근사해 보인다는 어처구니없는 생각이 코끝을 맵게 핑 돌았다.

"이 차 네 차야. 가져가야지."

"아, 그렇지."

태연은 다시 또각또각 소리를 내며 서둘러 왔다. 신노는 주차하는 것도 못 미더운 듯 바로 열쇠를 주지 않고 주차장이 어디에 있는지 묻고 아예 주차까지 마쳤다.

"정신 차리고 살아."

역시 주신노다운 말을 남기고 어둠 속으로 사라졌다. 태연은 우뚝 그 자리에 멈춰 그가 간 자리를 멍하니 보다 한숨을 내쉬었다.

"김태연이 왜 이렇게 됐지? 이젠 주신노가 누굴 사귀든 신경 안 써. 괜히 에너지만 소비하고."

태연은 생각이 고스란히 입으로 나오는 자신의 과한 목소리에 인상을 찌푸렸다. 빗소리가 잠잠히 들렸다. 이렇게 5분만 있다가 갈 생각이었다. 신노가 간 자리 쪽의 방향으로 서 있는 것은 우연일 뿐이고 머리를 식히려고 하는 짓이란 이유를 굳이 붙이면서. 그때였다, 누군가 저벅저벅 작은 빗소리를 뚫고 오는 소리가 들린 것이…….

“주신노잖아.”

“정신 차리고 살아야 되는데…….”

신노의 낮은 목소리가 연달아 나왔다. 그는 화가 났다. 매번 김태연에게 흔들렸어도 내색하지 않았던 자신이 지금 그 한계에 왔다는 것과 그것이 사랑의 감정과 닮았다는 것. 그리고 김태연에 대한 감정을 지금에야 확연히 깨달았다는 것. 복잡하지만 단순했다. 매번 밀어내기만 했던 그 감정의 실체에 닿았다. 이제 그는 솔직해지고 싶었다.

“정신 차리고 살아야 되는데…… 그게 안 돼. 어쩌면 이게 진짜일 수도…….”

뒷말은 거의 들리지 않았다. 왜냐하면 그의 입술이 빗물에 젖은 태연의 입술에 닿았기 때문이다.

 6

"정신 차리고 살아야 되는데…… 그게 안 돼. 어쩌면 이게 진짜
일 수도……."

　제대로 알아듣지 못했다. 말이 귀에 닿기도 전에 그의 입술이 그녀
의 입술에 닿았다. 정신이 멍해졌다. 빗물에 젖은 입술은 너무도 뜨
겁고 부드러웠다. 아무 생각도 나지 않았다. 태연은 자신도 모르는
사이 스르르 눈을 감아버렸다. 맞물린 입술은 제멋대로 달아올랐다.
커다란 손이 떨리듯 그녀의 뺨을 만지고 머리카락에 파묻혔다. 전혀
압박 없는, 오히려 망설임과 주저함이 가득한 접촉은 점점 깊어지고
있었다. 모든 의식이 허물어지고, 서툴지만 뭔가 뜨거운 열기만이 전
부처럼 느껴졌다. 시간이 저 멀리에서만 흐르는 것 같았다.
　태연은 자신이 무엇을 하고 있는지 깨닫는 데 몇 초가 더 필요

했다. 그 몇 초는 너무도 길게 느껴졌다. 그렇게 시간이 더 흐른 뒤에도, 빗물이 내리는 아파트 정문 앞에서 키스하고 있음을 깨달았음에도 선뜻 물러서지 못했다. 상대의 뜨거운 감정에 휩싸인 채로 가만히 서 있을 뿐. 이 특별한 느낌에서 영영 못 헤어나올 것 같다는 생각이 들 때, 그녀의 눈이 떠졌다. 그리고 그 특별했던 환상은 바로 깨져 버렸다.

"헉!"

태연은 눈앞에 마르고 단정한 청교도적인 신노의 얼굴이 있자 밀어내 버렸다.

"지금 뭐 하는 거예요?"

태연은 소리 질렀다.

"……."

그는 아무 말이 없었다. 그의 젖은 입술이 붉게 빛났고, 얼굴은 창백했다.

"제정신이에요?"

"……."

"지금 이게 말이 돼요? 나, 김태연이라구요. 당신은 주신노잖아. 아니, 왜 키스를 하고 난리냐고!"

신노는 다시 단정한 모습으로 돌아왔지만 그의 눈동자에 새겨진 짙은 감정을 이성으로도 숨길 수가 없어서 반듯한 인상이 달라져 있었고, 번민에 싸인 모습은 단정한 태도로두 마을 수 없는 흐트러짐이 엿보였다.

"그렇게 끔찍해?"

"그럼 안 끔찍해요? 우리 사이에 그런 키스가 말이 되냐고요.

이런 사고를 저질렀으면 최소한 미안하다고 말해야 되는 거 아니
에요?”

“미안하다, 너에겐 사고라서. 나에겐 사고가 아니었어. 하지만
앞으로 널 괴롭히진 않을게.”

그의 음성은 낮았지만 격앙되어 있었다. 그것은 그녀도 마찬가
지였다.

“그럴 필요 없어요, 다신 보지 않을 거니까.”

태연은 아파트 안으로 향했다. 얼굴이 화끈거리고 팔다리에 힘
이 풀려 제멋대로 휘적휘적거렸다. 바보처럼 엘리베이터가 아니
라 계단 쪽으로 가는 발걸음을 틀지 못하고 계속 걷다가 창문을
보니 신노가 보였다. 그는 아직도 가지 않고 그 자리에서 고개를
숙이고 있었다.

그 모습에 마음까지 약해지자 그녀는 또 막 화를 내다가 앞으로
고꾸라질 뻔했다. 순간 스치는 생각 하나, 그는 지금 첫 키스를 했
다. 그리고 바락바락 소리 지르는 여자에게 봉변을 당했다. 봉변.

“봉변은 내가 당했어. 그러니까 누가 나에게 첫 키스를 하래. 대
체 뭔 정신으로 한 거야.”

✽

며칠 후, 잡지사로 출근했다. 술이 완전히 깬 상태로 파티에서
의 행동을 두루 살피니 도저히 어디 얼굴을 들고 다니기가 힘들었
다. 다행히 그녀에게 인사하는 얼굴들은 전혀 이상한 기미가 없이
흔연스러웠다. 자신의 행동을 의아하게 여겼던 사람은 오로지 하

은주 부사장밖에 없었던 것 같았고, 다행히 그녀는 잠시 해외 출장을 간 상태였다.

태연은 그 어느 때보다 열심히 일했다. 연애 칼럼 쓰는 데 온 신경을 다 모으면서. 그러나 자꾸 신경이 뚝뚝 끊어지며 신노와 키스 장면이 끊임없이 머릿속으로 파고들었다. 생각하지 않으려고 하면 할수록 더욱더 집요하게 따라다니는 환영에 미치고 팔짝 뛸 지경이었다. 그때, 문자가 왔다.

〈오늘 꼭 집에 와라. 벌써 이 주나 빼먹은 거 알지? 같은 서울에 살면서 한 달 동안 자식 얼굴을 못 본다는 것이 말이 되는 소리니. 네가 자식이라면 당장 달려와.〉

태연은 엄마의 문자를 확인하고 저녁은 부모님이랑 해야겠다는 가벼운 마음으로 집으로 향했다. 아니, 가볍지는 않았다. 또 집 앞 문턱에서 신노의 키스 생각에 눈앞이 빙글빙글 돌았다. 겨우 생각을 밀어내고 아파트 안으로 들어갔다. 현관문을 열자 어수선한 분위기를 느꼈지만 마음이 어수선해서 딱히 눈치 못 채고 가족 모임에 참여했다.

가족 모임이라고 해봐야 아빠아 엄마, 강아지와 그녀가 전부로 단출하기 그지없었다. 아버지는 건장한 체격에 약간 살이 붙어 운동을 하겠다는 결의만 여전히 다지고 있는 이목구비가 뚜렷한 길생신 중년이고, 엄마는 여리여리한 인상으로 약간은 자기중심이지만 아버지에겐 관대하고 애교가 넘치는 분이었다.

남동생은 유학 중이다. 영문학 석사논문을 마치고 박사 과정을 밟고 있었다. 아버지를 닮아 대학교수가 되고 싶은 모양이었다. 그런 동생의 안부를 바탕으로 대화를 나누며 그들은 식사를 했다. 식사도 그리 특별할 것 없이 평범했다.

"오늘 너한테 발표할 게 있다."

식사를 마치고 녹차를 앞에 둔 아버지가 확고한 어조와 표정으로 약간은 거창하게 말을 꺼냈다. 그러나 호기심을 갖고 쳐다본 것은 오직 태연뿐, 이미 엄마와 하물며 강아지마저 알고 있는 듯했다.

"우리 이사하기로 했다."

"이사요?"

"고향집으로 다시 돌아가려고. 마침 집이 나왔어. 그 집이 말이다, 떠날 때는 몰랐는데 막상 떠나고 이렇게 아파트에서 지내다 보니, 그곳이 얼마나 좋았는지 이제야 깨달았단다. 이리 뒤늦게 깨달은 걸 보면 인간은 얼마나 어리석은 게냐. 그래서 더 생각할 것도 없이 결정해 버렸다."

아버지의 말 한마디로 가정이 돌아가던 시대는 끝났다. 사실, 조선시대에도 곳간 열쇠는 아내에게 있었다는 걸 보면 우리나라는 은근히 가정의 주도권이 여자에게 있는 경우가 많았고, 그녀의 집도 예외가 아니었다.

"나이가 드니까 좁다한 아파트에서 숨쉬기가 불편해. 텃밭도 있고, 마당에서 빨래도 널고 햇볕도 내 집에서 마음껏 받고 싶구나. 예전에는 좋은 줄도 모르고 마당 있는 집에서 살았는데, 그때는 또 얼마나 아파트가 가고 싶었던지. 아파트 살아서 편한 것이다 건강에 안 좋은 것들뿐인데 말이야.”

주말마다 엄마의 넋두리를 주의 깊게 들었다면 이렇게 황당하지는 않았을 것이다. 아니, 알았다 한들 어찌 예전 집이란 말인가.

“혹시 주신노 옆집은 아니죠?”

“그래, 그 건실한 젊은이가 주신노였지. 맞다. 네 칼럼에도 나왔잖아. 나 그렇게 훌륭한 젊은이인 줄 몰랐다. 이웃도 잘 만나야 하는데, 예전 그대로 이웃이라니 이 얼마나 행운이냐.”

언제 아빠가 자신의 칼럼까지 다 읽으셨나 하는 놀라움은 뒤로한 채 태연은 숨쉬기가 곤란해졌다.

“꼭 그러셔야 돼요? 이천까지 내려갈 필요가 뭐 있어요?”

겨우 한 말의 노고도 없이 부모님은 같은 표정을 지었다. 단호함이 바로 그것. 부부는 닮아간다더니…….

“이미 계약했다. 이 아파트는 내놓았고, 이사부터 할 생각이야.”

“왜요? 대체 왜 다시 그 동네로 가려는 건데. 지금이라도 계약 취소하면 안 돼요? 아, 난 가기 싫단 말이야. 몰라, 몰라요!”

고향집이라고 불릴 만큼 그렇게 정이 붙은 곳도 아니고 더군다나 신노의 옆집으로 이사한다는 것은 적어도 한 달에 한두 번은 그 얼굴을 대면해야 한다는 걸 의미한다. 기습 키스까지 당한 마당에, 아니, 정확히 말해 응한 마당에 그 얼굴을 그렇게 정기적으로 볼 수가 없었다.

“싫어요! 안 돼. 안 돼.”

태연은 10대 때에도 하지 않던 반항과 생떼를 부렸다.

부질없는 반발을 부모님은 깡그리 무시해 버렸다. 아파트가 안 팔리면 전세로 내놓는 방안을 오순도순 강구하면서 한편으론 고향집을 보러 가자고 제의까지 했다.

며칠 후 주말이 되자 구태여 태연을 이끌고 이천으로 내려갔다. 예전 살았던 그 집의 등기 처리까지 마친 부모님은 이사 오기 전에 예전보다 살기 좋은 곳으로 바꾸기 위해 이미 공사까지 맡겨 버렸다. 태연은 완전 자포자기 심정으로 옆집과 똑같이 생긴 계단참에 멍하니 앉았다. 엄마는 딸의 상태도 헤아리지 못하고 어린애처럼 자꾸 낮은 담 사이로 옆집을 건너다보았다.

"우리도 이런 텃밭을 가꿔야겠다. 태연아, 어쩜 저렇게 잘 만들었을까."

태연은 엄마의 말을 귓등으로 들으며 자신의 운이 왜 이렇게까지 틀어졌을까 한탄을 하다가 누군가에게 아는 척을 하는 엄마의 목소리에 정신이 번쩍 들었다.

"나, 기억해요? 태연이 엄마! 그래, 오래간만이에요, 신노 군! 이름 불러도 되겠나?"

"네, 그럼요. 안녕하세요."

낮고 단정하고 예의 바른 목소리가 담을 타고 들리자 몸이 순간 뻣뻣해짐을 느끼며 태연은 어디론가 숨고 싶었지만 마땅한 곳이 보이지 않았다. 제발 저기에서 여기가 보이지 않아야 할 터인데. 그녀는 낮은 담으로 인해 훤히 마당이 보이는 구조라는 걸 잊고 있었다.

"우리 여기로 다시 이사 오기로 했어. 우리가 오니까 신노도 좋지? 낯선 사람들이 와서 어색한 것보단 훨씬 낫잖아."

"네, 그럼요. 도와드릴 일 있으면 언제든지 말씀하세요."

그의 예절 바른 말에서 난처함이 느껴지는 것은 자신만의 착각일까?

"그래도 돼? 우리 곧 공사할 텐데, 무척이나 시끄러울 거야."

"괜찮습니다."

"앞으로 많이 조언도 해주고, 텃밭도 내가 아무것도 모르는데 많이 도와줬으면 해서."

예전 그들은 정말로 하나도 도움이 안 되는 이웃이었다. 그때 아빠는 논문으로 바빴고, 엄마는 회사에 다니느라 정신이 없었다. 이웃에 신경 쓸 만큼 영혼이 폭넓은 사람은 아니지만 남들에게 피해 주지 않으려는 대강 착한 사람들이었다. 그런데 지금 그다지 친하게 지내지도 않은 신노에게 엄마는 정말로 많은 것을 요구하고 있었다. 태연은 아직도 머릿속이 신노의 키스 때문에 뒤숭숭해 죽겠는데 말이다. 흐릿하고 먹구름이 잔뜩 낀 시린 하늘 아래 태연은 몸을 웅크렸다.

"네, 그럴게요."

그가 너무 친절해서 태연은 화가 날 정도로 미안했다. 그때 자신이 얼마나 꽥꽥 소리를 질렀는지 지금도 그 소리가 귀에 울리는데, 정신을 차리려고 벌떡 일어나다가 그와 정면으로 마주쳤다.

"태연아, 너도 이리 와서 아는 척이라도 해라. 너희는 이제 친하잖니. 신노 욕할 때는 언제고 네 칼럼에 그렇게 잘 써주다니, 역시 사람 마음은 몰라. 칼럼 잘 나왔어. 난 내 딸이 쓴 것들 중에 연애 칼럼보다 태연의 남자가 훨씬 좋아."

태연은 엄마가 자꾸 칼럼에 대해 얘기하는 것이 신경에 거슬리는지, 아니면 주신노에게 다정하게 반말하는 것이 그런 건지 콕 집어 말할 수가 없었다. 그녀의 시선은 저절로 주신노를 피하고 있었다.

"안녕하세요. 엄마, 나 잠깐 나갔다 올게."

태연은 얼른 그 말만 남기고 집을 나왔다. 어떻게 해야 할지 답이 안 나오는 상태로 계속 동네를 빙빙 돌았다. 어지러웠지만 멈추면 더 어지러운 현실과 만날 것 같았다. 겨우 답 하나 얻은 것이 무조건 신노의 눈을 피하고 모른 척하자는 것이었다.

날이 어두워져 집 안으로 들어가려는데 잠바를 입고 막 호출받은 사람처럼 집에서 뛰쳐나온 신노와 부딪쳐 그 결심도 깨지고 말았다. 냉정한 눈과 마주치자 무시해 버리자는 생각은 아예 사라져 버렸다.

"내가 오자고 한 거 아니에요."

"알아."

"우리 부모님이 귀찮게 할 것 같은데……."

"이웃이 도움을 필요로 하는데 도와주는 것을 한 번도 귀찮다고 생각해 본 적 없으니까 걱정하지 마."

"고마워요."

"당연한 일이니까."

신노가 너무 냉랭해서 태연은 미안하다는 말을 하기 어려웠다. 돌아서는 그의 뒷모습이 눈에 들어오자마자 각지고 마른 등이 헐렁한 잠바임에도 느껴졌다. 거기에 그치지 않고 냉기가 오로라처럼 자신에게 퍼져 오는 것도. 태연은 그냥 모른 척하기엔 너무 화가 났다.

"뭐예요? 오빠가 먼저 나한테 키스했잖아요. 그래서 내가 소리 지른 거고. 그런데 왜 화나 있어요? 나도 화나요. 갑자기 들이닥치듯 뚜벅뚜벅 걸어와서 물어보지도 않고 키스하는데 화 안 나요? 화나지. 당연히 소리 지를 수 있는 거잖아요. 그런데 뭘 잘했다고 오빠가 뻣뻣하게 구는데요?"

태연은 이렇게 따질 생각은 아니었지만 속은 시원했다. 그것도 잠깐, 돌아본 신노의 창백한 뺨에 붉은 기가 감돌자 자신이 너무 심했다는 생각이 불쑥 들었다.

"미안하다."

"뭐, 그렇게 화난 것 아니에요. 당황해서 소리 지른 건데…… 우리 둘 다 실수한 거니까 제발 웃고 잊어버려요. 난 어색한 것은 참을 수 없단 말이에요. 솔직히 다신 안 볼 거라면 불편해도 되는데, 아니잖아요. 우리 칼럼 쓰면서 사이 나쁘지 않았잖아요. 그래요, 사실 오빠가 너무 싸해서 화났을 뿐이에요. 그때 우리 술도 취했고……."

"술 안 취했어, 난 한 모금도 안 마셨으니까. 마셨다면 차를 몰지 않았겠지."

태연의 말이 끝나기도 전에 신노가 단호하게 말을 자르며 천천히 말했다.

"뭐, 술만 안 마셨지 파티에 취해 있었겠죠. 맞잖아요. 그렇지 않으면 그런 우스꽝스런 실수를 저질렀겠어요?"

정말 많이 양보한 것이다. 이 정도면 웃고 지나갈 수 있게 많이 상황을 만들어준 것 아닌가.

'이제 웃기만 해줘.'

“우스꽝스런 실수?”

주신노는 화나 보였다.

“내가 말실수했어요?”

“넌 내가 너에게 키스한 것이 실수라고 생각하니?”

“그럼 뭐예요? 오빠가 말해봐요. 나한테 흑심 있을 리는 없고, 안 그래요?”

“실수…… 아니야. 너한테 그런 식으로 다짜고짜 키스한 것은 미안하다. 나도 혼란스러웠거든.”

“네?”

“흑심은 없지만 진심은…… 있었어. 널 좋아…… 한다.”

“뭐라고요?”

“많이 좋아하게 된 것 같다. 계속 밀어내려고 애썼지만, 그게 점점 힘들어졌어. 그리고 깨달은 거야. 내가 널 많이 좋아…… 했다는 걸. 네가 내 마음에 들어와 잘 안 나가. 그래서 그런 일들이 생긴 것 같다. 실수는 아니야.”

태연은 멍해졌다. 그가 외계어를 하는 것처럼 그녀의 머릿속은 어지럽고 복잡해져 갔다.

“좋아한다고요? 누가 누구를요? 주신노가 김태연을요?”

“그렇게 됐다.”

좋아한다는 말을 저렇게 멋대가리 없이 냉기를 풀풀 뿜어가며 말하는 남자가 어디 있을까.

“하지만 이젠 마음 접기로 했으니 나로 인해 곤란한 일은 절대 일어나지 않을 거다. 걱정하지 마라.”

신노는 그렇게 말하고 쌩 하고 돌아서 가버렸다. 태연은 멍하니

서 있었다.

"무슨 일이 나도 모르는 사이에 일어났다 사라지나."

멍한 태연에게 문자가 왔다.

〈내일 와서 당장 해명할 것.〉

막 출장에서 돌아온 하은주였다.

*

"어떻게 된 겁니까? 말해보세요."

"네?"

태연은 하은주 부사장과 대면 중이었다. 최악의 컨디션으로 다음날 화장이 잘 안 먹는 불상사를 겪으면서 사무실까지 왔고, 책상에 삐딱하게 앉은 하은주와 맞닥뜨려야 했다. 그녀는 호주로 출장 갔다 왔다는 말을 증명하듯 갑자기 눈발이 날리는 으스스한 날씨에도 혼자서 구릿빛 건강한 피부를 빛내며 인사도 없이 다짜고짜 물었다. 반자동적으로 파티에서 우스운 꼴을 보인 자신의 모습이 필름 감기듯 칙칙 머릿속에 떠올랐다. 태연은 침을 꼴깍 삼켰다. 정말로 죄지은 기분이었다.

"좋아하나?"

"네?"

"그래서 그렇게 행동한 거라면 미리 말 좀 해주지. 내가 신노 씨가 아무리 맘에 들었어도 앞뒤 안 가리고 좋아할 만큼 정신이 빠진 것도 아니고. 감정 하나 수습 못해 죽자 사자 뛰어들 만큼 어리지도, 그렇다고 에너지가 넘치는 것도 아니잖아. 내가 관심 있다고 했을 때 그때 말해줬어야 하는 것 아닌가? 내가 삼각관계하자고 할까 봐 겁먹었나 보다. 솔직히 나이가 들어서 그런가, 연애를 경쟁으로 시작해서 쟁취하는 것이 너무 힘들어. 할 수도 있고 능력도 되는데, 기운이 없어. 게다가 내가 자기 좋아하잖아. 자기 정도면 내가 봐주는 차원에서…… 손 떼지 뭐."

하은주가 참으로 상큼하게 웃으며 못난 태연에게 관대함을 베풀어주었다.

"정말로 주신노 씨 좋아해요? 말해봐요. 얼마나 좋아하면 자기처럼 잘난 여자가 그렇게 먼저 나서는 거야. 궁금하네."

은주의 눈빛은 말하고 있었다. 신노에 대한 미적지근한 감정이라면, 예를 들어 못 먹는 감 찔러나 보자 같은 거면 가만 안 있겠다고.

"네, 아주 좋아합니다."

독촉하는 눈빛에 말려 은주가 원하는 답을 홀딱 해버렸다. 심장이 찢어진다는 제스처를 취하는 상사를 보며 태연은 이쯤에선 하은주의 기분이 상하지 않게—엄연히 그녀는 상사이므로—왜 그동안 말하지 못했는지, 그럴듯하게 변명을 하나 뽑아내야 하는 시점임을 알았다.

"그동안 몰랐는데 친구 오빠라 덤덤했거든요. 솔직히 싫어했는데, 오래간만에 만나보니 감정이 이상하게 흘러서……. 깨달은 지도 얼마 안 됐어요. 근데, 그 감정이란 것이 아직 확신이……."

"브라보!"

브라보?

"사람 마음은 말이야, 잘 모르는 거야. 아니다 싶어도 장담할 수 없는 거지. 참 생각해 보니 화난다. 난 뭐야? 완전 새 된 것 아니야? 정말 화나는데 성질, 꼬장 다 부려야 되는 거 맞지, 으응? 대신, 이번 기회에 자기한테 말 완전히 놔야겠다."

하은주 부사장이 너무도 성격 좋다는 걸 몸소 보여주며 농담을 걸었다. 고집도 세고 즉흥적인 기질로 직원들을 본의 아니게 힘들게 하지만 마음이 내키면 무진장 화통해진다. 그러나 지금 그녀의 화통함은 태연의 머리를 핑핑 돌게 했다.

"내 문자 보고 되게 겁냈지?"

"네."

"확실히 난 사람들 겁나게 하는 포스가 있어. 주신노 씨도 그러더니……."

"네, 네?"

"아하!"

은주는 손뼉을 한 번 짝! 하고 치며 감탄사를 연발했다.

"참, 자기한테 말 안 했구나! 나 신노 씨에게 사귀자고 했다? 근데 따지 맞았이. 속상할 틈노 없이 감탄만 했다니까. 정말 사람이 참 예이 바른 시람이아. 이천까지 갔거든. 내가 마음이 있다는 건 눈치챘나 봐. 놀라지 않더라. 근데 이천까지 갈 줄은 몰랐나 봐."

"이천까지요?"

태연의 눈이 동그라지자 은주가 고개를 끄덕거리면서도 손을 휘저었다.

"응, 말 끊지 마. 중요한 부분이야. 내가 그렇게 다짜고짜 말할 줄 몰랐나 봐. 내 성격 알잖아. 확 진심 묻고 좋으면 사귀는 거고, 아니면 아닌 거고. 사귀자고 했더니 뭐라고 말을 못하더라. 내가 좋아한 거 몰랐냐고 그러니까 이렇게 무모할 줄 몰랐대. 웃기지? 참 괜찮은 사람이야. 내가 마음에 안 드는 걸 자신이 못났다는 식으로 말하던데. 그래서 좋아하는 사람 있냐고 확 물어봤더니 대답 못하대. 자길 좋아한 것 맞지? 그때 두 사람 사귄 것은 아니지?"

태연이 고개를 연거푸 끄덕거렸다.

"그래도 나만 새 됐어."

그런데, 새 된 것은 바로 자신인 것 같다. 태연은 울상인 척하는 은주 앞에서 진짜 울상인 얼굴을 펴려고 노력했다.

"그래서 파티에 초대한 거야. 알잖아. 그때 자길 좋아한다고 생각 못하고 이 남자가 정말 나한테 조금도 관심 없는지 살펴보려고 했던 거지. 주신노 씨 무진장 단순하더라. 기분 상한 척하면서 그러면 창립기념파티에 잠깐이라도 와서 자릴 빛내달라고 하자 왔더라고. 그래서 잘 살펴보려고 했는데 그럴 틈이 없었어, 자기 때문에."

태연은 자신의 추한 모습이 다시 머릿속을 지나갔다.

"내가 자길 얼마나 좋아하는지 알지? 실력 있고, 미모도 출중해, 성격도 매력 있어. 솔직히 자긴 완전 착하진 않아. 그건 인정해야 돼. 근데, 절대 나쁜 성격이 아니야. 난 그게 좋더라. 난 너무 착한 사람들 보면 지루해. 근데 파티 때는 참 못났더라. 실망했어, 어찌나 유치한지. 근데 사랑하면 유치해지나 봐."

태연은 그녀의 유려한 제스처에 꽉 찔려 죽고 싶다는 허무맹랑한 생각이 들었다.

"아! 유치해지고 싶다."

"……."

머릿속이 빡빡했다. 그러니까 이미 파티 전에 주신노가 하은주의 사귀자는 제의를 거절한 것이다. 그런데 자신은 그것도 모르고 술 처먹고 생쇼를 한 거다.

"둘 비밀 연애 시작하는 거 맞지?"

"네?"

"애인 생긴 것 알려지면 칼럼이 빛을 잃을 거 아니야. 자기와 미혼인 칼럼 남자들의 그 긴장감도 하나의 매력인데, 뭐 지금은 비밀로 가야지. 근데 자기 칼럼 주인공이랑 사귀어본 적 없잖아. 신경 쓰이겠다. 그럼 뭐야, 난 둘 사이를 연결해 준 은인이네. 자기들 나한테 엄청 고마워해야 하는 거지. 그렇단 말이지. 두 사람 나한테 신경 써야 돼! 한턱 단단히 쏴. 기대할게. 참, 이제 서서히 태연한 남자 알아봐야지. 그리고 연애 칼럼은 더 생기 붙겠네, 잘해보라고."

하은주가 쿨한 모습을 여실히 보여주는 가운데 태연은 자신의 뽀대가 무참히 부서지는 소리를 들었다. 세련되고 아름답고 약간 시크한 김태연이란 이미지는 지금 산산이 부서져 사라져 버렸다.

"나 아직 기분 나쁘니까 비위 많이 맞춰줘야 된다."

하은주의 장난 반 진담 반에 아부 떠는 만년 과장처럼 지금껏 해본 적도 없는, 45도 각도로 고개를 반자동적으로 숙이고 만 자신의 신체 때문에 더 아찔했다. 여러모로 하은주에게 미안한 상황은 세련된 태도를 유지하기 힘들게 했다. 은주가 괜찮다는 듯 그녀의 어깨를 툭툭 쳐주었다.

그날 저녁, 태연은 혼자 소주를 쓰게 들이켰다. 너무나 많은 생각에 종지부를 찍으려고 어떡하든 애쓰면서. 그리고 내린 결론이 이제 다시 자기답게 살겠다고 곱씹었다.

주신노 생각을 안 하고 하루를 보내는 것은 쉬웠다. 스케줄 속에서 사람들과 어울리는 동안 태연은 신노를 필사적으로 밀어냈다. 그러나 집 공사가 끝나고 부모님이 이사하는 날은 한시도 신노를 무시할 수가 없었다. 눈앞에 버젓이 그가 있는데 어찌 밀어낼 수 있단 말인가. 그녀는 보이는 것에 민감한 사람이다.

왜 하필이면 일요일에 이사하기로 해서, 그것도 바쁘다고 변명해 놓고 엄마와 아빠의 실망한 목소리에 시간을 내보겠다는 대답을 왜 굳이 해서, 햇살이 쨍쨍한 날 주신노의 형체를 그대로 마주해야 한단 말인가.

태연은 자신의 늘씬한 몸을 움츠리며 아저씨들의 뒤를 따라 작은 짐을 하나씩 나르기 시작했다. 포장이사를 불렀는데, 무언가 잘못되었는지 몇 사람 오지 않아서 일손이 약간 모자랐다. 그 일손은 지금 주신노란 일군으로 대체되었다. 차에서 내리자마자 도와주러 나온 그를 보는 태연은 어디에 시선을 둘지 몰라 난처했다.

"오래간…… 안녕…… 하세요."

그래서 말이 되지도 않은 단어 몇 개를 나열하며 우물거렸다. 그는 짧은 목례만 한 뒤 털털한 복장으로 일을 시작했다.

"옆집 사람한테 그냥 가라고 해요, 엄마. 이렇게 막 시키면 어떡하냐고."

"서로 이웃인데 돕고 사는 거지. 딱 선 긋고 살면 정 떨어져. 나도 이사 마치면 떡도 돌리고 살가운 이웃으로 그렇게 살 거야. 그냥 우리 집만 생각하고 살다 보니까 재미가 없더라. 도움도 받아야 나도 도울 수 있는 거지. 그리고 신노가 남이니? 네 칼럼에 떡하니 나왔구만."

태연은 어이가 없었다. 자꾸 엄마 입에서 신노라고 쉽게 나오는 소리가 얼마나 딸의 신경을 갉아먹는지 알고 있는 걸까?

"엄마!"

부산스럽게 움직이는 엄마를 잡는 그녀의 신경질적인 외침은 혼자서 방 안을 울렸다. 여기저기 짐이 들어오고 있는 가운데 방 안 구석에서 앉아 이 민망함을 어찌할까 하다가 신노가 들어오자 벌떡 일어나 뭐든 짐을 나르기 위해 나갔다. 그렇게 바쁜 걸음은 여러 번 계속되었다. 신노가 짐을 들고 가면 한쪽 벽에 딱 달라붙어 안 보이길 바라는 바보가 되었다가 그가 올라 치면 얼른 자신이 들 수 있는 짐을 하나 짊어 들고 나왔다. 그러나 이번 짐은 너무도 무거웠다. 살피고 들었어야 했는데……. 태연은 끙끙거리며 끝까지 나르려고 애를 썼다. 일하는 아저씨가 이 모습을 보고 좀 들어주면 좋을 텐데, 혼자 들 수 있다고 생각했는지 쌩 하고 그냥 지나간다. 그러다 다른 그림자가 허리를 수그리고 온통 힘을 다 쏟아붓고 있는 태연의 등에 길게 드리워졌다.

"고맙……."

태연이 말하다 얼굴을 들어보니 신노였다. 그는 주춤하는 것도 없이 그녀의 짐을 단번에 쑥 들고 가버렸다.

"고맙습니다."

들을 사람은 이미 가버리고 없는데, 멍하니 그 말을 마저 한 다음 땅이 꺼질 듯 한숨을 쉬고 나온 태연은 주방으로 가서 바쁜 척했다.

이사 짐을 어느 정도 나르고 나서도 엄마는 신노를 붙잡았다.

"문이 자꾸 끌리는데 이것 고치려면 다 떼어내야 하나?"

"네, 그럴 거예요."

"어디에다 말하지?"

"전화번호 알려드릴게요."

"신노, 수도를 이쪽에 냈는데 아마도 좀 잘못된 모양이야. 어떡해야 하지?"

"제가 좀 살펴볼게요."

멀찌감치 떨어진 채로 자잘한 것도 묻는 엄마와 성실하게 답하는 신노를 바라보던 태연은 할 말을 잃었다. 아버지조차 신노를 먼 친척처럼 여기는 눈치였다. 태연은 미안해서 자꾸 엄마에게 눈치를 줬는데도 소용이 없었다. 같이 모여서 자장면 먹을 때의 스트레스는 최고조에 이르렀다. 흔연스럽게 보이기 위해 일부러 피하지 않았지만, 하필 그 자리까지 그녀와 바로 마주 보는 자리라서 더욱더 위장이 뒤틀렸다. 신노는 그다지 좋아하지도 않는 자장면을 열심히 먹었다. 태연은 자신도 모르게 그를 훔쳐보았다. 식사가 끝난 뒤에도 오래된 산삼주를 굳이 주겠다고 엄마가 선뜻 인심을 쓰는 바람에 신노가 괜찮다고 계속 사양하는 훈훈한 모습까지 꿀꿀한 심정으로 보다가 고개를 돌렸다.

"체했구나. 약 먹어라."

엄마가 캑캑거리는 태연에게 말했다. 그것으로 걱정 끝이고, 집

안을 어떻게 상세하게 꾸밀지에 시간을 투자했다. 그렇다고 태연을 사랑하지 않는 것은 아니다. 다만, 무신경한 성품 중 하나이고, 태연은 자신도 그런 엄마를 일부분 닮았다는 걸 잘 안다.

"굳이 들어오라고 해도 그냥 가네. 신노 말이다."

태연의 미간이 좁아졌다.

"또 뭘 붙잡고 물어본 거야? 엄마, 제발 그러지 마요."

"이것 먹어봐."

"이게 뭔데?"

태연은 그제야 엄마의 손에 들린 작은 병을 보았다.

"매실 엑기스래. 글쎄, 직접 담은 거란다. 신기하지. 나도 배워야겠어. 참, 이게 체한 데 그리 좋다네. 자장면 먹을 때 너 체한 것 같더라고 하면서 주더라. 자상도 하지. 이리 와. 먹어보게."

태연은 매실 엑기스를 물에 타놓은 걸 한 모금 겨우 마신 다음 방으로 들어와 앉았다. 엑기스를 먹으니 신노 생각이 따라붙어서 더욱더 속이 불편했다.

"시간이 지나면 나아지겠지."

신노는 이웃집 착한 젊은이의 정의를 그대로 보여주었다. 나무 심는 것도 도와주고, 아예 엄마가 잘못 심은 것을 다시 심어주었다. 등을 수그린 채로 맨손으로 땅을 토닥거리며, 두 손에 흙을 묻히고 나서도 어떻게 관리해야 하는지 꼼꼼히 설명했다. 또한 수도관의 문제와 대문 문제도 사람들을 불러서 고칠 때 엄마의 요청으로 옆에 있었고, 수도관 고칠 때는 물줄기가 유독 그가 서 있는 쪽으로 쏟아져서 다 젖었음에도 싫은 내색 하나 하지 않았다. 그렇게 도와주고 나서도 방에 들어오지도 않고 정중하게 가버렸다. 태연은 자신에게 한 번도 알은척하지 않는 그로 인해 뻘쭘해졌다.

'왜 이리 속이 좁아?'

'내가 그렇게 잘못한 건가!'

여기에서 생각을 끝내야 했다.

'나 때문에 마음이 상해 버린 걸까?'

'정말 나에 대한 맘을 딱 끊어버린 것일까?'

이쯤에서라도 괜찮았다.

'날 좋아하긴 한 거야? 그런데 왜 이리 태연하고 냉정하게 구는 거야?'

생각은 꼬리에 꼬리를 물고 태연은 신노에 대한 여러 의문으로 가슴속이 가득 찼다.

'무슨 생각을 하고 있을까?'

'날 좋아한 것이 사실일까?'

'지금은 정이 뚝 떨어졌나?'

'이 남자 날 좋아했다면서 왜 행동이 저래?'

"생각하지 말자."

새로 고쳐 깐 마루에서 양반다리를 하고 오만상을 찌푸린 딸에게 엄마가 물었다.

"너 요가 하니?"

"아니."

태연은 대강 얼버무리고 마당으로 나왔다. 이 우스운 감정을 지금 이 순간 누구에게도 들키고 싶지 않았다. 의논할 대상이 있었으면 했지만, 가장 친한 친구인 신나에게조차 말할 수가 없었다.

제 오빠와의 경계가 지어지지 않은 모호한 감정들을 나불댈 수는 없는 일 아닌가.

"아무 일도 아니야. 아무 일 없어."

태연은 소리 내어 정의했다. 그때였다. 낮은 담 사이로 검은색 물체가 보였다. 태연은 감나무, 그것도 신노가 직접 심은 감나무 뒤로 싹 피했다. 이쪽 감나무 때문이 아니라 저쪽 집 나무에 의해서 그녀는 보이지 않았다. 그래도 고개만 좌우로 움직이며 그 물체를 관찰했다. 뒷모습, 정확히 말해 슬림하면서도 적당히 균형 잡힌 몸의 주인은 비 올 것 같은 하늘을 올려다보더니 화분의 위치를 지붕 쪽으로 옮기고 빨랫줄에 널려 있는 빨래를 하나씩 걷고 있었다. 별로 멋지지 않은 일을 하는 신노의 뒷모습에도 태연의 심장은 욱신거렸다. 제멋대로 욱신거리는 심장 때문에 마음까지 먹구름이 우르르 몰려온 하늘처럼 심란하기 그지없었다. 신노는 딱 한 번, 옆집을 찰나에 바라보더니 안으로 들어가 버렸다.

'옆집을 바라볼 때 혹시 내 생각 한 것 아닐까?

별 웃기지도 않은 잠깐의 생각이 전체로 번지는 기이한 현상을 경험하며, 아직도 신노의 집과 그의 방, 그인 듯한 검은 그림자를 쳐다보는 사신을 깨닫고 태연은 멍하니 혼잣말을 중얼거렸다.

"실마, 나 주신노 좋아하는 거 아니야?"

 7

　태연은 똑딱거리는 구두 소리와 함께 잡지사가 있는 건물 안으로 들어갔다. 사무실로 들어와서 외투를 벗어 한쪽에 있는 옷걸이에 걸어놓은 후 주위를 둘러보았다. 약간 살이 빠져 몸의 선이 더 가늘어졌다. 그래도 풍만한 가슴선은 그대로였다. 살이 빠져도 꼭 가슴부터 빠져 도저히 다이어트를 못한다며 너스레를 떠는 문주아는 그런 태연을 부러워하곤 했다.

　"뭐야, 혼자만 쫙 빼입고. 지금 초토화된 우리한테 이게 할 짓이냐?"

　노트북에 고개를 처박고 있던 주아가 부은 얼굴을 들고 투덜거리자 태연은 배시시 웃었다.

　"가볍게 입고 왔는데……."

　"옷태 있다 이거지."

태연은 주아에게 윙크하고 넓은 사무실 옆에 붙어 있는 작은 편집장 사무실로 들어갔다. 노크를 가볍게 하고 들어가 보니, 검은색 예찬론자답게 검은색 니트에 검은색 바지 차림인 임순일 편집장이 서류를 훑어보고 있었다. 그들은 짧은 인사에 이어 칼럼 기획 기사인 해외 탐방에 대한 의견을 나누고 태연의 남자 칼럼 또한 검토했다. 순일은 그녀 앞에서 바로 확인 작업에 들어갔다.

"잘 나왔네. 이미지 컷들 잘 잡았다. 이 남자의 짓궂은 표정을 잘 살렸는데요."

인화지에 촬영된 사진들의 선택 기준은 그 사람의 특징을 잡아내는 것이 먼저다. 사진작가와 같이 고르지만 최종 선택은 늘 그녀가 했다.

이번 남자는 어렵지 않았다. 하은주의 절친이라 더욱 그랬다.

유강인! 학교란 제도권 교육이 자유로운 성미를 건들었는지 무작정 뛰쳐나와 거리에서 사람들을 그리다가 누드 화가로 접어들며 그쪽에서 꽤 명성을 얻었지만 주류에선 경멸받았다. 그는 그런 업신여김을 축복이라 여기며 노숙까지 하며 제멋대로 살다가 디자인 공부를 시작하고 몇 년 만에 유강인 라인의 기초를 만들었고, 지금은 특색 있는 남성복 디자이너가 되었다.

인터뷰엔 마음 내키는 대로 세상과 부딪치고 살아왔던 그의 젊은 시절에 대한 열정과 디자인과 바느질 등을 배우면서 참을성을 몸에 익히던 때에 대한 것과 함께 인간 본연의 아름다움을 갈망하는 삶의 태도도 곳곳에 드러나 있었다.

"유강인이 괴롭히진 않았죠?"

"네."

"그 인간은 강아지처럼 다루면 돼요. 안 돼, 못 써, 이러면 끝이 거든."

순일의 말이 주아나 은주가 말해준 그대로여서 태연은 미소가 나왔다. 예절 무시, 관습 무시인 유강인은 정색 거절에 완전히 약했다. 치근대는 면이 있었지만 '싫어' 에 바로 깨갱 하는 것은 어찌 보면 색달랐다. 보통 남자들은 반복학습을 해야 겨우 알아듣는 경우가 많은데, '싫다' 는 말 한마디에 바로 마음을 접고 다신 귀찮게 하지 않는 일은 정말 흔한 일례였다. 유강인을 아는 많은 사람들은 자기 감정대로 사는 유강인을 그나마 사회적인 인간으로 대할 수 있는 좋은 습관이라 칭할 정도로, 흔치 않았다.

태연은 문득 한 사람이 떠올랐다. '싫다' 는 태연의 말 한마디에 마음을 접고 키스한 적도 없다는 듯 부모님의 좋은 이웃으로 시치미 뚝 떼고 성실히도 살아가는 사람의 형상이 자꾸 어른거려서 속을 심란하게 했다.

"색다른데……."

순일의 말에 태연은 허공에 있던 시선을 조금 내렸다.

"워낙 자기 생각을 말하는 걸 좋아하는 사람이라서요."

"그렇지. 근데 이 남자 우리 부사장님 애긴 안 했네. 꽤 좋아하던 눈치던데, 워낙 우리 부사장이 오랜 친구로만 대해서 마음 접었나 보네."

"친구 사이라고 들었는데요?"

"으음. 지나간 얘기이긴 하지. 유학 시절부터 아는 사이였는데, 그때 약간의 썸씽이 있었다는 소문이지만, 여기까지. 나도 아는 게 없어. 그건 그렇고, 수고했어요. 이번 칼럼은 평가보다는 떠들게 내버려 두는 식이군. 이것도 좋네. 참 부사장님 보시기 전에 얼른 편집부로 넘깁시다. 자신의 얘기 안 나온 것을 은근히 기분 상해할 수도 있으니까."

태연은 원고를 넘기고 마감 때문에 스트레스로 머리를 쥐어뜯고 있는 동료들을 위해 피자 몇 판을 시킨 후 밖으로 나왔다. 오늘 집으로 가기 전에 얼굴을 내밀 연말파티가 하나 더 있었다. 그런데 그다지 가기는 싫었다. 하지만 사교는 일의 연장선이기도 하니 들를 수밖에. 차를 놓고 와서 택시를 잡으려고 도로 쪽을 바라보고 있는데 휴대폰이 울렸다. 하은주였다.

〈지금 어디?〉

"잡지사예요."

〈파티 가는 길이구나?〉

"네."

〈잘 갔다 와. 난 다른 약속이 있어서 못 가겠네. 근데, 언제 초대할 거야? 우리 셋이서 신나게 뭉쳐야지. 내가 근사한 곳 아니까 자리 마련해야 돼. 빠를수록 좋아요. 내가 두 사람 이어준 거나 다름이 없으니까 내 앞에서 흐뭇한 모습 보여줘야 돼. 맞지, 맞지?〉

"네에."

죽을 맛이다. 전화 통화를 마치고 파티에 갔지만 즐길 기분이 아니었다. 인사치레만 하고 밖으로 나왔다. 뭐든 즐거운 인생이 아니었나. 왜 이렇게 됐을까. 사실 그녀는 요즘 자신의 감정이 이해가 안 되었다. 그리 오랫동안 관심 없고 미운 감정까지 남았던 상대를 어떤 전기 충격 없이 좋아하게 되었다는 사실을 받아들이기가 어려웠다. 언제 정확히 좋아하게 되었는지, 그 이유가 뭔지

딱 떨어지지 않는다는 것이 더 미치게 했다. 자신의 심장이 신노의 일거수일투족에 일일이 반응하는 것을 무시하면 없어질 줄 알았는데 그게 아니었다. 인정할 수밖에. 다만, 왜 그를 좋아하는지 모를 뿐이다.

〈아, 세상이 어지럽다. 사는 것이 재미가 없어. 확 뒤집어 버릴 거야.〉

휴대폰이 울려 받으니 신나였다. 술 취하면 나오는 레퍼토리가 들리자 태연은 이마에 주름을 잡았다. 신나는 술을 즐기지만 아주 가끔씩 몸을 가누지 못할 정도로 마시기도 한다. 그럴 때는 무조건 옆에서 지키고 있지 않으면 큰일 난다. 뭔 일을 저지를지 모르니까.

"너 어디야?"

신나가 있는 명동의 와인 카페를 찾아서 겨우 데리고 나와 가까운 신나의 작은 아파트로 향하는 데까지 두 시간이 넘게 걸렸다.

"난 안 취했다니까, 내가 취해 보여?"

"가만히 있어라. 무거워 죽겠다, 이 기집애야."

태연은 겨우 문을 열고 안으로 들어갔다. 12평 아파트는 신노가 서울에 직장과 학교가 있는 신나와 신우를 위해서 마련한 전셋집이었다. 아파트는 아침에 출근하기 위해 아무렇게나 던져 놓은 옷들과 물건들로 상당히 지저분했다. 이 집이 깨끗해지는 순간은 신노가 방문할 때라는 것을 아는 사람들은 다 안다.

"이 집이 우리 오빠가 적금을 깨뜨려서 해준 거다."

오빠에 대한 불만이 많으면서도 은근히 미안한 마음도 못지않은 신나가 술이 들어가면 하는 레퍼토리를 또 반복했다.

"왜 이렇게 취한 거야?"

태연이 작은 거실에 신나를 내려놓자 대자로 뻗었다. 가방을 소파에 아무렇게나 던져 놓고 숨을 몰아쉰 후 정수기에서 찬물을 받아다가 신나에게 억지로 손에 쥐어주었다. 겨우 일어나 찬물을 마시고 있는 걸 보고 있을 때, 핸드폰이 울렸다. 태연은 정신없는 가운데 별생각 없이 반자동적으로 손을 뻗었다.

"여보세요."

침묵이 착 귀에 들러붙었다. 그 침묵이 왜 이렇게 낯설지 않을까, 침묵에도 사람에 따라 다른 것도 아닐 텐데. 태연은 바짝 긴장했다.

〈신나 좀 바꿔줄래?〉

긴 침묵에 이어 들리는 것은 신노의 목소리였다. 정돈된 상태로 착 가라앉은 직선의 목소리에 뒷목의 솜털이 모두 바싹 서버렸다. 태연은 놀라서 전화기를 귀에서 멀리 떼고 눈이 땡글땡글해졌다.

"누구야?"

"네 오빠!"

"주신노구나!"

술에 취한 신나가 제 오빠 이름을 타령하듯 불러댔다. 그리고 뭐라 하기도 전에 전화기를 낚아채 갔다. 태연은 잔뜩 몸을 웅크리며 불안한 표정으로 그 모습을 지켜보았다. 술에 취한 신나는 해롱거리며 오빠에게 반발하더니 그것도 얼마 못 가서 곧 기세가 수그러들었다.

"알았어요. 매번 이렇진 않는다고요. 일이 있으니까 마셨지. 무슨 일인지 몰라도 돼. 오빠 신명이만 귀여워하고, 난 골칫덩어리잖아. 맞아, 그렇게 생각하잖아. 있는 그대로 나를 인정해 줘야지. 나만 미워해."

신나는 오빠가 자신을 동생으로 생각지 않고 말썽쟁이 딸로 여긴다고 불평하곤 했는데 그녀의 행동을 보아하니 딱 철딱서니 없는 골치 아픈 딸내미다.

"오빠가 아버지가 될 수밖에 없다는 거 나도 알아. 그때 그 순간 오빠는 아빠였으니까……."

신나는 부모님이 돌아가시고 며칠 안 되었을 때, 다섯 살 난 신우가 한밤중에 울자 신노가 안아 얼러주는 걸 보았던 때를 또 오빠에게 늘어놓았다. 태연도 그 얘긴 들어서 알고 있었다. 그때 열여섯 살 난 남자아이가 한 집안의 가장이 되고 만 순간을 보았다고 했다. 동생들이 모두 깨어나서 오빠 품에 안겼던 기억을 술만 들어가면 꺼내곤 했다. 태연은 왠지 그들이 짠했다. 신나도, 신명도, 신우도, 그리고 신노까지.

"태연이랑 마셨어, 왜?"

순간 짠한 마음이 싹 사라졌다.

"내가 알아서 할 겁니다, 늙은 오빠, 끊어요."

전화를 끊고 신나는 태연을 향해 씩 웃으며 덧붙였다.

"해치웠다. 잘했지, 우리 술 마시자."

같이 술 마셨다고 한 그 말에 태연의 표정이 울퉁불퉁해졌다. 신노가 자신을 술꾼이라고 생각할까 봐 더욱더 민감해졌다.

"나 집에 갈래."

"나 버리고 갈 거야? 나 상사한테 깨지고, 미적지근한 연애도 끝냈는데……."

친구가 뭘까? 태연은 신나의 그 말에 구두를 아무렇게나 벗어 버리고 돌아왔다.

"너밖에 없어, 친구!"

"그래, 친구!"

"너라면 뭐든지 다 털어놓을 수 있어. 우린 친구니까."

신나의 그 말에 태연은 자신에게 비밀이 생긴 것을 인식했다.

'나, 네 오빠 좋아한다. 네 오빠 생각 요즘 많이 해. 지금도 날 어떻게 생각할까 신경 쓰여. 그러니까 제발 날 함부로 넘겨짚게 만들지 마. 괴롭단 말이야.'

라고 말한다면 신나는 아마도 금세 술에서 깨어날 것이다. 신나는 그다지 마음에 차지 않아 했던 끝난 남자친구와 깐깐한 상사 얘기를 늘어놓으며 집에 있는 맥주와 샴페인을 몽땅 가져와 안 마시려고 하는 태연까지 끌어들였다. 자정이 넘어갈 무렵, 한 시간 동안 술을 마신 태연은 위로 섞인 설교를 늘어놓았다.

"잘했어. 그런 인간하곤 사귀지 마. 못써, 못써. 후회할 짓 하지 마. 못난 놈들은 꼭 못난 티를 낸다. 어떡하든 여자를 깎아 내리려고 하지. 아무리 성공해도 못난 놈들은 못난 거야. 인품이 중요해. 부와 명예 다 있어도 못난 놈은 숨길 수가 없어."

"맞아. 못난 놈하곤 사귀면 안 돼."

신나의 동조를 들으며 태연은 신노를 생각했다.

'주신노는 참으로 못나지 않았는데.'

"오빠, 나야. 그래, 아직도 마시고 있어."

저 멀리서 신나의 목소리가 아득하게 들려왔다. 신나의 목소리가 정확히 안 들리고 종알종알 대고 있는 듯했다. 술에 취했나

보다.

"너도 한마디 해. 이런 고리타분한 양반에겐 한마디 해야 돼. 전화해서 술 깼는지 시간차로 확인하는 이런 양반한텐 가만있으면 안 돼."

그래서 순순히 신나가 넘겨준 전화기를 받아 들었다. 그리고 외쳤다.

"누구세요?"

"……주신노입니다, 김태연 씨."

"헉."

술이 일시에 깼다. 태연은 눈이 동그래져서 손을 저으며 말했다.

"김태연 아니에요, 김태연 여기 없어요. 없어요."

태연은 수화기를 확 던져 버렸다.

✻

전화가 끊기자 신노는 깜짝 놀랐지만 자신도 모르게 미소가 배어났다. 엄격한 표정을 지으려고 해도 잘 되지 않았다. 태연을 좋아하면서 마음이 흔들렸다. 기도했던 책상 앞에서 태연을 생각했다. 노력해도 안 되는 것이 있다는 것이 그를 힘겹게 했다. 기도하려고 잡았던 손을 풀고 이마를 짚었다. 그리고 태연의 단점들을 떠올리며 마음에서 내보냈던 예전 방법 대신 다른 방법을 생각했다. 바로 자신의 단점들이었다. 그녀에게 어울리지 않는 자신의 못난 점. 신노는 그날 밤 마음에 쌓인 번민으로 밤을 지새웠다.

✳

"여기야!"

태연은 화사한 미소를 지으며 하은주에게 다가갔다. 그러나 눈가의 거뭇함은 잘 가려지지 않았다. 아무리 화장을 해도 며칠 동안 잠을 못 잔 대가는 숨길 수 없었다. 일주일 전 자신의 실수만 생각하면 접시 물에 코 박고 콱 죽고 싶은 심정이었지만, 아름다운 외모로 살날이 창창하기 때문에 겨우 꾹 참았다.

"이곳 분위기 좋지?"

"좋네요, 클래식한 것이……."

"여기서 두 사람 보게 돼서 너무 좋다."

태연은 속마음을 들키지 않으려고 클래식한 레스토랑을 대강 쓰윽 훑어보았다. 한턱 쏘는 것을 더는 미룰 수 없어 은주가 정한 레스토랑에 나왔지만 신노 없이 잘 해결하면 된다.

"오늘 최고로 비싼 것 시키고, 최고로 좋은 와인을 마셔야지."

"좋죠."

태연은 간절하게 비싼 걸 시키길 바라고 있었나. 그래야 나중에 신노가 오지 않는 것을 만회할 수 있으니까. 신노 생각을 하면 지난번 통화가 연관 검색어처럼 같이 떠오른다.

'다신 신노를 안 보면 그만이야.'

이번만 제외하고 앞으로 누구라도 주신노 얘기를 하면 꽉 귀를 막아버릴 것이다. 또다시 하은주가 물으면 헤어졌다고 하면 그만이라고 태연은 굳게 결심했다. 그들은 와인을 마시며 시간을 보내는 동안 소소한 대화들을 나누었다.

"꽤 시간이 걸리네."

은주가 유려한 동작으로 와인잔을 들며 고풍스런 벽시계를 보고 중얼거렸다.

"바쁜가 봐요. 전화해 볼게요."

상관없는 전화번호를 누르고 나서 안 받는다고 하려고 했던 태연에게 은주가 해맑게 말했다.

"좀 더 기다려 보자, 8시까진 오라고 했으니까. 아직 30분 남았잖아."

"네?"

"아, 내가 오기 전에 전화했거든. 자기가 만날 바쁘다고 해서 확인차 전화했지."

"헉."

"놀라기는……."

"그래서요?"

태연은 목이 조이는 고통 속에서도 어떻게 되어가는 상황인지 알아야 했다.

"두 사람 비밀 연애하고 있는 거 다 알고 있다고 말해줬지. 두 사람 뜨거운 사이인 거 자기한테 다 들었다고. 그러니까 아니라고 말 못하더라. 당신 남자, 좀 가식적인 것 있어. 좋은 말로는 점잖고. 내가 다 말하니까 그때야 '네' 라고 하다니, 좀 웃겼어."

태연은 새로운 진리를 깨달았다. 작은 고통은 큰 고통이 생기면 아무것도 아니라는 것을. 전화 실수에 대한 고통은 거품처럼 사라지고 하은주가 안겨준 새로운 고통이 전부처럼 심장을 압박해 왔다.

“곧 올 거야. 자기, 어디 아파? 표정이 왜 그래?”

“아니요. 너무 행복해서 그런가 봐요.”

정말 행복의 끝을 맛보는 듯했다. 태연은 나무로 조각한 벽시계의 초침 소리가 갑자기 너무도 크게 울리는 것 같아 움찔했다. 이제 곧 8시가 되어간다. 웨이터가 친절한 미소를 지으며 간단히 먹을 수 있는 쿠키를 가져왔다.

“응, 왜 안 오지?”

“……”

“실망이다. 난 그래도 자기 상사잖아. 자기 생각해서라도 이런 자리에 늦으면 곤란하지. 정말 괜찮은 남자인 줄 알았는데……. 이런 사소한 것은 정말 중요해.”

은주는 습관처럼 약간 과장된 표정으로 말했다.

“원래 시간 약속 잘 지켜요. 남 기다리게 하는 사람이 절대 아니거든요. 근데, 오늘은 정말 바쁜가 봐요.”

“어머, 그래도 자기 남자라고 편드는 것 봐.”

은주는 즐거워하고 태연은 자신의 반응에 미치기 일보 직전이었다. 가까스로 마음을 가라앉혔다. 그리고는 8시가 힐씬 넘어 9시로 향해지자 더 이상 안 되겠다는 듯 입을 떼었다.

“죄송해요. 사실은 제가 그동안 거짓말…….”

“어머나, 지금 오셨네.”

솔직히 말하려고 거짓말이란 단어를 용감하게 입에 올렸지만 은주의 귀엔 아무것도 들리지 않았다.

“신노 씨, 여기예요.”

주신노가 왔기 때문이다.

신노가 레스토랑 문을 열고 들어오자 지배인이 공손한 자세로 곧장 그들 쪽으로 안내했다. 붉은색 커튼이 주름져 늘어진 커다란 격자창 옆, 따스한 벽지와 나무 조각으로 장식된 상층의 테이블로 발걸음 소리가 점점 크게 들렸다. 성큼성큼 그의 모습이 가까워질수록 태연의 시야는 어둑해지고 좁아졌다. 그녀는 얼른 고개를 돌리고 허리를 곧추세워 불안하게 흔들리는 테이블 위 자신의 손끝만 바라보았다.

"죄송합니다, 늦었습니다."

"바쁘셨나 봐요."

신노가 단정한 자세로 목례를 하자 기다렸던 짜증이 금세 사라진 은주가 밝은 웃음으로 알아서 대신 해명해 주었다.

"길을 잃었습니다."

신노는 그 말만 하고 더는 길게 변명하지 않고 다소 머뭇거리다가 태연 옆에 앉았다. 그의 존재가 바로 옆에서 느껴지자 자세를 유지하는 데 잔뜩 힘이 들어갔다. 그의 손이 바로 시선을 돌리지 않아도 훤히 뵈는 옆에 있으니 신경이 파닥파닥 뛰어다녔다.

지배인이 직접 그들에게 주문을 받으러 왔다. 주문은 은주의 뜻에 따라 지배인이 레스토랑에서 가장 내세우는 코스 요리로 통일했다. 잠시 후, 테이블 위는 방금 전 와인리스트에서 고른 와인과 음료로 다시 채워졌다. 그 와중에도 태연과 신노의 반듯한 자세는 변함이 없어 아무리 눈치가 없어도 이렇게 접촉을 배타시하는 연인의 모습이 기이할 지경이었다. 만약 연인이라면 말이다.

"둘이 왜 이렇게 불편해해요? 싸웠어요?"

은주는 눈웃음이 가득 배인 얼굴로 두 사람을 번갈아 바라보았
다.

"사귄 지 얼마 안 됐습니다."

"그러시구나!"

신노의 짧은 말로 은주는 이 정상적이지 않은 연인의 모습을 신
기하게도 바로 이해했다. 사실, 은주처럼 단순한 면이 없다고 해
도 신노의 정직한 얼굴에서 나온 단정적인 말을 믿지 않을 수 없
었다.

태연만이 창백한 얼굴에 핏기가 빠르게 돌며 화끈거렸다. 원래
거짓말이라곤 전혀 모르는 사람이 이럴 수밖에 없는 것이 자신의
이기적 태도 때문이란 걸 김태연, 자신은 너무도 잘 알기 때문에
더 그러했다.

웨이터가 전채로 훈제연어와 해물샐러드, 바구니에 가득 담긴
빵과 치즈 그리고 버터를 내놓았다. 갓 구운 바삭하고 부드러워
보이는 빵에서 나는 냄새 속에서도 신노의 천연비누에서 나는 소
나무 향이 코끝을 간질이자 태연은 머리가 핑 돌았다. 어지러운
가운데 아무 생각도 나지 않았다.

"요즘은 명성 때문에 불편하지 않으세요?"

크림파스타에 이어 살짝 익힌 육즙이 뚝뚝 떨어지는 두꺼운 안
심스테이크가 나오자 세 사람은 식사에 집중했다. 은주는 두 사람
을 바라보는 것이 재미난지 다시 묻기 시작했다.

"이제 좀 잠잠합니다."

식사하면서 대화하는 걸 잘 못하는 그답게 은주의 대답에 접시
위에 나이프와 포크를 일순 멈추며 대답했다.

"약간 서운하지 않으세요? 명성이란 게 중독성이 대단하거든요."

"글쎄요, 그것도 자신에게 맞는 쓰임새일 때나 그러겠죠. 저에겐 맞지 않았으니까요. 그래서 제 자리로 돌아온 지금 편안함을 느낍니다."

"그러시구나."

은주의 감탄 후 잠시 말이 끊어졌다. 신노는 다시 식사를 했지만 즐기지 않는 티가 여실히 났다.

"책은 준비하고 있으시나요?"

"구상 중입니다."

"어떤 내용일지 궁금해요. 말해주세요."

은주는 값비싼 와인으로 목을 축이며 대화를 놓지 않았다.

"아직 내세울 만한 윤곽이 서지 않았기 때문에 입 밖으로 내기 부끄러운 것들입니다."

"신중하시군요. 어쩜, 감동이에요. 말을 남발하는 사람들은 어쩔 땐 신뢰가 안 갈 때도 있거든요. 제가 아는 남자들 중에 특히 말 많은 사람이 있는데 답이 없다니까요. 유강인도 그런 스타일이지. 자기도 취재해서 알지? 왜 그렇게 자기 자랑을 해대는지, 머리 아프다니까. 진짜 남자라면 입이 무거운 것이 좋죠."

태연은 미소를 지으며 시간을 재고 있었다.

"자기는 어때? 남자가 과묵한 것이 훨씬 낫지?"

"그래도 할 말은 해야죠."

은주는 무언가 중요한 발견이라도 한 것처럼 재미있어했다.

"태연 씨를 위해서 신노 씨가 말수를 늘려야겠어요. 요즘 젊은 여성들은 참으로 까다롭답니다.”

“네.”

은주의 농담이 무색하게 신노는 짧게 답했다. 그것이 나름 예의라고 생각한 모양이다. 은주는 밝게 웃음을 지었고 태연은 잘못한 것이 있어서 제 발 저렸다.

그다음부터는 식사에만 온 신경을 모았다. 무슨 말을 하든 자꾸 마음에 걸리기 때문에 입 다물고 식사를 하며 시간이 되도록 빨리 흐르길 바랐다. 그것도 잠시 어느새 신노가 와인을 마시는 모습까지 보고 말았고, 은주는 두 사람의 밋밋하지만 뭔가 긴장 어린 관계가 부럽다는 시선으로 은근히 관찰했다.

신노는 와인을 한 잔만 하고는 그다음부터는 사양하고, 식사를 천천히 했다. 빵 부스러기 없이 버터를 발라 깔끔하게 먹는 그의 입가엔 아무것도 묻지 않았다. 음식도 신부님처럼 먹는 것 같다고 생각하며 태연이 자신도 모르게 그의 입가를 바라볼 때였다.

“요즘 연애 같진 않지만 뭔가 느껴지긴 하다. 자기가 이런 연애를 하다니 재밌다.”

마치 신노가 어디 간 것처럼 은주는 태연 쪽으로 몸을 숙이며 속삭임치곤 크게 말했다. 신노는 그들의 대화가 분명 들릴 텐데도 또 그놈의 예의를 지키며 반듯하게 정면만 응시했다. 태연은 신노를 바라보던 시선을 황급히 거두고 애매한 미소를 지었다.

‘난 신노와 연애하지 않아요.’

이제 그를 보지 않을 것이다. 그러나 보지 않는다고 느껴지지 않는 것은 아니었다. 가까이 앉아 있으면 약간 움직이는 것만으로도 닿는 것이 많았다. 낡은 양복 소매가 비싼 니트를 스치는 것이 잦을 만큼 그들의 자리는 연인의 간격이었다. 아무리 조심해도 신발 끝이 닿는 것도 예사였고, 또 그뿐인가, 물잔을 집으려다가 그의 손등과 살짝 닿았다 떨어지기도 했다.

여자를 모르는 그가 흠칫하는 것은 이해가 된다지만, 남자 손을 정말 많이 잡아본 김태연, 자신이 놀라서 심장박동이 빨라지며 정신이 아득해지는 것은 결코 세련되지 못한 것으로 심히 혼란스러웠다.

"누가 먼저 사귀자고 했어요?"

그들의 연애를 직접 듣고 싶어 하는 은주의 물음이 본격적으로 시작되었다.

"난 두 사람을 이어준 사람이니까 이 정도는 들어야 한다고요."

두통이 사라지지 않는다. 뭐라고 말을 해야 하지만 나오는 것이 거짓말이라 겁이 났다.

"제가 먼저 그랬습니다."

태연은 놀라 신노를 바라보았다. 그러자 그도 같이 쳐다보았다. 그 눈빛은 부드럽지만 왠지 화나 보였다. 두 사람 시선이 번쩍 허공에서 부딪쳤다.

"정말이요?"

"당연한 것 아닌가요."

"고루한 사고방식인데요. 근데 연애에는 좀 고루한 법칙이 더 매력적인 것 같아요. 남자가 먼저 박력 있게 이끌고 여자는 약간 끌려가는 것이 그림이 되죠. 동화 같은 면이 있으니까요. 그런데 난 왜 그게 안 되는지 몰라. 싫으면 딱 싫고, 좋으면 입안이 근질해서 참을 수가 없어요. 보통 예쁜 여자들은 눈빛으로 확 쏴서 알

린다고 하는데. 자기도 그랬지. <u>흐흐흐흐흐</u>. 아, 두 사람 참 어울
린다.”

태연은 은주가 술에 취했다고 생각했다. 그래도 실수는 하지 않
았다. 어울린다는 소리를 거듭 하는 것은 그들이 사귄다고 생각하
니까 하는 말일 터.

“태연 씨의 어떤 점이 좋으세요?”

“그냥 좋습니다.”

“로맨틱하시네요. 사랑엔 이유가 없죠. 이유가 있는 사랑은 깨
지기도 쉬워요. 내가 지금껏 좋아했던 감정들도 늘 이유가 있었어
요…….”

은주는 자신의 경험담을 늘어놓기 시작했다. 신노는 성실하게
남의 얘기를 듣고 있었고, 태연은 자신들의 거짓 연애를 더 이상
묻지 않아 안심했다. 그러면서도 마음속은 요동쳤다. 보지 않겠다
고 방금까지 한 결심은 어디로 가고 시선이 그의 손으로 갔다. 나
이프와 포크를 들고 있는 길고 가는 손가락들이 움직일 때마다 몸
에서 심상치 않은 반응이 일어났다.

‘웬 조홧속인가!’

로맨스의 주제는 흘러가고 세 사람은 세상 돌아가는 성지나 문
화 얘기로 맴돌았다. 태연은 자신의 말 뒤에 신노의 목소리가 나
오면 자신만 알게 놀라곤 했다.

식사가 한 시간 이상 지속된 후 그제야 끝을 알리는 디저트가
나오기 시작했다. 초콜릿 케이크 조각과 각종 과일 그리고 수제
아이스크림에 얹어진 과일 등 여러 디저트가 나왔다. 신노는 단것
을 너무 많이 먹으면 사람의 기질도 즉흥적으로 변한다고 믿는 사

람이지만 또 그 예의상 맛을 보고 있었다. 초콜릿 케이크 일부가 그의 입속으로 들어가자마자 단맛이 퍼지는지 미간이 좁혀졌다.

커피가 나오고, 은주는 라떼, 태연은 카푸치노를 마셨다. 커피를 마시지 않을 것 같은 신노는 아메리카노를 놓고 조금 마시다가 태연에게 시선이 머물렀다. 마침, 은주가 화장실에 잠깐 간 사이였다.

"왜요?"

"거품이 묻었어."

신노가 시선을 돌리고서 말했다. 태연은 손등으로 문지르다가 휴지로 닦았다. 그의 시선이 잠깐 왔던 입술이 뜨거웠다. 계산서가 오는 바람에 바로 정신을 차렸다. 얼른 손을 내미는 순간 신노가 낚아챘다.

"내가 낼 거예요."

"……."

그는 자신의 카드를, 족히 십 년간은 쓴 것 같은 낡은 지갑에서 꺼냈다. 저것이 바로 비상용 카드란 것인가? 신나도 통 보기 힘들다는 비상용 카드를 눈으로 확인하는 순간이었다. 카드를 거의 쓰지 않는 신노가 가진 단 하나의 카드는 비상시 갑자기 많은 돈이 필요할 때만 내놓는 것이라 했다. 바로 지금이 그에겐 비상 상황이 되어버린 것이다. 미안하기도 하고 화가 나기도 한 태연은 계산서를 빼앗으려 손을 뻗었지만 허탕이었다.

"오빠가 왜 내요? 내가 내기로 한 거예요. 오빠 여기 손님이라고요."

신노는 태연의 말을 무시하고, 몇십만 원 이상이 훌쩍 뛰어넘은 계산서를 태연히 바라보았다. 그녀는 얼른 지갑에서 자신의 카드를 빼 들고 그가 못 내게 하려고 필사적인 노력을 할 때 은주가 화사한 웃음을 머금고 돌아왔다.

"신노 씨가 한턱 쏘는구나."

은주가 조금만 늦게 왔어도 가능했을 텐데, 태연은 은주 앞에서 신노의 자존심을 뭉갤 수는 없었다. 그래서 더는 반박도 못하고 입 다물어야 했다. 그렇게 깜깜한 마음으로 계산을 마친 신노의 뒷모습을 바라보며 지배인의 깍듯한 인사 속에서 밖으로 나왔다. 고즈넉한 분위기와 로맨틱까지 버무린 레스토랑이 이젠 바가지를 씌운 상술의 온상처럼 느껴졌다.

"이제 두 사람 연애, 한동안 방해 안 할게요. 약속합니다."

그때, 은주의 전화 벨소리가 울렸다. 유강인이었다.

"마음에 안 들면 관심을 끊으면 되지 이 남자 왜 이래. 요 근래 내가 간섭했다고 자기도 그래도 되는 줄 알아."

전화를 끊고 나서 은주는 미안하다는 말과 함께 아까 못다 한 말을 이어나갔다.

"대신 좀 더 무르익을 때 내가 두 사람을 위해서 근사한 곳에서 한턱 쏠 테니까, 그때는 나도 애인이 생겨서 쌍쌍으로 만나면 되겠다. 애인이 생겨야지 못난 유강인이 괴롭히지 않겠지. 그럼 두 달 정도 후에 봐요, 두 사람 모두. 안녕."

은주는 두 사람이 차에 탈 때까지 배웅했다. 태연은 신노가 겨우 차에 타자 은주에게 눈짓으로 인사했다. 그리고는 사이드브레이크를 풀고 브레이크를 약간 세게 밟으며 차를 출발시켰다.

"가까운 데서 내려줘라."

“······.”

태연이 이번엔 신노의 말을 무시해 버리고 터미널로 향했다. 차선을 바꾸며 태연은 약간 막히는 중에도 유연하게 운전했다. 그러나 마음은 잘 뚫리지 않았다. 아직 신노에게 한마디도 못하고 있었다. 물고를 터주면 해명하는 것이 훨씬 수월할 텐데, 그는 입술을 꽉 다문 채로 앉아 있었다. 사실 그도 마음이 정돈된 것은 아닌 듯 차를 타면 정석처럼 꼭 매는 안전벨트가 옆에 길게 늘어져 있었다. 터미널 건물이 시야에 들어오자 태연은 겨우 입을 열었다.

“미안해요.”

약간 샐쭉하게 나와 버렸다.

“뭐가?”

“내가 솔직히 말해야 되는데, 그게 잘 안 됐어요. 나 때문에 속상한 일이 많이 생기네요. 사귀는 것처럼 해줘서 고마워요. 그리고 미안해요……. 다신 이런 일 없도록 할게요. 그러니까 앞으로 나에 대한 배려 안 해줘도 돼요. 이젠 다른 사람이 불러도 나오지 말아요. 바쁘다고 하세요.”

“알았다. 여기서 멈춰. 잘 가라.”

신노는 뚝뚝 끊어지게 말하고서 인사까지 마치고 문을 열려고 했다. 태연은 할 말을 다 했다고 생각했지만 자신의 인생에서 완전히 가려는 그를 보니 괜한 조바심이 솟구쳤다.

“잠깐만요.”

그가 문을 열려던 손을 멈칫했다.

“오빠…… 싫어하지 않아요.”

신노의 눈빛이 한층 서늘해졌다.

"끔찍하게 생각하지 않는다고요. 그리고 그 키스는…… 내가 너무 당황해서 그렇게 큰 소리 낸 거지, 아주 나빴던 것은 아니에요. 그러니까 아주 싫은 건 아니라는 말이죠. 오빠를 싫어했지만 지금은 아주 싫어하지 않아요."

'아주'라는 말들이 자꾸 입에서 튀어나왔다. 그래야 자존심이 차려질 것 같았나 보다. 태연은 자신이 갑자기 지긋지긋해졌다. 이런 적 없었는데. 그 누구보다 김태연을 참으로 좋아한 자신이 아닌가.

"날 싫어하는 줄 알았는데?"

"안 싫어해요. 그러니까 날 미워하지 말아요."

"미워하지 않아. 난 네가 잘되길 바란다. 예전부터 그랬어. 널 힘겹게 느꼈을 때조차도."

신노가 그때를 떠올리며 눈가를 찌푸렸다. 사실 예전에 너무 몰아붙인 것도 김태연에게 반했기 때문이란 사실이 다시 그를 괴롭혔다. 눈을 감았다 뜨며 겨우 마음을 다스렸다.

"잘 지내."

신노가 차에서 내렸다. 태연은 그의 반듯한 평온함이 싫었다. 먼저 좋아한다는 말로 파문을 일으켰으면 사신의 마음 상태에 대한 일말의 책임을 져야 한다는 기당치 않은 생각이 들었다. 말도 안 되는 생각에 휘말리게 되면 멋대로 판단하고 멋대로 화내게 된다.

"할 말 있어요."

"듣고 싶지 않아."

"난 그러니까 내 맘은……."

“안 듣는다고!”

낮게 외치는 소리에 태연의 말문이 도중에 막혔다. 신노의 평정심이 유리처럼 금이 가고 있었다. 마음의 안정을 쌓으려면 오래 걸리지만 부서지는 것은 일순간이었다.

“나한테 원하는 것이 김태연을 그대로 두는 거 아니었어? 그렇게 하려고 하니까 괜히 불 지르지 마.”

차가운 바람결에 그의 단정한 머리카락이 흔들렸다. 단정하게 흘러내린 광대뼈엔 붉은 기운이 서렸고 입 언저리는 굳어졌다.

“내가 방화범이에요, 괜히 불 지르게? 솔직히 불 지른 건 그쪽 아닌가요? 키스하고, 좋아한다 해놓고 모른 척하니까 신경 쓰이잖아요. 그러면서 배려해 주는 게 얼마나 부담인 줄 알아요?”

“너에 대한 마음이 완전히 가시려면 시간이 필요해.”

“나, 오빠 싫어하지 않아요. 내가 똑똑한 사람이라고 해도 한 번에 자신의 감정을 알기 쉽지 않아요.”

“알았어, 미안해하지 마.”

태연이 노려보았다. 신노가 다시 돌아서면 가만 안 있을 기세였다.

“나 오빠 싫어하지 않아……. 좋아하는 것 같아요. 나도 웃겨요. 하지만 좋아하는 것…… 좀 좋아해요. 오빠랑 한번 사귀어보고 싶을 정도로 그래요.”

신노에게선 반응이 없었다. 아니, 그녀의 말을 무시하려는 듯 시선을 내리깔더니 몸을 돌리고 가버리려 했다. 어처구니가 없었다. 김태연이 지금 사귀자고 말을 하는데 어떻게 이 남자는 아무런 감흥 없이 오히려 넌더리 난다는 표정까지 짓는단 말인가.

"좋아한다 말이야!"

태연은 소리쳤다. 몇몇 사람이 흥미롭다는 듯 바라보다가 제 갈 길을 갔다. 태연의 얼굴이 부끄러움인지 분노인지 모를 감정으로 붉어지고 있었다.

"그래서?"

"……."

태연은 순간 멍해졌다. 어이가 너무 없자 풍선에 바람 빠지는 듯 마음이 쪼그라졌다. 그녀가 몇 걸음 가다가 멈추자 그가 마저 다가왔다. 뚜벅뚜벅. 그 와중에도 그의 걸음이 바르다는 것이 눈에 들어왔다. 뭐든지 올바르다. 이 지겨운 남자를 좋아한다고 말했는데 이 남자는 무척이나 싸늘하게 바라본다. 화가 나니 모든 감정들이 폭주하면서 눈물까지 나려 한다. 그러나 남자와의 관계에서 눈물을 흘려본 적이 없다는 기억은 유용했다.

"좋아한다고, 사귀자고 말하는 사람한테 이렇게 무안 줘도 돼요? 복수하는 거예요?"

"사귀자고? 나하고?"

"그래요."

태연의 눈에서 불꽃이 튀었다.

"쉽게 농담처럼, 미안해서 사귀지는 거야?"

"내가 무슨 바람둥이인 줄……."

이 남자에 비하면 바람둥이 맞지. 그 생각에 막혀 말문까지 엉켰다. 하지만 당당히 턱을 치켜들었다. 어느 누구도 이 남자 앞에 서면 속물이 되는 거라면 자신만의 문제는 아니기 때문이다.

"좋아하니까 사귀자고 했으면 거절도 진지하게 해줘요."

'거절하면 가만 안 둘 거야, 씨이.'

"나랑 사귀면 후회할 수 있어. 난 너랑 사귀면 너밖에 모를 테니까. 미안해서 사귈 생각이라면 나한테 이러지 마. 그러면 너만 고생해. 난…… 진심인 사람하고 사귀고 싶다. 마음을 거둘 수 있을 때 조심하고 싶어. 한번 사귀게 되면 그게 잘 안 될 테니까. 그러니까 건들지 마."

신노는 이제 그녀에 대한 감정을 거둘 수 없을 거라는 생각을 지우지 못한 채 말했다.

"나도 진심이에요. 오빠 좋아해요. 그러니까 오빠만큼은 아니지만, 오빠 좋아해요. 연애에 목숨 걸진 않아요, 결코. 그래도 오빠하고 사귈 땐 오빠만 볼 텐데, 그럴 수…… 있을 것 같아요. 그래도 싫다면 말구요. 한마디만 더 하고 안 해요. 나랑 사귈래요?"

남자한테 사귀자는 말을 이렇게 거듭 해보기는 머리털 나고 처음이었다. 태연은 그래도 그의 눈빛이 부서지며 마구 흔들리는 것에 전율을 느끼며 바라보았다.

"너한테 부담 주지 않을게."

"…….."

"촌스럽게 굴지도 않고."

"……"

그가 손을 내밀었다. 이게 무슨 의미인지 몰라 태연은 고개를 숙여 커다란 손을 내려다보다가 그의 까만 눈을 응시했다.

"사귀자!"

"아!"

그 의미라고? 태연은 우두커니 마른 손을 보다가 잡았다. 따듯한 손이 그녀의 손을 깊숙이 잡더니 흔들지도 않고 오래 있었다. 마치 협정을 맺는 사람 같았다. 구경하던 사람들은 모두 지나가고 노신사가 그들을 계속 지켜보다가 미소와 짧은 박수를 치고 시계를 보더니 터미널로 들어갔다. 두 사람은 이제야 주위를 의식하기 시작했다. 감정 때문에 서로만 보였던 것이다. 태연은 그의 정돈된 모습 속에서도 유달리 빛나는 눈빛에 자꾸 시선이 갔다. 신노의 눈동자는 기쁨을 드러냈지만 다른 곳은 쑥스러움이 흘렀다.

"데려다 줘야 하는데……."

사귄다는 첫 발걸음이 데려다 주는 것이라니, 정말 그다웠다.

"내 차로 왔으니 내 차로 가면 되죠."

말해놓고 민감하게 그의 눈치를 보는 태연은 자신이 소심해진 것 같아 마음에 안 들었다.

"그래, 잘 가. 어서 타라."

"아니에요. 오빠 버스 타는 거 보고 갈게요."

"먼저 가. 네가 가는 것…… 보고 가야겠다. 그게 옳아."

태연은 신노의 말에 따랐다. 사실 어리둥절하기도 했다. 신노는 태연이 차에 타는 것까지 봐주고 손을 흔들진 않았지만 끝까지 자리를 지켰다. 마치 나무 하나가 그녀를 배웅하는 것 같았다. 태연은 집까지 운전하면서 정신을 차리려고 몇 번씩 자신의 뺨을 토닥토닥 때렸다. 상황의 급반전이 너무 심한 밤이었다. 바로 어제만 해도 그들은 남남이었고, 몇 시간 전만 해도 은주를 속이는 공범자였으며, 30분 전만 해도 그들은 싸웠다. 그런데 지금 태연은 신노와 사귀기로 했다. 이 모든 상황이 참 말이 안 되게 흘러갔지만 딱 하나…… 마음을 거스르지 않은 것은 분명했다.

“이상해, 이상해.”

집에 와서 태연은 우두커니 그 말을 반복적으로 중얼거렸다. 실감이 나지도 않아 거울 속의 자신을 보았다. 그렇게 한참 동안 들여다보고 있는데 휴대폰이 울리는 바람에 움찔했다. 신노였다.

〈잘…… 들어갔니?〉

“네, 오빠는요?”

〈지금 막 도착했다. 집 앞이야. 잘 자라. 연락할게.〉

몇 마디 안 하고 그는 알아서 휴대폰을 끊었다.

“나, 주신노랑 사귀게 됐다. 이상해, 이상해.”

태연은 혼자 중얼거리고 실없이 웃었다.

“나만 바라본다.”

그가 한 말을 되뇌며 음미하고 있다가 다시 전화가 울리자 마치 누구에게 들킨 듯 이번에도 흠칫했다. 이번엔 신나였다. 태연은 더욱 깜짝 놀랐다. 남매가 시간차를 두고 그녀에게 한밤중에 전화를 걸어오니 심장이 마구 쿵쾅거리며 뛰었다.

〈왜 이렇게 놀라냐? 너, 죄지은 것 있어?〉

“천만에.”

강한 부정은 강한 긍정. 하지만 신나는 눈치를 못 챘다.

〈재미없어. 주말인데 오빠 집이야. 짜증 나 죽겠어. 이러니까 내가 연애도 화끈하게 못하는 거야. 넌, 뭐 하냐?〉

“그냥.”

〈야야, 잠깐. 우리 오빠 좀 이상하다. 소파에 앉아서 가만히 있네? 기도 안 하고. 뭘 하는 거야? 심각한 표정인데, 근데 미소가 스쳐 지나간 것 같기도 하고, 우리 오빠 아픈가?〉

태연은 신나의 말속에서 신노의 존재를 좇아 귀를 쫑긋 세웠다.

〈오빠 관찰하는 것은 재미없다. 오늘 뭐 했냐? 재미있는 일 있었어?〉

태연은 신나에게 자잘한 일들을 말하는 습관이 있었다. 그러니까 굳이 말할 필요도 없는 얘기까지 할 때가 있었다. 말하지 않았으면 금세 까먹을 얘기를 말하면 신나는 그것으로 태연의 상태를 짚어주었다.

"으응, 아니."

'신나야, 나 엄격하고 고루하고 절약 정신이 투철한데다 보수적이기까지 한 네 오빠랑 사귄다. 오늘 악수했어. 네 오빠가 키스하고 난 후 며칠 동안 혼란스러웠지만, 오빠 생각 많이 하게 되다 그만 좋아하게 된 것 같아서 드디어 오늘 사귀자고 내가 거듭 외치다가 오빠가 악수로 허락했다. 그러니까 우리 사귈 거야.'

라고 말할 수는 없었다. 자고로, 이제 비밀 연애시대가 도래한 것이다.

 8

On Air 등에 빨간 불이 들어오고, 끈끈한 시그널 음악이 흘렀다. 그와 함께 라디오 스튜디오에선 낭랑하고 매력적인 목소리의 여자 디제이가 프로그램의 오프닝 멘트를 하면서 여자들의, 여자들에, 여자들을 위한 프로인 '그녀를 위하여' 생방송이 시작되었다. 음악이 나가는 동안 유리벽을 사이에 둔 조정실과 스튜디오로 프로듀서가 분주하게 움직이고 작가들은 모니터를 보며 반응을 살폈다.

태연은 스튜디오에서 자신이 준비한 노트를 다시 한 번 훑어보면서 그들과 잡담을 하며 즐겁게 방송에 임하고 있었다. 음악이 끝나고 디제이의 입담이 터졌다. 과감한 디제이의 세상 풍자에 합류할 때마다 청취자처럼 희열을 느낀다.

"애인 생겼어요?"

“그쪽은요?”

태연이 살짝 질문을 피하며 묻자 디제이가 서글프게 웃어버렸다.

“없어요. 아, 이런 겨울엔 애인이 있어줘야 하는데.”

“그러게요.”

약은 전법이다. 태연은 어깨를 으쓱했다.

“우린 정말 불쌍한 여자들이에요. 그쪽한테도 싱글 냄새가 푹 푹 나네요.”

비밀 연애라고 부득불 숨기고 있지만 연애하는 사람 같아 보이 지 않는다는 말에 태연의 미간이 살짝 찌푸려졌다. 그렇게 안부 인 사도 더해져서 짧은 잡담이 이어진 후 드디어 본론으로 넘어갔다.

태연이 맡은 코너는 애청자의 경험담으로 이끌어가고 있었다. 전화, 인터넷 등으로 실시간으로 오는 사연들을 토대로 같이 고민 하고 너무 심각하지 않게 조언하는 편이다. 인생은 무겁지 않다는 것이 그들 삶의 지표였다.

오늘은 ‘연애가 시작되고 간과해선 안 되는 것들’로 사연이 눈 깜짝할 새 넘쳐 났다. 막 연애를 하는 청취자들의 연애담이 작가 들에 의해 일목요연하게 정리되어 갔다. 그중 하나는 누구나 겪 는, 연애 초기에 남자의 집착과 소유에 휩쓸려 기존의 관계가 흔 들리는 것에 대한 고민이었다.

“염장 글이죠. 고민인 것 같기도 하시만 은근히 자랑하는 듯한 이 문체들과 내용, 오우, 경고합니다.”

디제이의 말에 태연은 웃었다. 하지만 그녀는 조언을 하기 위해 입을 열었다.

“염장 글이 분명하지만 그래도 그 고민이 작은 것은 아니죠.

연애 초기에 남자친구와 나의 인간관계를 잘 구축하지 않으면 연애의 발전에 심각한 장애를 줄 수도 있습니다. 연애할 때, 그것도 초기에는 두 사람만 존재하는 것처럼 보이죠. 그럴 때 이성을 차리는 것은 덜 낭만적이라고 해도 앞으로 인생에서 큰 도움이 될 거예요. 연애서 지침을 쓰는 작가들이 빼놓지 않고 하는 공통적인 말이 절대로 연애한다고 주위 친구들과 내 생활에 게을리하지 말라는 겁니다. 남자친구가 늘 나랑 있고 싶다고, 만사 다 제치고 나가선 안 되겠죠. 사실, 남자는 연애 초기에 몰두하고 여자들은 연애 중기부터 몰두하는 경향이 있기 때문에 이 조절도 간과해선 안 되고요. 물론 푹 빠질 땐 푹 빠지는 것도 좋지만 일상생활이 안 될 지경이면 서슴지 않고 제동을 걸어야 합니다. 당신을 진정 좋아한다면 그도 되돌아볼 거예요. 그리고 연애할 때 친한 친구들이 말하는 남자친구의 단점에 대해서 듣는 것도 좋구요. 자신의 연애를 자신만 판단하게 되면 힘들어질 수 있으니까요."

태연은 말해놓고 괜히 움찔했다. 친한 친구에게 말하지 못하는 자신의 상황이 언제까지 계속될지 갈피를 잡을 수가 없었다. 아니, 지금 이 연애만 놓고 봐도 그 누구한테 말해야 할지…….

"게시판을 읽어드릴게요. 그 사람에게 완전히 빠져 앞뒤 안 가리는 폭풍 같은 사랑은 절대 하지 말아야 하나요? 매번 자신의 손실을 따져야 하는 건가요……."

현실을 무시해선 안 되고 철저히 자신이 우선되는 사랑이 먼저라는 조언을 했지만 애청자의 그 말이 방송을 마치고서도 맴돌았다. 방송을 무사히 끝나고 디제이와 프로듀서 그리고 작가들과 약간의 수다를 떤 후 밖으로 나와 차에 올라타서도 그 말을 우두커니 생각하는 자신을 발견했다.

태연은 잡지사에서 새 칼럼에 대한 구체적인 협의를 마치고, 그동안 준비한 연애 칼럼에 여러 이미지를 넣는 작업을 옆에서 지켜본 후에야 한숨 돌렸다. 뻐근한 목과 등을 풀기 위해 긴 손을 깍지를 껴서 스트레칭을 했다.

"자기, 요즘 성실함의 연속이네. 그런 예쁜 외모로 연애를 하라고. 나가서 사고를 쳐, 사서 고생하지 말고."

주아의 핀트 안 맞는 덕담에 태연은 귀를 막고 안 듣는 척했다.

"나 어때요? 선배, 나처럼 귀여운 연하 보면 감흥이 안 일어나요?"

이우진이 손에 가득 패션 샘플을 들고 오면서 장난을 걸어오자 태연은 눈을 가늘게 떴다.

"겨우 한 살도 채 어리지 않은 연하를 연하로 우대하려면 인내심이 필요해."

"생각해 봐요."

"생각했어, 사양!"

우진은 1분간 절망에 빠졌다가 다시 누군가에게 진화를 설며 금세 행복해져 버렸다.

"잘나갈 때 인생을 즐기라고."

"그러고 있어요."

주아는 고개를 주억거리며 자신의 인생에 대한 불평을 해댔다. 태연은 듣고만 있었다. 그러다가 자기 고민에 빠져들었다. 자신에게 애인이 생겼음을 자각할 때가 신노 때문이 아니라, 그들의 연애 사실을 아는 유일한 삼자인 은주가 다른 사람들과 있는 자리에서 태연에게 윙크와 이상한 수신호를 보낼 때라는 것이 정상일까. 지금처럼 말이다.

연애 잘 돼가? 무지 부럽다. 자기 남자 참 멋있어. 좋겠다.

이런 식의 내용을 담은, 엄지 치켜드는 걸로 마무리되는 그 수신호를 지금처럼 볼 때마다 태연은 자신이 연애함을 절실히 느꼈다. 그것이 바로 문제였다. 태연은 부러워하는 은주에게 미소를 보내고, 그녀가 다른 전화로 바쁠 때 눈인사를 하고 사무실을 나왔다. 휴대폰을 보았지만 신노는 제시간이 아니면 전화를 걸지 않았다. 연애에서 지켜야 하는 매너쯤으로 여기는 듯싶다. 그렇지 않다는 걸 그녀라도 말해주면 되었지만 태연 또한 주춤했다.

먼저 마음을 내보인 것은 분명 신노였지만 사귀자고 몇 번씩, 그것도 길거리에서 외친 것은 그녀였기에 그가 좀 더 많이 표현하고 은근히 리드해서 얼마나 자신을 좋아하는지 표현해 주길 바랐다. 그래야 자존심이 회복되고, 또한 그것이 신노에게 바라는 연애의 형태이기도 했다. 그러나 남자와 여자로 만난 결과가 그 기대에 영 부응하지 못했다.

실제 첫 데이트는 이러했다.

사귀기로 악수하고 나서 일주일이 지난 후에야 첫 데이트를 했었다. 그가 바빴기 때문이기도 했고, 얘기를 듣자 하니 새 복지관 일로 인하여 검토해야 할 서류들이 산더미처럼 쌓여서 야근을 자주 한 모양이다. 또한, 태연도 그런 신노에게 서둘러 첫 데이트를 할 필요 없다는 뉘앙스로 전화를 했었다.

"천천히 해, 상관없으니까. 그럼 들어가요."

이 남자가 뭐든지 내비치면 무조건 믿어버리는 몹쓸 습관이 있다는 걸 새삼 깨달았다. 그러나 바빠도 시간 내어서 얼굴이라도 보자는 말을 죽어도 먼저 못했다. 물론 사귀자고 말은 먼저 했어도 말이다. 그래도 그는 매일 전화를 걸어왔다. 그것도 점심시간 아니면 퇴근 시간, 딱 정해진 시각에 딱 정해진 말투로 안부와 식사 여부를 묻기 위해서.

"밥은 먹었니?"

이 말의 변형은 갖가지로 나타나곤 했다.

"식사는 했니?", "든든하게 끼니 채워라.", "거르지 말고 뭐든 먹어."

이런 말밖에 할 말이 없나? 샛길로 확 들어서면 안 되는 거야?

내가 신나야?

'보고 싶지 않았어요? 오빠! 내 얼굴 잊어버리겠다.'

이런 식의 닭살 애교가 마음속 어딘가에서 콕콕 쑤시고 있었지만 멋대가리 없이 뻣뻣한 양반에겐 하고 싶지 않아 그녀 역시 비슷한 응대를 했다.

"밥 먹었어요. 오빠도 든든하게 식사해요. 그럼, 안녕!"

첫 데이트의 기대는 무드 없는 전화 태도에도 불구하고 가슴을 콩닥거리며 기다리게 했다. 툴툴거리면서도 토요일 4시에 약속 장소인 터미널로 가기 위한 옷들을 고르고 또 골랐다. 그렇게 결정한 것은 무난한 차림이었다. 엉덩이를 덮은 검정색 반외투와 청바지 그리고 터틀넥을 입었다. 너무 많이 갈아입어서 어지러웠지만 화장은 자연스럽게 한 후 습관처럼 차를 이끌고 터미널로 갔다.

"많이 기다렸어요? 차가 막혔어요."

밖에서 기다리겠다고 했지만, 진짜 그럴 줄은 몰랐다.

"괜찮아."

"타요."

태연은 신노가 그녀의 차 앞에서 약간 멈칫한 것을 보고 마음에 걸렸다. 차 안에서 내내 음악을 들으며 신노는 침묵을 지켰다. 그러나 슬쩍 쳐다보니 태연이 걱정한 것처럼 화난 것은 아니었다. 오히려 약간 긴장되어 보였다. 그래서 그런지 이 남자, 좀처럼 말이 없다. 바빴냐고 묻자 그가 고개를 끄덕거렸다. 그리고 다시 침묵. 그러다가 한다는 말이……

"배고파?"

"배고파요?"

그가 묻자 그녀도 물었다. 이 남자, 배고파서 묻는 거 아닌가 싶어 태연은 식당부터 가기로 했다. 근데 생각해 보니 신노는 아끼는 사람에게 항상 배고프냐는 말부터 묻는다는 걸 떠올렸다.

"뭐 좋아하니? 양식? 레스토랑 같은 데 갈까? 전에 그 레스토랑 잘 가는 곳이야?"

비상용 카드를 또 볼 수는 없었다.

"아니요. 아! 느끼해서……. 나 원래 국밥 좋아해요, 내장 듬뿍 들어간……."

이것이 첫 데이트에서 할 말인가! 태연은 자신의 입을 탓했다.

"그래?"

"내가 아는 데 있는데, 오빠가 사요."

태연은 근처 한정식 집을 생각하고 말했다.

"그래, 가자. 한데 정말 좋아해? 네가 좋아하는 걸로 먹자. 네가 좋아하는 걸 먹고 싶어."

그의 말에 태연은 미소 지었다. 그런데 그녀가 적당하다고 느낀 한정식 집은 마침 정기휴일이었고, 신노가 가까운 단골 식당으로 그녀를 데려갔다.

"맛없어?"

"맛있어요."

누구를 탓하겠는가. 자신이 먹고 싶다고 했는데. 다만 기분이 다운되는 것은 어쩔 수 없었다. 순대와 내장이 가득하고, 들깨 가루까지 적당히 들어간 국물 맛은 끝내주었다. 머릿고기 한 접시까지 그가 시켰다.

"일은 바쁘니?"

"네, 오빠는요?"

"괜찮은 편이야."

그는 오래 묻지 않고 단정한 자세로 그녀를 보기만 했다.

사실, 신노는 마음이 다소 벅찼다. 사사로운 감정을 자신에게 완전히 허락하고 마음껏 보는 시선이라 더욱너 상기되어 있었다. 그는 태연의 표정이 초 단위로 달라지는 모습을 마치 무지개를 바라보듯 보았다. 아직도 그녀의 도톰한 입술과 목선을 보면 뭔가 낯선 아찔함이 몸을 훑고 지나가는 통에 좀 더 조심해야 한다고 다짐하면서. 그리고 이런 생각을 드러내는 것이 약간 용납되질 않았다.

작은 카페에 가서 커피를 마시고 좀 더 걷는 걸로 시간이 다했다. 그렇게 첫 데이트가 끝났다. 이 남자와 자신은 많이 다르다고 생각할 때쯤 신노는 그녀를 데려다 준다고 했다. 사귀기로 했으니 무조건 데려다 줘야 한다는 철칙은 여전했다. 신노가 운전해서 태연의 집까지 왔다.

"잘 자라."

"뭘 벌써 자요."

괜히 삐쳐서 마음이 옹졸해졌다.

"그럼, 갈게."

신노는 태연을 한눈에 담아두는 조금의 시간만 허용하고 뒤돌아섰다.

"꽃도 안 주나? 칼럼 때는 주더니……."

"꽃 좋아해? 전에 싫어하는 줄 알았는데. 알았어, 조금만 기다려."

"네?"

그냥 나온 말을 정확히도 들어서 신노가 바람처럼 뛰어갔다. 눈 몇 번 깜박일 사이 저 멀리 점이 되었다. 태연은 머리카락을 날리며 엄청난 속도로 그가 뛰어가는 걸 멍하니 바라보았다. 그리고 잠시 후, 그는 장미 꽃다발을 숨을 헐떡이지 않으려고 최선의 노력을 다하며 툭 내밀었다.

"예쁘지?"

"예뻐요."

꽃이 아닌 그의 행동이 예쁘고 가슴이 뭉클했다. 이런 작은 행동 하나만으로도 가슴을 들었다 났다 하는 이 남자가 신기했다.

"갈게."

태연은 뒤돌아가는 신노를 우두커니 바라보았다. 뭐라고 말을 더 할 줄 알았다. 미사여구를 너무 쓰면 곤란하지만 너무 안 써도 곤란하다. 그리 부족한 데이트를 하고도 뭐가 뿌듯한지 잘했다고 어깨를 쫙 펴고 가는 뒷모습과 꽃다발을 연달아 보다 그만 피식 웃고 말았다. 그녀가 내린 결론은……

"첫 데이트라 그래."

어쨌든 첫 데이트를 무사히 마치고 그들은 앞으로 나아가면 되는 것이었다. 손잡고, 포옹하고, 뽀뽀하고, 진한 키스 남발하며, 다른 연인들처럼 그런 절차를 차곡차곡 밟을 것이다.

태연은 신노와 일요일, 막 점심을 먹은 후 무작정 걷고 있었다. 데이트를 한 지 꽤 흘러 이젠 한 달이 훌쩍 넘어갔지만 그들의 진전은 초등학생 커플만도 못했다. 만난 지 며칠 안 되어 접착제마냥 떨어질 줄 모르는 커플을 보고도 신노는 아무런 자극이 없는지 그냥 묵묵히 만나서 식사하고, 얼굴 보고, 날씨 얘기하고, 같이 걷는 것이 다였다.

복장 터지기 일보 직전이었다. 이제껏 만나본 남자 중에 이렇게 눈치 없고, 굳이 알려줘야 겨우 깨닫는 남자는 없었다. 자신과 만나면 좀 변화가 있을 거라고 믿었는데 오히려 그녀가 그에게 맞추며 속수무책으로 재미없이 변해갔다.

첫 데이트 후, 어느덧 태연은 신노가 뭐라고 말하기도 전에 차를 두고 약속 시간에 힘겹게 택시를 잡아타서 달려가곤 했다. 그가 자신의 차를 마땅치 않아 하는 눈치를 챈 뒤, 사서 고생길로 접어든 것이다.

"춥겠다."

그 말에 다음부턴 옷차림이 치마에서 바지로 바뀌었다. 자신의 길쭉하고 아름답게 쫙 뻗은 다리를 보고도 고작 나오는 말이 '춥겠다'라니, 이 남자 정신 상태를 뜯어보고 싶을 정도였다. 굳이 한겨울에 미니스커트를 입었다고 예전처럼 직접적으로 지적하지 않은 것을 다행으로 여겨야 하다니 슬픈 일이다.

하지만 나름 신노는 속으로 태연의 다리가 무척 예쁘다고 느꼈다. 태연은 타고난 미인이라 어디 안 예쁜 데가 없는 것이 무척 그의 정신 상태를 고되게 만들었다. 그가 구상한 연애는 자극적인 심란한 상태로부터 탈피해서 상대의 마음이 고양될 수 있는 교류를 하고자 함에 있었지만, 그녀의 쭉 뻗은 다리와 긴 목, 일자쇄골은 정신을 혼란하게 하는 데 충분했다. 그리고 건강에도 좋지 않을 것 같아 한마디만 한 것이다.

태연은 신노에게 최대한 맞추고 있었다. 걷는 걸 좋아하는 그와 함께 무작정 걸으면서. 오늘도 그러했다. 따스한 햇살이 신기루처럼 꽤 안온하게 세상을 비추고 있었다. 겨울 속 가끔씩 느껴지는 별천지 같은 따스함이었다. 그들은 지붕과 지붕이 맞닿을 듯 한옥이 들어서 있는 가회동에서 여기 사는 사람처럼 찬찬히 산책하듯 걷다가 큰길가에서 벗어나 좁다한 골목길로 접어들었다.

태연은 한옥의 아름다움을 이야기하는 신노의 느릿느릿한 말을 귓등으로 들으며 오직 이 좁은 골목길 덕분에 그의 팔과 자신의 팔이 자꾸 부딪치는 느낌이 좋아 눈을 가늘게 뜨며 만족스럽게 옅은 미소를 지었다.

"여기가 윤보선 대통령의 생가야."

신노가 한 가옥을 가리키며 말했다.

"아! 그렇구나."

신노의 옆얼굴에 드리워진 가는 겨울 햇살로 인해 뚜렷한 음각이 있는 높은 코와 뺨이 한눈에 들어오자 태연은 생가가 아닌 신노의 옆얼굴에 감탄을 하는 몰지각함을 유감없이 발휘했다.

"난 이곳이 좋아. 그래서 서울에 오면 간혹 들러. 저쪽으로 가면 60년대식 건물도 그대로 남아 있어. 그 오래됨이 마음을 푸근하게 해. 예전에 대학교 다닐 때, 마음 심란하고 머리 식히고 싶을 때 들르던 곳이지."

"무슨 심란한 일이요?"

태연은 까마득한 신노의 과거를 문득 궁금해했다.

"기억 안 나는데, 그냥 공부하다 쉬고 싶었던 거겠지."

"그러고 보면 오빠 참 힘든 학창 시절을 보낸 것 같아요. 동생들 보살피느라 제대로 낭만도 못 누렸잖아요."

"학생의 본분은 공부잖아. 낭만을 누릴 시간이 있다 해도 그런 것은 적성에 안 맞아서. 그리고 동생들이 하나같이 다 착해서 어려운 점은 없었다."

동생들이 다 착하다고?

"착하다고 볼 수도 있겠죠."

그들은 계속 걸었다. 걸으면서 손등이 아슬아슬하게 스치고 닿았다. 태연의 오감이 그 작은 스침에 반응하며 깜짝깜짝 놀랐다.

손잡고 싶다.

태연은 우연인 것처럼 한 번 더 그의 크고 길쭉한 손에 하얗고 매끈한 손을 툭 부딪쳤다. 그는 계속 가회동의 정취에 대한 얘기를 하고 있었다.

"조심해. 앞을 보고 다녀야지."

동생에게나 하는 말투에 화가 나는 순간, 그의 손이 덥석 그녀의 손을 잡았다. 태연은 깜짝 놀랐고, 신노도 놀란 것 같았다. 사귄 지 얼마 안 되었다곤 해도, 손잡았다고 놀란 커플이 있다고 누가 라디오에 사연을 보냈다면 태연은 마음껏 비웃어주었을 것이다.

"길눈이 어두워서 낯선 길에선 자꾸 넘어져요."

"그럴수록 앞을 잘 보고 조심해야겠다."

신노는 태연의 말이라면 그대로 믿는 것 같았다. 떨어져 버릴 것 같았던 신노의 손이 태연의 손을 꽉 잡았다. 손 마디마디가 느껴졌다. 그의 손바닥은 축축함이 없이 보송보송했고 그녀의 손과 딱 접착이 되듯 붙어버렸다. 그녀가 살며시 깍지를 끼자 그가 풀지 않고 그 깍지에 힘을 주었다. 태연은 마치 키스나 더한 접촉이 있는 것처럼 전율을 느꼈다.

"날씨가 차네요. 좀 추워요, 오빠."

커다란 눈에 순수한 마음을 가장한 채 몇 번의 깜박임을 하며 신노의 단정한 얼굴을 천연덕스럽게 바라보았다. 그는 잠시 말이 없었다. 햇살에 비친 태연의 눈이 보석처럼 빛나 보였다. 붉은 입술은 겨울의 찬바람에 하나도 트지 않고 부드러운 융단처럼 보였고, 뺨은 탐스럽게 솟아올랐다.

"추우면 감기 걸린다."

태연은 고개를 끄덕거렸다. 그녀의 끄덕거림이 무색하게 신노는 포옹 대신 자신의 외투를 벗어서 어깨에 걸쳐 주었다.

"괜찮아요. 오빠도 춥잖아요."

"난 안 추워."

그냥 저 긴 팔로 안아주면 될 것을, 사서 고생이야.

태연은 그런 신노의 모습을 안타깝게 바라보았다. 그리고 안타까운 마음 그대로 집으로 돌아와 잠자리에서 기다란 베개를 신노인 양 품에 안으며 한숨을 푹푹 내쉬었다.

어떻게 쭉 해온 데이트가 판박이처럼 똑같단 말인가. 이렇게 실망을 거듭하면서도 계속 잘난 김태연이 연애 젬병인 주신노와의 만남에 날짜를 세는 것은 딱 한 가지 때문이었다.

"아직 포옹을 못해봤어. 포옹을 해봐야지."

태연은 그 생각뿐이었다. 손까지는 무드 있게는 아니더라도 잡아봤지만 포옹을 못했다. 뭐, 포옹만 못해봤나, 뽀뽀도 못해봤다. 기습 키스 말고. 그것은 연애 전이니 무조건 제외라고 태연은 생각했다. 진하고 정신이 몽롱하기까지 한 키스도 해야 하고, 정말 할 것이 너무도 많았다. 섹스까지 떠오르자 태연은 띡 줄 사람은 전혀 생각도 안 하는데 혼자 쑥스러워서 몸을 베베 꼬았다. 부끄러운 마음으로 그녀는 아직 거기까지는 아니라고 생각하며 키스와 포옹을 머릿속에 가득 담아두었다.

✱

태연은 친구의 결혼식이 있는 토요일, 복작복작한 결혼식 부근을 뚫고 안으로 들어갔다. 입구에서 양가 부모님들이 하객을 맞이하고 있었다. 잠시 후 식이 끝나고, 폐백과 피로연까지 연달아 이어졌다.

30대를 넘어선 솔로들이 수두룩한 이 시대에 김태연의 동창들은 30세를 넘기지 않기로 경쟁이라도 한 것처럼 무더기로 갈 모양이었다. 해를 넘기자 더욱더 결혼 소식들이 쏟아지고 있었다. 다행히 눈앞에 보이는 태연 외의 3인방은 그런 깜짝 소식 주인공 대열에 끼지 않았다.

하리는 회사를 운영하는 사람답게 몸에 밴 정장 차림이었다. 늘 그렇듯 예리한 눈빛으로 차분하게 앉아 있었다. 문득 강하리가 크게 화난 것을 지금껏 본 적이 없다는 걸 태연은 기억했다. 그녀를 싫어하는 이들이 늘 하는 말, 재수 없을 정도로 차분한 강하리. 그러나 태연은 그런 하리가 싫지 않았다. 단지 인상 찌푸림으로 감정을 표시하곤 했다. 그러고 보니 오늘 누군가가 그녀에게 짓궂게 질문하자 표정이 살짝 흔들렸던 것 같기도 했다.

"지난번 다정하게 보였던 남자, 네 약혼자는 아닌 것 같은데?"

"누구냐? 누구냐?"

모두들 궁금해했다.

"박서준."

"에잇, 난 또 뭐라고."

하리의 오빠 친구이자 가족 같은 박서준의 이름이 나오자 호기심은 바로 사라졌다. 그래서 하리의 꿈틀거리는 눈썹의 의미를 알지 못했다.

“잘 지내지, 뭐. 별다른 게 있을라고.”

“그렇구나.”

그들의 대화가 이어지지 못한 것은 주은행을 놀리는 이들 때문이었다. 그녀와 친한 누군가가 그녀가 필이 꽂힌 상대가 젊고 잘생긴 베스트셀러 작가라는 말을 했다. 태연도 아는 사람이었다. 태연의 남자로 선택하려고 했지만 작년까진 잡지 인터뷰에 좀 까다로운 편이었고, 지금은 아쉽게도 다른 잡지에서 선점해서 태연의 남자로 다루기엔 너무도 많이 알려졌다.

“너 어떡하냐? 필 꽂힌 사람이 사장과 가장 친한 친구라며. 유순한 네 사장한테 엄청 소리 높였다면서? 큰일 났구나. 엄청난 계획에도 힘들겠는데…….”

은행은 얼굴을 붉히는 대신 헛기침을 두어 번 흠흠거렸다.

“야, 그건 그렇고 김태연, 넌 어떻게 된 거야? 어떻게 아닌 남자와 칼럼 데이트를 하냐? 우리 다 놀랐다. 칼럼도 되게 잘 써주었던데, 신나가 협박이라도 한 모양이구나. 힘들었겠다, 아닌 남자인 주신노를 포장하느라.”

은행을 몰아세우던 친구가 이제는 태연에게 작정하고 물었다. 이름도 잘 기억나지 않는 친구가 어떻게 아닌 남자를 알게 되었을까? 곧 의문이 풀렸다. 유부녀 두 친구의 입 중 하나가 여름 이불처럼 가벼웠던 것이다. 그렇지 않아도 김태연이 주신노를 싫어했다는 것은 동창이라면 모르는 이 하나 없었다.

“우리 오빠가 태연의 아닌 남자라고?”

신나와 신명이 일 년에 한 번 있을까 말까 하는 쌍둥이 동질감을 드러내며 동시에 물었다.

“그게 아니고…….”

친구들이 많으니 해명의 기회도 주어지지 않는다. 또 다른 친구가 끼어들었다.

“태연이가 제일 싫어하는 타입을 우리가 모르냐? 어느 순간이 되어도 연결되고 싶지 않은 남자 말이야.”

“내가 언제 이름을 밝혔냐.”

아무리 박박 우겨대도 소용이 없었다.

“너 우리 오빠 싫어하잖아. 사실 우리 오빠지만 고리타분해. 어느 젊은 여자가 좋아하겠어. 그래도 인격은 확실히 갖춰져 있지. 아니지, 심하게 갖춰져 있지.”

신나가 신명의 투덜거림에도 친구들과 동참했다. 신명이 째려봐서 얼굴이 화끈거리는 것은 아니다. 태연은 현실과 과거의 큰 차이에 갑갑했다. 선입견과 편견으로 인한 자신의 바보짓이 오늘따라 한층 어리석게 느껴졌다.

“하정아! 너 핸드폰 잃어버렸지? 이거 네 거잖아. 건망증 아직도 여전하구나. 근데 전화 왔다. 졸부 새끼가 누구야?”

순하디순한 하정이 졸부 새끼라고 지정한 것 자체가 웃음이 나오는지 친구 하나가 진동으로 된 핸드폰을 웃음 끝에 겨우 넘겼다.

“끊어, 아무 때나 하지 말고.”

상대방의 말도 듣지 않고 그 말만 하고 휴대폰을 끊는 하정을 보는 친구들 중에 태연이 먼저 말했다.

“너, 되게 예뻐졌다.”

뭔가 말하려다가 태연의 입에서 그 말이 불쑥 나왔다. 하정이 정말 예뻐 보였다. 뭔가 있어 보이지만 왠지 물으면 방해가 될 것 같아 더 캐묻지는 않고 거기에서 그쳤다.

"그래? 고마워. 넌 더 예뻐."

"고맙다."

태연이 씩 웃었다. 연애하는 것 같은데, 잘되길 바라는 마음으로. 그렇게 유하정의 졸부 새끼는 수면 아래로 내려갔다. 이제 친구들은 몇 그룹씩 자기들끼리 대화를 나누었다. 그중에서 좀 떨어져 앉아 있는 신명이 이천에 사는 유부녀 친구와 나누는 대화가 유독 태연의 귀에 쏙쏙 들어왔다.

"네 오빠 다쳤다면서?"

"응. 자전거 타다가 차가 비집고 들어와서 피하느라고 확 틀다 넘어졌어."

태연은 놀라서 옆에 앉아 있는 신나에게 앞뒤 가릴 것도 없이 물었다.

"네 오빠 다쳤어?"

"어, 근데 신명이가 과장한 거야. 심한 건 아니야. 그냥 딴생각하다가 차가 오는 걸 못 봤대. 그래서 옆으로 확 틀다가 꽈당 넘어진 거지. 되게 웃기게 넘어졌다. 내기 봤거든. 그래도 동생 앞이라 아프다고 티도 못 내고 금세 후딱 일어나더라. 성신을 어디다 두고 지내는 건지. 항상 우리 오빠가 하는 말인데, 내가 했다니까."

신나는 진지한 신명과 다르게 가볍게 말했다. 태연의 걱정은 가셔지지 않고 더욱더 커졌다.

"언제 다쳤는데?"

"며칠 됐어."

어제도 신노와 만났다. 그는 그런 말 한마디 안 하고 내색도 하지 않았다. 연인인데 다친 것도 모르는 자신이 한심하게 느껴졌다. 연인이라는 말 자체도 웃기게 다가왔다. 서로 손만 잡는 연인이 어디 있어? 적당히 남자만의 늑대성을 발휘할 수는 없는 것일까?

나쁜 생각은 전혀 하지 않는 그 맑은 눈으로 사랑을 논하다니. 접촉하고픈 것이 나쁜 생각이라면 이 세상은 씨가 말랐을 것이다. 연애할 때마다 태연을 만져 보고 싶어하는 남자들 때문에 골치 아팠는데 지금은 완전 뒤바뀌어 버렸다. 그렇다고 먼저 리드할 수도 없다. 경험 많은 것을 주신노에게 티내고 싶지 않았다. 물론 알고는 있겠지만. 태연은 생각을 거듭할수록 짜증 수치가 점점 올라갔다. 애인이고 뭐고, 확 때려치워 버려?

✴

"이렇게 예쁜데, 자기가 가만있고 배겨."

태연은 거울 속의 여자를 보며 황홀하게 외쳤지만 신노는 안타깝게도 여전히 큰 변화가 없었다. 물론 택시에서 내린 태연을 보고 신노의 눈이 약간 커진 것은 사실이었다. 그것은 추운데 외투 속에 원피스를 입고 온 때문도 있었지만, 상당히 예쁜 외모가 한층 빛났기 때문이다. 그럴수록 신노는 자동적으로 마음을 다잡았다. 왜 그러는지도 모를 무서운 습관이었다.

"안 추워?"

“추워요. 우리 저 레스토랑에 가요.”

태연은 애교스럽게 신노의 팔을 잡았다. 평소 애교스러운 편이
아니었지만 그녀는 신노의 팔뚝을 잡고 살짝 몸을 기댔다. 팔이
경직된 것을 느끼면서 마음이 편치 않았지만 그를 한번 유혹해 보
기로 했다.

“가자.”

태연은 신노와 함께 레스토랑으로 들어갔다. 깔끔하고 편안한
인테리어의 캐주얼 스테이크 전문점으로, 서비스가 좋고 가격 또
한 저렴한 곳이었다.

담백한 소스에 계란과 감자 그리고 샐러드가 듬뿍 나오는 스테
이크를 시켰다. 수프와 빵과 커피도 같이 제공되는 식사에 와인을
곁들이면서 태연의 시선은 신노의 얼굴에서 무릎으로 내려갔다.
다친 것도 말하지 않을 모양이었다. 정말 큰마음으로 이해하려 했
다. 남자가 창피할 수도 있으니까.

“오빠, 이 옷 예쁘죠?”

“응? 예, 예쁘다.”

“난? 옷만 예뻐요?”

신노의 당황한 얼굴을 보며 태연은 톡 쏘는 눈으로 웃으며 재차
물었다.

“너도…… 예뻐.”

“다행이네요.”

“응?”

태연은 샐쭉해져서 어깨를 으쓱거리며 음식을 우물우물 씹었
다. 신노는 태연을 보며 안절부절못하는 마음을 다잡았다.

“오빠, 나한테 궁금한 거 없어요?”

“궁금한 거 많지.”

“정말? 평소에 나 안 만날 땐 내 생각 도통 하지 않는 것 아니에
요?”

“네 생각 많이 해.”

“나에 대해서 뭐가 궁금해요?”

태연은 신노를 생뚱하게 반, 그윽하게 반이 섞인 묘한 표정으로
쳐다보았다.

“네가 좋아하는 것이 뭔지 다 궁금해.”

“물어봐요.”

“내가 하나씩 알아가고 싶다. 그게 연애 아니니?”

“난 궁금한 거 못 참겠는데, 어느 세월에 하나씩 알아가요.”

“그럼 물어봐.”

신노는 자세를 반듯하게 하고 말했다.

“좋아하는 색깔은?”

“하늘색.”

“혈액형은?”

“O형.”

태연의 눈이 커졌다.

“오빠, O형이에요?”

“응, 넌 A형이지?”

“나 AB형인데.”

“그렇구나.”

태연은 질문하는 걸 포기하지 않았다. 마치 후기 칼럼을 쓰는

분위기였지만 그를 알아가려는 성급한 노력을 멈추지 않았다.

"발치수는?"

"발치수?"

"대답만 해줘요."

"280. 넌?"

"245."

태연은 신노를 보며 막 질문을 퍼부었다. 왜 이 남자를 좋아하게 된 것일까, 그 이유를 찾으려는 듯 생각나는 대로 묻고 또 물었다. 아는 것도 다시 물었다.

"키는?"

"178.5."

"181."

"응?"

신노가 정정해 준 태연의 말에 반문하듯 쳐다보았지만 태연은 다시 질문에 몰두했다.

"체중은……."

"좀 늘었어. 네가 그렇게 쓰는 바람에, 근육으로."

태연은 미소를 지었다. 이 남자를 좋아하는 이유가 바로 이 정직함 때문일까? 그러나 태연은 아직도 이유를 알 수가 없었나. 이렇게 자신을 열나게 하는데도 그 옆에서 계속 있고 싶은 마음을.

"좋아하는 음식은?"

"국밥."

"사람을 가장 먼저 보는 곳은?"

"눈."

"생일은? 양력, 음력 모두."

"1월 28일, 음력은……."

태연이 뚝 멈추었다. 심상치 않은 기색이 어른거렸다.

"왜 그러니?"

"오늘이 1월 28일이잖아요."

"그렇구나."

"오빠, 오늘 생일이잖아요."

태연은 눈이 동그래져서 높다랗게 소리쳤다. 주변의 사람들이 다 들을 수 있을 만큼 컸다.

"어렸을 때부터 음력으로 했어."

"아무리 그래도 나한테 미리 말해주지 그랬어요."

"양력으로 하지 않아. 그리고 우리 사귄 지 얼마 안 됐잖아."

신노는 부드럽게 말했지만 당황한 기색이 엿보였다. 태연을 조금 안정시킬 시간이 필요했다. 그러나 종업원이 생일이라는 말을 듣고 그들에게 쪼르륵 다가왔다.

"약간의 비용을 더하시면 생일 축하이벤트를 해드릴 수 있습니다."

"해주세요."

태연의 말이 떨어지자마자 종업원이 하트 모양의 초콜릿 케이크를 가져왔고, 그의 나이대로 초도 꽂았다. 그리고 그중 한 명이 기타를 어깨에 둘러메고 생일 축하 노래를 부르기 시작했다. 노래가 신날수록 행복한 웃음이 가득할수록 태연은 화가 치솟았다.

"화난 거니?"

이 남자의 부드럽고 이성적인 목소리도 이성을 확 돌게 만들기에 충분한 요소였다. 태연은 케이크를 짓이기듯 맛을 본 후 신노에게도 먹으라고 접시를 그쪽으로 밀었다. 그는 태연의 과장된 웃음을 보았다. 태연은 빨리 이 남자를 떼어놓지 않으면 자신이 큰 소리 칠 것 같은 전조를 느꼈다. 계산을 하려고 하는데, 아니나 다를까 그가 계산서를 집어 들려고 했다.

"내가 낼 거예요!"

태연이 소리치며 억지 미소를 지었다. 신노는 깜짝 놀랐다. 그러나 더욱더 놀란 것은 그 뒤의 일이었다. 생일 선물이라며 레스토랑에서 초콜릿이 든 상자를 주는 바람에 태연보다 늦게 레스토랑에서 나오고 보니 그녀가 없었다. 아니, 정확히 말하자면 태연이 막 택시를 타고 가버린 것이다.

"태연아!"

신노는 반쯤 넋을 잃고 태연을 불렀다. 그러나 그 소리가 들릴 리가 없는데, 거짓말처럼 택시가 다시 유턴을 하더니 그가 서 있는 곳에서 멈추었다. 태연은 택시기사 아저씨에게 만 원을 주고 다시 그에게로 돌아왔다. 아니, 그를 지나쳐 약간 골목길로 보이는 어두컴컴한 곳으로 가자 신노도 따라갔다.

갑자기 그녀가 그를 안았다. 정확히 말하면, 안긴 것이 아니라 맹렬한 분노의 힘으로 자신 쪽으로 잡아당겨 두 팔 가득 그의 반듯하고 큰 뼈대에 근육이 적당히 붙은 어깨를 우악스럽게 껴안았다. 신노는 놀라서 입이 딱 벌어졌다. 그 벌어진 입술에 태연은 입술을 꽉 다문 채로 도장 찍듯이 눌러 버렸다. 그리고 마지막으로…… 그의 손을 잡고 흔들었다.

"이제 끝이야. 주신노하고 하고 싶은 거 다 끝났으니까, 더 이상

미련 없어. 이제 쫑이라고. 안 사귀어. 흥!”

태연은 신노를 노려본 후 탁탁 그를 떠나 버렸다. 그러나 다시 툴툴거리며 눈 깜짝할 사이에 돌아왔다. 신노는 정신없는 표정으로 그녀가 갔다가 다시 온 자리를 바라보았다.

“한마디만 더 하고 가겠어요. 어떻게 나 같은 여자를 만나면서 그 재미없고 지루한 데이트만 연거푸 할 수 있는 건지, 참으로 주신노는 멋대가리가 없다고. 흥.”

그리고 다시 가버렸지만 이번에도 몇 걸음 안 가 태연이 씩씩거리며 돌아와 많이 당황한 신노를 무섭게 노려보았다.

“10초만 줄 거예요. 내 마음 바뀌도록 무슨 말이든 해봐요.”

“태연아!”

태연이 코끝에 성난 주름을 잔뜩 잡은 후 외쳤다.

“이름 말고! 5초 남았어요.”

신노는 얼른 태연의 두 손을 붙잡았다. 다시 그녀가 가다간 이번엔 영영 안 돌아올 수도 있었기 때문이다. 마음이 성급해지자 그의 단정한 뺨이 붉어졌다.

“미안하다.”

그녀의 손을 잡고 약간 머리를 숙인 모습이 마치 신부가 불량학생을 위한 기도를 해주는 폼이었지만 희미한 가로등에 반사된 그의 눈빛은 심하게 흔들렸다.

“나 때문에 많이 실망했구나. 내겐 너한테 해줄 수 있는 것이 많지 않아.”

“많아요. 오빠 못해주는 것이 아니라 안 해준다구요. 표현도 하나도 안 해주고. 아픈 거 다 아는데. 그 말도 안 해주고. 내가 오빠를 많이 좋아하지만 않았으면 이런 재미도 없는 데이트를 왜 하겠어? 내가 난리 쳐서 한 연애니까 좀 초반엔 적극적인 오빠의 기세에 끌려가고 싶었다고. 한데 이게 뭐야. 정말 속상해."

솔직하게 말하고 나니 얼굴이 화끈거렸다. 도망가고 싶은 생각에 들끓어도, 그가 태연을 놓지 않고 있었다.

"이런 감정은 처음이야. 그래서 많이 서툴러. 표현을 해야 하는데 그게 자꾸만 어색해. 마음은 그렇지 않은데. 네가 그렇게 실망한 줄 몰랐어. 내 잘못이다."

"짝사랑도 안 해봤어요, 지금껏? 다 내가 처음이래."

태연이 툴툴거렸지만 신노가 해명하는 모습을 보는 것은 일말의 감동을 주었다.

"나, 짝사랑한 적 한 번밖에 없어. 대학교 때, 고등학생인 동생친구 좋아한 거 빼놓고는."

"누구요?"

대체 누굴까? 여러 이름들이 오르락내리락 하고 있는데 신노가 바로 말해 버렸다.

"김태연. 네가 모두 처음이야."

"에? 말도 안 돼! 오빠 나한테 엄청 까칠하게 굴었잖아요."

"그땐 나도 몰랐지. 그냥 네가 신경에 너무 거슬렸으니까, 이상할 정도로. 나중에 알았어. 널 다시 보고 나서 그게 짝사랑이란 걸 확연히 알게 됐어."

"날 좋아했다구요, 예전부터?"

"응. 미안하다."

"그럼 표현을 해야죠."

"그게 잘 안 돼. 앞으로 노력할게. 떠나지 않을 거지?"

"누가 떠난다고 했어요?"

태연은 어깨를 으쓱하더니 신노의 손을 마주 잡았다.

"난 오빠가 날 그렇게 좋아하는 줄 몰랐는데?"

"그래?"

"응. 앞으론 표현도 좀 많이 하고 그래요. 표현이란 게 어려운 것이 아니에요. 보통 연인들처럼 헤어질 때 자주 뽀뽀하고 같이 있을 때 손잡고 다니고, 서로 좋아한다고 말하고, 보통 그 정도는 해야죠."

"알았어."

태연은 신노가 자신을 학창 시절부터 좋아했다는 고백에 맘이 잔뜩 울렁거려서 계속 입을 놀리어 말을 했다. 신노가 내내 자신만을 좋아했다는 사실에 현기증이 살짝 일었다.

"너 뺨이 빨갛다. 춥지? 옷 벗어줄까?"

태연이 고개를 끄덕거렸다. 이 남자가 하루아침에 변할 수는 없었다. 이 남잘 좋아하면 이렇게 사귈 수밖에. 택시를 잡고 태연의 집으로 데려다 주면서 두 사람은 아무런 말도 없었다. 그들은 서로의 온기를 부쩍 느끼고 있었다. 태연은 반쯤 포기하고 자신이 터트린 폭발에 괜스레 쑥스러워졌다. 그렇게 헤어지고 부끄러움과 후회로 범벅된 얼굴로 얼른 집으로 들어가려고 하는데, 저만치 갔던 신노가 다시 그녀에게로 뚜벅뚜벅 걸어서 다가왔다.

"왜요?"

대답 대신 신노가 태연의 입술에 쪽 입술을 눌러서 맞추었다.

"잘 가라고. 연인들은 이렇게 하는 거라면서, 헤어질 때마다.

우리도 하자.”

태연은 고개를 세게 끄덕거렸다.

“앞으론 내 마음에 담아놓기만 하진 않을 거다. 잘 자.”

신노는 다시 뚜벅뚜벅 멀어져 갔다. 태연은 신노의 잠바를 줄 생각도 미처 못하고 그를 보다가 눈가가 풀어지면서 중얼거렸다.

“폭발한 보람이 있네.”

집에 들어간 태연은 잠시 후 버스를 탄 신노로부터 문자를 받았다.

〈널 많이많이 좋아한다.〉

태연은 엎드려 절 받는 심정이었지만 기분이 가히 나쁘지 않았다. 아니, 좋았다. 태연은 얼른 답장을 보냈다.

〈나도 오빠를…… 좋아해요.〉

많이많이는 빼기로 했다. 태연은 휴대폰을 배 위에 올려놓고 천장을 보며 오늘 있었던 일을 쭉 돌이켜 본 후 몸을 뒤집어 엎드린 채 일굴을 바닥에 묻었다. 웃음이 흘러나왔다.

 9

영화가 끝나고 극장 로비에서 신노는 팜플릿을 보며 여러 감상을 말하고 있었다. 그는 감독이 설치해 놓은 감정적인 장치에 대해서 심각하고도 조리 있게 논의하며 영화에 대한 만족을 드러냈다.

한편, 태연은 열심히 들어주는 척하면서도 낡은 재킷과 바지 안에서 혼자 따로 빛나고 있는 블랙 셔츠에 시선을 고정하고 있었다. 고급스럽고 깔끔한 선이 특징인 구찌의 검은 셔츠는 그의 몸에 알아서 탁 붙어 몸의 선을 아름답게 나타내며 그 자체만으로도 환상이었다.

태연은 티셔츠 하나를 선물하기 위해 꽉 막힌 정신세계를 뚫고 설득에 설득을 거듭했다. 비슷한 말을 여러 번 하고 나서야 겨우 신노도 넘어가고 말았다. 또한 목표를 이루려는 순수한 갈망을 담은 맑고 예쁜 눈동자에 마음이 약해진 그는 그녀와 만날 때는 섹시하게 보이는 그 검은색 셔츠를 꼭 입고 나오곤 했다.

재킷도 사주고, 바지도 사주고, 그렇게 패션 전체를 싹 바꾸고 싶었지만 받아들이지 않을 것이 분명해서 더 가까운 사이가 되었을 때, 그때 궁리하기로 했다. 이 셔츠가 고가의 명품인 줄 알았다면 사양했음이 틀림없다. 여자한테 선물 받는 일에 전혀 익숙하지 않은 남자인데다, 데이트 비용까지 모두 내려는 고집불통이니까.

검은 셔츠를 보며 짓던 만족스런 미소는 곧 그의 영화 얘기가 지속될수록 사라지고 하품이 나오려 했다. 좋아하는 남자친구 앞에서 차마 하품을 할 수 없어서 손으로 입을 몇 번 막았다. 정말 신노는 말을 재미없게 하는 데 타고난 재주가 있었다.

"인간의 본질을 따뜻한 시선으로 따라가면서도 현실에 그 본질이 얼마나 타인들에게 어긋나게 보이는가를 세세히 잘 묘사한 작품인 것 같다. 감독의 의도는 자기 자신을 알려는 노력 없이 남에게 감정적으로 함부로 기대는 것이 얼마나 부질없음을 말해주고 있어……"

태연은 신노의 심각한 표정에 속으로 살짝 놀랐다.

"……자신에 대한 확신 없이 누군가를 받아들일 수 없다는 것을 분열 현상으로 잘 나타낸 거지. 인간관계에서 욕망과 집착보다 서로를 천천히 지켜주는 연인의 모습이 아름답게 보이지……. 지루하니?"

신노도 지루한 티가 간간이 나는 태연의 눈가와 입가를 보고 말았다. 태연은 찡그리며 웃다가 어깨를 슬쩍 올렸다.

"조금."

"이 영화 싫어해?"

"재미없어."

솔직한 대답에 안경을 한 손으로 치켜올리며 당황하는 그가 귀여워 태연은 생기를 띤 눈으로 웃었다.

"그러면 진작 말하지."

"오빠가 좋아하는 영화를 보고 싶었어요. 그렇지 않으면 내가 예술성만 무지 있고 지루하기만 한 이 영화를 왜 보러 왔겠어요."

이번에는 신노가 웃었다. 활짝 웃는 것은 아니지만 입술이 부드럽게 경직이 풀리면서 스르르 입꼬리가 올라갔다.

"네가 원하는 것은 뭔데?"

신노가 태연과 시선을 맞추며 물었다. 그가 너무 진지하니 태연은 갑작스런 장난기가 스멀스멀 올라왔다.

"놀이동산 가고 싶다."

"어?"

일찍 어른이 된 신노는 어른과 아이의 경계를 너무도 철저하게 가르는 사람이라 그녀의 말을 쉽게 못 받아들였다.

"놀이동산이오. 놀이기구 타고 싶은데. 싫으면 말구요."

"시간 나면…… 가자."

마치 마음 준비 끝내면, 이라고 말하는 것 같았다.

"약속!"

"약속!"

태연의 앙증맞은 표정이 깃든 약속이란 말을 따라 하며 신노는 그녀가 보지 않는 사이 짧은 한숨을 내쉬었다. 두 사람의 대화가 잠시 멈추었을 때 그는 그녀와 있을 때 가장 많이 하는 말을 했다.

"배고프지?"

신노는 식당으로 가는 길에 손을 뻗어 그녀의 손을 잡았다. 그녀의 폭발은 그에게 작은 깨달음이란 효과를 주었다. 걸어갈 때 손을 잡았고 특별한 일이 없다면 보호자인 양 절대 놓지 않았다. 손을 잡는 모양은 약간 어색하지만 점점 좋아지고 있었다. 그의 촉감은 특별나다. 손을 잡는 동안 그녀의 감정 또한 우유가 요거트가 되어가는 과정처럼 뭉글뭉글해진다. 그렇게 안 잡히는 감정이 어느 순간 발효의 과정을 거치면서 손에 문득 한 움큼 잡히는 착각에 빠졌다.

달라진 것은 또 있었다. 곧잘 예쁘다는 말도 한다. 무드 없이 뜬금없게 한다는 것이 문제지만. 지금처럼. 돌솥비빔밥을 먹다가 입가에 밥풀이 묻었는데 그가 눈을 번쩍 뜨고 말했다.

"너 예뻐."

"……."

이럴 땐, '태연아, 밥풀 떼라' 이것이 정확한 표현인 것이다. 신노의 할 말을 잊게 만드는 타이밍에 태연은 웃고 만다.

"오빠도 멋져요."

그가 쑥스러워한다. 태연은 그 모습에 고양이처럼 신음을 내고 싶었지만 꾹 참았다. 두 사람은 식사를 마치고 또다시 길거리를 걸으며 데이트를 한 후 그녀의 집까지 갔다. 갑자기 뜬금없는 충동이 일었다.

"나도 오빠가 좋아요."

그는 지금 세계정세와 환경 얘기를 하고 있었다. 데이트를 무드 없이 만드는 그의 재주에도 제스처와 입술 모양, 눈빛. 그리고 걷는 모습을 보면서 그 말이 하고 싶어졌다.

"어? 어, 그래."

태연의 뜬금없는 말에 신노는 놀랐다.

"놀라긴……. 장난친 건데. 뭐, 약간의 진심이 있다고 보는 것
도 무방하지만요."

태연이 소리 내어 웃자 신노도 전염된 것처럼 바보 같은 심정으
로 따라 웃었다. 그녀의 얼굴과 표정에 심취하면 더욱더 그러한
마음이 되곤 했다. 신노는 쉼표를 주듯 다시 한 번 숨을 길게 내쉬
었다. 태연의 예쁜 손을 잡고 걷는 겨울밤이 기온과 상관없이 따
듯하게 느껴졌다.

아파트 출입구 앞에서 태연은 손을 흔들었다. 신노도 손을 흔들
다가 약간 멈칫거렸다. 그는 해야 할 것을 안 하면 결코 안 된다는
주의였다. 그러나 어느덧 의무가, 의무가 아닌 것으로 되어버리고
그것은 커다란 설렘처럼 신노의 가슴을 휘저었다.

멈칫하며 다가온 그의 입술은 태연의 도톰한 입술을 꾹 눌러 버
렸다. 태연의 코가 역시 높은 그의 코에 살짝 눌렸다. 두 입술의
온도가 주위와 상관없이 올라가고 입술이 쪽 하는 소리와 함께 떨
어지자 신노는 멍하니 인사말을 한 후 뒤돌아간다. 반듯한 걸음이
너무 반듯해서 휘청거리는 착시 현상까지 불러일으켰다. 어쩌면
태연은 자신의 시선이 흔들리고 있는지도 모른다고 인정했다. 그
깟 뽀뽀 가지고.

"조심해서 가요."

태연은 그가 안 보일 때까지 손을 흔들었다. 네 번째 뽀뽀다. 이
번에는 싸한 박하 향이 풍겼다. 태연은 입술과 입술만 닿는 지극
히 일차적인 접촉에 전율을 느꼈다. 박하 향 뽀뽀를 음미하고 있
을 때, 그가 점이 되기 직전 다시 서둘러 돌아오고 있었다.

“왜요, 오빠?”

“어, 이거 받아.”

“이게 뭔데요?”

태연이 그가 주머니에서 주저주저하며 꺼낸 잘 접혀진 종이를 보고 물었다.

“너에 대한 내 마음을 적어봤어. 지금 보지 말고 들어가서 봐라. 그럼, 갈게.”

신노는 쑥스러운지 이번엔 걸음이 약간 더 빨라져 금세 시야에서 사라졌다. 태연은 신노가 시킨 대로 집에 들어가자마자 앉지도 않고 일정하게 접혀진 종이를 펼쳐 보았다. 반듯반듯한 글씨가 일정한 크기로 나열되어진…… 편지였다.

너에 대한 내 마음을 적어봤어……. 그러니까 정확히 말해서 연애편지다. 그것도 60~70년대식 우리 아버지, 어머니 세대의 낭만과 유치함이 잔뜩 묻은.

“세상에!”

─별빛처럼 아름다운 태연에게.

태연은 제목에서부터 웃음이 나왔다.

─널 보기만 해도 마음이 두근거려. 너에게만 햇살이 비추는 착각이 들 때도 있어. 너처럼 아름다운 사람이 날 좋아한다는 사실에 감사한다.

태연은 과잉 표현에 얼굴이 화끈거렸다.

—사실 널 다시 보고 무척 당황했다. 왜냐면 그동안 내가 외면했던 감정을 다시 보고 말았으니까. 아니라고 하면 될 줄 알았거든. 노력하면 좋아하는 마음이 거두어질 거라고 믿었는데, 잘 안 되더라. 기습키스한 것을 내내 후회하고 있다. 그것은 올바른 표현이 아니었어. 못난 욕심에 눈이 멀어서 내 감정에 취한 결과라 늘 부끄러웠다.

태연은 푹푹 한숨이 나왔다. 후회하지 않아도 될 감정에 후회하는 남자의 마음 때문에 속 썩는 여자가 있다는 걸 알아주길 바란다.

—그래서 더욱더 억제를 해왔지만, 네가 내 마음을 알지 못하고 속상해하니 내가 너한테 느끼는 감정을 이렇게 표현하기로 했다.

편지로 표현하다니, 골동품 같은 남자다.

—하루에도 몇 번씩 네 생각을 많이 한다. 달을 보면 너 같기도 하고 꽃을 보면 너 같기도 해서 한참 바라보곤 해.

태연은 유치한 문구가 사람에게 가끔은 감동을 준다는 걸 인정했다. 그러다 문득 달 중 어느 달일지 궁금했다. 만약 보름달이라면 가히 좋아할 일도 아니지 않은가.

—널 보면 내 심장이 쿵쿵 뛰는 걸 느낀다. 그럴 때면 마음을 편안

히 두려고 해. 너무 감정에 몰두한다면 사랑의 순수함에 다른 불순물이 끼어서 괴롭게 될 수도 있으니까. 그래서 너에 대한 나의 감정이 언제나 맑기를 기도하고 있어. 그렇다고 널 좋아하는 마음이 덜한 것은 절대 아니야. 하루하루, 너에 대한 내 마음도 깊어지고 짙어져 간다. 너의 웃는 모습은 달처럼 고와. 그 고운 모습에 마음이 설렌다. 그 설렘을 안고 네가 잘되길 매일 기도한다.

"유치하긴……."

웃음이 나오기까지 했다. 그럼에도 태연은 편지를 계속 손에서 놓지 못한 채 그날 밤을 설쳤다.

며칠 동안 태연도 바빴지만 신노 역시 시간을 낼 짬이 없었다. 그래서 그들은 직접 만나는 대신 전화로 서로의 목소리를 들으면서 아쉬움을 달랬다. 태연은 그 자아성찰에 가까운 약간의 유치뽕짝 편지에 익숙해지고 있었지만 그는 편지와는 달리 전화로는 표현력이 많이 달렸다.

〈잘 지내니? 감기는 안 걸렸고?〉

"네. 오빠, 편지 읽었어요."

편지가 오고 간 후에 그들은 만나지 못했었다.

〈어, 그래.〉

그 짧은 말에서도 태연은 신노의 쑥스러워하는 기미를 느꼈다. 그래서 더 놀려주고 싶었다.

"그 편지, 오빠 마음이에요?"

〈응. 좀 부족하다……. 마음에 드니?〉

"조금."

전화기 속에서 그를 부르는 소리가 들렸다.

〈들어가라. 또 전화할게.〉

"나도 오빠 많이 좋아해요."

태연이 뜬금없이 그 말을 했다. 신노는 자신을 부르는 소리도 잊고 계속 전화기를 들고 있는 듯했다. 약간 불규칙한 숨소리가 들리는 걸 보면. 그리고 잠시 후 담담한 목소리가 흔들리듯 귓가에 들렸다.

〈보고 싶다.〉

태연이 뭐라 답하기도 전에 들어가라며 신노는 전화를 끊어버렸다. 태연은 다시 소중하게 꽂아두었던 편지를 꺼내 이번에는 소리 내어 읽어 내려갔다. 그가 하는 말은 다 믿게 되는 이상한 힘이 있었다. 신노의 표현은 서툴고 어색했지만 진심은 곧게 느껴졌다. 겉치레 없는 표현은 종종 행동으로 이어질 때도 있었다.

그렇게 전화로만 서로를 느끼며 또다시 며칠이 훌렁훌렁 흘러갔다.

막 파티에서 돌아온 밤, 피곤한 몸으로 화장을 지우고 샤워를 한 후 잠자리에 들려다가 전화 벨소리에 신노를 생각하며 휴대폰을 찾았고, 역시 직감대로 그였다. 사실 직감이라기보단 그녀는 전화가 울리면 제일 먼저 신노를 생각하는 버릇이 생겨 버렸다.

"오빠, 내 목소리 듣고 싶어서 전화했어요? 무슨 특별한 일은 없구요? 감기는 안 걸렸죠?"

태연은 피곤한 얼굴에서 생기가 핑 돌며 신노처럼 안부를 물었다.

〈보고 싶어서…… 왔다.〉

"네?"

시각을 확인하니 밤 10시가 다 되었기에 처음엔 장난인 줄 알았다. 그러나 곧 스치는 생각 하나, 신노는 장난칠 줄 모른다는 것이다.

〈기다릴게. 아파트 앞이거든.〉

태연은 서둘러 잠옷에 외투를 걸치고 밖으로 뛰쳐나갔다. 정말로 그가 아파트 진입문에서 똑바로 서서 기다리고 있는 모습이 시야에 들어왔다.

"이 시각에 웬일이에요?"

"보고 싶어서, 얼굴 보고 가려고."

신노의 눈은 흔치 않은 별처럼 총총하게 빛났지만 그의 목소리는 평상시처럼 최대한 담담한 척했다.

"서울에 일 있었어요?"

"으응."

신노가 이렇게 불확실하게 대답한 적이 없었기에 태연은 고개를 갸우뚱했다.

"무슨 일 있는 건 아니고요?"

"없어."

"오빠, 내일 출근해야 되잖아요?"

"응, 그래, 그렇지. 이제 가봐야겠다. 안녕!"

신노는 태연을 눈에 담아두고, 편지를 꺼내 그녀에게 준 후 돌아섰다. 태연은 넋을 놓고 손에 쥐어진 편지를 내려다보다 신노를 불러 세웠다.

"편지 주려고 여기까지 온 건 아니죠? 무슨 일 있어요?"

신노는 웃을 듯 말 듯한 어색한 표정을 짓고 고개를 저었다. 그는 차마 이렇게 말할 수가 없었다.

'퇴근하고 집으로 가는 길에 문득 네가 보고 싶다는 생각이 들었어. 그 생각이 처음엔 일부였는데 좀처럼 머릿속에서 나가질 않더니 전체가 되어버려서 그 생각대로 행동하는 것이 옳은 것처럼 느껴져 여기까지 한걸음에 오고야 말았어. 네 얼굴 잠깐 보는 거지만 행복해.'

"네 얼굴 봤으니 됐다. 며칠 안 봤더니 보고 싶어서 그냥 온 거야. 이제 갈게. 춥다, 들어가라."

대신 이렇게 말했다. 어리둥절한 태연은 신노가 찬 공기 속으로 혼자 가는 모습에 가슴이 살짝 저렸다.

"오빠, 내 차로 가요."

"괜찮아."

"나도 오빠 데려다 주고 싶어서 그래요."

"이천에서 너 혼자 가는 걸 어떻게 보니? 그럼, 다시 오고 싶어질 텐데. 그러니 나 혼자 갈게."

신노는 태연이 계속 데려다 주겠다고 할까 봐 서둘러 발걸음을 옮겼다. 태연은 신노의 그 등이 오늘따라 사랑스럽게 보여서 가만 있을 수가 없었다. 그래서 멀어져 가고 있는 그를 쫓아 달려갔다.

"왜?"

"나도 오빠 많이 좋아해."

태연은 와락 신노에게 안기며 그의 단정한 입술에 육감적인 입술을 꾹 눌렀다. 신노는 숨을 삼키고, 태연의 숨결은 엉켰다. 입술이 떨어졌을 때 이번엔 신노의 입술이 다가와 다시 붙어버렸다. 그리고 입술은 그 열기에 천천히 열리고 뽀뽀는 그들의 처음 하는 진한 키스로 번졌다. 한 번도 해보지 않은 진하고 격렬한 키스였다. 신노에겐 키스로 온몸이 동요되는 것이 처음이었지만 경험 있는 태연조차 처음처럼 느껴졌다. 다른 연애사는 기억에서 한순간에 사라지고 오직 이 남자만이 확대 사진처럼 다가왔다. 신노의 혀는 주저하면서도 거침이 없었다. 타액이 섞이고 서로의 혀가 감기고 빨아들이는 압력이 거세지면서 태연은 머리가 핑핑 돌았다. 두 사람이 거친 호흡 뒤로 떨어진 입술을 바라보다 서로의 눈을 응시했다.

신노의 뺨에 붉은 기운이 어리고 태연도 뺨이 화끈거렸다. 신노는 태연을 포옹하고 그 달아오른 입술에 뽀뽀를 한 후 간신히 떨어져 손을 점잖게 흔들었다. 방금 한 행동과 사뭇 다른 그 점잖음이 태연을 웃게 만들었다. 신노도 피식 웃고 말았다.

"이제 정말 간다."

신노는 가고, 태연은 잡지 않았다. 이런 기분이라면 자신의 아파트로 가자고 할 수도 있고 일을 낼 수도 있었지만 태연은 아직은 아니라고 생각했다.

태연은 좌석버스 뒤쪽에 앉아 창가의 풍경에 대한 관심은 뒷전으로 소곤소곤 일상적인 대화를 잔뜩 늘어놓았다. 신노는 열심히 듣고 있었다. 지금 그들은 마음먹고 놀이동산에 가는 중이었다. 신노가 약속을 지키기까지 꽤 시간이 흘렀다. 바쁜 일상으로 인하여 장난처럼 한 약속을 태연조차 잊어버렸는데, 마음의 준비를 단단히 한 사람처럼 며칠 전 갑자기 불쑥 가자고 해서 두 사람은 지금 캐주얼한 옷차림으로 소풍 가는 기분을 안고 서울을 떠나고 있었다.

그동안 그들의 연애는 순조롭게 흘러갔다. 편지가 쌓였고, 뽀뽀와 키스 사이를 넘나드는 접촉 또한 비슷하게 쌓였다. 작은 갈등도 한두 번은 있었다. 물론 섹스는 없었다. 신노의 머릿속엔 그 생각이 의지로 완전히 차단되어 있었고, 태연은 가끔 생각해 보았지만 아직은 아니라는 결론이 내려졌다.

"와, 날씨 괜찮다."

태연은 신노의 손을 잡은 채로 하늘을 바라보았다. 오늘따라 바람도 잦아들고 기온도 조금 올라갔다. 두 사람의 옷차림은 비슷했다. 신노는 태연이 사준 티셔츠 위에 잠바 그리고 청바지를 입었다. 청바지이지만 그의 몸 선은 그다지 보여주지 않는 못된 청바지였다. 태연은 신노가 사준 티셔츠 위에 줄무늬 셔츠, 스키니 진 그리고 둔하지 않은 잠바를 입었다.

"예쁘다."

"알아요."

신노의 뜬금없는 예쁘다는 말은 오늘도 계속되었고, 이젠 태연도 당연하게 받아들인다. 신노는 그런 태연을 보고 웃었다. 그 낮고 맑은 웃음 소리가 파란 하늘에 퍼져 나갔다. 그러나 그의 웃음은 오래가지 않았다. 놀이동산들이 그렇듯 동화 속에 나오는 왕자와 공주가 살고 있을 듯한 색색의 둥그런 지붕과 탑 모양의 성들이 솟아오른 모습은 재미났다. 그런데 신노는 그렇지 않은 것 같았다.

"오빠, 태어나서 이런 곳에 처음 왔어요? 왜 이렇게 굳어 있어요? 좀 웃지……."

태연은 자유이용권을 마지못해 사 가지고 온 신노에게 물었다.

"두어 번. 어릴 때 부모님과 왔던 기억은 어슴푸레 나고, 또 신우가 하도 가고 싶다고 해서 부모님 돌아가시고 놀이동산으로 나들이 갔었는데, 신우를 잃어버려서 찾느라 고생한 적이 있어."

신노는 오래된 슬픔을 티내지 않고 담담하게 설명했다.

"그렇구나, 미안해요."

태연의 표정은 동정 어린 따스함이 가득했다.

"미안하긴, 이젠 아무렇지 않아."

신노는 자신이 한 말처럼 아무렇지 않은 척했지만 마음속엔 동요가 일어났다. 과거로 인한 힘들었던 아픔은 오랫동안 차분히 이겨내서 잠잠하게 만들 수 있었지만 태연의 표정이 주는 묘한 자극은 깊은 곳의 감정을 출렁이게 했다. 그는 그녀의 두 가지 표정에 주로 약했다. 기분이 나쁜지 커다란 눈을 반쯤 치켜뜰 때와 강아지처럼 눈가를 동그랗게 하고 촉촉한 눈동자로 쳐다볼 때 심장의 두근거림이 빨라진다. 둘 다 왜 그러는지 이유를 모르겠지만 그의 마음을 요동치게 하는 데 충분했다. 호흡이 약간 잇나갈 때, 신노는 의도적으로 딴생각을 하려 했다.

"배고프니?"

"벌써? 나중에 먹고, 우리 지금 놀아요."

"사실 이것은 어린 친구들이나 하는 거잖아."

"나이를 따져서 행동하는 것은 고리타분해요. 나, 오빠랑 재미나게 놀고 싶은데……."

태연의 웃음에도 약했다. 신노는 고개를 끄덕거리고 그녀가 이끄는 대로 갔다. 캐릭터 인형과 같이 사진 찍고 안내원 청년들의 재담 쇼도 본 후, 사람들이 밀리기 전에 와서 그런지 생각보다 많이 기다리지 않고 노란색 사파리 버스에도 올라탔다. 숲 속의 큰 길로 버스가 들어서자 동물들이 보였다. 저녁에 활동하는 야행성이라 그런지 사파리 맹수들의 움직임은 적었다. 주로 열선이 깔린 바위에 배를 깔고 누워 있는 느긋한 사자들의 모습을 오래간만에 본 태연은 그 모습도 재미있어서 창가에 코끝이 닿을 정도로 구경하다가 문득 그도 자신처럼 재미나게 보고 있는지 확인하고 싶은 마음에 고개를 돌렸다.

신노는 그녀의 긴 머리카락에서 나는 향기로움에 아찔해져 맘을 가라앉히려고 했다. 그녀와 가까우면서도 위험하지 않은 거리를 마음속에서 찾고 있을 때 태연이 고개를 돌리는 바람에 사자가 아닌 태연을 보고 있던 신노와 얼굴이 맞닿을 듯이 아슬아슬해졌다. 서로의 시선이 오래 머물렀다. 눈과 눈이, 코와 코가, 입술과 입술이 짧은 거리를 두고 전율을 느꼈다.

그사이 사자와 호랑이는 지나가고 곰이 운전사가 던져 주는 건빵을 먹기 위해 두 발로 서서 따라오고 있었다. 태연은 사람들의 웃음소리에 고개를 돌려 창가에서 그 모습을 보고 활짝 미소 지으며 그의 가슴에 기대었다. 곧이어 그의 팔이 태연의 어깨를 감싸고 그녀의 손 위에 커다란 손이 겹쳐졌다.

떨리는 그의 숨소리를 들으니 정말 연애하는 기분에 휩싸였다. 그들 주위만 시간이 따로 도는 듯했다. 사람들과 있어도 둘만 떨어져 있는 느낌에 그녀는 신노에게 뽀뽀하고 싶어졌다. 시도 때도 없는 이 생각엔 약도 없었다.

사파리 버스에서 내린 태연은 신노와 손을 꼭 잡았다. 그 역시 놀이동산에서의 진지함을 덜어내는 것에 서서히 적응하는 듯 보였다.

"어? 저것 봐요, 오빠. 귀엽다. 이리 와서 같이 만져 봐요."

"어, 그래."

태연은 사막여우, 너구리, 미어캣, 이구아나 등, 작은 동물들을 신노와 같이 보고 찍어두면서 즐거운 시간들을 보냈다. 그리고 간단히 식사를 한 후 약간의 휴식을 가졌다. 드디어 때가 되었다. 태연은 놀이기구 탈 생각에 들떴지만 신노는 현란하게 돌아가는 기구와 비명 소리 앞에서 다시 얼굴이 굳어졌다.

"이것부터 시작할까요?"

태연은 신났다. 신노를 굳이 이끌고 튕겨 나갈 것 같은 스릴을 느끼는 로데오로 갔다. 음악과 함께 맹렬히 도는 로데오 기구에 신노는 말을 잃었고, 고공에서 떨어지는 바이킹에선 표정이 없어졌고, 무성한 나무들 사이로 360도 회전과 긴 코스를 맹렬하게 질주하는 롤러코스터를 타고 난 뒤엔 정신줄을 잠깐 놓고 멍하니 서 있었다. 그의 앞머리는 흐트러지고 옷깃도 삐뚤어졌다. 반듯하게 서 있는 것도 많은 노력이 필요해 보였다. 그럼에도 태연 앞에서 약한 모습을 보이고 싶지 않은 듯 어지럼증을 이기고 있었다.

"오빠, 귀엽다."

태연은 추위에 뺨이 붉어지고 머리는 헝클어지고 놀라서 눈은 두 배로 커진 그에게 귀엽다는 말과 함께 입술 언저리에 뽀뽀를 했다.

"어우."

신노는 당혹함도, 다른 사람들이 있는 대낮 한복판에 있다는 것도 한꺼번에 잊어버렸다. 요즘 가끔 그런 현상을 겪는다. 태연으로 인해 아찔한 어지럼증을 느끼는 것이다. 그것은 꼭 놀이기구 때문만은 아니었다. 지금껏 꿈꿔본 적도 없는 일을 하게 된다. 이렇게 수많은 사람들이 오고 가는데 태연을 포옹하며 관자놀이에 가볍게 입을 맞추었다. 그러다 몇 초가 흐르자 다시 쑥스러움이 되살아났다.

"이제 우리 걸어요."

태연은 시선을 아래로 잡은 신노의 팔에 팔짱을 끼었다. 걷는 것은 이제 습관이 될 지경이라 놀이동산에서 걸어 다니며 구경하는 것은 그다지 힘들지도 않았다. 태연은 큰 막대사탕을 보고 충동적으로 두 개 사와서 하나를 신노에게 주고, 하나는 자신이 빨아 먹기 시작했다. 하얀색과 오렌지색이 회오리를 치는 무늬의 동그란 사탕은 달콤하기 그지없었다.

"달다. 오빠도 먹어요."

"어, 그래."

신노는 대답만 할 뿐 포장지도 뜯지 않은 막대사탕을 들고 있기만 했다. 단것을 싫어하지만 싫다고 말하지 않는 것이 자신을 좋아하는 표현이란 걸 태연은 이제 안다. 롤러코스터를 겁내하면서도 자신의 옆에서 같이 탄 것도 그의 표현임을 이젠 굳이 말해주지 않아도 느낀다. 그 느낌이 좋아 태연은 장난을 치고 싶었다.

"놀이기구 또 타러 갈까, 오빠?"

"음, 타고 싶어? 타고 싶으면 타야지."

신노가 저절로 한숨을 쉬며 입이 살짝 벌어질 때 그녀는 자신의 입에서 빨던 막대사탕을 그의 입에다 넣었다. 놀란 신노가 태연이 넣어준 막대사탕을 입에 문 채로 쳐다보았다.

"같이 먹자구요."

놀람의 연속이었다. 놀이기구이든, 사탕이든 마치 금기를 하나씩 깨는 기분이면서도 죄의식보다 즐거움이 먼저 들었다. 그래서 지금껏 생각지도 못한 행동을 하는 자신을 제어하지 못했다. 그녀가 준 거니 당연히 빨아 먹자는 생각은 어찌 보면 옳지 않은 것은 아니다.

"으윽, 아."

태연은 인상을 찡그린 채로 웃으며 소리를 질렀다. 신노가 자신이 먹던 막대사탕을 빠는 모습이 안 어울리면서 한편으론 미치도록 섹시했다.

"맛있다."

능글맞을 수도 있는 멘트도 진지한 표현으로 승화하는 신노가 그렇게 말했다면 정말 맛있는 것이다. 그러나 이중적인 의미로 받아들인 태연은 신노에 비해 속물임을 느끼며 그가 건네준 사탕을 다시 입에 넣어 빨았다. 이것도 아주 넓은 의미의 키스 같았다.

"가자."

이번엔 그가 이끌었다. 그렇게 두 사람은 손을 잡고 해가 저물어 가도록 놀이동산에서 놀다가 화려한 퍼레이드를 보고 불꽃놀이까지 감상한 뒤 집으로 향했다. 온갖 색깔의 불꽃이 다양한 모양으로 하늘에서 펑 하는 소리와 함께 퍼져 나가는 것은 장관이었다.

"오늘은 여기서 헤어져요. 오빠 피곤해서 오늘은 나 데려다 주는 거 무리예요. 그럼, 여기서 안녕."

태연이 손을 흔들었지만 신노는 완강했다.

"괜찮아, 가자."

"내 말대로 하라니까요. 피곤해서 안 돼요. 오빠는 공무원이고 난 프리랜서라구요."

"알아."

"그래서 난 늦게 일어나도 되지만 오빤 아니잖아요. 오빤 새벽같이 아침을 열어야 되고, 동생 아침 식사까지 준비하잖아요? 그러고 보니 정말 그러네. 동생 좀 시켜요. 오빠가 쭉 식사 준비했죠?"

태연은 새로운 사실을 안 것처럼 머리 뇌파가 격한 반응을 보였다.

"늘 해왔던 거야. 대신 동생들은 청소하니까."

"오빤 너무 착해서 탈이야."

"많이 부족하지."

겸손하기까지. 태연은 신노를 감탄하듯이 바라보았다.

"같이 가자. 널 데려다 주고 싶어. 의무가 아니라 그러고 싶어서 그래."

"오빠 피곤해 보이는데……."

태연의 사랑스런 표정에 신노는 심장이 약간 조여왔다.

"피곤하지 않아. 네 옆에 있으면……."

신노는 괜히 헛기침을 했다.

"이제 닭살 발언도 서슴지 않네요. 오우."

태연의 놀림에도 신노는 꿋꿋했다.

"닭살 발언이 아니라 진심이야. 거짓말 안 하면서 지금껏 살려고 했지만 그래도 거짓말을 한 것 같은데, 너와 사귀면서 너한테는 거짓말 안 하려고 해. 표현하는 데 힘이 들어도 그게 속마음이라면 해야지."

"나도 오빠한테 거짓말 안 해요. 내가 한 말은 다 진심이에요."

태연은 신노의 맑은 눈을 보고 다짐하듯 말했다. 두 사람은 늘 그랬듯 데이트를 마칠 마지막 장소인 그녀의 집 앞까지 왔다. 신노는 잘 들어가라고 말한 후 그녀의 입술에 뽀뽀까지 쪽 해주고 돌아섰다. 태연은 그 모습을 보느라 앞에 있는 돌부리를 못 보고 걸려 털썩 넘어지고 말았다.

"다쳤어?"

정말 놀라운 일이었다. 분명 신노는 저 멀리까지 가버렸는데, 그녀의 크지 않은 신음 소리에 어느새 코앞까지 와서 발목을 살펴보고 있었다.

"괜찮아요. 약간 불편하긴 하지만."

태연은 약간 시큰거리는 발목을 부여잡고 있다가 일어섰다. 사실 걸을 만은 했지만 놀이동산에서 하도 걸어 다녀서인지 약간 힘이 빠졌다. 그래서 좀 휘청거렸더니 신노가 그것을 정말 많이 다친 걸로 오해한 모양이었다.

"뭐예요?"

태연은 신노가 자신 앞에 몸을 낮추자 물었다.

"업혀."

"아, 괜찮은데……."

그가 막무가내로 몸을 낮추고 등을 들이밀자 업히고 말았다.

“병원 가야지.”

“아, 그 정도는 아니구요. 집에서 좀 쉬면 돼요.”

태연은 신노가 아파트 진입문 쪽으로 향하자 놀라서 얼른 말해버렸다.

“그래?”

“혼자 갈게요. 됐어요.”

태연은 신노가 자신의 집에 가길 꺼린다는 걸 알고 말했다. 신노는 아주 잠깐의 망설임 끝에 태연에게 어느 쪽으로 가야 하는지 묻고 나서 업은 채로 안으로 들어섰다. 태연이 번호를 불러주는 대로 누르고 나자 문이 끼이익 소리와 함께 열렸다. 그는 멈칫했다.

태연은 어제 청소한 것을 기억하고 나서야 안도의 한숨을 내쉬었다. 그래도 신경이 쓰여 얼른 치울 것이 있으면 치우고 싶었는데, 그는 그녀를 업은 상태로 한 발자국도 움직이지 않았다.

“안 들어가요?”

“들어가야지.”

신노는 안으로 들어가서 거실 소파에 태연을 조심스럽게 내려놓았다.

“심하지 않아요. 조금 저릴 뿐인데…….”

말이 끝나기도 전에 신노는 주위를 살펴서 수건을 가리켰다.

“저거 써도 되니?”

“네.”

그리고는 주방으로 가서 뜨거운 물에 담갔다가 짜서 가져온 수건을 두툼하게 만들어 그녀의 발목에 올려놓았다.

"좀 나을 거야. 내일도 힘들면 전화해. 같이 병원 가자."

"에잇, 내일은 다 나을 텐데."

"그럼 다행이고."

신노는 약간 부은 태연의 발목을 바라보면서도 조심하는 눈치였다.

"오빠, 내가 사는 집에 처음 오는 거죠?"

"응."

신노에게 다시 긴장감이 돌았다. 그는 소파에 정돈된 자세로 앉아 한 치의 흐트러짐도 허용하지 않았다. 여자가 혼자 사는 집에 와본 적이 전혀 없던 남자답게 참으로 꼿꼿한 모습이었다.

"차라도 대접하면 좋은데……."

"괜찮아, 너 아픈데 무슨 차를 마시겠어. 10분만 있다가 갈게."

"10분?"

"그냥 가면 예의가 아닌 것 같아서……."

태연은 웃고 말았다. 정말로 그는 10분만 있다가 갈 모양이었다.

"집 어때요?"

"예뻐."

"둘러보지도 않고요?"

신노는 태연의 말에 시선으로 아파트를 둘러보았다. 고급스런 낮은 가구들이 집 안을 넓게 보이게 하는 인테리어는 깔끔하면서도 감각적이었다. 색상의 대비가 확 띄지 않아 편안한 느낌이 들었다. 화보집 분위기로 찍은 태연의 사진이 액자로 걸려 있는 모습을 본 신노는 얼른 눈을 떼었다. 짧은 스커트에 탱크톱을 입고 찍은 잡지 사진이었다.

"별거 아니에요. 그냥 잡지 칼럼 홍보하는 사진이에요."

"응."

"여자 작가가 찍었는데……."

"그래."

태연은 괜한 말을 했다는 생각이 들었다. 그렇게 그들 사이에서 침묵이 흘러 10분이 후딱 지나갔다. 신노가 허둥지둥 일어나려가 주머니 속에서 무언가가 툭 떨어졌다.

"그건 뭐예요?"

태연은 포장된 작고 불룩한 것을 가리키자 그가 얼른 주워서 다시 주머니에 집어넣었다.

"아무것도 아니야."

"뭔데요?"

신노는 주저하다가 주머니에서 포장된 것을 꺼내더니 그녀에게 쑥 내밀었다.

"너 주려고 샀는데, 내가 산 것을 네가 마음에 안 들어 하는 것 같아서. 오늘 주려고 했는데, 자꾸 망설여졌어. 안 해도 돼."

"왜 그렇게 생각해요? 나 오빠가 선물한 거 좋아해요."

"그럼 다행이야."

태연은 포장지를 뜯어보았다. 그것은 리본이 달린 큰 핀이었다. 자줏빛으로 리본이 좀 많이 커서 그녀의 취향은 절대 아니었다. 그것이 어쩔 수 없이 얼굴에 나타난 모양이다.

"너한테 선물하고 싶었는데, 아무래도 네 취향과는 거리가 먼 것 같다."

"원래 내 취향이 좀 복잡해서 그래요. 잡지사에서 일하잖아요. 보고 듣는 것이 얼마나 많겠어요. 오빠 탓이 아니에요, 내 눈이 너무 높은 거지. 하지만 오빠가 해준 건 꼭 하고 다니는데……. 취향과 상관없이 무조건 오빠가 준 것은 좋아해요."

"정말?"

"지난번 스카프도 허리에 메고 다녔고, 또 이번에 선물해 준 티셔츠도 오늘 입었다구요."

"입었어?"

신노는 태연을 바라보며 반문했다.

"몰랐어요?"

"응."

태연은 신노 앞이라 조심하느라고 재킷도 벗지 않고 있었는데, 지금은 빨리 보여주겠다는 일념으로 훌훌 벗어버리고 셔츠의 단추도 하나씩 풀었다.

"너, 뭐 하니?"

신노는 태연의 행동에 적잖이 놀라 약간 뒤로 주춤거렸다.

"봐요, 여기 입었잖아요."

태연은 셔츠는 벗지 않은 채로 다 풀어진 셔츠 시이로 보이는 유치한 파란색의 티셔츠를 보여주었다.

"입었구나."

"오빠가 사준 거니까 내 취향이 아니더라도 꼭 입어요."

신노는 시선을 비스듬히 피했다. 태연이 입었다는 걸 증명하려는 듯 가슴을 앞으로 내밀어 풍만한 가슴이 너무 두드러졌기 때문이다. 이럴 줄 알았으면 좀 큰 사이즈로 사줄 걸 그랬다는 후회 아닌 후회가 들었다.

"그럼, 이 핀은 오빠가 사준 기념으로 직접 해줘요. 처음 하는 거니까……."

"뭐?"

"농담, 농담. 다른 연인들은 곧잘 이러고 놀아요. 우리한테는 무리겠지? 내가 할게요."

태연은 직접 하려고 머리끈을 풀고 고개를 흔들자 윤기 나는 머리카락이 쫙 퍼졌다. 샴푸 냄새와 함께 신노의 시선은 그 머리카락에 가서 박혔다. 만지고 싶다는 생각이 불쑥 들고 심장이 이상 박동으로 뛰자 평소의 신노라면 절대 하지 않을 말을 했다.

"해줄게."

이 윤기 나는 머리카락을 한 번쯤 손으로 쓸어내리고 싶은 욕구가 잠시 생각을 멈추게 했다. 태연은 의외라는 듯이 쳐다보다가 매력적인 미소를 담아 핀을 건넸다. 신노는 머리핀을 몇 번 더듬고 나서 겨우 쥐고 다른 손으로 머리를 한데 모았다. 그러는 사이 가늘고 긴 아름다운 흰 목이 그의 시야를 채웠다.

"정신 차리자."

"으응?"

"아니, 아무것도."

태연은 신노의 작은 소리를 듣지 못했다. 그의 숨결이 목에 닿았고, 긴 손가락이 머리카락을 모으느라 살짝 스치는 바람에 신경이 예민해졌다. 게다가 신노는 한 번에 핀을 찌르지 못해 두 사람간의 긴장감은 더해졌다. 머리카락이 자꾸 손안에서 미끄러지며 빠져나가자 다시 그 한 올을 잡기 위해 손을 펼치느라 손안의 머리카락이 헝클어졌다. 몇 번의 시도 끝에 겨우 태연의 머리를 한데 모아 핀으로 고정시켰다. 힘든 일이었다. 반듯한 이마에 땀이 송골송골 맺혔다.

"예쁘게 안 됐어. 근데 넌 예쁘다."

태연은 돌아보며 고맙다는 뜻으로 그의 입술 언저리에 뽀뽀를 했다. 그 고맙다는 뜻만 있을 줄 알았던 가벼운 접촉의 뽀뽀가 떨어질 줄 몰랐다.

신노는 태연을 만지고 싶은 욕구를 참으려고 했지만 살짝 벌어진 입술과 아름다운 자태에 정신을 잃고 반쯤 무거운 이성을 놔버렸다. 그는 입술을 짓누르며 깊숙이 빨아들었다. 태연의 부드러운 몸은 그에게로 반쯤, 아니, 그 이상 넘어가고 있었다.

입술과 입술이 맞물린 채로 그녀는 신음을 흘렸다. 뜨거워진 입술이 뭉개지면서 서로의 몸도 얽혀 잘 풀어지지 않았다. 태연은 신노의 자잘한 근육이 느껴지는 몸의 압박에 머릿속이 하얗게 변해 버렸다. 신노는 그녀의 입술에서 겨우 떨어져 하얀 목에 집착하더니 아름다운 쇄골에 반해 버렸다. 두 사람의 몸이 겹쳐지고, 움직일수록 더욱더 밀착되었다.

신노는 말려 올라간 티셔츠 이래로 보이는 브레시어 사이의 골이 깊은 풍만한 가슴을 보는 순간 키스하는 대신 눈을 삼아버렸다. 그는 숨도 제대로 쉬기 힘들었지만 태연 또한 신노의 근육이 주는 압박에서 풀려나기 싫었다. 그래서 더욱 고양이처럼 몸을 말며 그의 품으로 파고들었다.

신노는 태연을 향한 적극적인 구애를 뒤로하고 어설프게 포옹한 후 그녀를 바라보았다. 두 사람의 눈은 동공이 반쯤 풀어진 채

아주 짙어졌다.

"우린 이러면 안 돼."

그가 쉬고 낮은 목소리로 말했다. 순간, 태연은 자신이 아침 드라마 속 주인공이 된 착각이 들었다. 신노는 유부남이고 자신은 신노를 꼬이는 나쁜 여자인 것이다.

"이러면 안 돼요, 우리?"

태연은 신노가 한 말을 비슷하게 되풀이했지만 끝부분이 올라가는 것은 어쩔 수 없었다.

"우린 이러면 안 돼. 아직 그럴 시기가 아니야. 충분히 서로를 알아야 하고, 서로 한마음이 되었을 때만 육체의 결합이 따라야 한다고 생각한다. 그래야 서로에게 온전히 상처 없이 다가서는……."

그의 긴말이 이어지는 순간에 태연은 딴생각을 했다.

'결합이 뭐지? 아, 섹스?'

그의 말대로 충분히 서로를 알아가고 한마음이 되려면 한참 세월이 필요할 듯싶었지만 태연은 신노의 진지하고도 죄의식까지 닿은 얼굴에 고개를 끄덕거렸다. 사실 그녀도 신노에 대한 자신의 정직한 욕구에 놀란 상태였고, 또한 그의 강한 욕망을 알게 되어 알딸딸한 기분이었다.

"동의해요."

두 사람은 겨우 서로에게서 떨어져 나왔다. 태연은 신노 앞에서 브래지어가 다 보이게 위로 올라간 티셔츠를 내렸고, 신노는 알아서 뒤돌아 구겨진 옷들을 펴고 있었다. 그들이 다시 정상으로 돌아오는 데 5분 가까운 정적이 필요했다.

"10분 있다가 가요."

태연이 다시 소파에 앉았고, 신노 또한 그 옆에 앉았다. 그러나 두 사람의 시선이 엉키자 다시 온도가 올라갔다.

"안 되겠다. 지금 갈게."

신노가 갑자기 벌떡 자리에서 일어났다. 태연도 같이 일어났다.

"잘 있어."

태연은 신노의 헝클어진 머리카락을 살짝 정리해 주었지만 신노는 몸을 굳히고 심각하게 응시하다 눈을 살짝 감으며 마음을 진정시켰다. 그리고는 문 쪽으로 발을 내딛다가 작별 뽀뽀가 기억났는지 그녀에게로 무의식적으로 다가왔다.

"했구나."

키스는 작별 뽀뽀는 아니지만 입술이 부딪친 것은 엄연한 사실이었다. 이런 상황에서 작은 접촉도 쉽게 끝낼 자신이 없는지 다시 현관 쪽으로 몸을 돌렸다. 태연이 대신 손키스를 날리자 경직된 그의 얼굴에서 미소가 스며들었다. 작별 인사를 마지막으로 하려는 순간 벨소리가 났다. 곧바로 그 벨소리보다 더 큰 소리가 났다.

"문 열어! 번호 까먹었어!"

분명 아는 목소리였다.

"누구세요?"

태연이 확인하려고 물었다.

"주신나다. 내 목소리 몰라?"

태연과 신노는 동시에 서로를 바라보았다.

 10

"왜 안 열어? 빨리 열어! 김태연, 너 뭐 하냐? 나 왔다니까!"

밖에선 신나의 목소리가 쩌렁쩌렁 울리는데 태연과 신노는 그저 서로를 멍하게 바라볼 뿐이었다. 그러다가 사태의 중요성을 동시에 인식했다.

"문 열자."

"숨어요, 오빠!"

사태를 수습하는 방법은 전혀 달라서 두 사람은 서로의 말에 놀랐다.

"숨어?"

"지금 문을 열라구요?"

신노는 태연에게, 태연은 신노에게 되물었다.

"문 열어!"

신나가 소리를 계속 지르자 태연은 없던 두통까지 급속도로 밀려왔다. 지금 빨리 행동 개시해도 늦을 판인데, 숨으라는 뜻조차 모르겠다는 듯 너무도 맑게 바라보고 있는 이 남자로 인해 더욱더 숨이 찼다.

"문 열어!"

"조용히 못해! 좀 기다려!"

급한 김에 거칠고 억센 소리가 튀어나왔다. 현관에서 고개를 돌리는 태연의 얼굴이 화끈거렸다. 애인한테, 그것도 푹 빠져 가고 있는 소중한 애인인데 예쁜 모습만 보이기에도 부족한 판국에 미운 모습이 적나라하게 표출되니 심장도 놀랐는지 팔딱팔딱 뛰고 혈액순환은 극도로 빨라졌다. 신노가 놀란 표정으로 태연을 보자 약간의 수습용 미소를 지으며 신노를 끌고 방으로 들어갔다. 설득할 시간이 많지 않아 머리가 더욱 뒤죽박죽이었다.

"오빠, 지금 비상사태예요. 당장 숨어야 한다고요."

"숨다니? 문 열고 들어오게 해. 서로 얘기하면 되잖아. 내가 할게. 우리 사귀게 된 경위 설명하면 신나도 알아들을 거야. 너의 가장 친구이고 내 동생이니까. 신나는 꽉 막힌 애가 아니다."

신노는 여자의 심리를 너무도 모른다.

"시원시원한 성격이지만 못 알아들어요. 신나는 내 가장 친한 친구라구요. 그런데 아무 언급 없이 지금 이 상태로 들키면 펄쩍 뛸 거예요. 신나는 지금껏 사귄 남자들 다 나한테 얘기했는데……."

"남자들? 신나가?"

'오우, 맞아. 이 남자 신나 오빠지.'

"오빠, 그게 문제가 아니에요. 내가 몰래 연애하는 줄 안다면, 그것도 자기 오빠랑 하는 줄 안다면, 그것도 내내 속인 걸 안다면 걔 나 다신 안 볼 게 분명해요. 우린 친한 친구라 이렇게 들키면 큰일 나요. 오빠 입장이 아니라 내 입장을 생각해 봐요."

태연의 말은 로켓을 단 것처럼 너무도 빠르게 나왔다.

"열어. 빨리 열어!"

신나의 목소리가 모든 벽을 뚫고 귓가에 횃횃하게 들렸다.

"조용히 해……! 오빠."

신노는 태연의 극과 극의 표정을 보았다. 신나를 향한 거친 포효와 신노를 향한 울기 직전의 불쌍한 표정. 신노는 약간 이해가 가기 시작했다. 더군다나 그녀의 울상인 모습은 측은하기 그지없어 들어주지 않을 수 없었고, 방금 거친 표정은 상당히 놀라웠지만 그만큼 태연이 혼란한 상태라서 오히려 그녀의 감정에 이입이 되는 강렬한 효과까지 일으켰다. 신노는 고개를 끄덕거리며 신나에게 들키지 않기 위해서 태연과 함께 주위를 두리번거렸다.

"베란다로 갈까?"

"안 돼요."

"그럼, 여기 있을까?"

"안 돼요. 옷장으로 가요."

"어?"

옷장만이 살길이란 듯 태연이 옷장 문을 열었다. 가구를 들여놓는 대신 한쪽 벽을 옷장으로 바꾼 곳은 숨을 공간이 꽤 있어 보였다.

"빨리빨리! 오빠, 빨리."

신노는 옷장이란 말에 얼굴을 찡그렸다. 그러나 태연이 발을 동동거리자 몸을 구부리고 옷이 잔뜩 쌓인 공간으로 기어들어 가고 말았다.

"안 열어!"

"곧 간다!"

태연이 다시 현관을 향해 소리 지르고 신노에게는 잔뜩 불쌍한 눈짓을 했다. 그러자 그가 그녀를 올려다보았다.

"왜요?"

"발목 괜찮아?"

신노가 발목을 쳐다보며 물었다. 태연의 시선도 따라갔다. 그러고 보니 신기하게도 약간 부은 발목은 통증이 사라져 있었다. 태연은 어깨를 으쓱거렸다. 이젠 신나는 소리 지르는 것에 지쳤는지 문을 두드리고 있었다. 더 있다간 경비원까지 출동하는 사태가 벌어질 것 같아 태연은 신노에게 서둘러 들어가라는 손짓을 했고 신노는 들어가 알아서 문을 닫았다. 그 모습이 너무 예뻐서 태연은 잠시 상황을 잊고 옷장 문을 열고 그 안에서 불쌍한 포즈로 웅크리고 있는 신노의 입술에 쪽 하고 뽀뽀해 주었다.

"사랑해요."

태연은 그 말을 번개처럼 남기고 문을 닫고 쏜살같이 방을 나갔다. 신노는 사랑한다는 말에 놀라 캄캄한 옷장 속에서 꼼짝도 못했다. 그러고 보니 그도 태연을 깊이 사랑하고 있음이 분명했다 그렇지 않으면 태연의 말과 표정 때문에 이 좁은 공간에 숨어 있을 리가 없었다. 신노는 운명의 깨달음을 안고 태연의 향기가 박힌 옷장의 새로 빤 옷 속에서 숨을 쉬었다. 그때 옷걸이에서 무언가 툭 떨어지더니 이어서 연달아 우수수 머리 위로 쏟아졌다.

"헉!"

처음엔 몰랐다, 태연의 황홀한 향기가 가득 밴 이것들이 뭔지. 신노는 그중 하나를 집어 손으로 한참을 더듬거리다가 순간 놓아 버렸다. 깜짝 놀라 옷장 문을 열다가 불룩한 브래지어가 발밑에 쏟아지는 광경을 보고야 말았다. 무슨 브래지어가 이렇게 많단 말인가. 그것도 하나같이 다 매혹적인 가슴선을 떠오르게 하는 데 충분했다. 신노는 눈을 질끈 감았다가 신나의 목소리가 크게 들리자 얼른 옷장 문을 닫았다.

"밖에다 20분을 세워두냐? 뭐 하느라 그랬어?"

태연은 신나가 외투를 아무렇게나 마룻바닥에 벗어 던진 후 소파에 엎어지듯 누우면서 따지는 모습을 숨을 헐떡이며 쳐다보았다. 신노를 옷장에 숨기고, 낡은 신발을 자신의 명품 구두 속에 안전하게 처박아두었다. 신발장을 닫아놓고 또 뭘 숨겨야 하는지 이리저리 살핀 후 머리까지 매만진 다음에야 겨우 문을 열었기 때문에 박동수가 너무 올라갔는지 숨이 차올랐다.

"뭐, 달리기하다 왔냐? 너 왜 숨도 못 쉬고 그래?"

"운동…… 했거든."

"운동하는데, 왜 이렇게 문을 늦게 열었어?"

잔머리는 한 번 쓰고 나면 쉴 틈 없이 또 머리를 굴려야 한다.

"그리고 씻으러 갔다, 왜?"

태연은 일부러 성질을 버럭 냈다.

"술 마셨지?"

공격은 최상의 수비다. 그 누가 말했는지 너무도 옳은 말씀이다.

"응, 조금."

신나는 조금이라며 손가락으로 그 조금을 표현하고 있었다.

"술 마셨으면 네 집으로 가지 왜 우리 집으로 와?"

태연은 화난 척 팔짱을 끼고 물었지만 눈빛이 흔들리며 초조함을 숨기지 못했다. 그러나 다행히 신나는 세세한 것까지 살필 여력이 없어 보였다.

"남자친구하고도 끝내고, 적적해서 그래. 말썽은 피웠어도 개하고 나하고 섹스는 잘 맞았거든. 그래서 생각도 나고. 우리 3년 정도 사귀었잖아."

태연은 신나의 입을 잽싸게 손으로 막았다. 신노가 들으면 신나의 안전이 위협을 받을지도 모른다.

"야, 왜 그래?"

"낮말은 새가 듣고 밤말은 쥐가 듣는다고 하잖아. 그리고 위층, 아래층에서 들을 수도 있어. 방음이 시원찮거든."

"으흐흐흐흐."

신나는 멍한 얼굴로 태연을 보다가 새어 나오는 공기 소리처럼 웃어댔다.

"이상하게 웃기지 말고, 라면이라도 끓여줘. 속 출출해. 아침도 빈약하게 먹고 점심부터 저녁까지 술안주 조금밖에 못 먹었어. 끓여줘, 끓여줘."

라면을 못 먹게 하는 오빠 때문에 신나는 자립하고 나서 우울할 때면 라면 타령을 하곤 했다. 태연은 머리가 쥐가 날 정도로 아팠다. 어떻게 해야 이 난관을 뚫을 수 있단 말인가. 신나를 보낼 방법을 이리저리 강구하다 보니 더욱더 두통이 심해져 왔다. 일단 주방으로 갔다. 라면을 끓이는 대신 찬물에 먹다 남은 식빵 몇 장을 들고 왔다. 거실 소파에 누워 있을 줄 알았던 신나는 거실 안을 킁킁거리며 휘젓고 다녔다.

"라면 대신 이거라도 먹고 얼른 가. 나 오늘…… 칼럼 쓸 거 많단 말이야, 빨리. 근데 너 뭐 하니?"

"익숙한 냄새가 나서. 소나무 향이 왜 네 집에서 나지? 그러고 보니까 너한테서도 난다."

신나는 이번에는 태연의 티셔츠에다 코를 박고 킁킁거렸다.

"어?"

태연은 잔머리마저 작동이 멎었다.

"너, 혹시…… 우리 집 비누 훔쳐 갔냐?"

"뭐?"

"그 비누 말이야, 우리 대책 없는 오빠가 손수 만든 비누. 네가 가져갔어?"

"네가 주었잖아."

이건 사실이다. 신노가 직접 만든 비누를 신나가 걸레 빨 때나 쓰라며 몇 개 두고 갔다.

"너 그거 쓰냐?"

"좋던데……."

"우리 오빠에 대한 두드러기증이 좀 가셨나 보지? 칼럼이 도움이 됐구만. 그러고 보니 우리 오빠 흉도 이제 안 보네, 재미없게. 그래, 우리 오빠가 고리타분한 인간이긴 하지만 인격 하나는 반듯하다. 근데 연애라도 좀 했으면 좋겠다. 그래야 동생들한테 간섭을 안 하지. 뭐, 요즘은 바빠서 그런지 예전보다 참견은 덜 하지만 그래도 꼭 전화하고 외박하는지 체크하고 내가 미쳐. 모든 인생이 자기처럼 살아야 직성이 풀리나. 자유롭게 연애도 하고 그러면서 사는 거지.”

“쉬이, 쉬이.”

태연은 신나의 목소리가 높아지자 자꾸 손가락을 입술로 가져갔다.

“너 왜 그래?”

“목소리가 너무 커서.”

“술 마셔서 그래.”

신나는 머리를 긁적이며 빵과 물을 마시다가 턱으로 태연을 가리켰다.

“아우, 뭘 그런 걸 입냐? 조잡스러운 색상하며 디자인은 왜 이렇게 웃기게 빠졌대. 그리고 너, 시장에서 샀어? 웬 왕리본 핀?”

“귀엽잖아.”

태연은 신나의 정확한 지적에 작은 소리로 웅얼거렸다.

“귀엽긴……, 미쳤냐? 근데 어디서 본 거다.”

“이거?”

“어디서 봤지? 어디서 봤더라?”

“너 안 가?”

얼른 신나의 관심을 딴 데로 돌려야 했다.

“가야 돼?”

술이 취한 신나가 불쌍한 표정으로 말하자 태연은 약해지려는 마음을 다잡았다. 지금 남 걱정 해줄 때가 아니었다. 보내지 않으면 이대로 옷장에 신노를 가둬두고 하룻밤을 보내야 할지도 모른다.

"나 일해야 돼. 얼른."

"가기 싫은데……. 나 여기서 자고 갈래."

"안 돼."

태연은 괜히 책을 들척이며 바쁜 척해 보였다.

"알았어. 갈게, 간다."

신나가 자리에서 더듬거리며 일어났다.

"미안해."

"치이."

약간 삐친 신나가 천천히 몸을 움직이며 현관으로 나갔다. 그 모습을 보는 태연은 마음이 편치 않았다. 분명 말해야 하지만, 지금은 아니다. 그런데 말할 시기를 많이 놓친 기분이 드는 것은 왜일까?

"간다, 이 매정한 것아! 라면도 안 끓여주고."

"신나야!"

"왜 불러?"

문을 열고 가는 신나의 뒷모습에 태연은 안도와 함께 마음이 뭉클해졌다.

"사랑하는 거 알지?"

"너 나한테 죄지은 거 있지?"

"잘 가."

태연은 의심스러워하는 신나의 얼굴 앞에 문을 닫아버렸다.

“무슨 일인지 다음에 말해.”

신나는 잠시 후 엘리베이터가 고장 났다고 툴툴거리며 계단 쪽
으로 내려갔다. 태연은 마음이 착잡한 채로 거실 의자에 가서 앉
았다. 며칠 후 말해야겠다는 결심을 하고 신나가 마셨던 물을 마
실 때 신노 생각이 퍼뜩 나서 얼른 일어났다.

“오빠! 미안해요.”

옷장 문을 열자 잔뜩 굳어진 신노가 나왔다. 발이 저린지 인상
을 찌푸리다가 태연을 보고 의연한 미소를 지었다.

“괜찮아. 신나는 갔어?”

“응.”

“태연아, 더 이상 숨기면서 연애하는 거 옳지 않아. 가족들을 속
이는 것이 마음에 꺼림직하기도 하고. 다음번엔 숨고 싶지 않다.”

신노가 조심스럽게 말을 꺼냈다.

“알아요. 말할게요, 곧.”

“고맙다. 갈게.”

“오빠?”

“응?”

“이게 끼었어요.”

태연이 혀를 내밀며 자신의 브래지어를 신노의 옷에서 얼른 빼
냈다.

“개어놓아야 하는데, 빤 것들을 대강 널어놓았더니…….”

신노는 얼굴이 새빨개졌다. 그리고는 그답지 않게 말을 얼버무
리며 잘 있으라고 한 후 정말로 빠른 속도로 현관으로 가서 신장
에서 꺼내준 신발을 신고 급하게 나갔다. 그러나 다시 돌아보더니

멀쩡하게 서 있는 태연의 약간 부은 발목을 걱정스럽게 쳐다보았
다. 하지만 괜찮냐고 물어볼 시간은 없었다. 왜냐하면 저 아래에
서 신나의 툴툴거리는 소리가 들렸기 때문이다. 신노는 그 자리에
멀뚱히 서 있다가 태연의 놀란 손짓에 위층 계단으로 올라갔다.

"나, 가방 놓고 갔어."

신나가 열려진 문으로 쏙 들어갔다. 태연은 얼굴에 경련이 일
정도로 제정신이 아니었다.

"엘리베이터 고장 나서 다리 아파 죽겠어. 나 좀 있다 갈래."

태연은 신노가 알아서 내려가길 바라며 문을 닫았다.

"조용히 있을게. 방해 안 하고."

"그래, 여기 있어."

"정말?"

"응."

태연은 투덜거리며 거실을 뒹굴고 있는 신나의 눈치를 보며 베
란다로 가서 거실을 환기시키려는 듯이 문을 열고 슬쩍 내려다보
았다. 저 멀리서 신노가 가는 것이 보였다. 그의 단정한 뒷모습이
비틀거리는 걸 보니 안타까웠다.

"뭐 보냐?"

막 베란다로 들어서려는 신나를 보고 태연은 얼른 가로막았다.

"아무것도 아냐. 바람 쐬려고."

"나도 쐴래."

"라면 끓여줄까?"

"응."

태연은 신나의 손을 끌고 주방으로 데려가서 의자에 굳이 앉히

고 부산스럽게 라면을 끓였다.

"너 이상해."

라면을 후루룩 잘 먹다가 갑자기 신나가 고개를 들고 말했다.

"뭐가?"

"뭔지는 모르겠다."

신나는 심각한 표정을 짓다가 다시 웃었다. 그러더니 장난이라는 듯 흔연스럽게 다시 라면을 후루룩 먹었다. 태연은 안도의 한숨을 겨우 쉴 수 있었다.

몇 시간 후, 신나는 헤어진 남자에 대한 얘기며, 회사 얘기며, 앞으로 미래 계획에 대한 얘기를 뒤죽박죽 섞어서 말하다가 태연의 소파에서 몸을 웅크리고 잠이 들었다. 태연은 신나에게 담요를 덮어준 후 잠든 걸 확인하고 나서야 휴대폰을 들고 욕실로 가서 전화를 했다.

"오빠, 잘 들어갔어요?"

〈응, 넌 괜찮아?〉

"괜찮아요."

〈신나는?〉

"신나는 여기서 자고 있어요."

〈신나 술 마셨니?〉

"회식에서 좀 마셨대요."

태연은 가장으로서 가족을 걱정하는 신노의 엄격함이 느껴져 약간 아찔했지만 그의 책임감이 싫지 않았다.

〈미안하다.〉

"내가 미안하죠."

〈아니야, 생각해 보니까 나보다 네가 더 부담이 클 것 같다. 네가 알릴 때까지 가만히 있을게.〉

"고마워요, 오빠. 나도 얼른 기회를 봐서 얘기할게요."

〈그래.〉

훈훈한 침묵이 긴장 속에서 지나갔다. 두 사람은 서로의 숨결에서도 무언가 긴장하는 에너지를 느끼는 관계로 발전하고 있었다.

"지금 뭐 해요?"

〈씻고, 신명이 하고 대화하고, 그리고 기도했어.〉

"무슨 기도?"

〈오늘 하루도 무사히 보낼 수 있어 감사하고, 남에게 피해 주지 않고, 도움 주는 사람이 될 수 있도록, 그리고 가족들 건강하고 행복할 수 있게 보살펴 주시라고 기도했어. 또…… 네가 행복하길 바라고, 널 온전히 마음에 담을 수 있는 사람이 되게. 탐욕과 집착으로 흐린 맘이 되지 않고…….〉

태연은 미소 짓지 않을 수 없었다. 애교스럽게 잘 자라는 말을 덧붙인 후에 전화를 끊었다. 고백은 빠를수록 좋다고 생각하며 욕실 문을 열었는데 문 앞에 신나가 서 있었다.

"아아아아악!"

"아아아아악!"

너무 놀라서 태연은 소리 지르고, 신나도 같이 놀라서 비명을 질렀다.

"왜 이렇게 놀라?"

"아, 아무것도 아니야."

겨우 숨을 돌리고 태연이 욕실에서 나가며 말했다.

“이상해. 이상해.”

신나는 그 말만 되풀이했다.

곧 말할 거라고 하루에도 몇 번씩 다짐했다. 그러나 다짐이 거듭될수록 말할 기회는 놓치고 생각만 많아지는 악순환이 계속되면서 시간만 흘러갔다. 하루가 이틀이 되고 이틀이 나흘이 되고 일주일이 다시 이 주일이 되었다.

태연은 그러는 사이 이천의 딱 붙어 있는, 사이좋은 두 집 앞에 섰다. 선명한 남색 지붕과 벽돌, 나지막한 담들이 서로 닮아 있는 두 집을 바라보는 마음은 뒤숭숭했다. 방금 인터뷰를 마치고 오느라 정신이 없었다.

그동안 바빠서 신노 얼굴 보고 미안하다는 말도 제대로 못했다. 그런 속에서 온 가족들과 만난다는 것은 꽤 큰 부담이었다. 먼저 신노하고만 얘기하고 싶었다. 그러나 신노는 회사에서 퇴근하는 길에 신명을 도중에 만났고, 두 사람은 정기적으로 봉사하러 가는 쉼터에 갔다.

“왔으면 들어와야지.”

엄마가 문을 열고 나오자 태연은 상념에서 빠져나왔다.

“들어갈게요.”

“그동안 전화 연락도 꽤 뜸하고, 바빴니?”

“바빴어요. 엄마도 바빴으면서.”

“핑계는…….”

부모님은 고모가 아프다고 해서 미국에 갔다 오셨다. 다행히 약간의 꾀병으로 밝혀져 관광은 잘하고 오셨다지만 그동안 부모님

의 새로 이사 온 고향집은 신노가 잘 보살펴야 했다. 오늘은 그 고
마음을 보답하기 위해 엄마가 신노 가족을 초대해서 같이 식사하
기로 한 날이었다. 태연은 신노와 약속을 했었다, 이날이 오기 전
에 말하기로. 그러나 말을 아직도 하지 못했다. 이 세상에 가장 싫
어하는 사람이 주신노라는 걸 학창 시절부터 말하고 다닌 대가를
지금 받는 기분이었다. 그때로 돌아갈 수 있다면 어린 태연에게
꼭 말하고 싶었다.

'김태연, 너 십 년쯤 후에 주신노하고 뽀뽀하고 키스하고 애무
하고 포옹하는 사이로 발전하니 제발 적당히 좀 해라.'

"오늘 내가 음식 준비 하느라 얼마나 힘들었는데, 좀 미리 와서
도와주면 어디 덧나니? 아무리 바쁘다고 해도 말이야."

"오늘 스케줄 있었어요. 그리고 나 엄마 닮아서 요리 못하는 거
잘 알면서 그래. 근데 이걸 엄마가 다 했다고?"

태연은 주방으로 들어가자마자 입이 떡 벌어졌다. 그것도 그럴
것이 고소한 냄새가 진동하면서 보이는 곳마다 음식이 있었다. 채
반에 놓인 각종 전들 하며, 윤기 나는 잡채며, 생선찜에 전골에 불
고기 등 완전 잔칫집 음식으로 풍성했다.

"도우미 불렀지, 내가 어떻게 다 하니? 조미료 안 쓰고 맛깔스
럽게 잘하는 사람이라고 하더니 괜찮더라. 근데 손이 커서 음식을
엄청 많이 해놓은 거 있지. 마음에 들어. 거실에 상 펴놨으니까 나
르기만 하면 되거든. 그러니까 얼른 옆집 사람들 불러 와. 전화로
하지 말고, 초대 형식으로 정중하게 하란 말이야."

"알았어요."

태연이 한쪽에다 가방을 놓고 막 돌아서는데 엄마가 쫓아왔다.

“김태연, 너 신노한테 함부로 틱틱 굴지 말아라. 칼럼 쓰고 나서 좀 나아졌겠지만, 그래도 너 막 버릇없이 굴면 안 돼. 공손하게 대하란 말이야. 알았지?”

“주신노 씨가 할아버지야? 공손하게 대하게. 그리고 내가 어린 애도 아니구만, 버릇없이라는 말이 왜 나와요?”

“또 그런다. 한 번 오빠면 영원한 오빠야. 참, 옷 갈아입고 가.”

태연은 괜한 엄마의 걱정을 뒤로하고 편한 니트에 청바지 차림으로 갈아입은 후 마당으로 나갔다. 이 주일가량 집을 비웠다는데, 정원의 꽃은 움을 틔우며 땅속 깊은 곳에서 싹이 나오고 있었다. 겨울을 잘 통과한 나무들은 곧 올 봄을 맞아서 점점 굵어지고, 텃밭은 정성과 포근해진 기온을 지원군 삼아 채소로 무성했다. 이것이 전부 신노의 공이란 말이지. 태연은 그가 이곳을 왔다 갔다 하며 가꿨을 모습을 떠올렸다. 반듯한 등이 구부러지면서 흙을 손으로 직접 만져 보는 안경 속 진지한 눈빛을 생각하니 몸이 따뜻해지고 얼굴은 달콤한 표정이 되어버렸다.

“김태연, 갔다 오라니까 그렇게 싫어? 왜 이렇게 너답지 않게 굼떠?”

“가요.”

겨우 생각에서 벗어나 옆집으로 가서 벨을 누르자 막 도착했는지 신노가 나왔다.

“엄마가 오시래요.”

“그래, 곧 갈게.”

“맛있는 거 많이 하셨더라구요.”

“여기까지 좋은 냄새가 나더라.”

대화만 들으면 참으로 건전한 대화를 나누는 예의 바른 모습이지만 그들의 눈짓은 남달랐다.

"오빠, 미안해요. 지난번에 내가 바빠서, 정말 미안해."

"괜찮다니까. 마음에 두지 마."

"아직도 말 안 해서 나한테 실망했죠?"

"전혀. 네가 아직 준비가 안 됐겠지. 기다릴 수 있어."

태연은 아주 작은 소리로 말했고, 신노도 태연의 음성을 따라주었다.

"왜 왔냐?"

그래서 신명의 목소리에 두 사람은 놀라지 않을 수 없었다.

"초대하려고. 엄마가 정식으로 하라고 해서 온 거야."

태연은 놀란 티를 되도록 지우며 말했다.

"들었어. 지금 가면 돼?"

"그럼. 음식 많이 했으니까 와서 많이 먹어."

신명을 싫어했다. 학생 때는 야자 빼먹었다고 담임에게 꼭 일러바치고, 학교 규율을 목숨처럼 생각하는 꽉 막힌 여자애는 상종하고 싶지 않았다. 그렇다고 지금 그녀가 달리 보이는 것은 아니다. 다만 확실하게 시각 차이가 생긴 것은, 주신명은 바로 신노의 동생이란 것 때문이다. 그래서 신명을 보는 태연의 눈썹은 예쁘게 반달 모양이고, 입꼬리는 살짝 올라갔다.

"내가 돼지인 줄 알아?"

"미안해."

태연은 상냥한 표정을 계속 유지했다.

"주신명, 친구한테 말투가 왜 그래? 태연은 너한테 잘하려고 하는데……."

오빠 말은 하늘처럼 여기는 면도 있고, 또 초대받은 자리라 금세 기세를 누그러뜨리고 고개를 끄덕이는데, 신노의 안색은 붉어졌다.

"가자."

"미안해."

신명은 오빠가 앞서 가자 태연에게 통명하게 사과했다.

"괜찮아, 그럴 수도 있지."

"근데 너, 왜 나한테 자꾸 웃고 그래?"

"나 원래 잘 웃어."

태연은 신명을 보내고 한숨을 쉬었다. 모두 다 알아야 하겠지. 태연은 잠깐 그 생각이 들었다. 둘만 사랑하면 안 되는 걸까? 모두들 굳이 알아야 하는 것일까? 태연에게 아직도 사랑은 과거와 미래가 연관이 없는 현재일 뿐인데 말이다.

"초대해 주셔서 감사합니다."

"음식 냄새가 좋네요. 초대해 주셔서 감사해요."

신노가 정중하게 인사를 하자 신명도 따라 했다. 엄마는 웃으며 그들을 거실로 안내했고, 2층에서 막 내려온 편안한 차림인 태연의 아빠도 신노를 친구처럼 맞이했다.

저녁 식사는 어색한 가운데 화기애애했다. 상 주위에 빙 둘러앉아 가벼운 대화를 하며 식사를 했다. 군대 휴가차 온 까까머리 신우와 회사 일로 인해서 뒤늦은 신나의 합세에 시끌벅적했다.

이목구비가 뚜렷해서 제 형처럼 잘생긴 신우는 오자마자 '충성' 하고 경례를 하며 인사했다. 예쁜 태연 누나를 보게 되어 기쁘다고 군복 차림으로 스물한 살답게 떠들어대며 정말 무섭게 먹어 댔다. 신노는 신우에게 천천히 먹으라고 이따금 주의를 주면서도 흐뭇함이 섞여 있었고, 신명도 까칠함을 잠시 놓은 듯 얌전하게 식사를 했다. 더군다나 태연의 엄마가 신노에 대한 고마움을 여러 번 말하는 것을 좋아라 하는 사람은 신명뿐이었다. 제 오빠 좋아 하는 사람은 그녀에게 무조건 아군이니까.

식사가 끝나고 신노는 태연의 아버지와 바둑을 두고, 신명은 가 만히 자리를 지키다가 어느새 집으로 향했다. 신우는 흔연스럽게 재롱을 피우며 얘기를 주도하다가 친구들의 전화에 신노의 허락 을 받고 밖으로 나갔다. 태연은 신노가 바둑 두는 모습을 훔쳐보 다가 신나의 손짓에 마당으로 나왔다.

"너 연애하지?"

"뭐?"

"아무래도 그런 것 같아서. 누구냐? 불어라. 아니다, 내가 맞힌 다. 네 동료 아니야? 너 좋아하는 동료 있잖아. 누구더라?"

"없어."

"아, 그럼 태연의 남자 중에 있지?"

태연은 심장이 쑥 내려갔다. 그런데 차라리 맞혀주면 좋겠다는 모순 어린 생각까지 들었다.

"너 좋아해서 막 전화도 했던 그 아나운서 아니면 축구선수 맞 지? 너한테 관심 보였잖아. 너도 괜찮은 남자라고 좋아……."

태연이 어이없어하고 있는데 막 신노가 문을 열고 나왔다.

"가볼게. 급한 일로 전화가 와서 잠깐 나갔다 와야겠다."

신노가 그렇게 나간 뒤 신나는 자유라고 좋아했지만 태연은 얼굴에 그늘이 확 드리워졌다. 신나가 한 말을 들은 것이 분명했다. 태연은 신나의 얘기를 반쯤 흘려듣고 엄마와 설거지를 하면서도 마음은 신노에게 가 있었다. 전화했는데, 신노가 휴대폰을 받지 않아 밖으로 나와 좁은 골목길에 수없이 발자국을 남겼다. 저 멀리서 그가 오는 걸 발견한 것은 밖에 나온 지 한 시간이나 지나서였다.

"오빠!"

"여기서 뭐 해?"

"오빠, 기다렸어."

"춥잖아. 여기서 왜 기다려? 감기 걸리면 어쩌려고."

신노는 태연의 집 앞이라 더 다가오지 않고 그 자리에 멈춘 채로 서 있었다.

"보고도 싶고, 또 오빠 기분도 궁금하고. 화 안 났지?"

"화나긴, 뭐 때문에 화가 나?"

"그냥."

태연은 제 입으로 말하기 싫어 빙빙 돌렸다. 신노는 태연이 왜 그러는지 약간 눈치를 챘다. 아무래도 다른 남자랑 사귀냐는 신나의 말에 신경 쓰는 듯했다. 신노는 일하는 동안 몇 번 그런 생각이 떠올랐지만 태연을 사랑하는 마음으로 밀어냈다. 사랑하는데 질투나 탐욕으로 마음을 흐리지 않게 하기 위한 숱한 기도가 효과를 발휘했다. 신노는 아직까진 질투를 밀어내고 태연만을 담은 눈으로 쳐다보았다.

"너한테 화내는 일 없을 거야. 그러니 걱정하지 마."

"정말?"

"응."

"사랑해, 오빠."

태연의 그 사랑한다는 말에 신노의 마음이 떨렸다. 그래서 발걸음이 저절로 그녀에게로 다가갔다.

✳

신나는 다락방 한쪽 구석진 곳에 박힌 서랍장에서 디자인 노트를 꺼내 뒤적거렸다. 어깨를 강조한 재킷과 항아리 스커트를 예술적인 옷인 양 생각했던 때부터 꾸준히 긁적거렸던 것들이 그대로 보관되어 있었다. 동생들의 예전 물건들을 버리지 않고 보관하는 오빠의 버릇으로 인해 그녀는 가끔씩 이곳에 와서 어릴 때의 꿈과 마주하곤 한다. 자신의 디자인으로 패션 사업에 뛰어드는 것이 한때의 목표였지만 직장을 착실하게 다니는 것을 선호하는 오빠 때문에 꿈을 접었다. 그렇게 예전에 해놓은 것을 보다가 잠이 살짝 들었다. 달빛이 창가를 물들이고 차가운 밤바람에 눈이 떠졌을 때 신나는 부스럭거리며 몸을 일으켜 시계를 확인했다. 내려가서 제대로 잠을 자려고 열어놓은 창을 닫으려는데 집 앞 좁은 골목길을 서성이는 형체를 발견했다. 태연이었다.

"태……."

부르려고 하는데 막 골목길로 들어서고 있는 오빠가 보였다. 신나는 눈을 빛내며 두 명의 원수가 외나무다리에서 딱 부딪치는 흥미진진한 모습을 지켜보기로 했다. 이런 재미난 구경거리도 없을 테니까.

“어쩌다가 저기서 마주치냐.”

신나는 두 사람이 칼럼으로 인해 서로 마주 보고 싫은 소리는 못해도 저렇게 좁은 공간에 단둘이 만나면 무척이나 괴로울 거라고 장담했다. 두 사람은 거리를 두고 뭐라고 소곤소곤 말하고 있었다. 여기선 한마디도 들리지 않았지만 신나는 제멋대로 두 사람이 차가운 공손함 관계에 도달했다고 혼자 킥킥거렸다.

그런데 오빠가 점점 태연에게 가까이 다가갔다. 처음엔 말싸움이 일어날 거라고 여기고 몸을 일으켰다. 말려야 하나, 하는 생각도 들었지만 긴 설교를 싸움의 전략으로 삼는 오빠와 만만치 않은 불같은 성격의 태연이 맞붙는 장면을 볼 수 있을 거란 기대감에 눈을 동그랗게 떴는데 팽팽한 충돌 직전의 갈등이 아닌 이상한 긴장감이 두 사람에게서 번져 나왔다.

“뭐지?”

신나가 고개를 갸웃거렸다. 가까이 다가간 오빠가 뭐라고 말을 하더니 태연의 손을 잡은 후, 그녀의 머리카락을 만지고 뺨을 살짝 스쳤다. 신나의 모든 동작이 정지되었다. 그리고 문득 그냥 지나쳤던 일들이 의미를 가진 채로 머릿속으로 흘러들어 왔다.

태연의 유치한 티셔츠, 그 비슷한 문양이 고급스린 오빠의 티셔츠. 그리고 말도 안 되는 왕리본 퓌, 뒤늦게 끓어준 라면, 뭔가 숨기는 일들, 오빠를 보던 태연의 은은했던 눈빛.

“사귀는 거야, 두 사람? 둘 지금 사귀는 거야? 그런 거야?”

신나의 목청 큰 소리는 열린 창문과 바람을 타고 신노와 태연을 동시에 놀라게 하는 데 충분했다.

두 사람은 소리 나는 쪽으로 올려다보았고, 곧 열린 창문으로 머리를 내놓은 신나를 발견했다.

"거기 가만히 있어!"

신나는 몇 번 엎어진 후 겨우 다락방에서 내려와 후다닥 마당으로 나가 대문을 열어젖혔다. 그러나 분명 있었던 두 사람은 어디에도 없었다. 깜깜한 골목길에 흙바람만 좀 일어날 뿐이었다. 두 사람이 누가 먼저랄 것도 없이 손잡고 도망친 것을 나중에 깨달은 신나는 씩씩거렸다.

"잡히면 가만 안 둘 거야!"

그렇게 외치고 나서 신나는 주위를 두리번거렸다. 정말 점잖은 오빠가 태연의 손을 잡고 도망간 사실을 믿을 수가 없었기 때문이다. 사귄다는 사실조차도.

 11

가로등 불빛과 달빛이 고요한 어둠을 희미하게 비추는 가운데 똑같이 닮은 집 중 한쪽은 불이 전부 꺼져 조용한데, 다른 쪽은 거실에 불이 켜진 채로 윙윙거리고 있었다. 태연은 차마 부모님 집으로 들어가지 못했다. 신노를 혼자 적진에 보내고 도저히 발길이 돌려지지 않았다. 아무리 20년 넘게 그가 산 집이라도 해도. 더군다나 신노는 지금 엄청난 충격에 빠져 있는 상대였다.

"둘 지금 사귀는 거야? 그런 거야?"

물론 신나가 작은 미닫이 창문 사이로 얼굴을 쭉 빼고 공포 영화에 나올 만한 표정으로 소리 지른 것은 그에게도 충격이었겠지만 더 경악한 것은 바로 자신의 행동 때문이었다.

신나에게 들키고 두 사람은 누가 먼저랄 것도 없이 두 손을 꽉 쥐고 건조한 흙이 날리도록 그 자리에서 쏜살같이 도망쳐 사거리로 접어드는 길목 막바지까지 와서야 겨우 멈췄다. 숨이 목까지 차올라 헐떡이며 고개를 들어 태연이 목격한 것은 신노의 당혹함이었다.

태연은 신나의 목소리에 놀라 도망쳐 달려가는 순간조차도 자기 의지였고, 자신의 행동을 매 순간 인식하고 있었다. 왜 모르겠는가? 숨이 차고, 격렬한 긴 팔다리가 빠르게 휘적거리며 앞으로 뛰어나가는 걸 똑똑히 느꼈는데. 그러나 놀라서 배로 커진 신노의 눈을 보니 그는 자신의 행동을 자각하지 못했다는 걸 알았다.

사랑의 공범으로 바람에 머릿결이 휘날리도록 도망친 것은 순전히 의지와 상관없었던 모양이다. 놀란 본능이 생각이 들어차기도 전에 그의 행동을 좌우했다.

신노는 아득해지는 머릿속으로 자신의 웃긴 꼴을 바라보았다. 열여섯 살 어린 나이에 청천벽력처럼 가장이 된 점잖은 아이는 경제적 시달림은 받지 않았지만 가족을 지탱하기 위해 권위와 위신을 상당히 중요시하는 버릇을 가지게 되었다. 물론 그에 따른 행동의 책임도 따르면서. 그리고 지금껏 그 권위와 위신은 가정 내에서 상당히 지켜졌지만 오늘 이 순간 갑작스런 손상을 받게 된 것이다.

"미안해요."

태연은 신노의 심각한 얼굴을 마주하며 사과했다. 아직도 그들을 잡아먹을 것 같은 신나의 목소리가 들리는 것 같았다. 마치 그들이 큰 죄를 지은 것처럼.

"가야 되겠다."

신노는 태연의 손을 잡고 뛰어간 자리로 다시 돌아가려 발을 한 걸음씩 떼었다. 그들은 3분도 안 걸려 뛰어온 거리를 천천히 되짚었다.

"내가 말했어야 했는데, 상황이 이렇게 우습게 되어버렸네."

"그러게. 거기서 왜 도망을 갔지?"

신노가 동의해 버리자 두 사람의 마주친 눈은 곤혹스러운 웃음으로 빛이 났다. 신노의 웃음은 깊은 한줄기 한숨으로 바뀌었다.

"집으로 들어가."

쌍둥이 집 앞에 도달하자 신노가 부드럽게 손을 놓고 눈짓으로 부모님 집을 가리키며 말했다.

"오빠 혼자 지금 이 문제를 부딪치려구요?"

"밤이잖아. 각자 집으로 가야지. 걱정하지 말고. 괜찮아, 내 동생들인데……."

신노는 그를 기다렸다는 듯 약간 열려진 문으로 들어가더니 마당에서 뒤돌아 태연을 보고 들어가라고 손짓을 한 후 현관으로 사라졌다.

태연은 집 밖으로 신나의 음성이 불분명하게 들리자 혼자만 피할 수가 없었다. 심호흡을 한두 번 한 후 신노의 집으로 직행했다. 신노도 지금 제정신이 아닌 듯 문을 잠그지 않았다. 태연은 현관 앞까지 와서 주금 머뭇거렸다.

"어떻게…… 이런 수가…… 있어? 꿈에도…… 생각도…… 못한…… 일이야. 오빠가…… 태연과. 이런…… 일이…… 어디…… 있어? 거짓말하면…… 안 된다며?"

신나는 기가 차서 그런지 문장이 잘 이어지지 못하고 끊어지기 일쑤였다. 신노는 그런 신나를 보기만 하고 늘 하던 설교는커녕 한마디도 하지 못했다. 신나의 목청 큰 소리는 잠자고 있던 신명과 신우를 깨웠고, 두 사람은 잠옷과 티셔츠와 면바지 차림으로 거실로 나왔다. 어느새 태연도 도둑고양이 같은 모양새로 거실로 들어가 한쪽에 서서 신노와 신나를 바라보고 있었다. 신명과 신우는 신나가 분을 못 참고 거실 바닥을 쿵쿵대는 모습을 보고 어쩌면 2년마다 한 번씩 있는 오빠에 대한 반항은 아닐까 하는 생각이 들었다. 특별한 이유 없이 한동안 참았던 불만을 무작정 터트릴 때가 있었지만 돌아오는 것은 인내력을 시험하게 하는 긴 설교와 무조건의 복종이었다. 신나도 별수 없이 화내고 나면 오빠에게 툴툴대면서 말을 잘 듣곤 했지만, 지금은 강도가 너무 셌고, 신노는 한마디 말도 못한 채 광대뼈에 당혹한 붉음만이 어려 있었다.

"이건 말이 안 돼. 어떻게 내 친한 친구랑 사귈 수가 있어, 오빠? 나를 속이고 두 사람이 연애를 한단 말이야? 그것도 우리한테 매일 신중함을 강조하고 이성적인 사람이 되라고 설교하던 오빠가? 내 친구랑? 원수지간인 두 사람이 갑자기 친밀한 사이가 되었다는 걸 내가 어떻게 이해해야 하냐고? 아우, 미치겠어!"

"오빠가 연애를 한다고?"

"형이 드디어 누구랑 사귀어?"

신명과 신우가 동시에 물으면서 한쪽에 있는 태연을 쳐다보았다. 가족 싸움이 난 자리에 태연이 있다는 것은 뭔가 상관이 있다는 뚜렷한 암시임에도 두 사람은 또한 동시에 고개를 저었다.

"진정해, 신나야."

신노는 팔팔 뛰는 동생의 기를 제압하려고 애를 썼다.

"나 진정 못해. 태연이랑 오빠랑 사귄다는 게 말이 돼? 오빠가 내내 마음에 안 든다며 늘 트집 잡았던 태연이랑 그렇고 그런 사이라는데 내가 어떻게 진정해. 나 완전히 뒤통수 맞은 기분이야."

신명과 신우는 동시에 태연을, 그것도 빠른 고개의 움직임으로 응시했다. 그러나 믿을 수가 없었다. 신나가 무슨 오해를 했다는 미심쩍음이 두 동생에게로 퍼져 나갔다. 원래 별것 아닌 일에 크게 환장할 때가 많은 인간형이 아닌가.

"태연과 난 진지하게 사귀고 있고, 너희한테 얘기 못해서 우리 두 사람 다 미안해하고 있지만 그럴 여유가 없었어."

"헉!"

그제야 신명은 놀라서 한마디도 못하고 눈만 소처럼 끔뻑거리고 서 있었다. 그러나 신우는 그 누구보다 이 일을 금세 받아들였다.

"와! 최고다, 우리 형. 역시 사람은 한 방이야. 신부처럼 살더니 한 번에 미인을 얻는구만."

신우는 힙합 하는 친구들처럼 손을 어깨로 올리며 형을 안으려다가 밀려나 버렸다. 그래도 싱글싱글 웃기만 했다.

"경사 났어?"

신나가 막내 동생에게 빽 소리 질렀다.

"아니, 태연 누나도 있는데 왜 이렇게 호들갑을 떨어? 청춘 남녀가 좀 사귄다는데 그것이 문제가 돼? 그리고 고리타분한 남자는 멋진 여자를 만나면 안 되는 법 있어? 누니, 왜 그래? 이 좋은 날."

"주신우, 들어가."

"형, 난 형 편이야."

"들어가라구!"

신우는 신노의 명령에 고개를 끄덕거리고 태연에게 머리 위로 하트를 보여주다가 신나한테 엉덩이를 발로 맞아 균형을 잃고 앞으로 고꾸라졌다.

"성질은 괴팍해 가지고……. 말로 해, 말로. 군대에선 멀쩡하다 휴가 나오면 다칠 판이야. 나는 그렇다 쳐도 괜히 예쁜 태연 누나 괴롭히지 말고 성질 죽여. 가장 친한 친구랑 오빠가 사귀면 좋은 거지, 뭐 그렇게 악을 쓰냐. 우리 형도 불쌍하지. 왜 사생활을 침범해, 이 심술아. 내가 누나니까 봐주는 거야."

신나한테 한 대 더 맞고 계속 있다간 후환이 만만치 않다는 걸 깨달은 신우가 후다닥 1층 방으로 대피했다.

분명 이 불화는 김태연 때문이었다. 그 이름이 가족 대화에 많이 나옴에도 그들의 갈등이 너무 커서 불화의 주인공이 코앞에 있는데도 싸움에 말려들지 못했다. 그런 가운데 신나가 너무 강경하자 점점 기분이 상했다. 오히려 태연을 무지 싫어했던 신명은 벌린 입을 겨우 다문 채로 신노를 넋이 나간 듯 보다가 입을 열었다.

"오빠, 태연이 정말 좋아해?"

"응."

"태연이는?"

"……."

태연은 이 상태에서 신명의 말에 꼬박꼬박 대답하기 그래서 가만히 있었다. 여기까지 온 것 보면 모르나.

"태연이도 나 좋아해."

신노가 대신 말했지만 태연의 목소리를 듣지 않으면 물러서지 않을 것 같았다. 태연은 그의 가족들 앞에서 신노를 좋아한다는 말을 하려니까 괜히 쑥스러웠다. 싫어한다는 말을 할 때는 어떤 주저함도 없었는데, 이럴 줄 알았으면 싫어한다는 말을 좀 줄여서 할걸. 후회스러웠다.

"많이…… 좋아해."

"어."

신명은 오빠를 좋아한다고 말하는 태연을 신기해하면서도 혼란이 온 모양이었다.

"이 정도로 하자. 큰일 터진 건 아니니까 신나도 그만하고 들어가. 밤이 늦었어. 내일 얘기하자."

신노는 사태를 수습하려 했다.

"오빤 가식적인 사람이야."

"그래, 나도 그런 면이 있어."

"나 찬성 못해! 절대로 인정 못해. 말과 행동을 일치시키라고 우리한테 그렇게 스트레스 쌓이게 해놓고 오빤 내 친한 친구랑 꿍짝이 맞아?"

"너, 꿍짝이 뭐냐?"

속된 말에 신노의 얼굴이 일그러졌다.

"말 그대로야."

"함부로 말하지 마."

"말할 거야. 오빠가 아버지라두 돼? 우리한텐 그렇게 못살게 굴더니 오빤 오빠 하고 싶은 대로 하겠다는 거잖아. 그러니까 나도 내가 느낀 대로 말할 거야. 안 돼?"

신노가 답하기 전에 태연이 끼어들었다.

"신나야, 네가 화나는 건 이해하는데 너무 심한 거 아니야? 우리가 못할 짓을 한 것은 아니잖아."

"우리? 넌 빠져!"

신나의 무서운 시선에 태연은 기가 바로 죽었다. 이럴 줄 알았으면 가만히 있을걸.

"태연아, 지금은 내가 알아서 할게. 내일 보자. 응?"

신나가 빽 소리치자 신노는 태연에게 부탁했다. 신노는 아슬아슬하게 참고 있었다. 동생한테 그 역시 화가 났으나 이런 흉한 모습이나 분노를 태연에게 들키고 싶지 않았다.

"내일 태연이는 나하고 봐야 돼!"

신나가 무섭게 소리쳤다. 신노는 태연을 쳐다보며 먼저 가라는 듯 고개를 끄덕거렸고, 태연은 그의 말에 따랐다. 신나의 목소리가 뒤에서 들려왔다.

"도망간 주제에……. 떳떳하면 도망을 왜 가?"

태연은 제 오빠한테 무례하게 구는 신나가 너무 미웠지만 다 자신이 초래한 것 같아 고개가 저절로 무거워졌다. 그녀는 방으로 들어가자마자 창문을 열어놓고 신노 방의 닫힌 창문을 바라보았다. 찬바람이 분 지 30분이 흘렀을까, 그의 그림자가 창가에 어른거렸다. 태연은 휴대폰을 손에 들었으나 통화를 하지 못하고 그 그림자를 30분 더 보았다. 그는 서성이고 태연은 그 그림자를 따라 고개를 기울였다.

"태……."

신노가 창문을 열고 곧장 그녀 방의 창문을 바라보다 이쪽을 보고 있는 태연을 발견하고 놀랐다.

'괜찮아요?'

그녀가 입 모양으로 묻자 신노는 고개를 끄덕거렸다.

"넌?"

그의 목소리가 바람을 타고 용케 그녀에게 찾아들었다.

"난 오빠만 있으면 돼요."

달빛에 비친 신노의 근심에 마음이 저려왔다. 그래서 진심이 툭 튀어나왔다.

"사랑해."

태연은 사랑한다고 선명한 입 모양으로 말하고 말았다. 사랑한다는 말에 주저하는 타입은 아니었다. 지금 감정이 최우선인 그녀는 신노만큼 사랑한다는 그 무서운 책임감에 빠져들지 않았다.

문이 열리고 신우가 들어오자 신노는 창문을 닫았다. 태연은 다시 열리길 바랐으나 열리지 않았다. 그래서 아쉬운 맘으로 창문을 닫았다. 그리고 자려고 하는데 문자가 왔다.

〈많이 사랑해.〉

신노의 문자를 보고 태연은 감격했다. 문득 자신들이 로미오와 줄리엣같이 느껴졌다. 신노가 로미오만큼 낭만적이지 않고, 태연이 줄리엣만큼 대책 없이 순수한 여자는 아니지만, 주위 반대에 강렬해지는 감정은 같았다. 태연은 그러나 줄리엣보더 자신이 모질다는 걸 다음날 선명히 느꼈다.

일방적으로 단골 찻집에서 만나자고 문자를 날린 신나는 태연보다 10분 늦게 온 주제에 소리 내어 맞은편에 탁 앉았다.

"너한테 누구보다 빨리 말하려고 했는데…… 그게 쉽지 않았
어."

"가증스럽다."

신나는 국화차를 앞에 두고 날카로운 면도날처럼 확 되받아쳤
다.

"그 표현 심한 거 아니냐? ……미안해."

신나의 째려보는 눈에 태연은 바로 꼬랑지를 내렸다.

"언제, 어떻게, 어디서, 왜……. 말해봐."

신나가 화나면 하는 육하원칙이 이 상황에서 들으니 참으로 황
당했다.

"의도한 게 아니야. 그렇게 되어버렸어……."

"그러니까 설명하란 말이야."

"야, 너무하잖아. ……알았어. 그러니까 칼럼하면서 네 오빠에
대한 마음가짐이 달라진 것 같아."

"같아?"

신나가 눈을 가늘게 뜨고 반문하자 태연은 변명하는 어조로 말
문을 열었다.

"그땐 몰랐으니까. 그리고 파티에서 네 오빠가 근사하게 입고
온 모습 보니까 괜히 신경 쓰이고……."

"그거 내가 골라준 거야. 우리 오빠가 예의상 가야 한다고 해서
내가 상품권으로 바꿔온 건데, 이게 뭐……. 그리고 너, 부사장과
연결되지 못하게 하려고 난리 쳤었잖아. 혹시 그때부터 아니야?
나한테 생쇼한 거지."

태연은 속상해하며 신나를 노려보았다.

"너 나 몰라? 나 그 정도로 교활하지 않거든. 그냥 그때는 내 마음을 나도 몰랐다니까."

"널 안다고 생각했어. 근데, 그게 아니야. 누가 알았겠냐? 내내 욕한 우리 오빠랑 몰래 사귈 줄……. 그러면서 날 속여?"

고요한 찻집에 신나의 음성은 천둥, 번개, 벼락처럼 크고 넘쳤다. 사람들의 시선에 태연은 몸을 낮추고 음성도 덩달아 같이 낮추며 친구를 바라보았다.

"소리 좀 죽여. 그러니까 그렇게 되어버렸어. 그래서 말하기 더 힘들었다고. 사귈 생각을 조금이라도 했다면 내가 이렇게 바보처럼 굴었겠니?"

"누가 먼저 사귀자고 한 거야?"

신나의 음성이 겨우 원래대로 돌아왔다.

"그러니까…….”

태연은 신노라고 말하려 했으나 엄밀히 보면 그건 아니었다. 그는 기습 키스에 마음의 혼란을 말했을 뿐이고, 그 후 자신이 먼저 사귀자고 했다는 걸 깨달았다.

"우리 오빠야?"

"그게 좀…….”

"너야?"

"그게 딱히…… 그렇게 되어버렸어."

신나는 어이가 없었다. 그렇게 되어버렸다는 뉘앙스를 오빠에게도 느꼈기 때문이다. 마음을 진정시키려 앞에 뜨거운 차를 거칠게 마시다가 푸푸거렸다.

"괜찮아?"

태연이 찬물을 건네자 거칠게 받아 마시다가 이번엔 사레가 걸려 캑캑거렸다.

"조심해."

신나는 기침 몇 번을 더 한 후 겨우 숨을 고르더니 다시 무서운 표정으로 돌아갔다.

"정말 어이가 없다. 나도 속이고, 배신감 제대로 느낀다. 난 지금까지 사귄 모든 이야기 너한테 다 했잖아. 그런데 우리 오빠하고 사귀는 걸 비밀로 해?"

"네가 이렇게 팔짝 뛸 걸 아니까 말을 못했지."

태연은 자신이 말하고도 책임 전가라고 생각했다. 아니나 다를까, 신나가 꽥 소리를 질렀다.

"그걸 지금 말이라고 하냐? 우리 오빠한테 팔짝 뛰며 끔찍하다고 했던 것은 너야!"

"그러니까 말을 못했지. 미안하다, 미안해. 으응, 미안해."

신나는 태연의 미안하다는 말에 눈에 띄지 않을 만큼 아주 미세하게 화를 조금 누그러뜨렸다.

"정말 우리 오빠 좋아하냐?"

"응."

"어이가 없다."

"심각하게 생각하지 마. 물론 네 오빠니까 우리 관계가 넌 싫을 수 있어."

"관계 좋아하시네. 아닌 남자라며?"

신나가 팔짱을 끼며 딱딱거렸다.

"아닌 남자가 법적 금지라도 돼? 미안해. 그러니까 마음이 바뀌었다니까. 내 의지가 아니야. 그냥 편하게 생각해 줘. 우린 서로 끌렸고, 그래서 사귀고, 서로 알아가고 있어. 남들처럼 연애라는 걸 하는 거야. 뭐, 결혼하는 것도 아닌데 왜 이렇게 심각해야 돼?”

태연은 계속 죄인처럼 구는 것이 짜증 났으나 참으며 설명해 가고 있는데 갑자기 신나의 눈썹이 만화 속 인물처럼 위로 치솟았다.

“뭐? 결혼하는 것도 아닌데? 넌 그래서 우리 오빠하고 안 돼!”

“뭐가?”

“우리 오빠는 자신하고 딱 맞는 사람하고 연애해야 돼, 너 말고.”

“연애는 맞춰가는 거야, 딱 맞는 사람을 찾는 것이 아니고.”

태연의 목소리에도 날이 섰다.

“수많은 연애를 해본 태연 씨는 그러시겠죠.”

“너도 피장파장이면서 왜 그래. 우리 둘 다 연애 좀 해봤잖아. 그런데 그런 네가 날 욕해? 연애 많이 해본 게 죄야? 적어도 난 지금껏 양다리 걸친 적은 없어.”

신나는 예전에 양다리의 진수를 보여준 적이 있었다.

“그래, 장하세요.”

신나가 속을 뒤집듯이 비정거렸다.

“너 못됐다.”

“못된 거 지금 알았어? 우리 오빠는 고리타분하고 멋이 뭐 줄도 모르고 오로지 쳇바퀴 돌듯이 지루하게 사는 양반이지만 지금껏 연애 한 번 못해본 순정파다. 이 세상에 딱 한 사람만을 사랑으로 여기는 사람이야. 난 우리 오빠가 상처받는 거 싫어. 너랑 사귀면 무조건 상처받게 되어 있어. 우리 오빠는 우리 오빠 같은 사람을 만나야 돼. 그러니까 장난치지 말고 끝내.”

“지금 장난이라고 했어?”

신나는 움찔했지만 밀고 나갔다.

“그래, 그랬다. 어쩔래. 얼른 깊어지기 전에 끝내라고. 제 갈 길 가라니까.”

“싫어. 간섭하지 마.”

태연이 이를 뿌드득 갈았다.

“말 다 했어?”

“다 했다. 우리 사귀는 거 앞으로 한마디라도 왈가왈부하면 가만 안 둬. 오빠한테 네가 사귄 모든 이야기 다 불어버릴 거야.”

“김태연, 이 치사한 계집애.”

“그래, 나 치사해. 흥.”

신나는 태연에게 잘하는 욕 몇 개를 더 던지고 자리에서 일어났다. 사실 태연의 성격을 알기에 자신의 연애사를 불 거라고 생각하지는 않았지만 성질은 팍팍 났다.

“진짜야. 김태연! 나, 너 친구로는 무지 좋아하지만 우리 오빠하곤 서로 안 어울려. 널 감당할 수 있는 사람을 만나라고. 우리 오빠 아니야. 그러니까 내 말 잘 생각해. 안 그럼, 너 안 본다.”

신나는 평생 안 본다고 하려다가 평생을 빼버렸다. 그리고 나오는데 태연의 표정이 순간 기가 꺾인 채로 우울하게 바뀐 것이 마음에 걸렸다.

“심했나? 내가 주신노가 연애 한 번 못해본 위인이 아니라면 이러지는 않는다. 아, 몰라.”

신나가 택시를 타고 고민할 때 한 통의 문자가 날아 왔다.

〈나 네 오빠랑 아주 뜨겁게 사랑할 테니, 너 볼 시간도 없어.〉

"아, 이 미친 기집애……. 아, 혈압!"
신나는 목 뒷덜미를 잡으며 쓰러지기 일보 직전이었다.

＊

태연은 아파트에서 내려와 쓰레기 분리수거함에 하나씩 종이와 플라스틱 그리고 유리 등등을 골라내는 작업을 하고 다 버린 뒤 손을 털었다. 그리고는 집에 문을 잠그고 왔는지 생각해 보지도 않고 벤치에 앉아버렸다. 햇볕이 따사로웠다. 그러나 아직 완연한 봄은 아니다. 좀 더 시린 바람과 추위가 막 움트는 새싹들을 시달리게 해야 찬란한 봄이 온다고 누가 그러지 않았던가.

태연은 햇볕을 받으며 가만히 그 따사로움만을 느꼈다. 눈을 감으니 눈 안에서 빛의 장난이 어른거렸다. 잠시 후, 생각이 엉켜들었다. 가족들에게 들킨 후의 이 주일이 서서히 태엽 감듯 다시 되돌려졌다. 신나의 거센 반응은 솔직히 예상했던 것이라 며칠은 그다지 영향도 받지 않았다. 그 며칠이 또다시 흐르자 기분은 완전히 역방향으로 흘렀다.

세상에 물들지 않은 가장이자 오빠인 신노에게 불만이 많은 신나이지만 정신적으로 기대는 기둥 같은 존재라는 걸 태연도 안다. 현실적 물질에 가장 노출된 자신 같은 사람과 오빠가 만나지 않길 바라는 마음도 이해까지는 아니더라도 그럴 수 있다고 대강 둘러 댈 수 있다. 그럼에도 신나의 거센 반응에 이은 침묵 시위에 기분이 상할 대로 상했다. 그것도 자신을 친구로서 가장 좋아했던 신나가 그러니 기분이 참으로 꿀꿀했다. 신나의 난리는 바로 옆집에 사는 부모님의 귀에도 들어갔고, 두 분은 바로 난색을 표했다. 엄마는 전화로, 아버진 불편한 안색으로 연애에 내심 반대했다.

〈태연아, 세상에 남자들이 얼마나 많은데, 하필 옆집 신노 군이니. 그동안 신노 군에게 얼마나 많은 것을 배우고 의논했는데. 너희 아버진 같이 바둑 두면서 이렇게 잘 양보하는 청년도 없다고 좋아하셨어. 등산할 때 코스도 가르쳐 주고 나무 종류도 설명해 주며 정말 사심 없이 우리와 어울리는 그런 친구 같은 반듯한 청년이 알고 보니 너와 사귄다고 하니까 그때부턴 불편해지잖니. 그런 신부 같은 청년이 어떻게 너한테 흑심을 가질 수가 있어. 내가 내 딸을 모르니? 둘이 매치가 영 안 된다니까.〉

흑심이 아니라고 해도 소용이 없었다. 사실, 더 우울한 것은 신노의 태도에서도 기인했다. 이 남자가 동생의 반대에 움찔했다면 화가 났을 것이다. 그러나 자신의 사랑은 자신이 지킨다고 선언한 그답게 하루에도 몇 번씩 안부 전화를 했고, 피곤해도 꼭 일주일에 두어 번 만나러 오는 것 또한 성실하다. 문제는 성실하기만 하다. 신나가 뭐라고 말했기에 이 남자가 자꾸 영혼의 중요성에 대한 말을 거론하는 것일까.

"이럴수록 우리가 더욱더 서로의 영혼에 다가가는 노력을 게을리해선 안 된다고 생각해. 하루에도 널 많이 생각하고 우리의 마음이 하나가 되도록 작은 감정에도 소홀히 하지 않으려고 한다. 감사하고, 신중하게 서로의 마음을 읽자.”

태연은 그가 한 말이 무슨 뜻인지 알았지만 바로 실감이 나지는 않았다. 그 다음날 그의 행동이 참으로 고전적으로 변했다. 행동 하나 하는 데 힘이 들어가고 굿바이 키스는 키스라는 명함을 내밀기 힘들 정도로 붙은 즉시 떨어졌다. 연애가 아니라 학술에 참여한 것 같았다. 꿈에 대한 얘기, 사랑에 대한 얘기, 얘기, 얘기……. 연애에 대화가 필요하지만 이런 대화는 지루하기 짝이 없었다.

자고로 좋은 애인은 말보다는 행동이란 것을 모르는 남자가 주신노다. 그러나 이번에도 태연은 이해를 했다. 신나의 난리에 자신의 심장도 아직 벌렁거리고 기분이 싸해지는데 가족인 그가 조금도 영향을 안 받을 수는 없겠지. 아마도 김태연을 사귄다고 신노의 영혼에 대해서 비난을 한 모양이다. 태연은 말해주고 싶었다. 당신의 영혼은 순결하다고, 너무 순결해서 그 애인이 속이 까매졌다고.

“좋은 날씨구나! 우울해.”

그녀는 일어나서 걷기 시작했다. 그렇게 아파트를 빗어나 동네 한 바퀴 돌고, 동네를 벗어나 경보 수준으로 걷다가 다시 돌아왔다.

“내가 문을 잠그고 왔나?”

문득 문단속이 궁금해졌다. 태연은 별일 없을 거라고 생각하며 아파트 안으로 천천히 들어섰다. 그런데 조용한 아파트 마당에 사람들이 무리 지어 웅성거리고 경찰차가 두 대나 요란스러운 빛을 내며 가로질러 있었다.

"무슨 일이에요?"

태연은 사람들이 모여 있는 곳으로 가서 옆에 있는 젊은 여자에게 물었다. 그때, 10대 남녀가 수갑을 찬 채 고개를 팍 숙인 모습으로 덩치 큰 두 명의 남자들에 의해서 끌려 나와 곧바로 경찰차에 실렸다.

"글쎄, 전에 아파트 절도사건 있었잖아요? 그 도둑놈을 오늘 현행범으로 잡았대요. 간댕이도 부었지, 또 털러 왔어. 그런데 세상에, 10대였대요."

그 아줌마의 말을 듣다가 경찰이 피해 입은 집들의 번호를 단조로운 목소리로 말하고 있었다. 태연은 번개 맞은 것처럼 놀랐다.

"1107호요?"

"1107호 맞아요."

그녀가 1107호였다.

12

경찰 피해 조사를 마친 태연은 아파트 주민들과 함께 어이없어 했다. 동갑내기 19세의 범인은 알고 보니 부부란다. 아직 솜털도 가시지 않은 그들이 호적으로도 부부라니 기가 막혔다. 게다가 그들은 지금껏 빈집을 털어 귀금속과 현금 5천만 원 상당의 절도를 한 혐의가 있다는 것이다. 태연은 많은 피해 주민들 속에 끼어 그네들 인생이 불쌍해서 한숨이 나왔다.

하지만 곧 자신의 집 꼴이 어떤 모습일지 생각해 보니 앞이 깜깜했다. 그래도 운이 좋았다는 말을 주위에서 그 짧은 시간에 숱하게 들었다. 피해가 없기 때문이란다. 또한 문이 열려 있었다는 두 어린 범인의 말 때문에 경찰의 훈계 섞인 문단속에 대한 주의까지 들어야 했다. 바로 집에 들어가도 좋다는 허락 아닌 허락이 떨어진 후 자신의 아파트로 들어섰다.

"다시 잘 살핀 후 잃어버린 것이 있는지 꼭 알려주세요."

경찰의 말에 태연은 웅성거리며 관심을 보이는 주민들의 시선을 차단하기 위해 문을 닫았다. 위, 아래, 옆집까지 털렸기 때문에 주민들의 언성은 지금 10대의 부부 도둑에서 경비실로 향해졌다. 경비실 시스템의 문제가 어제오늘의 일이 아니라서 이번엔 단단히 벼르던 사람들의 심기가 터져 버렸다.

"운이 좋았다고?"

집 안은 쑥대밭이었다. 아까도 대강 보았지만 그때는 도둑맞았다는 사실에 놀라 경황이 없었다. 큰 가구들은 제자리에 있었지만 작은 가구들은 엎어지고 나자빠진 상태였고, 책들은 다 쏟아진 채로 널브러졌고, 옷들은 전부 다 밖으로 나와 있었다. 실내에 찍힌 분주하고 어지럽기까지 한 신발 자국에 멀미가 날 지경이었다.

태연은 뭣부터 해야 할지 갈피를 잡을 수가 없었다. 치우기 전에 이 상태를 아까 경찰관처럼 찍어두고 나서 이 황당하고 무서운 경험을 누구하고 공유할까 생각하니 떠오르는 얼굴은 당연히 신노였다. 태연은 마음 상한 얼굴로 고개를 저었다.

주신노!

신노에게 말하기엔 그렇다. 아직은 좋은 모습만 보여주는 시기이기에 이런 모습은 안 된다. 가만히 한 자리를 지키고 앉아 꼼짝도 안 했다. 그때, 정적을 깨치는 휴대폰 벨소리가 울렸다.

"오빠!"

〈오늘 어땠어?〉

태연은 순간 갈등을 했다. 다 말해 버릴까 아니면 괜찮은 척할까.

"그저 그랬어요."

〈밥은 먹었니?〉

"음, 입맛이 없는데……."

〈아픈 거야?〉

"아프지 않아요."

신노는 태연의 목소리에 귀를 세우고 있었다. 태연은 일부러 밝은 목소리로 웃어 보였다.

〈그래, 잘 챙겨 먹고, 감기 들지 않게 단단히 옷 입어.〉

연애를 하고 있다는 느낌이다. 무슨 소리냐면 이 심란한 상황에도 태연은 신노의 목소리에 안정을 느끼고, 그의 단조로운 말에 불만을 느꼈다.

"네, 오빠도요."

태연은 전화를 끊고 아무래도 오늘은 이 집에서 자기는 틀렸다고 생각했다. 겨우 일어나 이번엔 단단히 잠그고 밖으로 나왔다. 시내 거리엔 사람들로 붐볐다. 오전에 포근한 날씨가 오후, 저녁까지 이어지는 좋은 날씨였다. 사람들 틈 사이로 거닐며 무엇을 할까 생각해 보다가 아직 이렇다 할 식사를 못한 것을 기억해 냈다. 뱃속이 비어 있는 느낌이었지만 딱히 먹고 싶은 것도 없어서, 아무래도 그냥 호텔 하나 잡아 잠이나 자야겠다고 생각했다. 태연이 그렇게 길거리에서 서성일 때 다시 휴대폰이 울렸다. 신노였다.

"왜요?"

〈어디 있어?〉

"집에요."

태연은 대충 거짓말을 했다.

〈거짓말하지 말고.〉

남자의 확신에 태연은 순간 움찔했다. 상대의 반응에 하나하나 신경 쓰며 신체기관이 작용하는 것은 아마도 감정적으로 그와 엮여들고 있다는 증거일 것이다.

"으음……."

태연은 머쓱하게 웃었다.

〈집으로 돌아와. 기다리고 있을게.〉

"누구 집이오?"

〈김태연 집.〉

"거기 있어요?"

〈아파트 근처야.〉

"거길 왜? 갈게요."

태연은 휴대폰을 끊었다. 그리고 택시를 잡았다. 부리나케 가보니 정말로 아파트 근처에 와 있었다. 마치 급한 일로 막 뛰어온 사람처럼 그답지 않게 머리는 흐트러져 있고 잠바는 구겨졌으며 바지에는 흙이 묻어 있었다.

"무슨 일 있어요?"

"말을 해야지. 도둑맞았다면서?"

신노는 그녀가 오길 기다리며 그 자리에 기둥처럼 서 있었다.

"어떻게 알았어요?"

"아파트 와서 경비아저씨한테 들었어."

"아! 근데 여긴 왜 왔어요?"

"네 목소리가 자꾸 흔들려서 걱정이 돼서 온 거야."

말 한마디로 천 냥 빚을 갚는다는 선조들의 말씀은 정말로 옳았다. 마치 마술처럼 그의 말과 눈빛이 온갖 것에 상처받은 마음을 녹였다.

"오빠, 어디 아파요? 멍해 보여요."

"으흠……. 네가 너무 예뻐 보여서."

신노는 부지불식간에 솔직한 말이 툭 튀어나와 버렸다. 태연은 신노의 무드 없지만 솔직함에 그만 흐물흐물해지고 말았다. 그녀는 신노의 가슴에 알아서 푹 안겼다. 신노는 약간 당황했지만 태연을 안아주었다. 그의 가슴팍이 오늘따라 따스했다. 태연은 아무 말 없이 자신을 꼭 안아주는 그의 팔의 힘만으로도 위로가 되는 걸 느꼈다.

"괜찮아?"

"괜찮아요. 그까짓 10대 부부 도둑 때문에 울 정도는 아니고요. 운이 좋아서 잃어버린 물건은 하나도 없어요. 내 보물인 오빠 연애편지도 깊은 보관함에 안전하게 있고요."

신노가 몸을 살짝 떼어 미소 짓다가 지친 태연의 모습에 걱정 섞인 표정이 되었다. 그들은 10분이 넘는 동안 서로 안고 있었다. 그러나 10초밖에 안 지난 것 같았다.

"집은 어때?"

"완전히 웃겨요."

태연은 괜찮다고 대답하며 장난스런 표정을 지어 보였다.

"들어가자. 내가 치우는 거 도와줄게."

"지금은 싫은데, 내일 치울래요. 들어가기 싫어."

"그럼, 같이 이천으로 가자."

태연은 말이 떨어지자마자 고개를 저었다.

"왜?"

"부모님이 아시는 건 피곤해요. 괜히 걱정만 하실 텐데. 참, 요즘 불편하겠다.”

“뭐가?”

“우리 엄마, 아빠가 뭐라고 안 해요?”

“아니, 그냥 좀, 피하신다.”

태연은 씁쓸하게 웃었다.

“오빠가 이해해요. 싫어서가 아니에요.”

“알아.”

“오빠를 신부님처럼 생각하고 도움을 많이 받았는데 딸과 연애한다니까 좀 그러시나 봐요. 신나도 그렇고.”

“신나가 너 괴롭히지?”

“오빠 괴롭혀요?”

“조금.”

“신경 쓰지 말아요.”

태연은 신노를 보는 이 순간 친구에 대한 섭섭함보다 신노에 대한 감정이 앞섰다. 그녀의 눈이 약간 반짝거렸다.

“신나가 너 힘들게 하면 말해.”

“혼내 주려고요?”

“타이르게.”

태연은 피식 웃고 말았다.

“내가 알아서 할게요.”

태연이 신노에게 손장난을 하며 말했다.

“그럼 어디서 잘 거야?”

“음, 호텔······.”

태연은 신노가 호텔이란 말에 놀란 기색을 눈치챘다.

"……갈 수도 없고, 여자 혼자 가기엔 좀 그렇잖아요."

태연은 자신이 엄청 신노를 좋아하고 있음을 깨달았다. 이 컨디션 나쁜 순간에 내숭을 떨 수 있는 것은 사랑의 힘이 아니면 무엇인가. 취재차 슝하게 가는 곳이 호텔인데, 이 남자와 사귀면서 이렇게 바뀌다니.

"친구네 집은 어때?"

"알리고 싶지 않은데…… 오빠만 아는 거예요. 사실 오빠한테도 말 안 하려고 했는데……."

태연의 말에 신노의 눈가에 주름이 한 줄 더 급작스럽게 늘었다.

"왜?"

"좋은 모습만 보이려고."

"그러지 마. 우린 서로 사랑하는 사이잖아."

"알았어요. 그럼, 오빠 나하고 같이 호텔에 가요."

"뭐?"

깜짝 놀라 한 발짝 뒤로 물러선 신노를 보는 재미가 쏠쏠해서 태연은 약간 뜸을 들였다가 입을 열었다.

"옆에서 지켜주면 되잖아요. 지금 많이 피곤한데 엉망진창인 집에 가서 잘 수는 없고, 그렇다고 소문나게 친구들에게 갈 수도 없고. 지금 누구한테든 처음부터 설명하기도 지치고, 그러면 호텔에 가서 자야 하는데 혼자 가기엔 위험하니까 같이 가달라고요."

이것은 진심이었다. 신노에게 고민을 안겨주었는지 그의 눈썹이 꿈틀거리고 입 언저리가 굳어졌다. 침묵이 길어지고 태연은 신노의 얼굴 변화를 조용히 지켜보았다. 그를 보는 것 자체가 안정이고 즐거움이었다.

“그래, 그러자.”

그의 얼굴에 지켜주기만 하겠다는 신뢰가 들어찼다.

“고마워요.”

“고맙긴. 밥은 먹었어?”

그녀가 고개를 저었다. 신노는 당장 그녀를 데리고 작은 식당으로 가서 국밥을 시켰다. 그와 같이 먹으니 그런대로 먹을 수 있었다. 식사 후 밖으로 나왔다. 이젠 호텔을 찾는 것이 급선무였다. 신노의 눈빛엔 태연의 쉴 곳을 찾으려는 노력이 어렸다. 그러나 그는 호텔이란 곳 자체에서 느껴지는 그 분위기가 낯선지 어정쩡한 자세가 되고 말았다. 도심 호텔을 찾는 것은 어렵지 않았다. 한두 시간 머무르는 모텔은 가본 적이 없지만 태연은 고급스럽고 분위기 좋은 호텔과는 친한 편이었다. 많은 걸 해나갈 수 있는 전천후 장소라서 우리나라든, 외국이든 자주 찾는 곳이었다. 파티며, 인터뷰며, 또 혼자 있고 싶을 때도 가끔 오는 곳이기도 했다.

일터이고 휴식처이며 도발적인 사랑의 장소이기도 했다. 태연은 몇 년 전 외국 호텔에서 애인과 지냈던 일들을 신나에게 상세히 얘기했던 것이 문득 떠올라 콧등을 찌푸렸다. 신노랑 사귈 줄 알았다면 절대 그 동생에게 했을 말들이 아니었다. 상호 지금까지 몇 명의 남자를 사귀었고, 애정행각이 어땠는지 상세히 알고 있다. 조언과 방관과 위로와 조롱을 서슴지 않았던 친한 사이라고 해도 좀 심하긴 했다.

‘별 이야기를 다 했군.’

친구가 극구 반대할 만도 하다는 생각과 함께 지나간 일을 꼬리처럼 달고 있어야 하는 것인지 반발심이 들었다. 그렇게 사람을 평가해야 하는 것일까. 지금 어떤 상태인지가 가장 중요한 것이 아닐까. 문득 신노의 맑은 눈을 보니 자신의 과거가 참으로 수많은 도시의 불빛처럼 화려하게 보이는 것은 사실이었다. 지금 태연에게 남자에 대한 생각은 신노뿐, 뻔뻔하다고 할 수도 있지만 지나간 연애들은 흐릿하게 밀려갔다. 신노와 느릿하지만 한 단계씩 올라가는 것이 지금 연애의 전부이지만 점점 거기에 매력을 느꼈다. 좀 느린 것이 단점이라면 단점이지만.

"왜?"

"그냥요. 오빠가 곁에 있으니까 이유 없이 좋아서."

태연이 기대자 신노는 미소를 지었다. 그 미소는 언제나 익숙지 못한 일에 직면하면 굳어지고 이번에도 여지없이 경직되었다. 도심에 우뚝 솟아 있는 호텔 안으로 들어간 신노는 프런트 직원과 맞대면해 더욱더 뻣뻣해졌다. 신노가 체크인하는 모습을 태연은 지켜보았다.

그들은 직원의 안내로 객실로 향했다. 신노의 걸음이 약간 휘청대는 것은 착각일 수도 있었지만 뭔가 시원스럽지 못한 것은 사실이었다. 직원이 객실 문을 열어준 후 카드 키를 건네고 의례적 서비스 설명 후 밖으로 나갔다.

호텔은 특별할 것은 없었다. 떨어져 있는 두 개의 싱글 침대와 작은 냉장고와 소파와 탁자 그리고 꽤 고전적인 서랍장과 그 위에 같은 색상의 나무 테두리로 장식된 거울이 있었다.

"피, 피곤하겠다."

"오빠, 먼저 씻을래요?"

“어?”

신노의 놀람에 태연은 가슴이 철렁했다. 너무 선수처럼 보인 것은 아니겠지. 완전 내숭은 김태연이 소화하기엔 소화인자가 많지 않고, 그렇다고 본연의 모습을 완전히 보여주기엔 신노의 소화인자의 부족이 예상된다.

‘에라, 모르겠다.’

“나부터 씻고 올게요.”

“그래.”

태연은 욕실로 갔다. 샤워뿐 아니라 머리도 감은 후 커다란 타월로 온몸을 닦고 입었던 옷을 얼굴을 찡그리며 억지로 입었다. 완전히 마르지 않은 몸에 옷을 껴입으려니 곤혹이었지만 가운만 입고 나갈 수는 없었다. 그녀가 문을 열고 나가자 그의 목소리가 들렸다.

“신명아, 오늘 못 들어가니까 문단속 잘하고 자라. 친구 데려오고 싶으면 친구 불러도 된다. 음, 어, 일 때문이야. 별일 아니다. 일이 많은 게 아니니까 걱정하지 마. 그래, 너무 책 오래 보지 말구. 아침에 내가 일찍 들어갈 테지만 그래도 아침은 알아서 간단히 챙겨 먹어, 거르지 말고.”

신노는 괜히 식은땀을 뺐다. 신나와 달리 신명은 태연과 사귀는 줄 알면서도 오빠의 말은 그대로 믿었다. 동생들에게 알려진 후에도 거짓말이 늘 줄은 몰랐다.

태연은 신노의 전화 통화 내용을 듣고 더욱 피곤한 얼굴이 되어버렸다. 다 큰 아이 둘 딸린 홀아비와 사귀는 듯한 착각이 순간 들었다. 그 자식 중 하나가 자신의 친구이고, 과거 연애사를 다

꿰고 있는 것이다. 순간 다시 한 번 아찔했다. 하지만 그런 부담 감은 그의 눈빛에 눈 녹듯 풀렸다. 신기한 일이다.

"오늘 정말 내 옆에 있을 거예요?"

"응."

"고마워요."

"약속한 거니까 지켜야지."

신노가 멈칫하더니 세수만 하고 온다고 욕실로 갔다. 그리고 정말 그는 얼굴과 손만 씻고 왔다. 수건으로 젖은 머리를 감싼 태연은 그런 신노를 보고 피식 웃었다. 신노는 소파에 앉아 있었다. 두 사람은 서로 떨어져 앉았다. 그렇게 1분이 지나자 태연에게서 웃음이 흘러나왔다. 신노가 쳐다보자 태연은 신노의 발을 맨발로 툭 치며 장난을 걸었다.

"오늘은 잠만 잘 거예요. 덮치지 않아요."

태연이 계속 진담인지 장난인지 모를 말들을 했다.

"날 믿어요, 오빠."

"널 믿어. 날 못 믿어서 그렇지."

"왜요? 오빠는 아주 믿을 만한데."

"그렇지도 않아."

"이 세상에서 오빠만한 성인군자가 어디 있다고."

"상대에 따라서 다를걸."

신노의 뜻 모를 말에 태연의 눈동자가 더욱더 커졌다.

"상대?"

"다른 사람 앞에선 믿을 수 있는데……. 네 앞에선 모르겠다."

그의 눈동자가 더 검어지고 뺨은 조금씩 붉어졌다. 태연은 미소를 짓더니 신노의 손을 잡으며 그 손을 바라보았다.

"오빠만큼 애인을 배려하는 사람도 없어요."

"그러면 다행이구."

"가끔은 야생으로 돌아가도 되는데……."

"응?"

"아니에요."

태연은 몸소 야생을 가르쳐 주고 싶은 충동이 일었다. 다만, 오늘은 아니었다. 너무 피곤하고 지친 하루였다. 쉬고 싶었다, 신노의 보호 아래서. 빨리 침대에 몸을 눕히고 싶기도 했지만 신노의 어깨에 머리를 기대는 쪽이 더 좋았다. 그리고 생각나는 대로 물었다.

"오빠, 나 왜 좋아요?"

"이유가 없어."

"예쁘니까 좋아하는 거죠?"

"그렇기도 해. 너 정말 예쁘거든."

"나도 어느 면에선 오빠가 잘생겨서 끌리는 것일 수도 있어요. 사실 근사한 옷 입었을 때 반했거든요. 날 위해서 앞으로 종종 입어주면 좋을 텐데, 무드도 내면서. 굳이 비싼 옷이 아니더라도 돼요. 그렇게 해줄 수 있어요?"

"생각해 볼게."

태연은 아프다는 이유로 부모에게 떼를 쓰며 이것저것 사달라는 아이 같은 모드로 은근슬쩍 조르고, 신노는 태연이 도둑으로 인해 많이 놀랐다고 판단했는지 무조건 수용모드였다.

"신나한테 오빠 욕 많이 했어요, 우리 눈 맞기 전에."

눈 맞는다는 말은 그의 입장에서 보면 원색적인 표현이었지만 신노는 지적하려다가 말았다.

"신나는 내가 오빠랑 사귀는 거 싫을 수도 있어요. 오빠를 귀하게 생각하지도 않고, 만날 투덜대던 내가 오빠랑 사귄다니까 심기가 불편하겠죠. 그리고…… 오빠는 한 번도 누구랑 사귀어본 적이 없는데, 난 연애 경험이 좀 되니까."

"그런 건 상관없어. 지금 네가 나를 좋아하면 돼."

"많이 좋아해요. 아니, 사랑해."

"나도 그래."

"나 오빠랑 유별나게 연애하고 싶어요."

신노는 미소 지었다.

"참, 그리고 오빠한테 가끔 자기라고 불러도 돼요?"

"그래."

"해봐야지."

태연은 선뜻 자기라고 부르지는 않고 있었다. 그리고 몇 분이 흘렀다. 아무리 피곤해도 잠이 오지 않았다.

"오빠 많이 좋아해요, 아주 많이. 앞으로 행동으로 보여줄게요. 한 10분만 이렇게 있다가 자야겠다."

태연은 신노에게 기댄 채로 아무 말 없이 눈을 감았다. 신노는 잠시 후 태연의 잔잔한 숨결을 느꼈다. 그녀가 깰까 봐 짐시 한 사세를 유지하며 꿈쩍도 하지 않았다. 팔다리가 저렸지만 그것보다 앞서는 감정이 눈앞에서 너울댔다. 잠시 후, 깊이 잠든 것을 확인하고 신노는 조심해서 자신 쪽으로 기울어진 태연의 머리를 받치고 품에 넉넉히 안아 들었다. 그녀의 이목구비가 눈에 박히듯 들어왔다. 시선을 피하며 침대를 바라보았다. 그의 눈이 뜨거워졌다. 한없이 가볍게 느껴지는 것은 태연의 무게가 마음으로 스며와 전체로 퍼졌기 때문일 것이다. 자꾸 파고드는 그녀의 존재에 머릿속이 어지러웠다.

탄탄하고 굴곡진 몸을 침대 위에 조심스럽게 내려놓았다. 소파와 침대와의 거리는 큰 걸음으로 서너 걸음 정도밖에 되지 않았지만 시간이 꽤 흘렀고 이마에 식은땀이 맺혔다. 겨우 품에서 떨어뜨린 태연을 찬찬히 바라보는 시선이 술렁거렸다.

"예쁘다."

그가 자신도 모르게 작은 소리로 중얼거렸다. 그의 관자놀이에 힘줄이 불거졌다. 그리고 자신이 무슨 짓을 하는지 깨닫지 못한 상황 속에 고개가 숙여지더니 그녀의 입술로 낙하하는 자신의 입술을 발견했다. 닿기 한 치 전에 정신을 차렸다. 그리고 화들짝 놀라 새가 퍼덕거리듯 서둘러 소파 쪽으로 옮겨왔다. 그리고 자세를 정돈했다. 눈을 감고 한동안 신노는 움직이지 않은 채 반듯한 자세에 자신을 가둬놓았다. 태연은 몸을 뒤척이며 엎드렸다.

'뽀뽀하는 줄 알았네.'

소파에서 잠들었던 사이 신노가 무슨 비싼 도자기 나르듯 자신을 너무도 소중히 옮기는 바람에 깨어났지만 모른 척했다. 그러면서 다시 자려는 노력보다도 신노의 움직임을 좇아 귀를 열어놓았다. 그러나 작은 뒤척임도 없었다. 자는 것일까? 그때 작은 소리가 울렸다.

"나는 점잖은 인간이다."

신노의 목소리를 듣고 눈치 빠른 그녀는 알아차렸다. 몇 번씩 반복되는 주문 같은 말은 자제하려는 남자의 노력이었다. 웃음이 나오려는 걸 억지로 참았다.

이번만 봐준다. 호텔에서 나가면 정말 그땐 내가 하고 싶은 대로 해버릴 거야. 어떻게? 그건 몰라. 내 마음에 달려 있다는 거지.

그동안 일련의 일들로 기운을 잃었던 태연은 신노의 주문 같은 말에 완전히 기운을 차리고 기분이 아주 좋아진 채로 눈을 감았고 잠이 들었다.

잠에서 깨어난 태연은 기지개를 켠 후 주위를 둘러봤다. 아직 동이 트려면 멀었는데 주위는 캄캄했다. 태연은 채 6시도 안 되었다는 걸 확인했지만 단번에 깨어났다. 꿈속에서도 계속 신노와 손잡고 빙빙 도는 꿈을 꾸어서 그런지 피곤했다. 그렇게 손잡고 돌면서 태연은 왜 이렇게만 하고 놀아야 할까, 하는 생각을 많이 했다.

"아직 자나?"

소파에 비스듬하게 기대어 반쯤 고개가 옆으로 기울어진 채로 잠든 그의 모습을 가까이서 살펴보았다. 신노의 속눈썹이 이렇게 긴지 몰랐다. 코는 무지 높고 입술은 하염없이 단정했다. 뺨은 약간 홀쭉해졌는데 아마도 주위의 반응에 고달파서 축난 것 같아 마음이 짠했다.

"몸 결리겠다."

태연은 신노가 불편한 자세로 잠든 모습을 가여워하며 자세를 바꿔주려다가 뺨이 그의 입술에 닿을 뻔했다. 신노의 눈꺼풀이 파닥이다가 다시 고요해졌다. 태연은 일 저지르고 싶을까 봐 신노의 뺨을 살짝 톡톡 때렸다.

"일어나요. 출근해야죠, 오빠."

신노의 눈꺼풀이 올라가더니 눈앞의 태연을 발견하고 발딱 일어섰다. 너무 빨리 일어나는 바람에 근육이 당겨지는 통증이 났는지 인상이 찌푸려졌다.

"침대에 자면 될걸. 피곤하겠다."

"어. 괜찮아."

신노는 아직도 정신을 못 차리다가 얼른 자세를 가다듬었다.

"식사는 나가서 먹어요."

"그래."

두 사람은 서로 순서대로 정말 간단히 씻고 나서 대강 주위를 둘러본 후 밖으로 서둘러 나왔다.

"고마워요."

태연이 호텔방을 나와 엘리베이터로 가기 위해 복도를 걷는 신노의 옆모습을 보며 말했다. 마침, 신노가 안도의 한숨을 내쉴 때였다. 태연과 작은 호텔방에서 묵으면서 신체 접촉을 조심했다는 것을 다행으로 여겼다.

"내 옆에 있어줘서 고마워요. 그냥 지켜봐 줘서."

"당연한 거야."

태연은 웃었다. 활짝 웃는 얼굴에 신노의 시선이 꽂혀졌다.

"왜요, 작별 뽀뽀해 주게요?"

태연은 장난처럼 입술을 내밀었다. 신노의 작별 뽀뽀 인사를 흉내 낸 것이다. 신노가 약간 방심하고 입술로 눌렀다. 태연이 장난처럼 쪽 소리를 연달아 내며 뽀뽀했다. 살짝 떨어졌다 붙는 접촉은 신노의 마음 상태를 뒤집어엎는 데 그리 오래 걸리지 않았다. 태연도 예상 못했던 일이었다.

그에게 닿은 그녀의 뺨이 너무도 보드라워 숨이 순간 멎었다. 그의 혀가 그녀와 달콤하게 엉켜들어 갔다. 태연은 신노와 정신없이 키스하다가 먼저 정신을 차리고 그의 가슴을 슬쩍 밀며 말했다.

"여긴 복도예요."

그제야 정신이 든 신노는 그녀에게서 급히 몸을 뗐다.

"미안해."

"뭐가? 우린 애인인데……."

태연은 신노에게 팔짱을 끼며 호텔에서 나왔다. 빨리 출근해야 한다며 더듬거리는 신노와 헤어졌다. 놀란 와중에도 그는 저녁에 집 치우는 걸 돕겠다는 말을 잊지 않았다. 그를 보내고 집으로 돌아가는 택시에서 신나로부터 전화가 불쑥 왔다.

〈내가 심했어. 너무 오버한 것 같다. 미안해. 하지만 우리 오빠하고 넌 다른 별 사람이잖아. 남녀가 서로 눈 맞을 수 있어. 아무리 우리 오빠라고 해도 남자와 여자니까 갑자기 좋아할 수 있다고. 그래도 이성을 차리고 좀 생각해 주기를 바란다. 서로 노는 물이 같은 사람끼리 사귀어야 뒤탈이 없는 것 아니야? 지금 당장 헤어지라는 것은 아니고. 그러니까…….〉

태연은 딱 한마디만 했다.

"누구신지!"

 13

　그날 저녁 신노는 약속대로 집을 치워주기 위해 퇴근하고 바로 그녀의 아파트로 왔다. 너무도 어지럽게 난장판이 된 집을 어디서부터 손댈지 몰라 망연한 태연과 다르게 신노는 하나씩 치우며 꼼꼼하게 버릴 것과 버리지 않아야 할 것을 나누었다. 남이 손댄 옷은 모두 버리겠다고 해서 신노를 놀라게 했지만 그는 그녀를 설득해서 세탁소에 맡기는 것으로 분류해 놓았다.

　그러다가도 눈이 마주치면 모든 행동을 멈추고 뚫어지게 서로만을 바라보았다. 공기의 흐름도 갑자기 거꾸로 돌아가며 두 사람의 숨소리만 쌕쌕 들렸다. 신노 역시 티를 안 내려고 해도 자꾸 태연의 입술에 시선이 가서 박혔다. 복도에서 마구 입술을 파고들던 뜨거운 기억은 너무도 낯설면서 유혹 그 자체였다.

　태연 역시 신노의 입술을 바라보았다. 그러다 하고 싶으면 하고야 마는 기질답게 무릎으로 기어가서 신노의 입술에 쪽 하고 입을 맞추었다. 그러자 그 입맞춤은 마법처럼 바로 키스로 돌변했다. 벌어진 입술 사이로 누가 먼저인지 모르게 혀가 미끄러져 들어왔다. 신노의 혀는 부드럽고 달콤했다. 마치 이 세상에 없는 듯한 달콤함이었다. 음식에선 맛볼 수 없는 그런 맛이라고 할까. 서로의 타액이 섞이고, 숨결이 엉켰다. 신노가 아랫입술을 본능적으로 빨며 입술과 이와 혀로 두드린다. 가장 민감한 부분이 열림을 느끼며 태연도 그의 입술에서 떨어질 줄 몰랐다. 두 사람이 떨어진 것은 신나의 전화 벨소리 때문이었다. 신나의 시간차 공격으로 태연은 단박에 배터리를 빼버렸다. 그러나 이미 공기의 흐름이 정상으로 돌아오고 있었다.

"왜 그렇게 놀라요? 우리 못된 짓 한 것도 아닌데, 안 그래요?"

"그렇지."

태연은 물러선 신노에게 더 가까이 다가갔다.

"전에도 말했듯이 우린 애인인데 이런 스킨십 있을 때마다 화들짝 놀라면 정말 무안해요. 난 오빠 만지고 싶은데, 그게 뭐 어때? 우린 서로 좋아하고 사랑하잖아요. 물론 영혼의 교류도 중요하지만 서로 떨어져 교류를 어떻게 해요? 우리가 외계인인가? 안테나로 할 수 없는 거고, 초능력도 없는 걸 어떡해요. 어느 정도 서로에게 다가갈 수 있어야 정신도 열려요. 난 그렇게 믿어요. 날 믿어요. 으응?"

"그래, 우린 애인 사이니까."

신노는 최면에 걸렸다. 천천히 그의 입술이 그녀의 입술로 다가왔다. 도톰한 그녀의 감촉을 하나씩 느끼며 저절로 몸에 입력해 나갔다. 스르르 벌어진 태연의 입술을 가르고 신노의 입술이 맞닿았다. 그의 혀가 조심스럽게 그녀의 혀와 만나 다시 엉켜든다. 너무도 더딘 움직임은 두 사람의 입술에서 빚어낸 소리에 점점 거세어졌다. 그리고 쓰러졌다. 곧 신노는 발딱 일어났다.

"치워야지."

가라앉은 목소리로 말한 그는 주위의 물건들을 분류하며 치우기 시작했다. 태연은 그런 신노를 흐트러진 몸과 마음으로 멍하니 보다가 어느새 정신을 차렸지만 왠지 더 빠져들었다. 그에게 알아서 폭 안길 만큼.

"오빠가 너무 좋아."

신노의 자제력이 다시 없어지려고 하자 태연이 알아서 몸을 떼었다. 유혹이 아니라 그것은 순수한 고백이었기 때문에 그를 자극하지 않고 다시 하나씩 물건들을 치워가기 시작했다. 신노는 그런 태연을 보다가 소곤거렸다.

"나도 그래."

그렇게 두 사람은 서로의 마음을 들여다보면서 방을 치웠다. 두 사람이, 그것도 서로 좋아하는 두 사람이 함께 방을 치우는데 힘은 하나도 들지 않았다. 한 시간도 안 되어 집은 다시 예전 모양새로 돌아오고 있었다. 이젠 자잘한 것들을 내버려 두고는 다 제자리를 찾았다. 그럼에도 신노는 부부 도둑놈들이 찍어놓은 발자국들을 하나라도 남김없이 박박 지울 기세로 걸레질을 했다.

"대강 해도 돼요. 이 정도 정리했으면 나머진 사람 불러서 소독하면 되니까.”

“응?”

“아니요.”

태연은 신노가 땀을 뻘뻘 흘리는 모습으로 돌아보자 차마 입에서 나온 말을 다시 반복하지 못했다. 대신 뭐라도 해줘야겠다는 생각에 주방으로 갔지만 냉장고엔 음식 재료가 거의 없었다.

“라면은 몸에 안 좋아.”

신노가 어느새 주방으로 와 한쪽에 쌓인 라면 박스를 보고 말했다. 라면 값이 오른다고 사재기하는 사람들을 따라 덩달아 사놓은 것이다.

“냉동식품도 몸에 안 좋고. 자연 음식이 좋거든.”

“앞으론 조심할게요.”

태연이 사분하게 말하자 신노는 고개를 끄덕거렸다.

“대신 나 배고픈데, 나가긴 지쳤고 우리 자장면 시켜 먹어요. 한 번만, 한 번만. 도둑맞았잖아요. 아니, 도둑맞을 뻔했잖아요.”

“그러지 뭐.”

태연이 너무도 간절하게 부탁하자 그것이 뭐 대수냐 싶었다. 태연은 냉장고에 덕지덕지 붙어 있는 음식점 광고 전단지가 갑자기 창피하게 느껴지자 반 정도를 후다닥 떼어 휴지통에 버렸다.

“이런 게 많이 와서 그냥 버릇처럼 붙인 건데, 사실 그렇게 자주 시켜 먹진 않아요.”

“너 얼굴 빨개.”

“거짓말해서 그래요. 앞으론 건강을 위해서 자연식으로 조금씩 전향을 하도록 할게요."

태연이 사랑스럽게 고백하자 신노는 그녀의 얼굴에 또 정신이 팔렸다. 다행히 입맞춤까지 가진 않았다. 전화로 간자장 두 개를 시켰다.

배달 온 자장면을 거실 탁자 위에 올려놓고 먹었다. 너무 배고파서 예쁘게 먹겠다는 생각을 하지 못했다. 신노는 이 맛난 것이 입에 맞지 않는 듯 약간씩 미간을 찌푸리면서도 태연에 대한 예의인지 자장면을 열심히 먹었다. 게다가 태연이 너무 먹성 좋게 먹자 이 자장면 맛이 괜찮은 것으로 점점 느껴져서 문득 그녀처럼 먹고 싶다는 생각이 들어 크게 떠서 막 입에 묻히면서 먹었다. 그러다가 두 사람의 눈이 딱 마주쳤다. 두 사람 다 입술에 까만 자장이 번져 있었다. 그런데 그 모습이 눈에 들어오기 전에 눈빛이 파닥파닥 타올랐다. 그리고 정신을 차렸을 때는 두 사람의 입술이 딱 붙어 있었다. 정말 미쳤다고밖에 할 수 없는 현상이었다. 두 사람의 눈빛이 마주치자 그제야 자신들의 몰골에 웃음이 나왔다. 겨우 입술을 떼고 그가 한 말은……

"정신을 차려야 돼."

"차리지 마요."

"……."

"그럼 반만 차려요."

신노는 그 말에 필이 꽂힌 모양이다, 고개를 끄덕인 걸 보니. 태연은 정말 그 말의 효과가 크다고 생각했다.

태연은 신노와 함께 고풍스런 외관의 이탈리아식 레스토랑에 예약 시간 10분 전에 도착해서 지배인의 안내로 예약된 테이블로 갔다. 무릎 바로 위까지 오는 원피스에 재킷을 걸친 태연은 어깨 선까지 내려온 머리를 컬을 내어 갸름한 얼굴 주위로 느슨하게 핀으로 고정시켰다. 펄이 들어간 두 가지 푸른색 아이섀도에 아이라이너로 강조하고 마스카라로 속눈썹을 위로 올리느라 정성이 꽤 들어간 눈화장의 결과는 아주 좋았다. 큰 눈은 더 커 보이며 영롱하게 별처럼 빛났고, 본연의 색이 물든 입술은 촉촉했다. 신노의 표정만 봐도 알 수 있었다.

"오늘 더 예쁘다."

"고마워요. 오빠도 근사해요."

태연은 정말로 신노가 멋지다고 생각했다. 그는 지금 그녀의 부탁에 제법 시간을 내어 옷을 차려입은 듯했다. 물론 푸른색 셔츠에 저 이상한 회색 넥타이는 어울리지 않고, 처음 보는 감색 양복이 새 옷이긴 하지만 너무 공장에서 대량으로 빼놓은 티가 역력해서 신노의 몸에 딱 맞춰 세련된 이미지를 내는 데 역부족이긴 했지만 이렇게 입은 것만으로도 감동이었다. 머리도 단정하게 다듬어 그의 정돈된 이목구비가 더욱 돋보였다.

"여기 분위기 좋죠?"

"응, 비싸겠다."

신노의 말에 태연이 주위를 살짝 둘러보았다. 나무 냄새가 나는 레스토랑은 벽에 붙여진 작은 테이블과 널따란 중앙을 아늑한 조명으로 비춰주고 있었다.

"오늘은 내가 특별히 내기로 했으니까 아무 말 없기. 대신 날 기쁘게 해주면 돼요."

“그렇게.”

태연은 신노와 연애를 계속 하다간 무드 없는 곳에서 알뜰하게 서로의 얼굴만 보는 낙으로 지내야 한다는 걸 절감했다. 그것도 나쁘지 않았지만 가끔씩 멋진 곳에서 분위기를 내고 싶은 욕구도 컸다. 게다가 모든 데이트 비용을 부득불 다 내려 하는 이 구식 남자와 사귀려다 보니 너무 수동적인 마음가짐이 되어 재미가 없었다. 그래서 만들어낸 방도가 한 달에 한 번은 김태연의 날을 만드는 것이었다. 자신이 원하는 대로 따라와 달라는 일종의 이벤트였다. 대신 주신노의 날을 만들어 다음 주에 같이 등산하기로 했으니 피장파장이다. 데이트로 등산을 선택한 이 남자에게 인상을 찌푸리지 않고 미소 지을 수 있는 것은 사랑의 힘이었다. 생고생을 너무도 싫어해서 등산을 그다지 좋아하지 않지만 자신이 원하는 걸 얻기 위해선 어쩔 수 없었다.

정찬이 시작되면서 전체로 올리브, 식초가 배합된 방울토마토, 채소와 거기에 맞는 부드럽고 가벼운 화이트 와인이 나왔다. 태연은 샐러드 후 고열의 화덕에서 막 구운 얇고 바삭한 피자를 맛보고 와인에 입술을 축이며 신노를 바라보았다. 입에 안 맞는 음식도 참 반듯하게 먹는 그의 이목구비가 오늘따라 눈 안으로 깊숙이 파고들었다. 이 레스토랑은 연인들을 위한 특별 공간으로 무드 있는 조명과 좁고 둥그런 테이블에서 식사를 하니 그를 바라보는 마음도 자꾸 빨려 들어갔다. 실제적으로도 조금만 더 움직이면 닿을 듯했다.

“오빠, 요즘 피곤하죠?”

“아니.”

"요즘 일이 많다고 들었는데?"

신나한테 들었다. 요즘도 전화로 공격의 공세를 늦추지 않고 있었다. 시시콜콜 제 오빠에 대해 말하면서 둘 사이를 떼어놓으려는 짓이었다. 현실 인식이라고 할까? 주신나는 알까? 그러면 그럴수록 연애 감정은 신체기관 전체로 번지고 있다는 것을. 아마 모를 것이다. 영리한 신나가 가끔 멍청한 짓을 사서 하는 걸 잘 아는 친구로서 확신한다.

"늘 하던 일들이야. 다만 새로 들어간 복지센터 건설이 여러 가지 서류상 점검할 게 많아서 신경을 쓰는 편이지. 그리고 개인적으로 하는 일들도 있고. 신부님이 이번에 청소년들을 위한 쉼터 하나를 만드셨어. 그 체계를 세우는 일에 시간이 좀 걸려. 여러 가지 현실적인 프로그램을 내야 해서 일손들도 많이 필요해. 참, 고마워."

"뭐가요?"

태연은 알면서 시치미를 뗐다.

"기부금을 내기로 한 거 신부님한테 들었어. 나 모르게 하고 싶어 했다면서?"

"오빠 부담될까 봐. 사실 즉흥적인 기부는 해왔거든요. 이렇게 해야 할지 몰랐는데, 오빠가 지원하는 곳이니까 믿을 만하고, 좋은 일 하면 기분도 좋잖아요. 진작 말해주지, 기부금이 꽤 필요한 곳이던데……"

"너한테 부담 주고 싶지 않았어."

"부담 안 돼요. 한데 오빠, 봉사활동이 취미인가 봐?"

태연은 신노가 주말에 하는 일을 듣고 좀 놀라긴 했다. 연애와 봉사활동 그리고 주어진 일, 그 모든 것을 다 하려면 잠을 줄여야 할 것 같았다.

"다른 취미는 없어요? 글 쓰는 것은 또 하나의 일이니까 그것은 빼고."

"등산 좋아해. 시간 나면 꼭 가지. 같이 가자."

"산이 그렇게 좋아요?"

"탁 트였잖아. 그리고 온갖 식물들도 볼 수 있고."

"그렇구나. 지난번 등산 간 얘기 해줘요!"

신노는 지난번 봉사단체에서 간 수련회에 대해서 설명하기 시작했다. 청소년과 함께하는 역사 교육에 대해선 참으로 말할 것이 많아 보였다. 남 타이르기 좋아하는 신노이고 그런 기질을 자신이 얼마나 혐오했는지 기억에 남아 있는데도 지금은 상관이 없었다.

"자기는 옳은 말만 하네."

"지루하지?"

"물론 지루하죠."

태연의 말이 폭탄이라도 되는 것처럼 신노의 안색이 싹 바뀌면서 손에 들고 있던 포크가 테이블로 툭 떨어졌다. 그 탓에 신노의 얼굴에 음식 소스가 튀고 말았다.

"장난이에요. 예전엔 지루했는데 지금은 좋아요. 왜 그러지? 이상하다. 내가 오빨 많이 좋아해서 그런가? 요즘 오빠 생각 많이 해요. 오빠도 그래요?"

태연이 좋아한다고 말할 때마다 신노의 심박동수가 높아졌다. 그는 그녀가 건네준 티슈로 얼굴을 닦으며 자세를 바꾸곤 말했다.

"응. 너한테 나란 사람은 많이 부족해, 여러 면으로. 하지만 많이 노력할게."

"나도 노력할게요. 사실 오빠는 사랑에 열정적인 사람은 아니에요."

태연은 은근슬쩍 속마음을 내비쳤다.

"그래서 실망했니?"

"오빠가 열정적이면 웃길 것 같긴 해. 상상이 안 된다."

신노는 열정에 대해서 부정적인 생각을 가지고 있었다.

"열정은 사랑을 지속시키는 데 방해가 되지 않을까?"

"그렇게 생각해요?"

"열정보단 이해와 관심이 관계를 돈독하게 하지. 열정은 사람을 탐욕스럽게 해. 자신의 본연의 모습을 잃고 욕심만 내다가 그 사랑에 흠집을 낼 수도 있어. 열정보단 서로를 배려해 주는 마음이 훨씬 좋다고 본다."

태연은 이 고지식한 남자를 그래도 여기까지 끌고 온 자신에게 표창장을 주고 싶었다.

"그래도 난 오빠한테 내 사랑을 조금씩 표현하고 싶어요. 난 속으로 삼키지 못하는 사람인가 봐요. 그러니까 오빠보단 속물이지."

"그렇지 않아. 넌 솔직한 거야."

"그럼, 우리도 저 커플처럼 솔직하게 드러내며 춤춰요."

태연이 가리킨 중앙은 커플들이 나이 든 연주자의 선율에 맞춰 원목으로 된 바닥에서 소소한 움직임으로 부딪치고 부벼대며 그 것이 춤인 양 승화시키고 있었다.

"원래 여긴 춤출 수도 있다고 했잖아요. 싫어요?"

"오늘은 김태연의 날이잖아."

이 남자는 설득당하면 정말로 지키는 순수한 결의가 마음속에 늘 살아 움직이고 있다.

"가자."

신노의 손을 잡고 중앙으로 갔다. 태연은 신노에게 이 레스토랑은 붐비지 않은 한적한 곳이지만 분위기가 좋고, 또한 춤도 출 수 있어 이런 곳에 와서 춤 한번 안 추면 정말로 허전할 거라는 취재기자의 말을 그대로 전해주었다. 아는 기자가 추천해 준 곳이었다.

"그냥 시작하면 되나?"

신노는 태연의 손을 잡고 당황한 얼굴로 물었다.

"마음대로 하면 되지, 뭐."

태연이 신노의 몸에 딱 붙어 서자 신노의 엉덩이가 제자리를 찾지 못하고 뒤로 조금 빠졌다.

"이렇게 추면 웃길 텐데, 그래도 좋아요?"

그녀의 지적에 신노는 자신의 모양새를 바라보았다. 그리고 얼른 엉덩이를 제자리로 돌아오게 했다.

"원래 여긴 식사하다 춤추는 곳이에요. 그러니까 긴장하지 마요."

태연은 그렇게 말해놓고 정작 자신이 주위를 살폈다. 그녀에게도 여기는 낯선 곳이었다. 다행히 가장자리에 위치한 테이블 쪽에서 한두 커플이 더 일어나 춤을 추는 바람에 그들의 움직임이 그리 시선을 끌지는 않았으나 신경이 계속 쓰였다. 그도 그럴 것이, 신노의 스텝은 연신 틀리면서 태연의 발을 야무지게 밟았다.

"미안해."

"괜찮아요."

신노는 속으로 숫자를 세며 태연의 발을 따라갔다. 그녀도 이런 춤은 어색하고 잘 추지 못했다. 태연의 스텝이 엉키자 신노의 발은 더욱 꼬이기 시작했다. 그러다가 넘어질 것만 같았다. 괜히 박 기자의 추천을 받아서 사서 고생이란 생각이 들었다. 낭만주의자에게 도움을 청하는 것이 아니었다.

무슨 격식이 이렇담…….

규칙을 은근히 깨고 싶었다. 태연은 신노의 어깨에서 손을 내리더니 클럽에서 추는 것처럼 자연스럽게 움직였다. 그녀의 골반은 넓지 않으면서 선이 유려했다. 음악을 귀로 듣기보단 몸으로 느끼며 신노와 시선을 맞추었다. 태연은 그의 가슴에 손을 대며 선율을 탔고, 신노는 그런 매혹적인 움직임에 숨을 삼켰다. 자연히 그의 선율과 어울리지 못했던 뻣뻣한 몸은 아예 모든 동작을 멈추었다.

"움직여요."

그녀의 부드러운 명령에 신노는 최면에 걸린 것처럼 몸을 움직였다. 여전히 음악을 타지 못했다. 태연은 신노의 품 안에서만 움직였다. 몸매에 자신이 있으니 약간 움직여도 선이 나온다는 걸 그 누구보다 자신이 잘 안다. 허리는 잘록하면서 가슴과 엉덩이는 절묘하게 도발적으로 나온 몸매는 목욕할 때마다 감탄을 자아낼 정도로 타고났다.

태연은 이 기회에 신노를 유혹해 보자고 마음먹었다. 그렇다고 클래식한 레스토랑의 품위와 격식을 해치지 않은 선에서 오직 자신의 남자만 건드리고 싶었다. 그러나 그러기엔 태연의 자태가 좀 심히 도발적이었다. 몇몇 남자의 시선이 붙자 불편한 여자들의 시선도 같이 따라왔다. 신노는 남자의 본성으로 태연보다 먼저 그 시선을 느끼고 자신의 몸으로 막아내려고 했으나, 그것이 안 되자 그녀의 손을 부드럽게 잡아끌고 테이블로 갔다.

"왜요?"

"사람들이 보는 게 싫어서."

"질투하는구나."

"질투가 아니야."

본인 스스로도 그것은 질투가 아니라고, 다만 다른 남자들의 탐욕 어린 시선에 보호해 주고 싶은 것뿐이라고 굳게 생각했다.

"알았어요."

태연은 신노가 너무 엄숙하게 말해서 그냥 믿어버렸다. 그리고 그들은 식사를 했다. 춤에서 맥이 빠졌지만 태연은 그런대로 즐겁게 보낼 수 있었다. 생크림에 치즈, 완두콩 등으로 맛을 낸 파스타를 먹는데 태연이 남들처럼 하나로 같이 먹자는 제안을 했고, 신노는 약간 움찔하며 잘 따라왔다. 한 줄기로 먹다가 두 사람의 입술이 딱 붙는 것은 하나의 섭리였다. 지중해식 감자 요리를 곁들인 생선 요리와 와인을 마시면서 서로에게 각자의 음식을 먹어주는 닭살도 너끈히 소화했다.

식사를 마치고 그녀가 계산 후 밖으로 나와 택시를 탔다. 두 사람은 집으로 도착할 때까지 뒷좌석에서 꼭 붙어 앉아 서로의 손을 잡았다.

신노는 태연의 신변을 위해 아파트에 먼저 들어가는 걸 철칙으로 삼았다. 일주일에 두 번에서 세 번이나 만나고 못 만날 때는 꼭 전화로 그녀가 안전한지 확인하고 나서야 겨우 잠이 들었다. 지금도 태연이 번호를 누르고 나서 먼저 들어선 것은 신노였다. 그리고 '이상 무'를 알려주듯이 뒤돌아 눈짓을 하면서 말했다.

"괜찮아. 들어가자."

그렇게 태연이 따라 들어가면 신노는 몇 분 같이 있어주려고 한다. 그녀가 무서움을 완전히 떨치기까지 일례 행사처럼 당연히 해야 하는 일이었다. 태연이 괜찮다고 해도 신노는 그녀의 눈동자에 어린 두려움을 봤다며 물러서지 않았다. 어쩌면 그 두려움은 신노와 조금이라도 더 같이 있고 싶은 자신의 눈이 하는 두려움을 빙자한 유혹일 수도 있지만 그것은 의지와 상관없는 본능이기에 설명하진 않았다.

신노는 태연과 같이 소파에 앉았다. 두 사람 사이에 거리감은 없다. 그녀의 허벅지와 그의 허벅지가 닿을 뿐이다. 그뿐인데, 숨결이 엉키고 어디선가 열기가 피어오른다. 아마도 닿은 허벅지에서 느껴지는 묘한 아찔함에서 기인한 것 같다.

"지난번 칼럼 좋더라."

"읽었어요?"

"응."

태연은 신노의 어깨에 머리를 살짝 기대며 왼손을 그에게로 주고 있다가 깜짝 놀라 허리를 세웠다. 그도 그럴 것이 좋아하는 남자의 마음을 사로잡는 열 가지 방법이 인물 칼럼 대신 들어갔기 때문이다.

"오빠하고 안 맞는데, 그런 거 보지 마요."

"사람에게 충실한 일이잖아. 그 사람 너무 부담되지 않게 천천히 관찰하면서 다가서는 일에 대한 조언이니까. 네가 하는 일이 많은 사람들에게 도움을 주는 것 같더라."

태연이 소리 내어 키득키득 웃었다.

"왜?"

"사실 가볍게 쓴 거예요. 사람에 대한 존경, 사랑, 그런 것보다 내가 저 사람 좋아하니까 날 좋아하게 만드는 여러 가지 비법을 말하는 거예요. 그건 한마디로 트릭 같은 거죠. 내 자신을 보여주지 않고 그 사람이 보고 싶은 것만 보여주면서 날 좋아하게 만드는 것. 그러니까 오빠랑 안 맞아요."

"누구도 처음엔 자신을 완전히 보여주기 힘들겠지. 그래서 그 사람이 좋아하는 방법을 쓰는 것이고. 나중에 자신을 보여주는 것이니 거짓이라 할 수는 없다고 봐."

"그렇긴 해요. 그래도 웃긴다."

태연이 신노 쪽으로 몸을 기울며 중얼거렸다.

"뭐가?"

"나한테 왜 이렇게 좋은 말만 해줘요? 예전에 내가 하는 일 다 싫어해 놓고."

"전에 말했잖아."

"다시 말해봐요. 기억이 안 나요."

태연이 신노의 눈을 바라보며 재촉했다.

"사람을 좋아하고 신뢰를 지키려고 노력하지만 여자한테 특별한 감정을 가진 것은 네가 처음이니까. 그런 감정이 정해놓고 오는 게 아니란 걸 깨닫는 데 시간이 꽤 걸렸어. 그래서 옹졸하게 굴었고 널 힘들게 한 것 같아. 물론 너와 내가 사는 방법이 다르다는 걸 알지만 그렇게 나쁘게만 본 것은 내 마음을 지키기 위한 속 좁은 짓이었어. 다르다고 나쁜 건 아니니까. 널 사랑하면서 배워가.”

태연의 표정이 한결 부드러워졌다.

“그래서 내가 하는 일을 다 이해하는 거예요?”

신노는 정말 거짓말을 하지 못했다.

“이해가 되는 면이 점점 생기는 거지.”

“마음에 안 드는 점이 뭔데요? 말해봐요.”

“뭘?”

“내 칼럼에 대해서 마음에 안 드는 점.”

“……”

신노는 말하길 주저했다.

“좀, 그러니까…… 가끔 덜 진지한 것 같기도 하고, 덜 무거운 것 같기도 해.”

신노는 태연의 기분이 상할까 봐 신중을 기하며 단어 선택을 했다.

“그건 내 장점이에요. 가볍고, 즉흥적이고, 감정적인……. 무거운 것만 진실은 아니잖아요. 안 그래요?”

“그런가?”

“그럼요.”

태연이 바짝 다가왔다. 신노도 물러서지 않고 코앞에 있는 태연을 바라보았다.

“꼭 점잖고 진지할 필요가 있나. 아주 가벼운 접촉으로도 좋아하는 마음이 다 들어가는 건데.”

태연은 신노의 입술과 뺨에 뽀뽀했다. 살짝 붙었다 떨어졌다 하며 거듭되는 뽀뽀는 신노의 눈빛을 몽롱하게 만들었고 또다시 전기가 일었다. 그의 키스는 처음엔 상당히 느릿했다. 생각이 많은 그는 키스 하나에도 많은 감정의 파편을 가지고 있었다. 그러면서도 혀가 엉키면서 순간 폭발을 일으킨다. 태연은 신음을 흘렸다. 그 신음에도 신노는 놀라지 않고 품에 더욱더 깊숙이 태연을 안았다. 그리고는 자연스럽게 그의 손이 봉긋한 가슴으로 내려가고 그의 눈이 그 달콤하고도 위험한 감촉에 마치 심 봉사가 눈 뜨듯 번쩍 떠졌다.

"헉!"

또 여지없이 놀란다. 스킨십이 연인으로서 당연한 교류라고 받아들이며 손잡고, 뽀뽀하고, 키스하고, 뺨을 비비며 서로의 마음을 드러내도 태연의 가슴 앞에선 유독 뻣뻣하게 굳는다. 태연의 가슴이 관능적이기 때문에 이 선을 넘어서면 결코 다시 못 돌아올 선을 넘어선다는 강한 암시가 그를 사로잡았다. 그녀의 가슴은 이 세상의 것이 아닌 것 같았다. 태연도 안다. 자신의 가슴이 자연산 치곤 참으로 크고 모양새도 예쁘고, 도발적이란 것을. 게다가 오늘은 브래지어를 안 해서 봉긋 선 젖꼭지가 재킷을 벗은 원피스 위로 더욱더 선명히 나타났다. 번쩍 떴던 그의 눈이 다시 질끈 감겼다.

"책 읽어줄게."

신노는 낮은 목소리로 말한 다음 소파에서 일어나 책장으로 갔다. 그리고는 책 한 권을 골라 꺼내는 데도 시간이 꽤 걸렸다.

"폭풍 치는 밤이었습니다. 안락한 의자에 앉은 한 꼬마가 밖을 내다보았습니다. 누군가를 기다리는 눈빛은 창가에 반사되어 어른거리고…….”

도둑맞은 직후, 그의 목소리를 들으면 마음이 안정되어서 책을 읽어달라고 했던 것이 요즘 들어 심각한 부작용을 맞고 있었다.

이게 대체 몇 번째인가?

키스만 날로 발전하는 신노를 보는 태연의 마음은 심히 착잡했다. 앞에 있는 거울을 통해 보니 그녀의 머리는 헝클어지고 옷 또한 구겨졌다. 오늘도 결정적인 순간을 맞이하지 못한 채 그가 고른 고리타분한 책을 들으며 마음을 달래야 한단 말인가. 태연은 자신이 이 책을 산 것이 맞나 몇 번씩 생각해 보았다.

“그 책 재미있어요?”

“응? 응.”

“내용이 뭔데요?”

“그러니까…….”

헤매는 그를 보며 태연이 살짝 미소를 짓자 볼우물이 들어갔다. 그 모습에 신노의 얼굴 위로 아찔한 표정이 순간 지나갔다.

“오빤 나보다 책이 좋은가 보다.”

“응?”

“그런 생각이 들어서.”

그녀의 투정에 신노는 난감한 표정이 되어버렸다.

“네가 훨씬 더 좋지.”

“근데 왜?”

“뭐가?”

“난 하고 싶은데, 하고 싶지 않아?”

태연의 커다란 눈에 담긴 솔직한 욕망과 축약된 말들이 그의 앞에서 넘실거렸다. 신노는 목울대가 크게 움직일 정도로 침을 꿀꺽 삼켰다. 아름다운 곡선의 그녀. 부드럽게 흘러내린 도자기 같은 피부와 작은 얼굴형에 화려한 이목구비 그리고 긴 목선. 신노는 고민이 많은 사람처럼 미간이 좁아들었다. 그리고 두드러진 쇄골과 아름다운 가슴, 탄탄한 몸매를 보며 고민이 더 늘어났다. 바람 속의 촛불처럼 마음속 심지가 흔들리는 걸 느꼈다.

"나도 하고 싶어. 하지만 널 사랑할수록 지켜주고 싶어."

태연은 곤혹스러운 얼굴로 신노를 물끄러미 바라보았다.

"난…… 경험 없는 오빠랑 다른데……. 미안해."

미안하다고 느낀 적은 정말로 한 번도 없었는데 그 말이 툭 튀어나왔다.

"그러지 마. 난 우리가 사랑하는 그 순간부터가 시작이라고 봐. 우리에겐 그 시작부터 의미가 있는 거야. 서로 다른 신념으로 살아온 것을 한 잣대로 판단하면 안 되잖아. 내가 융통성이 없는 거지."

"그래, 맞아. 하지만 오빤 특별해요."

"널 마음으로 충분히 사랑하고 싶어. 그래서 조심하는 거야. 정신적으로 널 더 많이 알아야 가능하잖아. 그리고 난 나만의 규칙을 지키고 싶다. 그래야 서로에게 완전한 사람이 될 수 있다고 봐. 그래서 서약이 있은 후에 경건하게 치르고 싶어."

경건! 서약!

이 두 단어가 태연의 머릿속을 헤집어놓으며 헤엄쳐 갔다.

"금욕은 오히려 서로의 마음을 더 깊게 만드는 힘이 될 거라고 믿어. 우리 사랑이 더 깊어지는 거지.”

“정말 그걸 믿어요?”

“그럼.”

‘이 남자, 사랑하기 너무 힘들다. 신노랑 섹스하기 힘들겠다.’

태연은 웃으며 이런 생각들을 했다. 결혼은 그녀에게 아직 먼 이야기였다.

“다시 책 읽어줄게.”

목소리 좋고, 감정 좋고, 표정 좋고 뿐만 아니라 그녀에게 뻗친 손길도 좋고, 그의 입술의 움직임도 좋고……. 태연은 신노와의 섹스가 너무도 궁금했지만 그것이 없다고 해도 그에게 좋은 것이 너무 많아서 슬프지만은 않았다. 그와 있으면 시간이 이렇게 빨리 가는 것도 좋았다. 태연이 웃자 신노도 따라 미소 지었다.

14

"태연 씨 영어 좀 되지?"

"컨디션 좋을 때는 좀 먹히죠."

생활 영어가 되긴 하지만 유창하진 않은 태연이 솔직하게 대답했다. 편집장이 모니터를 보다가 웃지도 않고 옆에 있던 서류를 넘겼다.

"단기 출장이 아니라 장기로 한 1~2년 가서 소식통 역할해 보는 것은 어때? 패션이나 그쪽 분야에서 곁다리 치면서 칼럼 쓰면 대박은 못 돼도 중박은 되지 않을까?"

태연은 그동안 잡지사와 한 달 정도의 기간으로 여행 칼럼에 대해서 논의 중이었는데 수박 겉핥기식 미학을 다룰 예정이었다. 그쪽으로 거의 결론이 난 상태여서 어떤 주제로 언제 가느냐가 문제였고, 아직 스케줄 조정도 안 되었기에 준비 기간이 꽤 필요하다고 보고 있었다. 내년에나 실행이 되지 않을까 추측하고 있어서 오늘 편집장의 제안은 상당히 뜬금없게 느껴졌다.

"그렇게 오래요? 완전 생활이 변하는 거네요?"

"그렇지. 왜 싫어요?"

"여기 다른 일도 있고……."

태연은 일이라고 대답했지만 가장 먼저 떠오르는 것은 주신노였다.

"태연 씨한테 중요한 기회인 건 알죠?"

"여행 칼럼은 무산인 건가요?"

"아니, 여행 칼럼은 무조건 하고, 두 번째 건은 고려해 보라는 거죠. 안 하고 싶으면 안 해도 돼요. 다만 태연 씨가 한다면 광고도 좀 붙을 여지가 있으니 예산도 많이 잡혀질 건데……."

"그냥 여행 칼럼으로만 가죠."

임순일은 특유의 건조한 표정으로 태연을 쳐다보았다.

"바로 결정한 거예요?"

"여기 일들이 너무 많아서요."

"그럼 어쩔 수 없지. 혹시 연애해서 그런가?"

정곡을 찌른 말에 깜짝 놀랐다. 태연의 놀람은 대답이 굳이 필요치 않았다. 편집장은 강박증이 있는 것처럼 깨끗한 책상 위에 펼쳐진 서류들을 마른 손가락으로 익숙하게 정리해 탁탁 모으면서 물었다.

"부사장님께 이 건의를 했더니 그러던데? 자기 연애한다고. 그래서 안 될 거라고……. 혹시 태연의 남자랑 하는 건 아니겠지? 그 스포츠 선수 말이야. 태연 씨하고 어울리긴 하는데, 일이 먼저 아닌가?"

한 달 전 태연의 남자를 꼭 찍은 순일의 가는 눈을 보며 태연은 안도했다.

"그럼, 그 작가인가? 자기주장 엄청 강하게 보이지만 미인한테는 약한 듯하던데. 아닌가 보네. 그럼 누구야? 칼럼 대상자는 아니겠고, 아니어야 돼요. 칼럼 대상자와 사귀면 칼럼의 권위가 떨어지니까."

사감처럼 말하는 임순일이지만 기분이 나쁘지 않았다. 편집장은 사실을 사실대로 말하는 것뿐이니까. 편집장은 늘 그런 편이었다. 남들이 주저하는 얘기를 아무렇지 않게 한다. 부풀리지 않고 말해서 그런지 습관이 되면 불쾌한 기분이 잦아들게 된다.

"아직 결정은 내리지 마요. 뭐, 태연 씨가 하겠다면 빨라질 수도 있지만 그렇지 않다면 내년으로 미룰 거니까. 여행 칼럼을 쓰면서 생각해 봐도 되고. 정말 연애하나?"

태연이 알 듯 모를 듯한 미소를 지으며 다른 화제로 돌렸다. 태연은 잠시 후 편집장의 작고 단정한 사무실에서 나왔다. 확 트인 곳으로 나오자 웅성거리는 소리가 더 크게 들렸다. 문주아 책상 쪽으로 사무실에 남아 있는 몇 안 되는 직원들이 모여 있었다. 그 모습만으로도 무얼 하는지 눈치챘다. 아니나 다를까, 주아는 큰 소리로 자신이 쓸 섹스 칼럼에 대한 주제를 떠들어댔다.

"이번엔 뭔데 대중의 의견이 필요한 거야, 선배? 여기 있는 특이한 사람들이 대중의 의견을 낼 수 있을 거라고 보는 건 아니겠지?"

태연의 말에 주아를 둘러싼 동료들이 웃었지만 주아는 그들을 놔줄 생각이 없어 보였다.

"애인과 섹스하고 싶을 때 당신이 하는 일은? 이것이 주제야. 그러니까 여기 있는 인간들을 잡고 있는 거지. 한 사람도 빼놓지 않을 거야. 김태연, 당신도 말해야 돼."

"난 하고 싶다고 말하는데. 오늘 어때? 하자."

태연이 어깨만 으쓱하며 무반응으로 옆 책상에 앉아 모니터를 켜고 있을 때 20대 중반의 젊은 여기자들이 끼어들었다.

"난 쳐다보면서 눈을 깜빡거려. 그리고는 자기랑 단둘이 있고 싶어. 이러면 다 알던데."

"오, 그래."

주아가 적어 내려갔다. 그녀의 글씨체는 주인의 몸을 닮아 둥글둥글하고 자그마했다.

"꼭 연애하는 데 섹스가 필요하나?"

태연은 모니터를 보며 중얼거렸다. 작은 혼잣말은 문주아 주위의 소음을 일시에 없애 버릴 정도로 파문을 일으켰다.

"김태연, 너 왜 그래?"

"뭐가?"

"섹스 없는 연애는 앙꼬 없는 찐빵이잖아."

"꼭 그런 건 아니야, 선배."

"육체적으로 서로를 알아봐야지. 가장 중요한 건데. 푹푹 찔러 보고, 그러는 것이 본능이지. 안 그래?"

"음, 음, 음."

태연이 딴청을 부렸다. 주아가 주위에 있던 동료들을 통통한 손짓으로 쫓아냈다. 그러고는 통통한 얼굴을 그녀에게 쑥 들이밀었다.

"너 요즘 이상해. 너답지 않아."

"그런가?"

주아는 태연을 이곳저곳 뜯어보았지만 선뜻 결론을 내리지 못했다.

"전보다 수수해 보이긴 하는데 더 예쁘기도 하고. 아, 신경질 나. 화장도 덜 하는 애가 왜 나보다 예쁘냐."

"당연한 소리를 왜 입 아프게 해, 이목구비가 다르고만."

지나가는 여자 후배의 말에 주아는 심통이 난 얼굴로 태연을 보며 외쳤다.

"그래, 너 잘났다!"

주아의 짜증에 태연은 화사한 웃음으로 답했다. 그리고 일을 마저 한 후 사무실을 나오는데, 엘리베이터에서 하은주와 딱 마주쳤다.

"자기야, 나 한 달 내로 개인 파티 있어. 자기가 와서 내 선택에 중요한 도움을 줘야 돼. 날짜 정해지면 연락할게. 잘 가."

은주는 휴대폰을 받으며 사무실로 들어갔고, 태연도 막 도착한 신노의 문자에 열중하느라 상사의 말을 그다지 귀담아듣지 못했다.

〈우리 산에 가야지. 기대된다. 그리고 네가 가고 싶은 유람선도 타자.〉

＊

일주일이 지나고 등산과 유람선의 극과 극의 데이트 후 태연은 온 삭신이 아파왔다. 등산은 신노를 따라가다 지쳐 나중엔 거의 그에 의해 끌려가야 했다. 사실 산은 그리 험하지도 않은데 익숙지 않은 등산길이 곤욕이었다. 팔다리가 천근만근 무거워 며칠 동안 몸살이 났고, 그 후 태연의 고집대로 간 유람선에 돌풍을 동반한 소낙비가 갑자기 들이닥쳐 가볍게 입은 두 사람은 오들오들 떨어야 했다. 튼튼한 신노도 감기에 걸려 며칠 동안 제 컨디션이 아니었지만 일정 하나 어긴 적이 없었기에 태연과 가족들만 그가 아픈 걸 알았다. 물론 신나의 잔소리성 전화가 온 것은 일상의 일부가 된 지 오래였다.

〈진짜 우리 오빠를 사랑하는 거야? 일시적인 감정적 착시 현상이 아니라고 말할 수 있어? 솔직히 우리 오빠가 너한테 아깝기도 하고, 반대로 우리 오빠한테 너도 너무 과분하거든. 왜 이렇게 얽힌 거야. 주신노랑 평생 가기로 한 거야? 야, 왜 그런 생고생을 하니?〉

신나의 과장법을 태연은 끝까지 들어줄 인내심이 없었다. 늘 도중에 끊고 별다른 영향 없이 어느 때는 콧노래까지 부르며 데이드 나갈 준비를 하곤 했다.

오늘도 마찬가지였다. 그렇다고 해서 특별한 것은 없었다. 그저 서늘한 저녁 공기가 뺨에 닿은 채 연인의 손을 꽉 잡으며 도심을 거닐고 있었다.

〈자기야, 지금 어디? 언제 올 거야?〉

하은주였다.

"네?"

대뜸 묻는 소리에 태연은 당황했다.

〈혹시 내 파티 잊은 거 아니지? 내가 얼마나 자주 상기시켰는데, 그랬다면 아주 섭섭하고 슬픈 일이야. 아니지?〉

일주일 내내 하은주가 문자를 보냈던 걸 잊었다고 말한다면 큰일이다.

"그럼요."

〈누구랑 있어? 애인이랑 있구나. 당연히 같이 와야 한다는 것도 잊지 않았구나. 나 감동받았어. 기다려! 나 지금 그쪽으로 턴해서 자기와 자기 애인 데리러 갈게. 차 안 가져왔지? 그러면 내가 갈게. 그쪽에 ○○ 백화점 있지? 그 근처로 나와. 둘 다 사랑해.〉

"완전 잊어버리고 있었는데……."

태연은 요즘 신노와의 연애에 푹 빠져 기억력도 인지력도 하물며 눈치까지도 조금씩 떨어지고 있었다. 일에 지장을 줄 정도는 아니었지만 자신만이 느끼는 위험도는 아슬아슬한 상태였다. 신노가 자신과 연애하면서도 일과 봉사활동, 게다가 가족 챙기는 일까지 뭐 하나 소홀하지 않은 모습에 샘이 나기도 했다.

혹시 내가 더 사랑하는 거 아니야?

이런 어리석은 생각도 들었다. 섹스 없이도 감정이 깊어지는 속도가 급물살을 탄다는 것이 놀라웠다.

태연은 신노에게 상황 설명을 한 후 백화점 앞의 벤치에서 신노와 나란히 앉아 연애에 대해 되돌아볼 때 정말 마술처럼 하은주의 잘빠진 외제차가 스르르 그들 앞에 섰다.

"두 사람 옷차림 귀엽다. 난 어때?"

차에서 내린 하은주가 그 자리에서 뱅그르르 돌았다. 다행인지 그녀의 옷차림도 캐주얼이었다. 셔츠에 청바지, 물론 모두 명품이다.

"좋아요."

"신노 씨는요?"

"네, 좋아요."

은주는 까르르 웃었다.

"두 사람 세트처럼 말하네. 하여튼, 땡큐. 타세요."

엉겁결에 차에 올라탔다. 은주는 신노를 대단히 놀라게 했다. 외제차와 화려한 내부 장식보다 더한 것은 거칠고 성급한 운전으로, 진동이 없는 것으로 유명한 차 안이 마구 들썩거렸다. 신노는 은주에게 조심히 운전하라고 했지만 은주는 댄스 음악 때문에 잘못 듣고 영 다른 대답을 내놓았다.

"염려 마세요. 곧 빨리 갈 테니까요."

신노는 그다음부터 입을 다물었다. 그 와중에 태연은 지금 가는 곳의 성향, 규모, 형태, 성질 등을 머릿속으로 넘겨짚어 보았다. 아는 것은 하은주의 개인 파티라는 그것뿐이었다. 하은주의 개인 파티에 숱하게 초대받았었지만 한 번도 비슷한 적이 없었다. 어떤 때는 미친 듯이 춤을 추는 클럽 파티였고, 폭탄주만 들입다 마시는 고깃집 파티일 때도 있었고, 호텔 연회장에서 우아 떨고 인간 관계를 넓히는 모임일 때도 있었다. 그러니까 개인 파티란 이름은 그녀가 편하게 붙이는 것일 뿐, 그 성향을 나타내는 것은 절대 아니었다.

은주가 주차하고 내린 곳은 건물 앞이었다. 고층 빌딩은 아니지만 10층은 넘어 보였다. 아직 입주가 안 된 것 같은데 가운데 층의 불빛은 휘영청했다.

"친구 중 하나가 여기서 디자인 사업을 한다고 해서 메인 파티 전에 내가 소소한 파티를 열어준다고 했어. 유모가 그러던데 시작하기 전에 터에서 시끄럽게 구는 게 좋다고, 그래서 즉흥적인 구상을 한 거야. 참, 두 사람 사귀는 거 비밀이니까 너무 티 내지 마요. 신노 씨가 먼저 올라가세요."

태연은 신노가 약간 머뭇거리다가 계단으로 올라가는 뒷모습을 바라보았다. 아직 엘리베이터가 작동이 안 되어 걸어가야 했다.

"6층이에요."

은주가 명랑한 목소리로 외친 후 태연의 시선을 붙잡았다.

"자기한테 할 말이 있어. 나 애인들 생겼어."

축하할 일이었다, 애인이 생겼다면. 그런데 애인들이라면 이건 이야기가 달라진다. 왜 애인 뒤에 복수인 '들'이 붙여야 한단 말인가.

"사실 겨우 두 명으로 축약한 거야. 그것도 너무 힘들었어. 나이가 드니까 결정내리는 것이 힘들어. 생각이 많아지나 봐. 아직 한 사람으로 안 좁혀지네. 이럴 땐 내가 좋아하는 사람들의 의견을 모아서 결정하려고. 특히 자기가 도와줘야 돼. 게다가 유강인, 이 인간이 자꾸 내 연애에 방해를 놓는단 말이야. 괜히 심술 나서 그래. 날 좋아하지도 않으면서 저 모양이라니까. 예전처럼 강아지 다루듯이 안 돼, 라고 외쳐도 소용이 없어. 유강인의 방해를 뚫고 이 두 명 중에서 내 애인을 후딱 정해야겠어. 그러니까 여러모로 자기가 도와줘야 해. 유강인이 방해하면 따끔하게 혼내주고."

태연이 이 웃긴 부탁에 대답을 하기도 전에 손님들이 편한 차림으로 한 무리가 몰려들었다.

"오늘은 담소하는 개인 파티이니까 수준을 맞춰줘. 너무 난장판 만들지 말고."

은주가 아는 이들에게 화려한 눈짓과 밝은 음성으로 주의사항을 간단명료하게 일러주며 태연의 팔을 잡고 같이 올라갔다. 그러면서 마음을 둔 두 명의 신상명세를 간략하게 읊었다.

첫 번째는 그녀와 같은 재벌 2세로 간판만 좋았지 별 볼일 없으나 돈 많고 성격 온화하며 얼굴이 정석으로 잘생겼고, 두 번째는 뮤지컬 배우로 잘생기진 않았으나 개성적이고 자기 일에 열성적이며 성격은 까칠하다는 것이다.

"둘 다 단점까지 너무 마음에 들어서 딱히 한 명을 고를 수가 없어. 차라리 유강인처럼 꼴 보기 싫은 점이 수두룩하면 편할 텐데. 그래서 파티 안에 풀어놓고 관찰하려고. 자기도 잘 봐. 나도 자기처럼 운명커플로 거듭 태어나고 싶어서 이러잖아."

운명커플!

"문제는 유강인이야. 왜 이렇게 나한테 전에 없이 못되게 구는지 짜증 난다니까. 이러다가 운명을 놓치면 어떻게 해. 내가 그 두 사람을 얼마나 아끼는데. 어떻게 만났냐면 말이야……."

은주의 말은 문 앞에 도착할 때까지 계속되었을 뿐만 아니라 들어갔을 때도 끊이지 않았다. 한쪽 귀로 흘려들으며 태연은 주위를 살피었다. 내부는 아직 인테리어가 진행 전이라 소파와 의자가 듬성듬성 놓여 있고, 좁고 긴 탁자 위에 뷔페로 크래커와 과일, 샐러드, 김밥, 떡 등 간단한 음식이 준비되어 있었다. 그 안에 편안한 옷차림의 남녀들이 군데군데 앉거나 서서 얘기를 나누며 그들만의 썰렁한 내부 속 단란한 파티를 즐기고 있었다.

"헤이, 은주!"

"안녕! 안녕!"

은주가 알은척을 하는 사람들 모두에게 눈 맞추며 인사하는 중에 태연은 신노가 어디 있는지 다급한 시선으로 두리번거렸다. 그는 건물 내부 안쪽 소파에 단정하게 앉아 중년 여자의 이야기를 정중하게 듣고 있었다. 영어를 섞어서 어지럽게 말하는 것으로 유명한 패션 디자이너다. 제스처도 상대방을 찌를 듯이 요란하다.

태연은 사람들과 인사한 후 신노에게로 곧장 갔다.

"이런 자리 불편하죠?"

태연이 물잔을 건네며 미안해했다.

"괜찮아."

"조금 있다 가요."

신노가 고개를 끄덕거렸다. 그의 옆에 있고 싶었다, 누가 뭐라고 하던 간에. 그때 그녀를 부르는 익숙한 소리가 들렸다.

"자기야! 내가 소개하고픈 사람이 있다고 했지."

태연은 훤칠하고 준수한 재벌 2세와 인사하고 나서 곧이어 프린트가 복잡한 셔츠에 낡은 청바지를 자연스럽게 입은, 요즘 뜨고 있다는 뮤지컬 배우하고도 시간차를 두고 통성명했다.

"그들은 몰라. 둘 다 나한테 관심 있다고 고백했는데 난 아직 확실한 언질 없이 은근한 시선으로 묶어두고 있거든. 곧 하나는 보통 사이로 풀어줘야 해. 속상한 일이지."

말과 다르게 은주는 심각한 고민에도 즐거워하는 기색이 역력했다. 모든 일에 즐거움을 느끼는 긍정적인 사람임이 틀림없었다. 은주가 방금 몰려온 일행들에게 잡혀 휩싸이느라 더 이상 그들의 대화는 오가지 않았다. 또한 태연도 그녀를 아는 사람들에게 끌려 갔다. 디제이, 리포터, 디자이너, 방송관계자 등등 성별로 보자면 4:6이다. 6이 남자인 것이다. 그러나 그들의 반가운 인사는 열이 면 열 다 비슷했다. 쉽게 팔을 벌리고 포옹하는 것으로 다정함을 표했다. 포옹하고 어깨를 토닥이고 웃고 간단한 안부를 묻고 또 다른 사람에게 시선을 옮긴다. 깊은 마음을 내보이진 않은 사이임 에도 다정한 스킨십은 하나의 우호 관계를 위한 겉치레였다. 김태 연, 유명한 칼럼니스트가 사는 이곳 세상이 그러했다.

"얼굴 보기 힘들다."

"무슨 좋은 일 있어?"

"새로운 책 준비는 어디까지야? 기대된다."

"피부과 어디 다니니? 난 옮겨야 하는데."

기타 등등…….

그런 대화에 맞는 응답을 하며 태연은 문득 신노에게 시선이 갔 다. 그는 누군가의 말을 끈기 있게 듣고 있었다. 그러다 두 눈이 딱 마주쳤다. 그것도 하필 잘 아는 다른 칼럼니스트와 반가운 포 옹을 주고받을 때. 물론 남자다. 대부분이 유학파라서 그런지 포 옹은 물론 뺨에다 뽀뽀까지 서슴지 않는 행태를 보인다. 무거움과 성중함은 그들에게서 보이지 않은 미덕이자 악덕이었다.

여기 오는 게 아니었다…….

태연은 신노에게 다시 가기로 했다. 그때, 한 여자가 그의 옆에 앉아 음료를 건넸다. 더 정확히 말한다면, 귀여운 얼굴에 순진한 표정으로 딱 붙는 브이넥에 가슴 골짜기가 언뜻 보이고 스키니 진에 긴 다리가 강조되었다. 모델인 듯싶었다.

"아, 뭐야."

신노는 불편해하면서도 상당히 정중하고 자로 잰 듯한 행동만 하고 있었다. 상대의 깊은 가슴골에 눈 한 번 안 주는 저 남자의 인격에 브라보를 외쳐야 할 상황이었으나 태연은 한시라도 빨리 그를 데리고 이곳을 빠져나가고 싶었다. 그러나 신노에게 가기도 전에 말 많은 부사장 은주에게 잡히고 말았다.

"어때? 본 느낌 있을 것 아니야?"

"아! 더 봐야겠어요."

"그럼, 더 봐. 아니, 대화라도 슬쩍 해봐. 나도 자기처럼 운명이 끈적이는 연애를 하고 싶어. 더 이상 내 감정만 못 믿겠어. 자꾸 실패하잖아. 어서 빨리! 아! 유강인이 여기 왜 온 거야? 잠깐만 실례."

태연은 은주의 부탁에 어쩔 도리 없이 재벌 2세와 마주했다. 억지로 대화한 지 15분도 안 되어 그 심성을 파악했다. 놀랄 만한 재주가 아닐 수 없었다. 사람 속은 알 길 없다는 옛말은 어찌 보면 맞지만 또 틀리기도 했다. 정말 이 남자는 귀족주의에 좁은 식견의 소유자였고, 자신의 세계에 어울릴 만한 여자만을 원했다. 이 남자에겐 신데렐라는 명함도 못 내밀 형국이었다. 그러나 그런 큰 단점만 빼놓고는 괜찮은 점도 꽤 보였다. 잘생긴 얼굴에 온화한 태도와 부드러운 몸가짐은 꽤나 매력적이었지만 태연은 뒤돌아 뮤지컬 스타에게 다가가면서 그 잔상을 잊어버렸다.

뮤지컬 스타는 대단히 자기 자신을 사랑했다. 내세울 것 없던 시절부터 자신을 지켜온 방도라는 걸 딱 봐도 알 수 있었지만 천

재성이 엿보여 봐줄 만은 했다. 빛나는 눈과 주먹코의 조화는 참
으로 괴팍스러운 인상을 남겼지만 개성적이라고 평가할 수 있었
다. 사실 그 이미지도 재벌 2세와 다를 것이 없이 오래 못 갔다.

시선은 다시 신노에게로 향해졌다. 다행히 그 여자는 가버리고
없었다. 대신 다른 남자가 앉아 있었다.

"휴우."

태연은 순간 안도하며 자신에게 손짓하는 한 일행에게 미소를
띠어 보였다. 하지만 그 미소는 곧 흐트러지고 고개가 다시 돌려
졌다. 지금 단정한 주신노에게 침을 튀기며 수다를 떨고 있는 저
남자는 아는 남자였다. 자신을 짝사랑하고 있는 영화감독이 아니
던가. 이름은 지금 중요치 않다. 원래 과묵하나 와인 한 잔에도 자
아가 뛰쳐나와 180도 바뀌는 저 남자가 지금 태연을 가리키며 뭔
가 열심히 얘기하고 있는 내용이 무척이나 궁금해서 조바심이 날
정도였다.

'그에게로 가야 한다.'

그에게로 가는 길은 너무도 험난했다. 태연은 이 넓지 않은 공
간에 자신을 알거나 안다고 자부하는 사람들이 얼마나 득시글거
리는지 실감했다. 중간쯤 다가갔을 때 다른 일행에 의해 그녀는
또다시 파도에 쓸리듯 신노로부터 한층 멀어졌다. 그들과 대화히
느라 또 다른 사무실까지 넘어갔다. 그렇다고 성과가 아주 없었던
것은 아니었다. 잠시 후 거기에 방금 전까지 신노 옆에 있었던 감
독이 막 사무실로 들어왔다.

"신노 씨랑 무슨 애길 그렇게 많이 했어?"

"당신이랑 예전부터 아는 사이라고 누가 그러기에 친히 다가가

서 자문 좀 구했죠. 그래서 사랑하고 싶지만 까칠한 그대의 마음을 열려면 어떻게 해야 하는지 도움을 청했거든. 확, 기습 키스를 할까, 아니면 포옹을 한 후 뜨거운 고백을 할까. 근데 그 질리도록 반듯하게 앉아 있는 그 남자, 대답 없는 너던데? 그래도 들어주는 것은 참으로 잘해. 근데 난 왜 술만 들어가면 입이 이렇게 간지러울까 몰라. 참! 그대여, 사랑해.”

“죽고 싶으면 뭔 짓을 못할까. 시끄러워. 그리고 선배라고 불러, 이 멍청아. 꺼져.”

“오우, 저 까칠함! 너무 매력 있단 말이야.”

태연은 골치 아픈 남자를 노려본 후 적당히 떼어두고 신노에게 갔다. 겨우 많은 웃음과 인사를 한 뒤 각고의 노력 끝에 금쪽같은 옆자리에 앉을 수 있었다.

“괜찮아요?”

“응.”

신노가 태연의 눈을 피하고 답했다.

“두 사람, 사귀어요?”

“사귀어요.”

어떡하든 그의 시선을 잡으려고 노력하는 가운데 얼굴이 뾰족하게 생긴 사람의 질문에 태연은 머리가 하얘지며 편집장과 하은주의 경고에도 불구하고 충동이 확 일어 사실대로 대답하고 말았다.

아, 이렇게 공개가 되는구나.

뒷감당은 나중 일이었다. 확 밝혀 버리고 싶은 욕구는 막을 수 없었다.

“두 사람 사귄다고 발표했어요. 김 작가와 주신노 씨가요!”

임순일 편집장은 그들을 예리하게 바라보았다. 가슴이 쿵 하고
내려앉았다.

"하하하하."

그녀가 이렇게 활달하고 웃은 적이 또 있었던가. 호탕하고 높다
란 웃음소리가 임순일의 허파에서 흘러나왔다.

"농담 잘하네."

편집장은 하은주를 발견하고 그쪽으로 갔다. 그리고 얼마 후 태
연을 손짓해서 불렀다. 태연은 신노를 또 남겨두고 일어서야 했
다.

'이 파티 정말 마음에 안 든다.'

"정말 그 스포츠 선수와 안 사귀죠? 디자이너도."

편집장이 작은 소리로 물었다.

"네. 그럼, 주신노 씨와 사귀는 건 괜찮나요?"

태연의 대답에 편집장이 깔깔한 표정을 느슨하게 풀며 이를 드
러내고 웃는다.

"새로운 유머예요? 아니면 주신노 씨가 연애를 가리는 방어책
인가?"

"……."

"그럼 유머군. 재밌어. 사실 태연 씨 사생활 관여하는 거 나도
기분 안 좋아요. 그래도 태연의 남자들은 지금처럼 그들이 아무리
대쉬해도 사귀지 않는 깐깐한 이미지가 좋지. 사귀게 되면 태연
씨의 명성에도 약간은 흠이 될 수 있으니까. 뭐, 주신노 씨는 제외
고. 하하하."

신노를 얼마나 안다고 자신과 안 어울린다고 확정 짓는 것일

까? 아니면 김태연을 제대로 알고 있기 때문에 그러는 걸까? 김태연이 적당히 속물이라서? 분명 고비를 넘긴 거니 안도의 한숨을 내쉬어야 상황이 맞는데 마음이 오묘했다. 게다가 다시 신노 옆에 여자가 앉아 있고 다른 쪽엔 남자가 있었다. 근데 그 남자도 태연을 아는 사람이었다. 게다가 그녀를 아는 남자 80%가 그녀에게 흑심이 있고, 나머지 19%는 그저 관심이고, 1%는 미움이었다. 왜 미워하는지는 모른다.

태연은 더 있다가는 그들 사이에 큰 위기가 올 것 같아 어떡하든 이 쓸데없는 수다 모임에서 신노를 데리고 나갈 궁리만 커졌다.

"자기야, 어때? 답 나왔어? 같이 관찰할까? 유강인 보냈으니까 이제 여유 있게 관찰해도 되거든."

은주에게 팔을 잡혔다. 하지만 부사장의 유유자적에 동참할 여유가 태연에겐 없었다.

"남들 의견은 중요치 않아요. 의견이라고 해도 각각 다를 텐데……. 그리고 타인들은 몰라요. 또 운명적인 사랑은 지금 같은 격변하고 다변화된, 한마디로 연약한 이기적 현대 사회에서 첫눈에 오기 힘들어요. 사귀다 중요한 순간에 부딪칠 때, 그때의 결정으로 그것이 운명일지 한때의 추억일지 알 수 있겠죠."

태연은 연애 개똥철학을 서슴없이 입에서 나오는 대로 빠르게 늘어놓았다. 그리고 은주의 어깨를 바짝 잡아당기며 비밀 얘기하듯 덧붙였다.

"부사장님! 지금은 그냥 마음 흐르는 쪽으로 정하세요."

"마음?"

별다른 말도 아닌데 은주의 눈이 번쩍 떠졌다.

"그러니까 누구한테 눈길이 먼저 가느냐? 누구한테 우선권을 주고 전화를 거느냐? 누구한테 먼저 심장이 떨리고 뽀뽀하고 싶고 또한…… 자고 싶냐? 이거죠. 안 되면 육체적 본능을 따라야 합니다. 그게 반 이상은 정확하거든요. 마음이 안 되면 신체기관에 맡기는 수밖에 없어요."

뻔한 얘기임에도 고민에 휩싸여 있던 은주의 얼굴에 반쯤 확신이 들어찼다. 다 아는 사실이라도 누가 일깨워 줘야 되는 것이 사람이라 했던가.

"그럼 먼저 갈게요. 지금이에요. 때를 잡으세요."

태연이 은주를 그 두 남자가 보이는 각도로 세우고 돌아섰다. 결과는 당장 궁금하지 않았다. 은주가 방금 온 유강인의 전화 때문에 다시 짜증이 나는 걸 마지막으로 보고 떠났다. 전화를 끊고 두 사람 중 누구를 선택했는지 나중에 그녀가 알려줄 것이 분명하기에. 지금 가장 중요한 것은 신노에게 가는 것이고, 그와 함께 이 위기의 장소를 떠나는 것이었다.

태연은 신노에게로 돌진해서 그의 손을 잡고 밖으로 나왔다. 눈 깜짝할 새 없이 벌어진 일이라 사람들의 시선을 그리 끌지도 않았고, 본 사람들의 반응도 별다를 게 없었다. 그들 사이를 남녀 간으로 보지 않는데다 손잡고 가는 것은 여기에선 흔한 경우기 때문이다.

밖으로 나오니 머리를 흐트러질 정도로 센 바람이 한꺼번에 불었다. 돌풍인가.

"배고프니?"

"조금."

"먹자."

태연은 신노가 화났다는 데 100% 확신할 수 있었다. 그의 표정에 찡그림 하나 없고, 목소리도 평상시와 같은 고저를 태연히 유지한다고 해도, 그에게서 뿜어져 나오는 이상한 서먹함이 확실한 증거였다.

간단히 먹고 집으로 가는 내내 다정한 신노처럼 손을 잡았고, 택시를 타고 내린 후에도 놓지 않았다. 그럼에도 대화는 뭔가 흐름을 잃고 뚝뚝 끊어지고 있었다. 마치 갑자기 돌풍을 맞은 도시처럼 그들의 연애에도 갑작스런 바람이 그 흐름을 바꿔놓았다.

"오늘 파티 재미없었죠?"

태연은 파티 얘기로 화제를 돌려서 그의 기분을 풀어주고 싶었다.

"괜찮았어."

그는 그럴 여지를 주지 않았다.

"지루하지 않았어요?"

"응."

"화났어요?"

"아니. 다 왔다."

"정말 괜찮아요?"

"괜찮아. 오늘은 먼저 가야겠다. 너무 늦었어. 들어가."

그가 돌아섰다. 바람이 쌩 하고 분다. 그리고 뚜벅뚜벅 걸어가는 그의 뒷모습이 무척이나 서늘하고 스산하다. 그가 보이지 않자 속상함이 분노로 번져 버렸다.

"나한테 할 말 있잖아요!"

태연은 휴대폰을 꺼내 다짜고짜 소리쳤다.

〈할 말 없어.〉

"왜 그래요? 차라리 물으란 말이야! 그래야 해명이라도 하지."

〈뭘 물어?〉

"그 많은 남자들과 어떻게 아느냐고…….."

〈묻고 싶지 않아. 잘 자.〉

"바보, 이리 와서 내 눈을 보고 말하란 말이에요!"

전화가 끊어졌다. 태연은 문득 혼자만 남겨진 기분에 다리를 휘청거리며 집으로 들어갔다. 문도 잠그지 못하고 거실 소파 앞에 주저앉았다. 그렇게 우두커니 시간을 흘려보내고 있었다. 문득 눈시울이 붉어졌다. 어른이 되고 나선 남자 때문에 운 적이 없었는데, 지금 그녀의 눈에서 눈물이 곧 나올 것 같았다. 그때 들리는 것은 그녀의 울음소리가 아니라 심히 가라앉은 목소리였다.

"너한테 화가 난 것이 아니야. 나한테 화가 났어. 너하고 사귀면서 결코 집착하거나 소유하지 않으려고 결심했는데……. 넌 내 소유가 아니라 자유로운 존재니까, 자유로운 너를 구속 없이 존중하며 사랑하고 싶었어. 근데 오늘 그 한계를 느꼈어. 그래서 화가 나 견딜 수가 없었어, 나한테 말이야."

태연은 뜨거운 눈시울을 누르며 소리 나는 쪽으로 고개를 돌렸다. 어느새 달려왔는지 그는 숨이 찬 목소리로 정승처럼 서서 말하고 있었다.

"다른 남자가 널 보는 게 싫어. 너와 손잡고 웃으며 얘기하고 포옹하고 다정한 것이 견딜 수가 없어. 그저 인사일 뿐이라는 걸 아는데도 마음이 자꾸 옹졸해져. 한 번도 그런 적이 없었는데 널 좋아한다고 앞에서 떠들어대는 놈들을 정신없이 때려주고 싶어서, 그 충동 때문에 더 조용하게 앉아 있었어. 바보가 되어버린 것 같다. 왜 이렇게 됐지? 근데 지금도 그래. 네가 내 품 안에만 있었으면 좋겠으니……. 이런 한심한 내가 싫다.”

태연은 몸을 일으켜 그의 눈 아래에 서서 올려다보았다.

“난 좋은데. 주신노가 나랑 같은 마음이란 걸 알았으니까. 오늘 나도 파티 내내 주신노 생각밖에 안 했어요. 그 많은 사람들이 눈에 들어오질 않더라고요. 지금껏 연애 경험도 꽤 있었지만…… 주신노만큼 빠져든 사람도 없으니까. 오늘 내내 주신노 반응만 신경 썼는걸. 속상해하지 마요. 오빠만 바보가 아니야. 동지가 있잖아요. 나도 바보야.”

“넌 바보 아니야. 내가 장담하지.”

태연은 그의 가슴에 손을 얹었다.

“아니, 바보야. 오빠가 그렇게 쌩 하니 가버리고 나 눈물 날 뻔했잖아. 주신노 씨, 정말 제때 온 거라구요. 눈물 나고 울고 나면 분노 폭발이었을 텐데, 당신 운이 정말 좋은 거야.”

“맞아, 나 운이 좋아. 그러니까 너랑 사귀지.”

“앞으론 나 무안하게 하지 마요.”

“미안해. 안 그럴게.”

신노는 태연을 안았다. 두 사람의 포옹이 길어졌다. 그 품이 너무 따스하자 서운했던 마음이 스르르 녹으며 밖으로 표출되었다.

“뽀뽀도 안 해주고 가다니, 얼마나 속상했는지 몰라.”

태연은 붉은 뺨으로 투정을 부렸다.

"이젠 너와 헤어질 땐 꼭 어떤 일이 있어도 뽀뽀하고 갈게."

"맹세해 줘요."

"맹세할게."

신노가 한쪽 손을 올렸다. 태연은 웃음을 터트리며 한참 동안 안겨 있었다. 마른 줄 알았는데 가슴이 넓고 단단해서 그녀 하나를 품고도 남았다.

"이제 됐어요. 시간이 많이 흘렀네. 가요."

11시가 넘어서자 태연은 아쉽지만 신노를 보내지 않을 수가 없었다. 그는 시계를 보고 고개를 끄덕였다.

"갈게."

"응."

태연이 입술을 쭉 내밀었다.

"절대 잊지 않을게."

아직도 현재만을 보고 있는 그녀의 입술에 신노는 평생을 마음속 깊이 새겨두며 마주쳤다. 근데 입술이 떨어질 기색이 없더니 고개가 기울어지고 좀 더 깊숙이 파고들며 혀가 엉켜들었다. 뽀뽀는 깊은 키스로 변형되었다.

태연은 다음 어떻게 될지 이미 미래를 보듯 알 수 있었다. 한참 후에 입술이 떨어지며 신노는 다시 태연의 가슴을 보기만 하고 치마 만지지 못한 채 고비를 넘어서지 못할 것이다.

두 사람의 몸은 아직까진 꼭 붙어 있었다. 감촉과 체온을 각자의 몸에 사신의 것처럼 인식하고 느끼고 싶어 떨어질 줄 몰랐다. 태연의 둥글고 풍만한 가슴은 신노의 반듯한 가슴에 꽉 눌려졌다. 두 사람의 입술이 다시 붙었고, 그들은 제때 떨어지지 못하고 그만 그 자리에서 쓰러졌다. 그럼에도 신노가 다시 발딱 일어날 거라고 믿어 의심치 않았다.

하지만 태연이 품에 파고들자 이번엔 그도 그녀를 품에서 놓지 않았다. 잠시 그렇게 꼼짝도 안 하더니 그의 손이 그녀의 뺨과 목 그리고 쇄골로 찬찬히 내려왔다. 가슴에서 뚝 멈출 줄 알았던 그 손이 망설이더니 셔츠 위로 내려앉아 닿을 듯 말 듯 쓰다듬었다.

그녀의 가슴 곡선이 충분히 신노의 마음속에 스며들었다. 처음으로 그녀의 가슴을 만지는 것이다. 물론 맨가슴이 아닌 옷 위에 서지만. 거기서만 그치지 않았다. 떨리는 손으로 셔츠 단추를 풀었다. 하나씩 풀 때마다 봉긋함이 조금씩 드러냈다. 그리고 완전히 보이는 풍만함에 신노는 숨을 삼키고 말았다. 그 순간 그는 그 아름다운 가슴을 숭배했다. 아름다운 태연의 가슴이기에 더욱 그러했다. 그리고 그 숭배는 정신적인 것에 그치지 않았다.

 15

주신노는 평균보다 책임감도 강하고, 도덕심으로 무장되어 있어 나쁜 짓을 하면 생명에 위협이라도 받는 것처럼 살아왔다. 그는 종교인과 같은 삶의 지표를 안은 채 자기 즐거움에 무작정 빠져드는 일에 경계했다. 서른세 살, 지금껏 신념을 어기지 않고 늘 빠짐없이 반성하고 돌아보며 하루하루를 성실하고 경건하게 살아왔다. 태연과 사귀면서 위기를 맞았지만 자신이 지켜야 할 도리와 선을 넘지 않으리라 확신해왔다. 연애와 신념이 공존할 수 있다고 믿어왔기 때문이다.

사실 태연의 아름다운 외모, 특히 외설적인 가슴을 볼 때마다—맨가슴을 본 것이 아닌데도—유혹과 벼락같은 자제력이 동시에 스며들었지만 늘 자제력 쪽으로 기울었다. 그러나 오늘은 격한 감정 범벅으로 벼락 같은 자제력이 들어설 자리가 없었다. 질투, 소유에 눈이 멀어 김태연, 한 사람밖에 보이는 것이 없었다. 그렇다고 섹스까지 하겠다는 생각은 결코 아니었다. 거기까지 마음이 미치지도 않았다. 아니, 거기에 생각이 미쳤다면 견고한 성이 무너진 마음에 재정비가 이루어졌을지도 모른다. 신노는 단지 욕심에 사로잡혔다.

그렇게 태연의 하나하나를 마음에 가득 차도록 다 가지고 싶었다. 눈앞에 가득 들어온 향기 나는 그녀의 입술과 커다란 눈, 아름다운 코와 갸름한 턱 그리고 가는 목과 선명한 쇄골에 숨을 막히게 하는 풍만한 가슴. 특히 그녀의 가슴은 신노의 생각과 숨을 동시에 멎게 했다. 이성 없이 행동을 하는 것은 타락과 같은 깊은 수렁으로 빠져든다고 생각해 왔다. 그러나 지금, 아무런 죄의식 없이 신노는 태연의 가슴과 대면했다. 그렇게 유혹적인 가슴에 오래 시선이 머물고 손이 뻗어지며 마음이 넘어서자 그동안 눌러 왔던 본능이 일시에 깨어났다.

셔츠가 벗겨지고 브래지어만 남은 굴곡적인 상체에 매혹되어 신노는 자신도 모르게 가슴을 쓰다듬었다. 마치 비단결을 만지는 것처럼 부드러운 하얀 감촉이 손에서 떨어지지 않았다. 그의 시선이 가슴에 가 닿았을 때부터 열이 올라 자꾸 화끈거렸다.

태연은 신노의 입 언저리에 입술을 대었다. 두 사람의 입술이 맞물리면서 동시에 거실 바닥에 쓰러져 단단하고 탄탄한 두 몸이 얽혀들었다. 숨결 또한 하나로 엉켜들었다. 태연의 매끈한 긴 다리 위로 숱한 걸음으로 단련된 튼튼한 긴 다리가 조여들었다. 그녀는 피가 빨리 도는 느낌에 숨이 멎을 뻔했다. 하지만 멈추지 않았다. 단정한 그의 머리를 쓸어내리다가 꽉 휘어잡더니 마구 헤집어놓기에 이르렀다.

흐트러져 버린 머리카락이 뻗치든 말든 신노는 태연의 가슴에
만 시선이 갔고, 입술도 가까이서 어른거렸다. 마치 거기다가 꿀
이라도 바른 것처럼. 곧 입술이 마치 끌리듯 가슴 둔덕에 내려앉
으며 닿았다. 하얗고 둥근 가슴 봉우리는 신노의 진지하면서도 간
질이는 입맞춤에 자극받아 분홍빛을 띠었다.

"예쁘다."

"으응?"

"너무 예쁘다구."

그의 말은 무척이나 탐미적이었지만 한편으론 순수하게 느껴져
태연의 숨결을 거칠게 했다. 숨이 가빠지자 더 브래지어가 가슴을
아프게 조여들었다.

"풀어줘요."

"어?"

"브래지어 풀어줘요."

신노가 침을 꿀꺽 삼켰다.

"내가 할까요?"

"내가 할게."

신노는 더듬거리며 태연의 브래지어 후크를 찾아 헤매기 시작
했다. 복잡한 수학 공식도, 몇백 장이 넘는 서류들도 그에겐 어렵
지 않았지만 태연의 가슴에 굳건히 있는 브래지어 하나 푸는 것은
너무 힘이 들었다. 반듯한 이마에 땀이 조금씩 맺혔다. 그럼에도
한시도 시선을 떼지 않고 오로지 브래지어를 어떡하든 풀어내려
는 의지만 강해졌다.

"휴우."

“헉!”

이 소리는 모두 다 신노에게서 나온 신음 소리였다. 하나는 브래지어가 막 풀리자 안도한 것이었고, 다른 하나는 태연의 온 가슴을 처음으로 대면하는 감탄 어린 놀람이었다. 둥근 풍만한 가슴에 작은 젖꼭지가 뾰족이 일어나 있었다. 브래지어가 가슴에서 뚝 떨어지고 무릎에 엉겨 있는 걸 태연은 휙 머리 뒤로 던져 버렸다. 그러는 바람에 풍만한 가슴이 눈앞에서 흔들거렸다. 약간의 움직임도 진동으로 그대로 받는 예민하고 아름다운 가슴이었다. 신노는 그 흔들림에 순간 뒤로 물러섰다가 다행히 다시 그녀에게로 다가섰다.

“키스해 줘요.”

태연은 가슴이 완전히 드러나자 조금 부끄러웠다. 그래도 신노가 쳐다보는 것이 좋아 손으로 가리고 싶진 않았다. 신노는 태연의 입술에 입을 맞추었다. 두 사람의 혀는 다시 엉켜들었다. 그리고는 바닥으로 푹 쓰러지고 말았다. 더 쓰러질 데도 없는데 신노와 함께 어디론가 자꾸 떨어져 둘만이 빚어내는 은밀한 공간으로 굴러갈 것만 같았다.

태연은 신노의 목에 얼굴을 묻었다. 특히 그의 목에 집착하게 되었다. 너무 두껍지도 않고 그렇다고 가늘지도 않은 튼튼한 목에 자꾸 입술을 갖다 대고 싶었다. 그들만의 은밀한 공간에선 생각이 행동이 되어버린다. 반면, 신노는 태연의 목과 쇄골에 이르러 가슴으로 다시 오자 더욱더 떠날 줄을 몰랐다. 조금 전까지 주저했던 모습은 어디로 가고 열렬한 학구적 태도로 풍만하고 현란한 가슴에 키스하며 자신이 보지 못하고 만지지 못한 곳이 있는 것처럼 끊임없이 키스하더니 이젠 숭배하기에 이르렀다.

"으음."

그의 입안으로 빨려 들어가는 젖꼭지의 느낌에 태연은 정신이 혼미해져 몸을 비틀었다. 정신을 못 차리긴 신노도 매한가지로, 그는 헐벗은 원초적 기운으로 누군가를 갈구해 본 경험이 전혀 없었다. 당연히 기술 축적은 언감생심이었다. 그러나 하고자 하는 데 뜻이 있다고, 신노의 욕망에 스킬은 필요 없었다.

"아!"

태연은 깜짝 놀랐다. 신노의 혀가 주는 느낌은 음탕하지 않았지만 아찔했다. 머리가 어질어질해서 균형감을 영영 잃어버릴 것 같은 기분에 휩싸였다.

남녀의 육체적 사랑에 어설픈 신노이지만 한편으론 아는 것이 없었기에 자유로웠다. 경험이 없기에 지식에 안주하지 않았다. 새로운 감각에 온몸을 맡기는 데 주저하지 않았다. 경험 있는 태연이 신노의 흐름에 빨려 들어갈 정도로. 다만 해본 적이 없기에 갈 길에 조금씩 방향 언급이 필요했다. 바로 지금처럼…….

"자기도 벗어요."

태연이 아직도 꿋꿋하게 위아래 다 챙겨 입고 있는 신노에게 부드럽게 명령했다.

"응? 어, 그래."

신노는 일어서려다가 태연이 잡고 늘어지는 바람에 그녀의 몸 위로 엎어지고야 말았다. 신노에게서 볼 수 없었던 엉성함이 재미나서 태연의 웃음은 끊이지 않았다.

"안 벗어요?"

"벗어야지."

신노는 태연의 몸 위에서 허우적거리며 셔츠 단추를 하나씩 풀기 시작했다. 태연이 쳐다보는 가운데 옷을 벗는 일이 여의치 않는 모양이었다.

"내가 도와줄게요."

태연이 무릎을 바닥에 대고 일어나 신노의 가슴 높이에서 그의 셔츠 단추 두 개를 풀고 나서 나머지는 그가 차례대로 풀도록 독려했다. 점점 흐트러지는 신노에게 태연은 매혹되었다. 그래서 거기에 그치지 않고 신노의 면바지 단추에 손대기에 이르렀다.

"이건 내가 할게."

그가 낮은 목소리로 중얼거리고는 바지 지퍼를 내려다보며 심호흡을 한 뒤 내렸다. 바지가 좁은 골반에서 허벅지까지 내려오다가 걸렸지만 곧 사라졌다. 이젠 사각팬티만이 그의 몸에 남은 단하나의 헝겊데기였다. 신노가 소식을 하고 몸에 나쁜 음식은 피하며 살아왔기에 많이 말랐을 거라고 생각했다. 한데 놀랍게도 허튼살이 전혀 없을 뿐 자잘한 근육은 골고루 분포해 있었다.

육체적 노동을 신성시하고, 등산을 좋아하는 그의 근육은 헬스로 만든 것보다 크거나 선명하진 않았지만 자연스럽고 남자다웠다. 탄탄한 배에 '왕' 자 비스무레한 형태가 보이고 팔근육도 울끈불끈 근처에는 가 있었다. 엉덩이도 좁고 탄탄하게 위로 확 붙어 올라간 것이, 사각팬티에 숨어 있어도 손에 닿을 듯 느낄 수 있었다.

태연만 감탄한 것은 아니었다. 이미 지퍼가 내려간 그녀의 청바지 또한 골반에 걸려 있다가 몇 번의 움직임 끝에 발끝으로 내려갔다. 그녀도 이제 팬티만 입은 상태였다. 신노의 헐렁한 사각팬티와 다르게 육감적인 엉덩이 선을 적나라하게 보여주었다.

"멋져요?"

이렇게 물을 수밖에 없었다. 신노가 정말 한 번도 해보지 않았을 표정을 짓고 있었다. 입을 헤벌리고 동공은 짙게 확대되어 있었다. 살이 안 붙은 어깨선과 작은 움직임에도 흔들리는 풍만한 가슴, 탄탄한 배와 두껍진 않지만 얇지도 않은 허벅지와 매끈한 종아리 그리고 탄탄하게 툭 튀어나온 도드라지는 엉덩이, 그 모든 것이 신노의 동공에 가득 맺혔다.

"아!"

"오빠도 너무 멋져요. 나 행운아인 거지?"

그의 탄성에 태연이 다가가 그의 맨가슴에 몸을 그대로 던졌다.

"자기도 행운아고……."

"응."

신노가 바보처럼 고개를 연신 끄덕거렸다. 그런데 그 바보가 근사하게 느껴졌다. 아무래도 섹스라는 그 자체가 주는 흥분보다 주신노란 남자가 주는 설렘이 더 커서 그런지 조금씩 다가서는 작은 행동에도 의미를 두고 싶었다. 흐릿한 달빛 비추는 밤에 서로의 육체를 조심스레 더듬고 입술로 쓸어내리고 그렇게 시시히 몸을 포개고 싶었다.

"잠깐만요."

거실 바닥에 쓰러진 두 사람이 연거푸 키스하고 만지고 있을 때 태연이 그의 가슴을 손바닥으로 밀듯 하며 작은 소리로 중얼거리자 신노의 모든 동작이 일시에 멈추었다.

"침대로 가요."

신노와의 첫 경험을 거실 바닥에서 할 순 없었다.

가치와 의미!

신노는 태연을 번쩍 안아 들어 어깨로 조금 열려진 문을 밀고 침실로 들어갔다. 태연은 신노가 자신보다 열 배는 힘이 세다는 당연한 이치를 그의 품에서 실감했다. 큰 걸음으로 온 신노는 침대에 조심스럽게 태연을 내려놓았다.

침실은 대형 침대와 맞은편에 있는 화장대 그리고 작은 일인용 소파만이 공간을 채우고 있었고, 직사각형의 긴 창에는 하늘거리는 연한 분홍빛 커튼이 아름답게 늘어져 있었다. 약간 펄럭이는 것을 보니 창문이 조금 열려진 듯했지만 눈에 자세히 들어오지는 않았다. 오로지 침대 위에 자신이 내려놓은 그 자세 그대로 그를 바라보고 있는 태연에게로만 집중되어 있었다.

신노의 입술이 곧 관능적인 그녀의 입술에 닿았다. 마치 생전 처음 하는 키스처럼 신중하고 진지한 입술과 혀의 움직임에 태연은 전기가 오른 것처럼 살짝 발가락이 오므라들었다.

신노의 키스, 접촉, 몸의 쓸림, 그리고 자꾸 엉켜드는 육체의 신비와 그의 다리 털이 닿는 느낌까지 좋았다. 이게 웬 조홧속인가! 이렇게 좋은 이때 의문이 하나 생겼다.

'혹시 이 남자, 처음부터 다시 하는 것은 아니겠지?'

이미 그의 성기는 커질 대로 커져서 팬티 속에서 폭발 직전이었고, 태연 역시 마음이 그에게로 젖어들면서 육체도 같이 흠뻑 젖어버렸다. 그러니까 현재 상황에선 두 사람 모두 팬티만 벗고 서로에게 열렬히 속하는 것이 이치였다.

그런데 이 남자, 처음부터 다시 시작하려 드는 것이 아닌가. 입술에서부터 뺨과 목으로 이어지는 저 느린 움직임은 무엇인가. 그 감촉이 너무도 좋아 멈추라는 말이 나오지 않았다. 그러나 이러다간 이 남자, 중요한 것은 넘지도 못하고 밤을 꼴딱 새고 말 것 같았다. 무슨 특단의 조치가 필요했다.

"자기야, 팬티 벗어요."

태연이 상체를 일으켜 손에 키스하고 있는 신노를 잡아끌었다. 그 바람에 두 사람의 입술이 살짝 부딪쳤다.

"팬티?"

태연이 신노의 입술 위로 말하자 신노가 다시 그 입술 위에서 되물었다.

"응, 지금 이 순간 우린 완전히 하나가 될 수 있을 거야."

태연이 눈 한 번 깜박이지 않고 간지럽게 말하자 신노가 오히려 거듭 눈을 깜박였다. 사실 태연은 이렇게 말할 수도 있었다.

'자기랑 섹스하고 싶어, 지금 당장, 라잇 나우!'

이내 신노는 착하게도 명령에 따랐다. 태연은 신노의 튼실함에 놀라기 전에 그에게서 나온 긴 한숨에 시선을 얼굴로 돌렸다. 그가 말하지 않아도 인내라는 글자가 그의 이마에 새겨져 있는 걸 읽을 수 있었다.

"왜 자꾸 참으려고 해요?"

태연은 신노의 머리카락을 슬쩍 넘겨주었다.

"아플까 봐. 너무 커졌잖아."

신노는 자기 것을 내려다보며 답했다.

"아프지 않을 거예요, 이렇게 커졌어도. 나도 자기를 원하니까요. 조금만 조심해 주면 될 것 같은데."

신노에게 물들어서 태연도 진지하게 말했다.

"난 처음이라 네가 실망할 것은 당연하고, 아니, 그건 괜찮은데 널 아프게 하는 것은 싫어."

"지금 이대로 있으면 자기도 나도 더 아플 거예요. 방법은 딱 한 가지예요. 해보는 거지."

그녀가 팬티를 엉덩이에서 허벅지와 종아리 그리고 발목으로 미끄러뜨리더니 발을 살짝 들어 빼버린 후 그들에게서 멀리 던져버렸다.

"나 자기랑 지금 너무 하고 싶어. 사랑해."

"나도."

태연이 신노의 몸에 바싹 안겨오며 말하자 신노도 동조했다. 하고 싶고, 사랑한다는 것에 열렬히 동감하며 웃음소리가 태연을 타고 돌아 신노에게로 들어왔다. 사랑스러운 그녀를 아무런 거리낌 없이 살갗 그대로 느끼고 대한다는 것이 거짓 없는 마음의 또 다른 일면처럼 자연스럽게 느껴진 그는 태연을 꽉 안았다. 그렇게 두 사람의 몸이 겹쳐진 상태로 태연의 등이 이불에 닿았다.

그의 무게가 그녀에게 온전히 전해졌다. 이상하게도 전혀 숨 막히지 않았다. 기분 좋은 압박은 행복한 자극의 떨림을 주었다. 그의 냄새도 근사했다. 소나무 비누 향이 마치 숲 속에 와 있는 것 같았다.

"으음."

태연은 달콤한 신음 소리를 신노의 입가에 내뱉었다. 그리고는 그가 자신에게 온전히 자리 잡도록 다리를 자연스럽게 벌렸다. 신노는 그녀의 다리 사이로 들어왔지만 온몸이 굳어졌다. 태연은 그의 등을 위에서 아래로 쓰다듬었다. 뭉쳐진 근육이 손아래에서 꿈틀거렸다. 그녀의 몸 또한 그의 아래에서 꿈틀거렸다. 마치 두 사람의 몸은 잘 맞을 거라는 전조가 여기저기에서 느껴졌다.

신노는 조심스럽게 안으로 밀고 들어갔다. 그녀의 중심 내부가 그의 것으로 인해 팽창했다. 그 순간 그는 숨이 탁 막혔다. 그녀의 몸이 긴장되어 팽창과 수축을 반복하며 그의 것을 탄력적으로 조였다. 중심에 연결된 불꽃같은 열기가 전체로 퍼졌다. 천천히 움직이고 싶었으나 온몸에 들끓는 열기는 속도를 제어하지 못했다.

태연도 몽롱하고 아릿한 시야에서 갑자기 빨라지고 다시 느려지는 그 움직임에 따라 흔들리는 몸을 느끼며 깜깜해지는 황홀함에 빠져들려는 찰나였다. 문제가 있었다. 잘하다가도 신노는 곧잘 멈추었다. 마치 처음 운전대를 잡은 사람 같은 특징을 가지고 있었다.

운전대를 처음 잡는 이들의 특징을 두 가지로 요약한다면,

하나, 자기 식대로 몰아 남에게 두려움을 준다.

둘째, 상대를 다치게 할 수도 있다는 두려움에 자주 멈춘다.

두 가지의 특징을 모두 가지고 있는 신노는 태연을 아찔하게도 만들고, 갑자기 급브레이크를 밟아 놀라게도 했다. 다행히 신노는 몸의 리듬에 끌리듯 다시 그녀에게 파고들었다.

태연은 서툴지만 점점 높아지는 신노의 리듬에 맞추었다. 조화롭지 않은 리듬이었으나 그것 또한 몸이 원하는 리듬 중 하나여서 받아들이는 데 무리는 없었다. 그 원초적 음률이 점점 두 사람을 하나로 몰아넣었다.

절정으로 치닫는 순간, 신노는 폭발하며 태연의 몸 위로 푹 쓰

러졌다. 그녀는 그런 땀에 젖은 신노를 부둥켜안았다. 숨이 둘 다 거칠었다. 온몸의 힘이 소진되어 침대에 더 쏙 파묻힌 느낌이었지만 아직까진 그의 무게가 무겁긴 해도 듬직하게 느껴졌다.

완전한 오르가즘은 아니지만 그와의 첫 섹스에서 전율을 느꼈다. 그와 함께하는 만족 어린 기쁨까지도. 게다가 이상하게 숨이 가쁠 만큼 지쳤는데 태연은 문득 그와 한 번 더 할 수 있을 것 같았다. 그가 자신의 중심의 끝에 닿으려는 그 감각적인 감촉이 너무도 마음에 들었다. 그도 마찬가지인 모양이었다. 단 몇 분도 안 되어 그녀에게 속해 있던 신노의 것이 빡빡할 정도로 커져 버렸다.

"헉."

"헉."

둘 다 놀랐다. 그래도 태연은 금세 적응을 하며 매끈하고 부드러운 긴 다리로 그를 감쌌다. 짧은 머리카락을 만지며 키스를 하자 다시 그의 탄탄한 엉덩이가 움직이기 시작하며 두 사람은 깊은 욕망에 빠져들었다. 신노는 역시 명석했다. 한 번한 경험이 그대로 발전의 원동력이 되어 그들은 동시에 깊은 절정을 느꼈다.

심장이 계속 터질 듯이 마구 뛰었고, 온몸은 나른하면서도 생기가 흘렀다. 오묘한 신체의 비밀이었다. 태연이 자신에게서 막 빠져나간 신노의 어깨에 기대자 그는 바로 안아주었다. 그의 심장도 무척 빠르게 뛰며, 숨을 거칠게 내쉬고 있었다. 태연 또한 그의 품에서 숨결을 고르려고 애쓰고 있었지만 잘 되지 않았다. 그때였다. 뭔가 자신의 배를 찌르는 오묘한 느낌과 놀란 탄식이 동시에 들렸다.

"왜 이러지? 이런 적이 없었는데."

신노는 다시 커진 자신의 분신을 내려다보며 난감해했다. 그의 성욕은 금욕의 길만을 걸었기에 이렇게 불쑥불쑥 일어난 적은 맹세코 없었다.

"자기, 약 먹었어?"

"응?"

"비아그라!"

"아니, 나 그런 거 본 적 없어."

태연은 신노의 대답에 자신의 질문이 얼마나 어리석었는지 다시금 깨달았다. 섹스가 처음인 사람이 비아그라를 가까이 했겠는가.

신노는 신체의 무식한 본능에 정신적으로나 육체적으로 꽤 충격을 받은데다 심히 괴로운 모양이었다.

"오빠, 변강쇠인가 봐."

태연은 근심스럽게 작은 소리로 외쳤다.

"주신노입니다. 급한 개인 일이…… 생겨서…… 오늘 못 나갈 것 같습니다."

다음날 아침, 신노는 면바지와 구겨진 셔츠 차림으로 되도록 직장 상사에게 거짓말을 하지 않고도 하루를 빠지기 위해 입술이 바짝 마른 채로 설명하고 있었다.

〈그러게. 오늘 일은 자네가 안 나와도 괜찮지 않은가. 그리고 말이야…….〉

상사는 너무도 쉽게 허락했다.

"죄송합니다."

〈오늘은 평일도 아니지 않은가. 그동안 너무 무리를 했지. 일을 사서 찾아하니까 얼마나 힘들어. 아, 물론 난 좋지만 그래도…….〉

신노의 이마엔 식은땀이 송송 맺혔다. 상사를 속이는 일이 어려워서가 아니라 자신이 세운 인생관이 흔들리는 일이기에 더욱 그러했다. 그렇다고 해서 미친 열정에서 빠져나올 정도는 아니다. 겨우 전화를 끊고 잠깐 숨을 돌리고 있을 때 들고 있던 휴대폰이 울렸다. 마침, 전화를 걸려고 했던 곳의 이름이 떴다. 바로 집이었다.

"신명이니?"

〈오빠! 무슨 일이에요?〉

"아니, 아무 일도 없다."

신노는 동생에게 아무 일도 없음을 인식시키는 데 꽤 많은 시간이 필요했다.

"갑작스런 개인적인 일로 인해서 그러니까…… 친, 친구랑 이번 주말 같이 있을 예정이니까 걱정하지 말고 문단속 잘하고 지내라. 요리하고 가스 밸브 잠그는 것 잊지 말고. 창문 환기 시켜주고, 그리고 화초에 물 좀 주고. 나머진 내가 가서 할 테니 하지 마라. 그래, 주말 지나면 곧 갈 테니 너무 염려하지 말고, 잘 지내."

〈그럴게요. 근데 정말 괜찮은 거예요, 오빠?〉

신명은 그 개인적인 일이 나쁜 일인지 계속 물어댔고 신노는 몇 번씩 아니라고 반복해서 강조했다.

〈오빠 친구네 누구 돌아가셨나 보다.〉

"어? 어, 어."

〈그렇구나. 누구요?〉

"어, 음……."

신노는 말을 못했다. 멀쩡한 친구의 친척들을 희생양으로 삼기엔 그의 양심이 너무 뾰족해서 가슴을 찔러댔다.

〈내가 모르는 친구인가 보네. 잘 갔다 와요, 오빠.〉

"어, 그래. 고맙다. 들어가라."

동생과 전화가 길어지면서 자꾸 속이게 되는 것 같아 마음이 불편했다. 얼른 통화를 끝냈다. 신노는 휴대폰을 탁자 위에 내려놓고 안도의 한숨을 내쉬었지만 주방에서 태연이 나오자 움찔했다. 그녀는 타월로 된 짧은 반바지와—너무 짧아서 팬티가 아닐까 다시 보게 되는—배꼽이 보이는 타이트한 탱크톱을 입은 채로 녹색 액체가 가득 든 유리컵을 들고 있었다.

"전화는 했어요?"

"응? 응."

"어디 안 나가고 나랑 꼼짝 없이 갇혀 있어도 무방한 거죠?"

신노처럼 태연의 눈가도 잠을 못 잔 후유증이 있었다. 커다랗고 아름다운 눈도 여전히 아름다웠지만 퀭했다.

"그럼. 같이 하루 종일 갇혀 있자."

뿔테 안경 너머에서 총명하게 빛나는 신노의 눈동자는 예전의 날카로운 기운 대신 몽롱한 기운이 어른거렸다. 마치 마법에 걸린 사람 같았다.

"자기야, 우리 여기서 많은 얘기 나누어요."

신노의 높고 마른 뺨이 조금은 붉어졌다. 그 대화가 말로 하는 대화만 있는 것이 아님을 알기 때문에 태연 역시 뺨이 홍조를 띠었다. 하지만 그것은 부끄러워서가 아니었다. 마르지 않은 흥분과 기대감으로 가슴이 차올라서였다.

"참, 이거 마셔요."

태연이 차가운 액체가 출렁이는 유리잔을 신노에게 건넸다. 뭐냐고 묻지도 않고 받아 들었다.

"녹차. 열 식히라고."

신노는 진지하게 벌컥벌컥 마셨다. 태연은 그 모습을 흐뭇하게 바라보았다. 그 모습에 어젯밤 일들이 뭉근하게 겹쳐서 떠올랐다.

주신노와 변강쇠!

절대로 성립이 되지 않는 두 단어였다. 어제만 해도 태연은 걱정스럽게 그 단어들을 조합하며 어찌할 바를 몰랐다. 사랑하는 신노를 너무 몰아쳐서 건강에 적신호가 오는 것이 아닌가 하는 걱정까지 들었다. 끝도 없이 불끈불끈 서는 그의 남성이 무섭기까지 했다. 아무리 찬물로 샤워를 해도 다시 그녀 앞에 오면 아무 소용없이 벌떡 서는 그것 때문에 신노는 괴로워했고, 태연은 기겁을 했다.

어젯밤 신노가 태연의 건강상 휴식을 위해 잠깐 본 심야 영화에도 끄떡하지 않는 신노의 남성을 보고 퍼뜩 깨달음을 얻었다. TV 속 여자들이 떼로 몰려들어 최소한의 옷차림으로 난리 블루스를 추는데도 신노의 남성은 시무룩했다. 그런데 태연의 말 한마디로 다시 활기차고 명랑하게 일어난다.

신노의 불끈은 무턱대고 아무한테나 하는 것이 아닌 상대가 있고 거기에 깊은 감정이 끓어오르니 감탄하지 않을 수 없었다. 게

다가 그 대상이 바로 김태연 자신이니 감탄은 감동으로 이어졌다.

"참, 전화로 뭐라고 했어요? 거짓말했구나?"

"아니. 조금 솔직하진 않았어."

태연에게서 비누거품 같은 웃음이 쏟아졌다. 신노는 그런 태연을 황홀하게 바라보았다.

"내가 그렇게 좋아?"

태연이 벽에 등을 기댄 채로 장난스럽게 물었다. 그에게 다가서는 걸 조심하는 것은, 손이라도 닿을라 치면 또 큰일이 날 것이 분명하기 때문이다. 어젯밤 내내 미친 듯이 해서 이제 그녀의 목소리를 듣고 일어서는 불상사는 좀 수그러들었지만 몸이 닿는 것은 아직 위험했다.

"녹차는 효과 있어요?"

"녹차? 어, 없어. 어떡하지?"

신노는 미간을 찌푸렸다. 겨우 가라앉아 있었는데 지금 태연의 표정과 음성만으로 다시 꿈틀거리려는 놈 때문에 난처했다. 두 사람의 시선이 마주쳤다. 서로 부딪치는 눈길에 많은 의미가 순식간에 담겨졌다. 말로 하는 것보다 빠르게 단번에 서로를 갈망하는 많은 언어가 눈빛으로 오갔다. 동시에 누가 먼저랄 것도 없이 다가가 부둥켜안고 뺨을 부여잡고 입술이 뭉개지도록 부딪치며 호흡을 훔치고 타액으로 젖어들었다. 물론 거기서 그치지 않았다. 두 사람은 거실 바닥으로 쓰러졌다.

그들이 정신을 차린 시각은 오후 3시였다. 아침밥도 먹지 못해서 배가 너무나 고파야 하는데도 그들은 마주 보고 헉헉거리며 해롱거리느라 신경 쓸 겨를이 없었다. 꼬르륵~

“자기, 배고픈가 보다.”

태연이 모로 누워 그를 바라보며 겨우 중얼거렸다. 꼬르륵~

“네 배에서 나온 것 같다.”

“그런가.”

“배고프겠다. 내가 해줄까?”

“오빠가? 정말?”

신노는 휘청거리며 몇 번의 넘어질 고비를 넘기고 일어섰다. 먼저 욕실로 들어간 신노의 뒷모습을 좇았다. 태연이 같이 씻자고 했지만 신노는 그러다간 영원히 욕실에서 나오질 못할 것 같았는지 고개를 세차게 저어서 두 사람은 번갈아 욕실로 가서 씻은 후 겨우 옷을 챙겨 입고 주방으로 갔다.

그는 금세 김치볶음밥을 만들어냈다. 태연은 자신의 주방에서 이런 경쾌한, 도마 위의 칼 소리를 처음 들었다. 물론 그녀 역시 집에서 해 먹을 때도 있었다. 비율상 사 먹을 때가 훨씬 많아서 그렇지, 제법 찌개나 국을 직접 해 먹곤 한다. 하지만 신노처럼 저런 한 치의 망설임도 없이 간결하게 움직이는 손놀림은 아니었다.

“와!”

그가 거실 탁자로 볶음밥 위에 모양이 예쁜 계란프라이까지 올려진 두 개의 도자기 접시를 들고 왔다. 특별히 태연이 값비싸게 산 도자기 그릇은 아끼려고 안 쓴 것이 아니라 굳이 쓸 때가 없었기에 먼지가 켜켜이 앉은 채로 고이 모셔놓았던 건데 지금 그의 김치볶음밥엔 잘 어울렸다. 그만큼 그의 음식은 기름 조절까지 잘해서 단순한 찬밥 처리용에서 요리로 승화되었다.

“맛있다.”

"다행이다."

신노는 태연이 잘 먹자 흡족해했다.

"오빠, 못하는 게 뭐야?"

"글쎄, 뭘까?"

신노의 장난 어린 고갯짓에 태연은 킥킥거리며 웃기 시작했다.

"자기, 귀엽다."

"으음."

귀엽다는 말에 신노는 헛기침을 하며 자세를 바로잡았지만 급하게 하는 바람에 뒤뚱거렸고, 입에선 웃음이 새어 나왔다. 신노도 웃고, 태연도 웃고 그러다가 시선이 다시 딱 마주쳤다. 그러나 이번에는 달랐다. 비스듬히 아니라 한순간의 빈틈도 없이 아귀가 딱 맞아떨어지는 시선의 교감은 많은 걸 내포한다. 두 사람은 정말 밥 먹는 도중에 웃다 말고 입술 박치기를 하며 쓰러지고 말았다. 그러는 바람에 콧등과 뺨이 부딪치는 충격으로 알싸한 통증이 흘렀지만 상관없었다. 그렇지만 다행인지 불행인지 관리사무소에서 방송을 내보내느라 지지직거리는 날카로운 소리에 놀라 두 사람은 이성을 간신히 차리고 떨어져 밥상에 다시 앉았다.

그들은 소독약 안내 방송을 얌전히 들으며 겨우 식사를 마쳤다.

"짜잔."

태연과 신노는 식사 후 급히 씻고 침대에 올라와 마주 보고 있었다.

"이서 처음 보지?"

"응."

이제 그들은 성생활을 계속할 텐데, 약보다는 이런 습관을 빨리

들일수록 좋은 것이란 생각 때문에 태연은 서랍에서 꺼낸 콘돔을 보여주었다. 그러나 콘돔을 들고 사랑하는 남자에게 권하는 것은 정말로 민망한 일이 아닐 수 없었다. 그러다 보니 목소리가 원래 톤보다 점차로 높아져만 갔다.

"문주아 기자라고 성 칼럼을 쓰는 선배가 있는데, 그 선배한테서 얻은 거예요. 보는 사람마다 주거든요. 365일 사시사철 콘돔 권장 캠페인을 '멋진 남자'에서 하기 때문에 이런 콘돔을 흔하게 봐요. 잡지사에 관련된 사람들은 모두 한 박스씩 이 콘돔을 가지고 있으니까."

태연은 그가 오해할까 봐 이것의 출처를 확실히 밝혔다. 신노는 반듯한 얼굴로 그녀의 말을 있는 그대로 받아들였다. 의심 한 점 없는 저 맑은 얼굴을 보니 태연은 감동을 받아 용기백배였다.

"내가 끼워줄까?"

"어?"

"내가 직접 해주고 싶다."

"그러지 마, 태연아."

신노가 당황하면서 슬슬 뒤로 피하기 시작했다. 그러나 뒤엔 침대의 머리판이 있을 따름이었다. 장난기 잔뜩 어린 미소가 욕망으로 빛이 나는 태연이 기어오는 걸 막기 힘들었다. 놀란 그의 두 다리 사이로 파고들어서 팬티를 벗으라고 종용하는 그녀의 말을 들을 수밖에 없었다.

"여전히 튼실하군."

태연은 신노의 그것과 마주할 때마다 감개무량이었다. 처음엔 겁을 먹었지만 지금은 완전히 적응한 상태였다.

“네가 만지면 더 커진단 말이야.”

“정말?”

태연은 그의 것을 콘돔으로 뒤집어씌우기 위해 만졌다. 신노는 태연의 숙여진 머리를 바라보며 자제력을 끌어모으려고 했으나 그럴수록 그의 입에선 참기 힘든 신음이 내뱉어졌다.

“나 잘했지?”

“김태연.”

신노가 작게 으르렁거렸다.

“안 되겠다. 이리 와.”

“아~”

그 후 아찔한 비명은 몇 시간 동안 계속되었고, 그들은 완전히 녹초가 되어버렸다. 기운이 완전히 떨어져 그들은 손가락 하나 들어 올릴 힘도 없이 서로 붙어 있기만 했다.

“주신노 씨, 미쳐 본 느낌이 어때요? 천국?”

문득 태연은 궁금해졌다.

“지옥!”

“응?”

태연이 신노에게서 몸을 떼며 그의 위로 상체를 일으켰다. 거다란 뉴의 꼬리기 실짝 위로 올라갔다.

“괴롭고, 힘들고, 불타오르고, 제어가 안 되고, 나 같지 않아서 불안하고……. 근데, 좋아. 죄의식도 안 들고. 그러니까 미쳤지. 미쳤어, 너한테.”

태연의 눈가가 눈에 띄게 부드러워지고 입가로 미소가 스며들었다.

"나도 놀랐어. 오빠가 변강쇠가 될 줄은 꿈에도 몰랐거든."

태연이 신노의 가슴을 손가락으로 꾹꾹 누르며 말하자 신노가 쑥스러워하며 시선을 피하고 괜히 이마를 긁었다.

"혹시 진짜 변강쇠처럼 모든 여자들한테 다 그러는 거 아니야? 그동안 너무 참아서 내가 그 둑을 잘못 열어놓은 것 아닌가?"

이미 태연은 신노의 상태를 진단한 후였다. 김태연한테만 반응하는 기특하고 신비로운 존재라는 것을. 그러나 그것을 모르는 신노는 모욕당한 듯 정색을 하며 부인했다.

"절대 아니야. 오직 너한테만 그러는 거니까."

"믿어야 하나?"

"네 탓이야. 너 아니면 이러지도 않아. 그동안 본능은 기도만으로도 충분히 자제할 수 있었어."

"헉! 그게 가능해?"

"노력을 많이 하면 돼."

"대단하다. 그런데 지금은 그 자제력이 발휘가 안 되네."

"너 때문이야. 널 너무 사랑해서 그래."

태연이 아직도 진지하게 그녀 탓을 하는 신노에게 코로 코를 마구 비빈 후 두 손을 크게 들어 항복을 했다.

"알았어. 내 탓이에요. 웃어, 웃으라고 놀린 거니까. 오빠 마음 다 알아. 오빠는 나만의 강쇠야."

그제야 긴장이 풀렸는지 신노가 겨우 정색을 풀었다.

"내가 책임질게. 알았어. 그러니까 걱정하지 마세요."

태연이 신노의 그곳을 손으로 토닥거렸다.

"뭐 하는 거야?"

"하고 싶다."

"김태연, 나 힘 완전히 빠졌어. 못해."

"정말? 정말? 정말?"

태연도 힘이 하나 없었고, 오늘 또 한다면 정말 그땐 병이 날지도 몰랐다. 그러나 그녀의 장난은 신노의 성기를 우뚝 서게 만들었고, 두 사람은 속절없이 다시 쓰러지고 말았다.

"나도 미쳤나 봐. 하지만 미쳐도, 미치지 않아도 주신노를 많이 사랑해."

신노는 그녀를 품에 안고 귓가에 뜨거운 고백을 했다.

"이 세상에서 너만을 사랑하고 옆에 있어도 늘 그리워하고 원하며 살 거야. 최선을 다해서 너를 깊이 사랑할 거다."

태연은 이 뜻이 뭔지 정확히 48시간 후에 알게 되었다.

✳

라디오 방송 일을 마치고 밖으로 나오는 태연의 시야에 저만치 서성이며 기다리는 신노의 모습이 보였다. 태연이 반갑게 손을 흔들며 달려가자 신노가 빠른 걸음으로 다가왔다. 그의 머리는 니무 빗어댔는지 전에 없이 꽉 눌려 가르마가 확연해 보였고, 양복은 막 세탁소에서 나온 것처럼 빳빳하고 반들반들한 것이 눈이 부실 정도였다. 좋은 의미로 말고.

"새신랑인데?"

"……."

태연의 농담에도 신노는 아주 나무토막처럼 뻣뻣하게 서 있었다. 그리고는 태연의 질문에 단답형 답만 하고는 자꾸 손바닥에 땀이 나는지 바지에 손을 문지르다가 시선이 마주치자 움찔했다. 왜 이렇게 긴장하는 걸까? 눈치 빠른 태연도 속마음을 알아차리지 못했다.

두 사람을 태운 택시는 그가 고른 데이트 장소로 곧장 달렸다.

태연은 깊은 사랑에 빠졌다. 작은 움직임, 표정 하나라도 더 보려고 그의 얼굴에 시선을 고정시켰다.

"먼지가 묻었어."

신노의 뺨을 만지고 싶은 본능을 이기지 못하고 만지다가 그가 정색을 하는 바람에 거짓말을 했다. 그러자 신노는 태연의 거울까지 빌려서 자신의 모습을 비춰 보았다. 외모에 신경 쓰는 이상행동에도 오늘 무슨 일이 벌어질지 전혀 예상을 못했다.

드디어 택시가 불빛이 반짝이는 대로를 쭉 달려서 도착한 곳은 강촌의 작은 카페였다. 동질성을 가진 제각각 카페들이 끼리끼리 모여 있는 곳을 지나 약간 후미진 골목에 위치해 있었다. 휘황찬란한 인테리어 대신 약간 아담한 크기에 허브향이 짙은 화분들이 창가에 줄지어 있고, 높다란 유럽식 천장에 밝은 분위기를 자아냈다.

앞에는 작은 칠판이 덩그러니 놓여 있었는데, 거기엔 '특별 공연 없음. 제멋대로 추천'이란 글자가 흘림체로 쓰여 있었다. 남자 직원 한 명이 손님들을 접대하며 막 들어온 그들을 친절한 미소로 맞이했다.

신노는 전에 없는 익숙함으로 가장자리 테이블로 태연을 데리고 갔다. 앞무대는 무대치곤 작고 소박해서 위화감은 없었다. 작은 피아노가 하나 덜렁 있었고, 지금은 대학생으로 보이는 젊고 여드름이 송송 나 있는 남자가 통기타를 메고 포크송을 낮은 음으로 부르고 있었다.

"어떻게 이런 델 알아요? 혹시 누구랑 온 적 있던 거 아닌가."

"여기 사장이 학교 선배야. 아주 가끔 혼자 오곤 했어. 그리고 내가 사귄 사람은 네가 처음이자 마지막이다."

태연은 그 뜻을 깊게 생각하지 않고, 순순한 감동을 받았다. 부담감은 어디에도 느껴지지 않았다. 태연은 와인과 빵 그리고 가벼운 식사를 하며 즐거운 시간을 보내고 있었다. 그동안 두 명의 손님들이 앞으로 나가 반주 음악에 맞춰 노래를 부른 후 자신의 애인에게 머리 위로 두 손을 들며 사랑 표현을 했다.

'으윽, 유치하긴.'

다른 카페는 중년들이 꽤 많았지만 이곳은 젊은이들이 더 눈에 띄었다. 태연은 속으로 어린 연인들의 설익었지만 충동적인 애정 표시를 마음껏 비웃었다. 그녀는 자신이 48시간 전에 신노와 TV를 보며 노래 부르는 남자가 멋있다고 지나가는 말로 한 것을 까맣게 잊고 있었다.

노래가 끝나고 피아노 연주에 이은 무명 가수의 노래가 이어졌다. 기교가 부담스럽지 않은 팝송은 꽤 달콤했다. 그러는 동안 시장으로 보이는 사람이 카페 안으로 와서 신노를 발견하고 가벼운 인사를 던진 후 태연과도 가벼운 인사를 나누었다. 그리고 잠시 후, 무대가 다시 넝 비자 직원이 무대로 가더니 마이크에 대고 말했다.

"다음은 주신노 씨 차례입니다."

"뭐야?"

태연은 무슨 착오가 있을 거라고 믿어 의심치 않으며 웃었지만 그는 당황하기는커녕 자리에 우뚝 일어서니 긴장된 모습으로 태연을 바라보았다.

"못하는 노래이지만 널 위한 거니까 들어줘."

"으응?"

말릴 새도 없이 신노는 무대로 천천히 올라갔다. 그 이후의 일은 생각해 본 적 없는 꿈결처럼 흘러갔다. 마치 슬로비디오인 양 모든 것이 느릿느릿 비현실처럼 느껴졌다. 캐주얼 차림의 또 다른 직원이 뒷문에서 나오더니 피아노 앞으로 가서 앉아 건반을 치기 시작했다. 태연은 얼굴이 화끈거리기 시작했다. 반주에 맞춰 노래에 앞서 독백 같은 말들이 신노에게서 흘러나왔다.

"헉."

유명한 남자 가수가 부른, 사랑하는 사람을 영원히 지키겠다는 내용으로 상당한 가창력을 필요로 하는 노래였다. 그런데 주신노는 음치다. 여실히 갈라지는 음역에도 두 손으로 마이크를 부여잡고 쥐어짜는 모습은 보기에도 괴로웠다. 목소리가 좋다고 해서 절대로 노래를 잘 부르는 것이 아님을 온몸으로 보여주는 가슴 아픈 사례다. 몇 달 전 음치는 몇 달 후에도 여지없이 음치인 것이다. 목에 핏줄이 늘어가고 얼굴은 부끄럼인지, 호흡 곤란인지 모를 상태로 붉어졌다. 테이블에 있던 커플들은 킥킥거리고 태연은 화끈거리던 심장이 이젠 불타올랐다. 노래가 다 끝나고 그가 숨찬 듯 몇 번 심호흡을 했다.

'혹시 저 남자, 다른 남자들처럼 머리 위로 러브 표시를 하며

'사랑해'를 연발하는 것은 아니겠지? 빨리 내려왔으면……. 러브 표시하면 안 돼.'

"오늘은 뜻 깊은 날입니다. 오직 한 사람과 함께 평생 같은 길에 들어섰습니다. 김태연, 사랑합니다. 우리 결혼합시다. 행복하도록 최선을 다할 겁니다."

분명하고 진지한 그의 말에 순간 카페 안은 웅성거림이 잦아들고 고요해져 버렸다. 사장 또한 입을 떡 벌리고 놀란 것을 보면 처음 데리고 온 애인을 위해 노래 한 곡 뽑을 줄 알았지, 이렇게 청혼까지 할 줄 몰랐던 모양이다. 정신을 차린 사장이 박수를 치자 박수는 또 다른 박수를 불러 왔다. 어느 테이블에선 휘파람 소리까지 나왔다.

"결혼하자, 태연아!"

"오우, 마이, 갓."

그의 말이 멍한 태연의 머리에 와 박혔다. 신노가 테이블로 돌아왔을 때 사장은 서비스로 와인과 케이크를 준비하고, 조명까지 한 템포 낮추며 되도록 두 사람만의 무드 있는 분위기를 조성하려고 혼자서 분주했다.

"어땠어, 놀랐어?"

"어어어."

태연의 입에선 강도를 달리한 그 말밖에 나오지 않았다.

"마음에 안 들어?"

"오우, 마이…… 갓."

태연은 이번에 끝을 올려 감동받은 것처럼 웃음 띤 얼굴로 외쳤다. 지금 머리에선 무슨 조홧속인지 이 말 외에 다른 말은 생각이

나지 않았다.

"청혼을 멋지게 하고 싶었어. 네가 노래 부르는 남자가 멋지다고 해서 못하는 노래지만 열심히 했는데, 네 마음에 들었으면 좋겠다."

"마음에 들어."

태연은 겨우 그 말을 속에서 찾아냈다. 그가 실망하는 것은 싫었다. 놀라서 경기라도 나올 순간이지만 애써 정신을 차리려고 했다.

"괜찮은 거야?"

"멋졌어요. 영원히 기억에 남을 정도로 아주 끝내줬어요."

"다행이다."

신노는 긴장을 단숨에 풀고 미소년처럼 활짝 미소 지었다. 그 미소가 너무 아름다워 태연은 당혹함도 잊고 숨을 훅 들이켰다.

"반지는 네 마음에 드는 걸로 준비하려고 지금은 못했어. 네가 골라. 그러면 내가 살게. 그리고 결혼식은 우리 동네 성당에서 하자. 그래도 되지? 참, 부모님 찾아 봬야지. 우리 사귀는 거 아시니까 놀라진 않으실 거야."

다시 경기하려 한다.

"한 달 안에 결혼하려면……."

"한 달 안에?"

"응. 빨라?"

"빠르다."

"그럼 두 달 안으로 하자."

태연은 신노의 흔들림 없는 까만 두 눈을 보며 침을 꿀꺽 삼켰다.

"자기야, 결혼은 말이야……."

"응."

"우리 사귄 지 얼마 안 됐는데 이렇게 빨리 해?"

"6개월이나 됐잖아. 게다가……."

6개월밖에 아니고 6개월이나라니, 이 남자의 시간관념이 두렵다.

"서로에게 모든 걸 줬잖아. 그러니까 당연히 빨리 서로에게 속해야지. 그게 옳아."

대답이 나오지 않았다. 그가 옳다고 할 때는 천지개벽이 아니고선 바뀌지 않는다는 걸 이웃집 깐깐한 오빠 때부터 알던 일이다. 태연은 눈앞이 빙빙 도는 것 같았다.

결혼이란 큰일을, 늘 사랑보다는 자기와 잘 맞는, 좋아하는 남자와 결혼해야 실패율이 적다고 외친 사람이 누구던가. 사랑의 연장선이 결혼이 아니라 결혼은 현실이고 생존이고 전쟁터이기 때문에 눈먼 대상이 아니라 서로 잘 맞고 대화가 통하고 같은 물에 사는 사람이어야 잡음이 적다는 칼럼을 늘 써왔던 김태연이 지금 신노와의 결혼을 단 한 순간에 결정하려니 온몸이 떨려왔다. 사랑하는 신노에게 결혼은 좀 더 시간을 두고 생각하자는 말을 해야 하는데 입안에서 뱅뱅 돌 뿐 잘 나오질 않았다.

"요즘은 다들 영리해서 서로 잘 맞는지 깊이 알아보고 결혼하잖아."

"우리 잘 맞잖아."

"잘 맞지. 내 말은 성격 말이야. 내 성격이나 오빠 성격 둘 다 만

만치 않잖아. 지금은 우리가 푹 빠져서 그렇지만 음…… 살다 보
면 실망하지 않을까?"

태연은 되도록 신노를 실망시키지 않는 상태에서 가볍게 물으
려고 연신 미소를 짓느라 뺨에 경련이 났다.

"그것은 염려 마라. 내가 무조건 너한테 맞출게. 물론 큰 테두리
는 서로 합의하에 결정해야겠지만 성격은 내가 맞출게."

"으응."

태연은 불안할 때 하게 되는 손장난을 하지 않으려고 애썼다.
결혼은 인생이다. 김태연과 주신노란 사람이 현실에서 콩깍지 없
이 서로를 있는 그대로 받아들이며 지지고 볶을 수 있을까?

"청첩장은 많이 찍지 말자. 안면 있는 사람들은 다 오는 북적이
는 결혼식은 너무 복잡해, 경건하지도 못하고. 그건 싫다. 너도 그
렇지? 참, 혼수나 예단은 하지 마. 그럴 필요 없어. 가구는 집 안에
있는 걸 써도 괜찮으니까……. 너도 좋지?"

"응."

가까스로 울렁이는 속을 가라앉혔다. 태연은 신노의 청혼을 받
아들일지 결론도 내리지 못했는데 신노는 결혼을 이미 불변의 진
리로 받아들이고 있었다. 진중하고 새까만 그의 눈빛엔 태연과 함
께하는 미래에 대한 확신으로 가득 차 있었다. 그는 주저하지도
의심하지도 않았다.

"항상 행복하게 해줄지는 장담 못해. 하지만 김태연을 위해 할
수 있는 일은 다 할게."

"응."

태연은 그에 대한 사랑과 결혼에 대한 불안함으로 안절부절못

했다.

"참, 그리고 결혼할 때까지는 조심하려고 해."

"조심?"

"내가 정신이 나가서 그만 결혼 전에 자제력을 놓고 말았어."

이 선명한 암시에도 태연은 그가 무슨 말을 하는 건지 전혀 갈피를 잡지 못했다. 머릿속이 복작거렸다.

"육체적으로 널 너무 몰아붙였어. 지금이라도 욕심을 줄이고, 앞으로 우리 사이의 정신적인 충만함을 위하여 더욱더 노력하려고 해. 결혼할 때까지 마음가짐을 다지려고. 물론 힘들겠지만, 참을 수 있어."

"참다니? 뭘?"

"금욕함으로써 우리 결혼에 대한 준비를 하는 것이 좋을 것 같다. 책임감 있는 가장이 되고 싶거든. 이리저리 날뛰는…… 남자가 아니라."

"오우, 마이, 갓."

유별 떠는 것 같아서 가장 싫어했던 이 영어가 자꾸 입에서 삐져 나왔다. 그가 놀란 표정으로 쳐다보았다.

"아니, 우리 그렇게 해요."

카페에서 나와 택시를 타고 드라이브를 한 후 신노는 태연을 그녀의 아파트 앞에 고이 데려다 주었다. 그녀의 손에 그가 사준 장미 한 나발이 안겨져 있었다. 짙은 꽃향기가 코끝을 마비시키기 일보 직전이었다. 신노는 태연의 손을 잡고 놓지 않았다.

"안 들어가요?"

"응, 안 들어갈래. 들어가면 못 나올 것 같다. 빨리 결혼해야겠어."

"정말?"

신노가 그 말을 할 때마다 태연은 무서웠다. 몸이 저절로 떨려왔다.

"어디 아파? 감기 걸렸어?"

"아니, 괜찮아. 괜찮을 거예요."

"몸조심해야지. 참, 내가 중요한 말을 못했어."

"뭔데?"

신노가 지긋이 태연을 바라다보았다. 술수도, 거짓도, 가식도, 이 세상의 나쁜 기운 하나 없는 눈빛에 태연은 온몸에 전기가 흘렀다.

"고맙다."

"응?"

"내 짝이 되어줘서."

태연은 심란한 마음 때문에 신노에게 미안했다.

"나도 그래."

그가 모르게 정리해야겠다고 마음먹었다.

"내가 많이 사랑하는 거 알지?"

태연이 신노의 손을 잡고 말하자 그가 고개를 끄덕거렸다.

"알지."

두 사람은 키스했다. 신노는 약속대로 집 안에 발을 들여놓지 않고 엘리베이터로 내려갔고, 태연은 집으로 들어갔다. 창밖으로 신노가 점이 될 때까지 그가 걸어가는 모습을 지켜보았다. 그를 보는 것이 좋았다. 마음을 다질 시간은 충분히 있을 거라고 태연은 거실 안을 왔다 갔다 하며 생각했다. 아무리 신노의 결심은 바로 실천을 동반한다고 해도 결혼이 그렇게 금방 현실이 되진 않을 것이다. 신노를 잃지 않을 것이다. 태연은 결심했다. 하지만 그와 결혼할지 안 할지 결정해야 하고 결혼하게 되면 어느 정도 기간을 가지고 무엇을 준비할지 생각해야 한다.

신노 같은 남자와 김태연 같은 여자가 부부라는 이름으로 살게 된다면 그들은 정말로 많은 협상을 해서 양보와 이해 그리고 자기 것을 지키기 위한 똑똑한 협의가 필요할 것이다. 그 모든 걸 정할 시간이 있을 거라고 믿어 의심치 않았다.

16

태연은 자신을 낳고 스무 살까지 근접 보호로 키워주시고, 그 후부터는 원거리로 가끔 잔소리를 하지만 아프고 힘들 때 가족의 울타리를 쳐준 부모님 앞에, 그분들의 안방에서 무릎을 꿇고 앉았다.

"편히 앉게."

"지금도 편합니다."

절대로 편하지 않았지만 옆에 있는 이 남자의 확고한 말에 다리를 풀지 못했다. 발이 점점 저리고 허리는 쑤시기 시작했다. 이 자세가 익숙지 못해서 자꾸 옆으로 쏠리며 한쪽으로 기울어진 삐딱한 태연과 달리 신노는 정자세로 딱 중앙의 균형점을 이루고 있었다.

"그래, 하고 싶은 말이 있다고 했는데 해보게."

사실, 신노가 무슨 말을 할지 이곳에 있는 사람이라면 자세나 태도로 미루어 보아 다 알 수 있을 것이다. 그렇게 신노는 단정한 양복 차림을 하고 온몸으로 허락을 구하고 있었다.

"저희 두 사람의 결혼 허락해 주십시오."

"으흠. 그래, 두 사람 사귄 지가 얼마나 됐나?"

태연의 아버지는 신노의 진지함이 뿜어대는 분위기에 휘말리고 있는 안방의 공기 속에 약간 헛기침을 덧붙이며 물었다.

"6개월 됐습니다."

"서로를 알기엔 충분한 시간인가?"

"서로를 완전히 알기 위해선 더 충분한 시간이 필요하다는 건 잘 압니다. 하지만 서로에게 큰 존재로서 사랑하고 있기에 앞으로 한마음이 되도록 노력하겠습니다. 부부의 연을 맺어 열심히 살아가겠습니다. 태연이를 깊이 사랑합니다. 제 마음 다하도록 노력하겠습니다."

태연은 아버지의 침묵에 걱정이 묻어나는 걸 알 수 있었다.

"걱정하시지 않게 행복하게 살도록 최대한 노력하겠습니다. 서로 사랑하고 있으니 노력이 덧붙여진다면 우리 두 사람, 행복하게 살 수 있을 거라고 생각합니다."

거듭된 신노의 진지함에 아버지는 굳이 반대의 말을 꺼내지 않았다.

"두 사람이 결정한 거니 우린 그 뜻에 따르겠네. 두 사람의 의사가 가장 중요한 거니까. 다만, 신시숙고하세."

"네."

"그래. 으음. 아."

아버지는 뭐라고 더 신노에게 말하려 했으나 그의 정중하기 그지없는 자세를 보니 말이 선뜻 나오질 않는 모양이었다.

"식사하세."

"네, 아버님."

신노는 공손하게 인사하고 방을 나갔고, 태연이 따라나서려는데 아버지가 불러 세웠다.

"태연아, 얘기 좀 하자."

태연은 이번에는 무릎을 꿇지 않은 편안한 자세로 앉았다.

"급작스럽구나."

"말씀드렸잖아요."

이미 며칠 전 태연은 아버지에게 신노와 결혼하겠다고 알렸다.

"말했어도, 이렇게 허락받으러 오는 걸 보니 정말 갑작스러워."

아버지는 까칠까칠한 턱을 쓰다듬으며 중얼거렸다.

"아빠, 나 스물아홉 살인데요."

"안다. 내 딸 나이도 모를까 봐서. 암만 봐도 너랑 잘 맞을까 모르겠다. 성실하지만, 좁은 세상 속에서 산 사람 아니냐? 사실 좀 꽁생원 같기도 하고 깐깐해 보이기도 하고 말이다."

"신노 씨 좋은 사람이에요. 내가 본 남자 중에서 가장 인격이 된 사람이에요. 자신에게 그렇게 엄한 사람 없어요. 변명이나 해대고 남의 탓만 하는 사람들 속에서 빛나는 정말 올곧은 사람이에요. 그리고 깐깐해 보이는 것은 신념이 강해서 그래요."

태연은 불안한 눈빛으로 신노 옹호에 빠져 그칠 줄 몰랐다.

"너한테 모자라. 잔소리도 많을 것 같더라."

"아니라니까."

"맞아. 내 눈은 확실하다."

태연은 아버지의 부정적인 시각에 슬슬 화가 나기 시작했다.

"그러면 왜 허락하신 거예요? 주신노에 대해 제대로 알지도 못하면서……."

"네가 사랑하고 널 사랑하는 것이 눈에 보이잖아. 게다가 진지하고, 신중하고, 속 좁아 보이지만 네 말대로 올곧고 한 사람만 알고 열심히 살 것 같더라."

"속 좁지 않아요. 참, 엄마도 그렇고 아빠도 신노 씨한테 엄청 도움 많이 받았으면서 이제 와서 욕하시는 거예요? 말도 안 돼. 저 텃밭, 정원, 옥상 장식 누가 다 해준 건데? 그땐 입 마르도록 칭찬해 놓고."

그녀의 아버지가 어깨를 으쓱했다. 듣고 보니 찔리는 듯했다.

"그땐 내 딸과 눈 맞기 전이잖니. 하여튼, 확신은 있는 거냐?"

"그럼요."

태연의 눈동자가 의지에도 좌우로 흔들렸다.

"그래, 그럼 된 거지. 네가 확신이 있다면 우린 됐다. 엄마와 난 말이다. 태연, 태훈 너희 남매를 키우면서 제일 중요한 것이 자기 의사를 갖는 거고, 그 의사대로 살아가는 거였다. 기본 됨됨이만 괜찮고, 전과 없고, 빚이 없으면 우린 무조건 OK야. 그긴 모두 너희들 의사를 중요시하기 때문이야. 왜냐하면 다 너희 인생이니까. 우리가 대신 살아주는 게 아니다."

엄마도 아버지와 같은 말을 했다. 거실에서 혼자 무릎에 손을 올려놓으며 정자세로 앉아 있는 신노에게 가려는 태연을 주방으로 이끌어서 며칠 전에 했던 말을 다시 반복했다. 아버지와 차이가 있다면 좀 더 직접적이고, 딸에 대한 습성을 너무 노골적으로 말한다는 것이 약간 차이가 있었다.

"한데 신중한 것 맞아? 나도 네 아빠와 한눈에 반해서 확신도 없이 바로 결혼했지만, 나같이 후회 안 하는 경우는 드물단다. 한때 감정으로 결혼하려고 하는 거 아니냐고? 솔직히 내가 낳은 딸 모를까 봐서? 내가 낳은 아들놈 속은 몰라도, 넌 내가 잘 알아. 모녀만의 감정 교류라고 할까? 멀리 떨어져 있어도 네 속이 보여."

"엄마, 신기 있어?"

엄마는 눈을 흘기며 말을 이었다.

"자유분방하고, 사치스럽고, 능력 있고, 명성에 젖은 아름다운 내 딸이 깐깐한 남자가 맞을까? 게다가 너 한 변덕 하잖아……."

"반대해요, 그래도 할 거니까."

태연이 화나서 신경질을 부렸다.

"책임은 모두 네가 지는 거야. 네 인생이니까 네가 결정해야지. 다만 확신을 가지고 결정을 하라는 거야. 그리고 명심해. 네 감정에 충실해야 된다. 책임과 의무. 난 내 딸이 약간 신중하길 바라지만, 그 책임과 의무에 매여서 멋지게 못 사는 것은 좀 슬플 것 같아. 하지만 너에게 확신이 있다면 결혼도 잘 요리하겠지. 결혼 후라도 정말 영 안 맞으면……."

"엄마!"

태연은 소리를 꽥 질렀다.

"그러니까 신중하라고."

"나, 김태연은 주신노를 사랑해."

“나도 알아. 근데 너, 지금 불안해 보여.”

“불안하지 않아요.”

태연은 신경질적으로 부정하며 밖으로 나왔다. 그러나 그럴수록 심박동수가 높아지며 혈관이 팽창하고 붉은 기운이 확 몰려들었다. 이미 결정을 내렸다. 하나 확신은 쉽게 들지 않았고, 불안감은 점점 커져만 갔다. 사랑하는 남자와 결혼하는 일은 정말로 축복인데 왜 확신이 안 드는 걸까. 하지만 태연은 신노의 확신에 완전히 기댔다. 그것이 잘못된 것일까?

식사를 마치고 신노의 집으로 갔을 때도 그 생각은 떠나지 않았다. 바로 옆집에 들어서자 예쁘지만 심술궂은 마녀의 심성을 가진 쌍둥이 자매가 나란히 서 있었다. 편한 차림으로 태연을 노려보는 표정이 가히 한 치의 오차 없이, 판 찍은 듯 닮았다. 정말 못된 마녀들 같았다.

“안녕! 신나야, 신명아.”

태연이 손을 흔들었다. 그러나 영원히 저 못된 표정을 남기게 인사 대신 사진을 찍고 싶었다. 신노가 현관문을 열고 들어와 문턱을 넘지 못하는 태연의 손을 잡고 미녀 자매가 버티고 있는 거실로 들어섰다. 그리고 잠시 후, 입을 열었다.

“이제 우린 한 가족이니까, 더욱더 돕고 서로 이해하면서 잘 지내자.”

하늘 같은 오빠의 말에도 신명과 신나의 입술이 동시에 삐뚤빼뚤해졌다. 태연은 쌍둥이의 신비를 몸소 체험하고 있었다.

“주신명, 주신나! 더 이상 내 결혼에 왈가왈부하지 마. 나쁜 표정도 안 돼. 무조건 축복해 줘라. 너희들이 반대하는 거 가슴 아프다. 전에도 말했듯이 내가 사랑하는 사람이니 너희들은 나처럼 대하도록 해. 부탁한다.”

명령인데도 그 안에 간절한 부탁이 있었다.

“잘 지내도록 하자. 나도 노력할게.”

태연이 작은 소리로 웅얼거렸다. 제일 먼저 반응을 보인 것은 신명이었다. 며칠간 신나의 불독스러운 표정에 좌우되어 어느새 물들었던 신명은 오빠의 간절한 부탁을 듣고 움찔하더니 태연을 바라보다가 다시 오빠를 바라보았다. 오빠가 사랑하는 사람을 데리고 온 적은 이번이 처음이고, 자신의 행복을 위해 열심인 것도 처음이었다. 눈앞에서 태연과 손을 꽉 잡고 있는 오빠의 눈빛은 절실하게도 진지했다. 신명은 마음을 풀어야 한다는 압박을 받았는지 어색한 미소를 지으며 부자연스럽게 대답했다.

“그래.”

“고맙다, 신명아!”

신노의 말에 신명은 멍한 표정을 짓다가 입술을 마구 깨물며 여전히 불퉁한 신나와 태연을 차례로 보다가 결심한 듯 앞으로 한걸음 나왔다.

“널 어릴 때부터 조금 미워했지만…… 지금도 좀 마음에 안 들지만…… 이 순간부터 오빠의 반려자로 여기고 언니로 존중할 거야.”

태연은 차라리 신명이 전처럼 미워하는 것이 더 나을 것 같았다. 부자연스러운 신명을 보는 것이 참으로 불편했다. 그래도 신나처럼 입 한 번 벙긋하지 않는 것보단 훨씬 나았다.

“주신나, 너도 인상 펴.”

오빠의 명령에 신나의 입술이 더 툭 튀어나왔다. 그녀의 입 구조는 원래 돌출형이 아니었는데, 요즘 들어 갑자기 바뀐 듯싶었다.

“내가 알아서 할 거야. 김태연, 나 좀 보자. 단둘이 할 얘기가 있어.”

그때, 신나의 주머니 속에서 휴대폰 벨소리가 시끄럽게 들렸다.

“네, 지금요? 알았습니다.”

회사로부터 온 전화인지 얼굴 표정이 일그러졌다. 상사와는 궁합이 안 맞는지 별일 아닌 것으로 오해하고 준 것 없이 미운데다, 일 년 전부터 직속상관이 되어 사사건건 빡빡 긁는다는 것을 들은 적이 있었다. 그래서 지나가는 농담처럼 그만둔다는 말을 하곤 했었는데 지금은 어떤지 궁금했지만 아직 그들은 냉전 중이고, 게다가 제 코가 석 자나 빠진 상태라서 알 도리가 없었다.

“나 지금 회사 가봐야 돼. 오빠, 다음 주에 봐. 그리고 넌 내일 서울에서 보자. 내가 연락할게.”

신나가 시야에서 급하게 사라졌다. 아직도 그 꿰뚫는 시선은 남겨두고 간 것 같았다. 여기저기 가시로 찌르는 느낌이 남았다.

신노는 신나에게 안전운전하라고 현관까지 나가 잔소리를 한 후에 다시 거실로 돌아왔다. 신명은 다정한 신노와 태연을 보는 것이 어색한지 신나를 배웅하러 나간다며 나갔다가 마당에서 서성이고 있었다.

“2층으로 올라가자. 우리 방 보여줄게. 곧 고칠 예정이야.”

“우리 방?”

“응. 내 방과 그 옆에 있는 작은 방을 터서 신혼 방으로 쓰면 돼.”

“우리 결혼하면 여기에서 살 거야?”

태연이 깜짝 놀라며 물었다.

“아, 내가 말한 줄 알았는데 너무 흥분해서 깜빡했나 보다. 미안해.”

사실 그가 지나가는 말로 한 것 같기도 했다. 요즘 제정신이 아니라서 머리에 들어오지 않았나 보다.

“여기서 같이 산다고?”

“왜, 싫어?”

“아니, 그건 아니고……. 좁지 않을까?”

“그래서 넓힐 거야.”

신노는 태연의 어깨에 손을 얹으며 너무도 명료하게 대답했다.

“나 물건 많은데…….”

“염려 마라. 너를 위한 서재도 만들어줄게.”

이렇게까지 해주는 신노한테, ‘이 집에서 살기 싫어’라고 말할 순 없었다. 부모님이 아시면 놀라시겠네. 독립한 자식과 가까이 사는 걸 껄끄러워하시는 분들이니. 태연은 왠지 의지와 상관없이 끌려가는 기분이 들자 자신이 한심하게 느껴졌다.

“미안하다. 난 이 집, 어릴 때부터 자라서 떠날 수가 없어.”

“어, 그렇지. 오빠 직장도 여기니까, 내가 와야지.”

태연은 영혼이 분리된 입이 알아서 말하는 기분이 들었다.

“대신 널 위한 공간을 많이 만들어줄게.”

“고마워.”

이 남자를 미워할 수가 없다. 태연은 신노의 뺨에 뽀뽀했다. 그때, 신명이 들어오려다 놀라 문을 꽝 닫고 서둘러 나가다가 쿵 하고 넘어지는 소리가 들렸다.

"뽀뽀일 뿐인데……."

태연이 중얼거렸다. 신노는 다급히 문을 열고 나가 신명이 괜찮은지 확인했다.

"오, 오빠, 난 괜찮아!"

다행히 그녀는 멀쩡한지 괜찮다는 소리가 쩌렁쩌렁 집 안을 울렸다. 잠시 후 신노가 다시 들어왔다. 동생이 다친 줄 알고 진지해졌던 그의 얼굴이 멀쩡하다는 걸 확인하고 약간은 우스꽝스런 모양새가 머릿속에 들어왔는지 웃고 말았다. 그 웃음이 너무도 사랑스러워 태연은 신노를 꽉 끌어안고 말았다.

"왜?"

"사랑해."

"나도 사랑해."

태연은 이 사랑으로 모든 불안감을 순간 잊어버렸다.

"결혼 준비는 걱정하지 마. 혼수도 예단도 다 필요 없어. 결혼 준비는 출장 갔다 온 사이 내가 다 해놓을게."

헉! 이 은혜로운 말에 수그러들던 압박이 다시 피어올라 왔다.

"참, 한 달 동안 우리 서로 못 보는구나."

태연은 프랑스, 미국을 거친 칼럼 스케줄 일정이 앞당겨져서 다음 주에 떠나야 한다. 프랑스는 관광객의 입장으로 흔한 명소를 찾아가는 것이고, 미국에선 할리우드로 진출한 한국 배우들에 대한 인터뷰를 시사회 행사에 맞춰 진행할 예정이다. 이것은 영화 전문 기자와 같이 움직이며 다른 시각으로 접근하기로 계획했다. 프랑스는 호텔이 아닌 선배 기자가 머물고 있는 작은 아파트에서 같이 머물면서 미국에서처럼 조직적으로 움직이는 칼럼이 아닌 혼자서 다니는 감상적이고 무계획적인 칼럼이 될 것이다.

"많이 보고 싶을 거야. 하지만 참을 수 있어. 갔다 오면 넌 내 신부가 될 테니까. 그래도 참기 힘들면 전화도 하고, 메일도 보내고, 아파트도 찾아가야겠다. 마치 널 보듯이……. 가끔씩 집 봐줄게. 아, 빨리 결혼하고 싶다."

태연은 그의 소망을 깨지 않으려고 눈만 깜빡였다.

"누군가가 말하지 않았던가! 진실은 나약한 인간을 불편하게 한다고 말이야. 김태연은 지금 나약한 인간이잖아. 넌 지금 진실을 두려워하고 있어. 반대하는 게 아니야. 둘이 좋다는데, 신명이도 기울었는데 너하고 친한 내가 계속 반대하겠냐? 사실 네가 얼마나 우리 오빠 끔찍해했냐. 우리 오빠도 너만 보면 팍팍하게 굴고. 깐깐하다 못해 물질적인 걸 싫어하는 인간께서 연애는 좋은 경험, 기술 뭐, 이런 수두룩한 칼럼을 쓴 내 친구와 짝짝꿍이 됐는데 안 놀라겠어? 그래서 심통 좀 부렸다. 한데, 어느 정도 비슷한 세상에서 비슷한 사람끼리 만나야 한다고 네가 책에서 누누이 강조했잖아. 나도 그 말에 찬성이야. 솔직히 그래. 많이 생각해 보니 네가 더 아까워. 두 사람 서로 사랑하니까 잘살라고 해주고 싶지만 왜 자꾸 네가 흔들리는 것이 뻔히 보이냐. 오빠가 결혼 이야기 꺼낼 때마다 너 그러더라. 우리 오빠랑 막상 결혼하려고 하니까 자신 없지? 그러니까 고집부리지 말고 마음을 들여다보라고. 선 넘으면 끝이야. 너 행복해 보이지 않아. 결혼에 대한 확신이 양쪽 다 골고루 있어야지, 한쪽만 가득 있으면 되겠어? 너에게선 불안감만 느껴지는데.”

신나는 딱 자기 말만 하고 나가 버렸다. 태연은 그런 신나가 미웠다. 자신을 그렇게 잘 알면서 도와주기는커녕 옳은 말만 하고 가버리는 친구가. 저벅저벅 잡지사로 향하는 태연의 발걸음이 무겁게 땅바닥에 질질 끌렸다. 모든 것이 선명했었다.

어릴 때부터 똑똑하다는 소리를 예쁘다는 소리만큼 많이 들었고, 어려운 수학 문제를 술술 푸는 영리함보다 자신 앞에 놓인 상황 정리나 해석 등을 기가 막히게 잘 파악해서 여우 같다는 소리까지 종종 들었다. 그렇게 자신의 힘으로 능력 있는 칼럼니스트가 되었지만 솔직히 다른 이들보다 시간과 노력 덜 들고 매혹적인 이미지를 타고 이 자리까지 왔다. 그런데 지금은 이러지도 저러지도 못하고 있는 자신이 한심했다.

왜 확신이 안 드는 거야?

주신나는 정확히 김태연을 알고 있었다. 그러나 사랑하는 사람과 헤어지기 싫었다. 주신노의 청혼을 거절하는 것은 그와 끝내는 일이었다. 그것은 결코 피하고 싶었다. 그래서 무조건 결혼할 직징이나.

그날 저녁 태연은 왁자지껄한 식당에서 한 무더기의 잡지사 동료들이 만들어내는 명랑함 속에 파묻혀 있었다. 삼합과 해물파전, 생선구이 등의 안주에 탁주가 오가며 다음 주부터 시작되는 새로운 시작들을 흥겹게 축하해 주고 있었다.

“어떻게 다들 외국행인데 난 얼라들 상대냐, 한심하다.”

주아가 돼지고기 수육과 묵은지를 척척 두껍게 올려놓으며 불평하더니 입 터지게 밀어 넣었다.

“누가 그 아이디어 낸 겁니까?”

“저요. 흐흐흐.”

주아가 빵빵한 뺨으로 오물오물 씹으며 편집장의 질문에 손까지 들어 보였다.

“일적으로 외국 가고 싶으면 깜짝 놀랄 만한 아이템을 내보도록!”

“세계 남자 아랫도리에 대한 이상적인 도표나 그들의 밤일에 대한 통계를 내야 하단 말인가.”

“내고 싶으면 정식으로 내봐요, 생각해 보고 답 줄 테니까.”

편집장의 말에 주아는 즉시 반응을 보였다.

“정말로요?”

“응. 많은 전문가들에게 문 기자의 아이디어를 돌려본 후 어떤지 판단하고 나서 결정하는 것이 좋겠죠?”

“아, 내지 않도록 하겠습니다.”

웃음이 터졌다. 그러나 태연은 그 즐거운 소란에 한마디도 보태지 않았다. 사실 일순 그 소란을 아주 잠깐 멈추게 할 수도 있었다. 몇 번씩 입술을 떼었지만 그 중요한 말이 끝내 나오지 않았다.

‘나 결혼해요.’

자꾸 나오려던 말이 마음 어딘가에서 걸려 나오질 않았다. 말하고 나면 정말 되돌릴 수가 없다는 생각이 점점 눈덩이처럼 커져 버렸다.

태연은 다른 출장보다 기간이 길어 더 오래 못 볼 거라서 회식이 끝나고 식당에서 나올 때쯤 많은 동료들에게 둘러싸여 인사세례를 받았다. 대부분 그들 인사는 포옹으로 마무리되었다. 그러나 우진의 늘 과격한 포옹에 태연은 은근히 몸을 빼고 말았다.

"태연아, 너도 치질이야? 아니길 바란다. 우진이 치질 걸렸거든. 치질이 공기 중에 전염되는 것은 아니지만 나도 걸릴 조짐이 보이고, 편집장님도 걸렸다가 나았잖아."

우진의 얼굴이 붉으락푸르락해지며 주아를 노려보았다.

"잡지사 내에 비밀이 어디 있어. 이 동네는 비밀이 없다. 또 하나 알지? 김태연이 완전 성공가도를 내달릴 수 있는 2년의 최대 프로젝트 못 가는 이유는…… 애인 때문이고, 그 애인은……."

태연은 탁주로 인한 취기로 오른 붉은 뺨에 잡지사 소식통의 놀라운 위대함까지 더해져 완전 새빨개졌다.

"……나도 몰라."

"싱겁긴……."

"김태연이 애인 생길 때가 됐으니까 내가 이러지."

자신에 관한 사람들의 수다에도 계속 입 다물었다. 애인이 있고, 결혼 약속까지 한데다, 한두 달 후 유부녀가 되어 있을 거린 말이 자꾸 생소해서 겉돌았다. 더운 여름 공기는 소란스러움을 흡수하지 못하고 밖으로 내보내는 특징을 가지고 있다고 태연은 막연히 생각했다. 곧 소란스러운 분위기는 하나씩 택시를 타거나 대리운전으로 해결되면서 수그러들었다.

"정말 관심 없어요?"

"네? 네, 안 가기로 최종 결정했습니다."

편집장은 2년간 가는 장기 프로젝트를 다시 이런 식으로 떠보 았다. 그녀가 예스할 때까지 부지불식간에 물어볼 기세였다.

"어쩔 수 없군. 이번에 출장 갔다 와서 다시 한 번만 더 물어봐 야 되겠네. 그리고 나서도 거절하면 그땐 확실히 접수할게요. 부 사장님도 이번 건 다른 사람 맡기라고 은근히 압력을 주던데, 혹 시 부사장님한테 찍혔어요?"

"아니요."

태연은 때 이른 휴가를 떠난 하은주 부사장을 떠올리며 부정했 다. 그녀가 신경 써준 것이 무척 고마웠다.

"그래, 그럼. 잘 가요. 떠나기 전에 연락합시다."

"네, 안녕히 가세요."

태연은 편집장을 태운 택시를 보내고 다른 택시를 잡아타서 집 으로 향했다. 끝까지 한 사람에게도 결혼 얘기는 하지 않았다. 한 달 뒤에 청첩장을 돌릴 사람이……

"태연아!"

신노가 집 앞에서 기다리고 있었다. 태연은 취기 때문인지 아니 면 혼란스러워서인지 택시에서 내리자마자 휘청거렸다. 감정이 고조될 수 있을 만큼의 취기이긴 하지만 자신이 무얼 하는지 모를 만큼은 아니었다. 어느새 신노가 태연을 발견하고 그녀에게 달려 와 흔들리는 몸을 잡아주었다. 마음까지 잡아주면 좋을 텐데.

"오빠!"

태연은 신노의 가슴팍에 얼굴을 묻었다.

"술 취했구나."

“아니, 안 취했어. 오빠한테 안기니까 너무 좋다.”

자꾸 그의 가슴에 파고들며 아무 생각 없이 이렇게 오랫동안 안기고 싶었다.

“회식 잘했어?”

“응.”

태연은 신노의 품이 그리웠다. 한편으론 그의 시선과 마주 보기가 겁났다. 자신의 속마음을 들킬 것 같아서 차마 고개를 들지 못했다.

“집에 들어가자. 데려다 줄게.”

“오늘 나랑 같이 있자.”

“안 돼.”

신노가 부드럽게 말했다. 태연이 고개를 들었다. 피하고 싶었던 그 확고한 시선과 마주하고 말았다. 한 치의 의심도 불신도 없는 직선적이고 명료한 눈빛은 그녀의 가슴을 뻐근하게 했다.

“들어가면 오늘 내로 못 나올 것 같으니까.”

“내일 가면 되잖아.”

“널 사랑하는 만큼 지금이라도 조심하고 싶어.”

“한 달 이상 못 볼 거잖아.”

태연이 평온한 신노를 보며 감정적으로 말했다.

“괜찮아. 너 보고 싶을 때마다 집도 봐주고 그럴 거니까. 네 생각히는 것만으로 시간이 빨리 갈 것 같다. 또 상당히 바쁠 거야. 신부님께 말씀드렸는데, 결혼 준비는 두 달 정도 걸릴 것 같아. 그래서 그동안 내가 알아서 준비할 수 있는 것은 최대한 하려고 그래. 친한 사람 위주로 적어줘. 네가 오면 바로 청첩장 돌릴 수 있게. 디자인은 네가 그려줬던 대로 하면 되지?"

"응."

태연은 멍하니 대답했다.

"참, 그리고 이 아파트도 내놓는 것이 좋겠다."

태연은 자신의 인생이 상하좌우로 마구 흔들리는 걸 느꼈다.

"오빠, 나 2년간 미국에서 일할지도 몰라. 제의받았거든."

그래서 술기운과 함께 비겁해져 버렸다. 그의 무서운 확신에서 잠시 도망가고 싶었다.

"……."

청천벽력 같은 태연의 말에 신노는 말이 잠시 없어졌다. 그녀를 쳐다보는 시선이 점차 생각에 빠져들었다.

"꼭 가야 되는 거니?"

"그런 것은 아니지만……."

자꾸 말끝이 흐릿해져서 태연은 얼버무렸다.

"출장 갔다 와서 같이 생각해 보자. 정 가야 한다면…… 그것이 너에게 도움이 된다면…… 가야겠지. 결혼하고 가면 되니까."

"내가 가면 오빠는……."

"기다리면 돼. 일단 출장 갔다 와서 의논하자."

태연은 그의 믿음 속에 더 이상 거짓으로 감정을 숨길 수가 없었다.

"오빠, 난 겁쟁이야."

"무슨 말이야?"

"2년간 가는 거 이미 거절했어. 갈 생각 없어. 난 오빠와 오래 못 떨어져."

"근데 왜 그런 말을 했어?"

신노가 부드럽게 물었다.

"나, 결혼하기 무서워. 확신이 안 들어."

"……"

태연은 신노의 눈가 주름이 한층 늘어나는 걸 보며 몸이 조금 떨렸다. 포근한 공기가 무색하게 느껴졌다.

"……노력하면 될 거야."

"노력해도 안 돼. 도망가고 싶단 말이야!"

그녀는 신노에게 마음 밑바닥까지 다 내보이며 외치고 말았다.

"김태연!"

"결혼할 준비가 전혀 안 됐단 말이야. 자꾸 몰아붙이지 말라고! 그건 내가 원하는 게 아니야."

그의 말문이 끊어졌다. 충격을 받은 듯 태연을 보는 그의 눈빛이 흔들렸다.

"우리 같은 마음 아니던가?"

신노가 심각하게 물었다.

"사랑해. 오빠 사랑해요. 지금껏 만난 남자 중에 오빠만큼 사랑하는 사람은 없었어."

이 말 또한 술이 들어가지 않았다면 절대 이런 식으로 하지 않고, 사랑한다는 말만 했을 것이다. 신노의 미간이 찌푸려지지 않았지만 눈동자엔 수심이 깊어졌다.

"사랑하면 결혼하는 거잖아. 아니야?"

"사랑한다고 무조건 결혼으로 당장 가지는 않아. 게다가 요즘은 결혼은 다 심사숙고해서 자기와 별 탈 없이 맞는 상대들과 하는 경우가 많으니까……. 사랑과 결혼이 꼭 연결은 아니거든.”

잠시 무서운 정적이 흘렀다. 신노에게도, 태연에게도. 태연은 이 말이 그동안의 오랜 생각처럼 흘러나왔지만 하는 순간 자신의 생각이 아닌 것처럼 낯설고 두려웠다.

“나 아닌 다른 사람하고 결혼할 수 있단 말이니?”

“아니야. 오빠랑 하고 싶어. 할 수 있으면 하고 싶어. 다만, 우리가 맞는지 더 알아봐야지.”

“할 수 있으면?”

신노가 태연의 그 말을 툭 떼어 반복했다.

“너와 내가 안 맞으면 결혼 안 하는 거야?”

“그게 아니고, 오빠도 생각할 시간이 필요할 거야.”

신노의 차가운 눈빛에 태연은 잔뜩 주눅이 들고 말았다.

“무슨 생각 할 시간? 나에게 사랑이란 평생 한 번 오는 것이고 난 그런 사람 아니면 결혼 안 해. 나에게 맞고 맞지 않는 것은 중요한 게 아니야. 내 마음을 줘버린 사람과 하는 것이 결혼이라고 생각한다. 그러니까 그런 일이 없다면 결혼도 없는 거지. 생각이 완전히 다른 사람이라도 사랑한다면 그것은 운명이고 무조건 받아들일 거야. 어떤 갈등이 있을지 모른다고 겁내는 것은 싫어. 그런 용기도 없이 사람을 사랑한다는 것은 너무 비겁해.”

비겁하다는 말이 뇌리 속에 박혔다.

“생각할 시간을 갖자는 거야. 오빠랑 헤어지잔 말이 아니라고. 결혼은 서로 차분히 생각하면서 논의하고 협의하고 그렇게 해도 돼. 그리고 우리 사랑하지만 결혼할 만큼 시간은 무르익지 않았어. 오랜 시간이 필요하고, 나 아직도…….”

“난 그렇게 생각하지 않아.”

“그럼 어떡해?”

신노가 태연을 똑바로 쳐다보았다.

“너와 나, 같은 마음일 줄 알았어. 사랑 앞에서 정말 넌 겁쟁이구나. 이렇게 생각이 많다니……. 실망했다.”

태연은 신노의 날카로운 말에 어깨가 움츠러들었다.

“널 지금 이 순간에도 사랑하지만 무척이나 실망했어. 그런 생각을 할 수 있다는 것이 실망스러워. 당장은 너랑 아무 말도 할 수 없을 것 같다. 나중에, 그때 마음 가라앉히고 다시 얘기하자. 지금은 들어가라. 그리고 출장 잘 갔다 오고.”

신노는 머뭇거림도 없이 돌아서 버렸다.

“난 그저 생각할 시간이 필요하다고! 사랑 앞에 나 같은 사람도 있단 말이야!”

태연은 그의 뒤통수에 대고 소리쳤지만, 그는 작은 반응도 보이지 않은 채 멀어졌다. 그녀의 거듭된 외침은 그 반듯한 등에 튕겨져 사방으로 흩어져 버렸다.

 17

LA공항에 도착했다. 태연은 우울한 표정으로 창문을 통해 눈앞의 세상을 내려다보았다. 비행기가 멈추고 승객들은 활기찬 움직임으로 내릴 준비를 하는 동안 천천히 좌석에서 일어났다. 지난 한 달간, 파리에 머물면서 세 편의 칼럼을 마쳤다.

〈생각보다 분위기 자체가 너무 축 처져 있네요. 아무리 마음대로 가는, 파리 칼럼 여행이라고 해도 좀 뒤죽박죽이기도 하고. 흔한 파리 관광 명소에서 캐낸 흔치 않은 일상의 느낌이 이번 글의 주제인데, 좀 흐릿한 것 같네. 나쁜 건 아니고 방향은 좋아요. 근데 아예 무질서한 것과 남에게 그런 분위기를 살짝 풍기는 것과는 차이가 있지 않나? 손 좀 봤으면 합니다. 사진은 마음에 들어요. 글은 좀 더 길게 그리고 여자만의 팍팍 튀는 사치스런 그럼 감정이 들어갔으면 좋겠고. 뭘 갖고 싶은 그런 욕구가 내재되어 있었으면 해요. 남자든, 물건이든, 사소한 것이라도, 욕심과 감정을 갖고 다가가는 것이 이 글의 생명력이 될 것 같아요. 이 말은 자기가 이 칼럼 방향으로 정해놓은 것 아닌가? 내가 한 말이 아니라. 그러니까 좀 살려봐요. 연애 감정도 살리기로 해놓고선. 파리로 한 달간 떠난 아름다운 여자의 시선이 아닌 뭔가 우울하고 침울해서 축 처진 느낌이 들어서야……. 이방인에 대한 성적 호기심도 자기만의 고품격으로 승화시켜 주길 바란다면 무리일까요? 자긴 자유롭고 아름다운 존재잖아. 조금만 그 존재감을 살려달라는 것은 큰 요구도 아니지. 맞죠? 근데 무슨 일 있어요? 왜 이리 오자가 많아. 이런 적 자기한테 없었잖아.〉

태연은 파리 변두리에 위치한 선배의 작은 아파트의 허름한 소파에 앉아 편집장의 요구 사항에 맞춰 원고를 몇 번씩 고쳐서 겨우 OK 사인을 받았다.

태연에게 적재적소에 따라 감을 살리며 기가 막히게 분위기를 살리는 재능은 노력이 아니라 타고난 것이었다. 지금껏 그런 감을 잃은 적이 없었다. 그러나 샤를 드골 공항에 도착했을 때부터 마음속 어딘가가 고장이 나더니 제대로 굴러가지 않는 기분이 들었다. 그렇게 한 달 내내 감은 떠나 있었고, 오직 한 가지 생각에 매달려 있었다.

'신노와 헤어지고 말았어.'

싸움 한 번으로 사랑하는 사람들이 헤어질 수 없다고 칼럼에서 확신에 가까운 주장을 펼쳐왔지만 지금 이 모든 징후들은 이별이란 단어밖에 설명할 길이 없었다. 사랑하는 사람일수록 상처 한 방에 나가떨어질 수 있다는 진리 같은 추측이 자꾸 그녀를 괴롭혔다. 태연은 파리에 도착했을 때 신노와의 일을 제일 먼저 자책했다.

"무척이나 실망했다."

그의 그 말만 뇌리 속에 박혀 계속 무한 반복되었다. 그렇게 반복될 때마다 그의 어투와 표정 그리고 화난 호흡까지 생생히 기억나며 콕콕 쑤셨다. 윤기 나는 머리카락은 어느새 푸석푸석해졌다. 태연은 그 머리를 잡아 마구 헝클어뜨리며 사태 수습을 어떻게 해야 할지 고심했다. 아니, 그보다 마음을 어떻게든 정리해야 했다. 이상했다. 후회할 줄은 알았지만 함께 속도 시원할 거라 생각했다. 겉과 속이 다르다는 것은 답답하고 관계가 멀어지는 고통이니 어찌 됐든 그 속을 내보였으니까 뭔가 뻥 뚫릴 줄 알았는데 하나도 시원하지 않았다.

선배의 꼭 필요한 가구만 있는 단출한 작은 아파트에서 무작정 신노의 전화만을 기다렸다. 태연은 초조한 마음으로 손가락을 잘근잘근 깨물며 시간을 보냈다. 일하면서도 마찬가지였다.

세느 강을 가르는 유람선을 타면서 퐁네프 다리 그리고 노트르담 성당이나 오르세 미술관 등 주위 경관을 초점 흐릿하게 찍을 때도 신노가 자신에게 전화를 할 거라고 믿었다. 몽마르트 언덕의 물랭 거리에서 거리 화가의 모델이 되었을 때도, 광장에서 행인들의 발걸음을 잠깐 묶어두는 재즈 연주가의 음악에 심취했을 때도 마음 한편은 신노에게 가 있었다.

태연은 나시옹 역 근처 노천 벼룩시장에서 작고 오랜 세월이 묻은 나무 의자를 사며 허전한 마음을 달랬다. 선배도 좋아하고, 태연도 떠나기 직전까지 자주 앉았다. 사람 손때가 묻은 작고 불편한 의자에 앉으면서 불편한 생각들을 마음껏 했다. 그 의자에 앉아 저 멀리 보이는 성당을 보며 집에 돌아갈 때까지라도 신노의 말 그리고 그에게 했던 말들을 떠올리지 않겠다고 다짐했다. 그렇게 겨우 한 달을 채우고 파리를 떠나 마지막 일정인 LA로 갔다. 그곳에서 열릴 시사회와 여러 행사 취재를 한 후 칼럼을 쓸 예정이었다.

다행히 파리에서 보낸 칼럼은 대체적으로 호평을 받았다. 흔히 다른 여행 칼럼에서도 나온 파리 지하철 노선표에 대한 것을 쉽게 풀었다. 역마다의 사진과 그곳에 대한 감상, 사람들의 표정, 어디로 갈 수 있는지의 자세한 내용과 함께 곳곳의 연인들을 무작위 사진으로 둥그렇게 배열했고, 스케치를 해서 짧은 이야기들을 썼다.

〈몇 번 손대서 잘된 칼럼 없는데, 이번 것은 약간 덕지덕지인데도 매력 있네. 흔한데도 개성이 있고, 사진의 톤과 시각이 약간 바랜 듯한 느낌이라 써 미음에 안 늘었는데 볼수록 괜찮네요. 반응도 좋고. 이름값에 따른 맹목적인 반응일 수도 있으니 마음 놓지 말아요. 그래도 좋긴 좋으니…… 이 정도면 OK.〉

태연은 깐깐한 편집장의 OK 평가에도 내내 우울함을 떨치지 못했다.

'정말 헤어진 것인가?'

한 달이 넘게 전화 한 통, 메일 등 그 어떤 방식으로든 떨어져 있는 애인에게 어떠한 연락도 하지 않았다. 태연은 자신도 연락하지 않았다는 걸 잊어버리고 그의 연락에만 곤두서고 있었다. 이별인가!

LA로 가는 내내 그 생각을 놓지 못했다. 다른 승객들과 함께 통로를 지나서 출구를 터벅터벅 걸어 나와 수속을 모두 마친 다음 공항 청사 밖으로 나왔다. 그녀는 택시를 잡고 이미 영화 기자가 머무는 호텔로 향했다. 도시의 화려한 불빛은 희미한 그림자가 되어버린 채 자신의 생각에 묶여 꼼짝달싹도 못했다.

태연은 객실 안을 화난 사람처럼 어슬렁거렸다. 며칠째 묵고 있는 이곳의 정경은 전혀 눈에 들어오지 않았다. 해변에서 불어오는 훈풍과 더불어 탁 트인 시야와 맞닿은 풍광에 밤이 되면 화려한 도시 위로 솟구친 빌딩에서 내뿜는 네온사인이 바로 눈앞을 어지럽히는데도 성난 마음 때문에 참으로 먼 풍경이었다.

"여보세요!"

태연은 더 이상 참지 못하고 신노에게 전화를 걸고 말았다. 그러나 그의 휴대폰은 불통이었다. 정말로 그는 그녀의 실수를 용서하지 않을 작정인 모양이다. 그리움은 깊은 슬픔을 불러들였고, 깊은 슬픔은 마음에 구멍을 내어 분노를 끌어들였다. 그리고 그 분노는 이성을 갉아먹기 시작했다. 그것도 상당히 빠른 속도로.

"여보세요!"

다시 외쳤다. 태연은 이번엔 더 생각할 것도 없이 그의 집으로 곧장 전화를 걸었다.

〈김태연! 너야?〉

신나의 높다란 목소리가 귓가에 들렸다.

"오빠, 어디 있어?"

태연이 모든 안부 인사를 제치고 다짜고짜 물었다.

〈직장에 있겠지, 뭐.〉

"……."

태평한 소리에 태연은 씩씩거리는 호흡 소리만 냈다. 심상치 않은 기색에도 신나는 쩝쩝거리면서 무언가를 잘도 먹고 있었다.

〈잘 지내냐? 야, 말해봐.〉

"너랑 나랑 싸웠잖아."

태연이 차가운 기운이 뚝뚝 떨어지는 냉랭한 투로 가차 없이 대답했다.

〈그럼 끊든가…….〉

"오빠, 어때?"

〈오빠? 좋지. 그 양반은 언제나 똑같잖아. 기도하고, 출근하고, 청소하고, 책 보고, 글 쓰고, 등산하고, 잔소리하고……. 근데 네 애인 얘기를 나한테 왜 묻냐? 그것도 싸운 나한테. 아무리 떨어져 있어도…….〉

신나의 목소리가 사라졌다. 태연은 휴대폰을 놓쳤다.

"말도 안 돼, 말도 안 돼, 말도 안 돼."

"정말 말도 안 된다. 미치겠다. 호텔방 빼고 무전 취식이라도 해야지."

색실 안으로 들어온 영화 전문 기자가 태연의 말을 받아서 툴툴거렸다.

"일주일 정도 시사회가 늦춰질 것 같대. 미치겠어."

일정이 어긋나자 그것에 온통 신경 쓰느라 태연의 상태는 눈치 채지 못했다. 선배 기자는 다시 애매한 기약만으로 기다려야 한다는 소식을 투덜대며 전해주다가 법인카드를 던지며 탁자를 쾅쾅 두들겼다. 흥분이 진정된 뒤, 선배는 의자에 다리를 쭉 뻗어 앉았다.

"무작정 기다려야 한다니, 무얼 할까?"

"잠깐 갔다 올게요."

"그럴래? 그래라."

태연은 말 그대로 무작정 가방을 메고 나갔다. 머리를 식히고 싶고, 머릿속을 터지게 하는 생각들을 반쯤 덜어내려 했지만 이상한 방향으로 흘러갔다. 무작정 걷다가 택시를 타고 정신을 차리니 자신이 공항으로 가겠다고 말한 것을 깨달았다. 여기까지 왔으니 공항 구경이나 할 생각이었지만 그리움과 분노와 후회와 슬픔이 한 덩어리가 되자 자꾸 충동이 무서운 불덩어리처럼 자리 잡았다. 그 불덩어리가 그녀를 가만히 있지 않게 했다. 중요한 것은 손가방에 다 넣어두었고, 지금 그 손가방이 그녀에게 있었다. 태연은 한국으로, 그리고 이천으로 가고 싶었다. 그 욕망에 따라 개인카드로 긁어 표를 끊고, 할 일을 산더미처럼 남겨둔 채 비행기에 타버리는 바보 같은 실수를 해버리고 말았다.

진짜 바보는 자기가 바보인 줄도 모른다는 그 말이 완전 맞아떨어지고 있었다. 하나만 알고 나머지 열은 하나도 모르는 상태가 되어버렸다. 식사까지 거르고 오랜 비행 후, 한국으로 돌아왔다. 한 달이 넘은 기간이 마치 일 년처럼 느껴졌다. 한국에 오니 무슨 일을 먼저 해야 할지 너무도 선명했다. 태연은 그 일을 위해선 어떤 바보짓도 두렵지 않았다. 신노의 얼굴을 봐야 한다. 자신의 실수를 용서치 못한 그 얼굴을 보고 무슨 말이든 날려줄 생각이었다.

택시를 타고 이천으로 바로 달려갔다. 이천에 도착하니 벌써 해가 저물고 주위가 완전히 깜깜해졌다. 태연은 옆집에 아직 부모님이 살고 있다는 사실도 간과해 버렸다. 주저하지 않고 신노의 집 벨을 세차게 눌렀다.

"누구야?"

"……."

태연은 대답 없이 신노가 나올 때까지 벨을 눌렀다.

"야! 시끄러워."

문을 열고 나온 것은 신노가 아닌 신나였다. 오늘이 주말인가! 태연은 날짜, 요일 감각을 깡그리 잃어버렸다.

"오빠, 어디 있어?"

"너 여기 웬일이야? 일 벌써 끝났어? 아닌 것 같은데……. 오우, 이 몰골 봐라."

신나는 헝클어진 머리에 퀭한 커다란 눈 그리고 까칠한 입술과 푹 꺼진 뺨으로 다짜고짜 물어보는 태연을 마주했다.

"오빠, 어디 있냐고? 주신노, 어디 있어?"

"이게? 막 이름을 부르고. 몰라. 내가 어떻게 아냐?"

신나는 태연을 물끄러미 바라보았다. 잔뜩 열이 오른 고양이처럼 비쩍 딜이 곤두선 모습 같았다.

"싸웠냐? 네 얼굴 보니까 딱 그런데……. 우리 오빠는 딱히 달라진 것이 없는데, 누구랑 싸웠냐?"

신나는 슬쩍 거짓말을 했다. 이미 오빠의 모습만으로 갈등이 좀 있었을 거란 눈치를 챘다. 혼자 멍하니 있어서 불러도 모르고, 기도하는 횟수보다 혼자 고심하는 모습이 많았다. 그러나 태연처럼 이렇게 흐트러진 모습은 아니었다. 또한, 제 생활도 충실히 해내고 있었다.

"정말 몰라?"

"몰라. 우리 오빠가 어린애냐, 일일이 나한테 말하고 다니게."

신나는 시치미를 뚝 떼고 흥미로운 눈으로 태연을 흘끔흘끔 관찰했다. 영리한 김태연, 운발 좋은 김태연, 능력까지 좋고 감 또한 좋은 김태연, 그 여시 같은 김태연이 어디에도 없고 사랑 하나 때문에 휘둘려진 여자만이 있었다.

"정신 차려, 김태연! 들어가서 물이나 마시고 오빠 기다리자. 좀, 아니, 한참 있다 올 거야. 야, 들어와."

태연이 돌아서더니 뚜벅뚜벅 걸어 나갔다. 신나는 잡으려다가 멈칫했다.

"네 집으로 가서 좀 씻어라. 네 몰골 엉망이야. 집으로 가, 네 아파트로……!"

신나가 두 손을 입에다 대고 나팔처럼 소리를 높였다.

비행기를 타고 다시 미국 호텔방으로 돌아가야 했다. 그러나 폭발적인 감정 소모로 지칠 대로 지친 태연은 신나가 귀가 아프게 소리친 대로 멍하게 집으로 가고 있었다. 지금이라도 연기된 시사회가 앞당겨지면 경력과 명성에 큰 타격을 입을 수도 있었다. 지금껏 약속이나 시간을 어겨본 적이 없었을뿐더러 사실 이렇게 미쳐 본 적도 없었다. 그래서 그런지 기운이 빠져 몸이 천근만근 무거웠다. 택시에서 아파트 앞에 내릴 때는 그만 휘청거릴 뻔했다.

"미쳤어."

아파트가 흐릿하게 보이고 사람들은 비스듬하게 걷는 것 같았다. 자꾸 헛것이 눈앞에 어른거렸다. 자신을 등지고 아파트를 바라보고 있는 남자의 오롯한 뒷모습이 넓고 반듯한 것이 낯익었다. 그것만이 아니다. 바람결에 휘날리는 검은 머릿결과 단정하고 깨끗한 뒷목과 퇴근길에 데이트할 때 입었던 낡은 양복까지, 머리가 만들어내는 환상이다. 태연은 자신의 눈을 전혀 믿지 않았다. 그래서 그 형상으로 돌진해서 스스로 마음속을 괴롭히는 환상을 깨려고 터벅터벅 걸어 나갔다.

"태연이니?"

"여기…… 왜…… 왔어요?"

"너 출장 가 있는 동안 집 보기로 했었잖아. 그리고 너 보고 싶을 때마다 오겠다고 했고. 잊어버렸어? 왜 이렇게 놀라?"

태연은 핼쑥한 그의 모습보다는 평상시와 같은 신노의 태도에 당혹했다.

"우리, 헤어졌잖아."

"우리가?"

신노가 반문했다. 많이 놀랐는지 그의 보기 좋은 눈썹이 휘어지고 눈가에 없던 주름이 생기는 것과 동시에 관자놀이의 힘줄이 파닥거렸디.

"왜 모른 척해요?"

태연은 분노가 분노로 터지지 못해 울컥하고 말았다.

"전화도, 메일도, 그 어떤 것도 한 달 반이나 안 한 사람이 우리 사이가 헤어진 걸 모른단 말이야?"

"네가 생각할 시간을 달라고 했잖아. 그래서 아무 연락 못했어. 연락하면…… 싸울 때처럼 내 주장만 할 것 같아서……."

"어떻게 그럴 수 있어요?"

"널 잃을 순 없잖아."

신노의 진심이 그의 눈에서 전해져 왔다. 절실함은 늘 몸에 밴 절제에 한곳으로 뭉쳐 있지 않고 몸 곳곳에 퍼졌지만 그래도 눈에 제일 크게 번졌다.

"내가 안 보고 싶었어요? 어떻게 이리 편안할 수가 있냐고? 난 이렇게 엉망인데……."

"보고 싶었지. 하루에도 몇 번씩 널 보고 싶었지만, 방해하면 안 되니까. 대신 여기에 오면서 마음을 달랬어. 내 욕심도 덜어내려면 시간도 필요하고, 또한 네 마음이 가장 중요하다는 생각을 했어. 우리 결혼, 네가 싫다면……."

태연은 신노의 말 한마디 한마디에 집중하다가 결정적인 순간, 그의 긴 호흡에 두려운 나머지 말을 가로챘다. 머리가 뒤죽박죽이었다.

"내가 싫다고 하면 끝이겠네."

"네가 날 사랑하는 걸 알아. 우리 같이했던 그 밤, 우린 전부를 줬어. 우리가 나눈 것은 육체뿐이 아니라는 걸 느꼈어. 내 사랑을 다 준 마음에 네 사랑이 안 들어왔으면 허전하고 괴로웠을 거야. 근데 난 행복했어. 그때, 이성을 너무 잃어서 널 밤새 힘들게 하긴 했지만…… 우린 서로 사랑해. 다만 네가 겁이 났다는 걸 이해하는 데 시간이 좀 걸렸어. 화났을 때조차 너랑 헤어질 생각 추호도 없었어. 다만 나와 같지 않다는 것이 참을 수 없었을 뿐이야. 만약 지금 네가 나랑 결혼하기 싫다고 해도 난 절망하지 않을 거야. 화도 안 내고. 대신 설득할 거다. 이 세상에 내 짝은 너밖에 없으니까, 너 아니면 안 되는 나를 받아달라고. 그리고 기다리겠지."

그렇게 말하는 신노의 얼굴은 수척했다. 하지만 끝이라고 생각했던 태연만큼은 아니었다. 그녀의 얼굴은 과장을 덧붙여 몇 년의 풍파를 다 겪은 모습과 비슷했다. 이것을 회복하기 위해선 영양가가 높은 음식과 유분과 수분이 적당히 잘 배합된 화장품과 과일과 휴식 그리고 가장 중요한 주신노의 끝도 없는 사랑만이 그 풍파의 흔적을 지울 수 있었다. 태연의 분노는 불씨를 꺼뜨리지 않은 채로 그리움으로 급속히 전환되었다.

"미안하다고…… 말하려 했었단 말이야. 그렇게 말하지 않고도 내 불안을 얘기할 수 있었는데, 앞뒤 안 가리고 말한 것이 너무 후회됐어. 오빠가 나한테 실망할까 봐 마음을 얼마나 졸였는지 몰라. 근데, 뒤늦게 아무리 연락해도 받지도 않고……."

울컥한 마음 때문에 목까지 따가운 채로 아파왔다.

"휴대폰을 잃어버렸어. 찾지도 못했고. 그것 때문에 고생 좀 했지."

신노가 마치 죄지은 사람처럼 안타깝게 중얼거렸다. 태연은 약간 맥이 빠졌다. 그러나 곧 그의 상태가 살짝 부딪친 손의 떨림으로 다가왔다. 그가 눈에 띄지 않게 떨고 있었다.

'신노 역시 평상시와 같은 순 없었나 보다.'

태연은 두 눈에 맺힌 눈물로 글썽거렸다.

"미안해요."

"미안해하지 마. 내가 너무 몰아붙였어. 난 단순한 사람이라 사랑과 결혼은 별개가 아니라고 보니까 사랑한다고 말했으면 무조건 결혼해야 돼. 사실 내 딴엔 청혼도 너무 늦은 게 아닌가 생각했는데……."

태연은 울다가 웃고 말았다. 신노는 자신이 한심하다는 듯 고개를 끄덕거렸다.

"알아, 나 바보야. 신나가 그러더라, 여자들에겐 아무리 사랑하는 사람과 결혼해도 결혼은 현실이라고. 현실은 고달픈 거라고. 그리고 나처럼 막힌 남자와 살려면 준비가 많이 필요할 거라고. 그래, 그걸 몰랐어. 내가 미안해."

태연이 눈물을 손으로 닦으며 얼굴 반을 가렸다. 마음을 다 드러내는 그와 자신 때문에 얼굴이 화끈거렸다.

"신나에게 우리 얘기 했어요?"

"아니, 그냥 와서 얘기하던데……. 난 네가 한 줄 알았어."

"저 혼자 떠든 거네."

신노가 고개를 끄덕거렸다.

"미안해하지 마."

"안 해요. 미안해하지 않을 거야. 사랑해요."

태연이 신노에게 푹 안겼다. 꾸준한 노동으로 보통 남자보다 약간 더 힘이 센 그가 휘청할 정도로 중심을 그에게 모두 던져 버렸다. 신노는 태연을 품에 가득 안은 채로 한두 걸음 뒤로 가다가 힘 있게 버텼다.

"사랑해. 오빨 사랑하는 걸 알고 있었지만 이 정도인 줄 몰랐어. 매 순간 화나고 그립고 속상하고 그랬어."

칼럼니스트 김태연은 연애 부분에서 아무리 사랑해도 절대로 애인에게 감정을 다 내보이는 어리석은 실수를 저지르지 말라고 누누이 당부하곤 했었다. 이것은 연애 칼럼니스트들이 꼭 언급하는 연애 불변의 진리였다. 자고로 남자란 모든 걸 얻었다고 생각할 때 흥미를 잃고 방향을 못 잡고 흔들리며 딴 곳으로 시선을 돌리는 못된 본능이 있으니까, 밀고 당기기를 잘해야 한다는 것이었다.

태연은 신노 앞에서 그 불변의 연애 이치도 완전히 깨뜨릴 만큼 그에게 마음을 완전히 줘버렸다.

"내가 오빠보다 더 사랑하는 것 같아."

"그건 아니다. 난 우리 사이에 이별은 있을 수 없다고 생각하니까, 내가 더 사랑하지. 할머니, 할아버지가 될 때까지 같이 의지하며 살 거니까. 우린 결혼할 거야. 그럴 수밖에 없어. 내 반려자는 너니까. 다만, 시간이 필요하다는 걸 알았어. 네가 결정해. 난 항상 옆에 있으니까. 알았지?"

"응."

태연은 눈물로 반짝거리는 얼굴로 신노를 바라보았다. 그의 반듯하고 단정한 얼굴에선 깊은 사랑이 흘러넘쳤다. 화려한 네온사인이 아닌 은은한 달빛처럼 그의 광채는 아련하게 밝았다.

태연은 신노와 손을 잡고 아파트를 향해 행복하게 걸어갔다. 그러나가 문득 일을 남겨두고 날아왔다는 사실을 떠올렸다.

"미쳤어, 미쳤어, 미쳤어."

태연의 반복된 말들이 신노를 놀라게 했다. 태연은 급하게 설명하며 반대 방향으로 냅다 뛰기 시작했고, 신노는 그녀를 안정시키며 택시를 잡아 같이 공항으로 급하게 갔다. 가는 동안 내내 그녀의 미쳤다고 외치는 횟수만큼 잘될 거라고 빌어주었다. 천만다행으로 태연은 다시 가장 빠른 시간 안에 LA편 비행기에 탑승했다. 신노는 비행기가 떠나는 것을 볼 때까지 있다가 돌아와서도 그날 밤 내내 태연이 무사히 일을 마치고 돌아오게 해달라는 철야기도를 시작했다.

태연은 자신이 정말로 운발 좋은 여자라는 것을 미국 도착해서야 알았다. 그녀가 도착하고 이틀 후에 시사회가 있었고, 선배 또한 미국 친척 집에 사소한 문제가 있어, 그녀의 부재를 신경 쓰지 않았고 일은 술술 잘 풀렸다. 그리고 태연은 다시 아름다운 외모를 찾아갔다.

'이 세상에 하나밖에 없는 짝을 찾았어. 놓칠 뻔했지만 그를 잃지 않아 다행이야. 결혼도 찬찬히 준비할 수 있고. 그래, 난 역시 운 좋은 여자야.'

 18

　친구들끼리 간만에 모이는 자리에 태연은 늘 그렇듯 세련되면서도 편안한 차림으로 등장했다. 친구들은 또 한 번 감탄하지 않을 수 없었다. 때깔이 남다른 김태연이 아닌가. 미인 대회 출신으로 170㎝ 넘는 키에 날씬하면서도 은근한 글래머. 게다가 성숙한 미모이지만 앳된 모습까지 가지고 있다니.

　"아무리 생각해도 김태연이 주신노와 사귄다는 것은 정말로…… 기적이다. 김태연이 엄청 대단한 남자를 만날 거라고 믿어 의심치 않았는데, 주신노한테 삐지다니. 참 이것도 대단한 일이나. 어쩌다가 이렇게 됐냐……."

　"김태연이 미친 거지."

　"말 되네, 사랑은 미쳐야 하니까."

　친구들의 말에도 태연은 흔들림이 없었다. 신노와 본격적으로 마음을 터놓고 연애한 지도 1년이 넘어간다. 지금껏 연애한 것 중 가장 행복한 시간이었다. 특별한 사건이 없어도 주신노라는 남자가 자기 사람이라는 확신이 들었다. 신노는 연애에서도 밀고 당기기를 모르는 남자였다. 요즘 이것을 여자보다 더 잘하는 남자들이 수두룩하지만 그는 아니었다. 그저 연애에서 부지런하고 성실할 뿐이다.

"무슨 생각을 그리 골똘하게 하냐?"

"아무것도 아니야."

태연은 친구들과 오랜만에 회포를 푸는 자리에서 자기 고민에 빠지지 않기로 했다. 유부녀 친구들은 아닌 남자와 데이트를 하는 태연과 하리를 골려주는 데 시간을 거의 할애하고 있었다. 그리고 더불어 죄 없는 은행과 하정까지 달달 볶기 시작했다. 은행은 콩같이 귀엽고, 덩치 있는 하정 또한 요즘 들어 미인의 반열에 올라서서 모두들 놀라고 있었다. 의술의 도움 없이 이렇게 예뻐진 이유가 분명 사랑에 있다며 유부녀 친구들은 더 몰아댔다.

"강하리가 아닌 남자랑 사귀다니, 그것도 바람의 전설과 말이야. 놀라워."

태연은 박서준과 남자와 여자로서 연결점이 없다고 펄쩍 뛰었던 하리가 조금은 부끄러워할 줄 알았는데 여유를 부리는 모습에 놀리고 싶어졌다.

"나도 놀라워. 사실 내가 이렇게 될 줄 몰랐거든."

하리는 자신의 단조롭게 충실한 연애사가 깨진 것에 아직도 적응을 못할 때가 있음을 처음으로 드러냈다.

"후회해?"

"후회는 안 해. 다 벌어질 만하니까 벌어진 일이고, 또 내가 부족한 탓도 있고. 솔직히 보기 안 좋게 된 것은 사실이지만 지금 내가 생각보다 행복하다는 데 의의를 두고 있어."

하리가 솔직하게 말하자 태연이 활짝 웃었다. 그녀가 웃으면 주변 여자들이 인상을 쓴다. 이유는 너무 예쁘니까.

"박서준하고 사귀다니……. 야, 네가 바람의 전설을 길들이다니. 놀랍다. 너, 그거 알지? 지금 너하고 사귄 기간이 기록을 깨는 거야. 한 사람하고 그렇게 오래 사귄 적 처음이라고 요번에 인터뷰한 것 봤어. 우리 잡지거든. 놀랐다."

태연의 말에 강하리가 긴 다리를 꼬며 피식 웃고 만다.

"김태연, 너도 만만치 않게 놀라워."

"나야 콩깍지 제대로 씌었지."

태연은 고백하는 어조로 말했다.

"많이 사랑하는구나."

"응. 근데 하리야! 결혼 언제 할 거야?"

"그 사단 내고 결혼식 파토 냈는데 또 결혼 준비하라고? 나 이제 새롭게 살고 싶어. 자유 영혼처럼. 결혼에 대한 용기도 없고, 또 구속받기도 구속하기도 이젠 싫어졌어. 그냥 자유롭게 사랑하면서 살려고."

"박서준 인터뷰, 나도 같이 했거든. 근데 박서준 씨는 완전히 사람이 달라졌던데? 이젠 바람이 전설이 아닌 한 사람만 사랑하고 정착하고 싶어 하던데."

"내가 가장 중요하다는 걸 최근에 깨달아서 그 깨달음을 쉽게 버리고 싶진 않아.”

강하리가 정숙하고 성실하고 능력 있지만 그놈의 고집이 엄청 세다는 것도 익히 아는 사실이다. 박서준이 강하리를 사랑하는 만큼 앞으로 고생할 것이 눈에 보이고 그것이 나쁘지 않았다.

박서준은 고생할 만해.

태연은 남 일이라고 재미있어하는 기분을 버리지 못했다.

“넌?”

“나?”

“결혼 말이야.”

자기 일에 봉착하니 태연은 심각해졌다. 문제는 결혼을 하고 싶은데 하지 못하고 있다는 거였다. 예전엔 마냥 느긋했고, 결혼은 많은 것을 신경 써야 하는 골칫거리였다. 한데 지금은 사정이 달라졌다. 이렇게 빨리 상황이 변할 줄 알았다면 주신노의 청혼을 그리 호들갑 떨면서 거절하지 않았을 것인데, 태연은 한 치 앞을 못 보는 무뎌진 감각에 한숨이 나올 뻔했다.

서른 살이 되는 것은 두렵지 않았다. 요즘 같은 세상에 서른이 별것인가. 그러나 그녀의 마음이 이젠 주신노에게 완전히 기울어진 상태인데다 다른 남자들에게 눈이 전혀 돌아가지 않지만 다른 여자들은 주신노에게 눈이 돌아간다. 하루가 다르게 멋져지는 그 때문에 머리가 띵했다. 빨리 내 것으로 해놓지 않으면 후회막심일 거라는 마음에 스크래치가 가는 일도 많아지고 있었다. 정신 건강을 위해서 그리고 짙어지는 사랑을 위해서라도 빨리 법의 힘을 빌려야 했다. 그렇지 않으면 이 잘난 김태연이 지나가는 여자들의 눈길을 막으며 소리칠지도 모른다.

'눈길 돌려. 내 남자란 말이야!'

"결혼할 거야?"

하리가 다시 물었다.

"하고 싶어."

다시 태연이 시무룩해져서 속마음을 드러냈다.

"청혼 안 했어?"

"했어."

"그런데?"

"내가 거절했었거든. 그땐 결혼이란 자체가 너무 숨이 막혀서. 근데 지금은……."

"달라졌구나."

"으응."

하리는 머리 좋고 단순명료하기로 학교 다닐 때부터 유명했다.

"그럼 네가 해."

"뭘?"

"청혼, 네가 하라고."

"내가?"

"뭐, 어때? 서로 사랑하고 지금도 사귀고. 그럼 이번엔 네가 해. 간단하네."

강하리의 말에 태연은 무언가 미리를 맞은 기분이었다. 이것이 깨달음인가.

그들과 헤어지면서 태연은 다시 깨달음과 맞닿았다. 하리는 별것 아니라는 표정으로 그녀를 응원했다. 정작 태연은 은행과 하정에겐 절대 아닌 남자를 피할 것을 주문했다.

"아닌 남자와는 사귀지 마."

"왜?"

둘 다 눈이 동그라진다. 아닌 남자한테 관심이라도 있나.

"내가 아닌 내가 되니까. 사람이 확 바뀐다. 물론 나쁘진 않아. 사랑의 힘이니까. 다만 모양 빠질 뿐이지."

그것은 맞는 말이긴 하다. 하지만 타인이 되는 것은 아니다. 그동안 체면 때문에 용기 없어서 눌러 놓았던 또 다른 본성이 고개를 든 것뿐이니까.

청혼은 남자가 해야 한다는 공식.

그걸 깨는 것은 상당히 어려웠다. 도전적이고 도발적인 면을 많이 가지고 있지만 보수적인 몇몇 생각이 발목을 잡고 있었다. 그것은 관습에 젖은 낡은 편견 때문이라기보다 그렇지 않으면 폼이 안 나기 때문이다. 하지만 결혼할 마음의 준비가 되었다는 뉘앙스를 풍기긴 해야 한다. 태연은 그런 작은 암시가 다시 주신노의 행동을 불러일으킬 거라고 믿어 의심하지 않았다.

*

"한 살 더 먹으니까 진짜 안정적으로 살고 싶다는 생각이 확실히 드는 것 같기도 해. 자기는 어때?"

이 정도면 너무 앞서는 걸까?

"똑같지. 늘 열심히 살아야 한다고 생각해."

그래, 이 남자는 약간 둔한 면이 있다. 아예 결혼이란 단어를 써야 알아들을 수 있을지도 모른다.

"우리 결혼하면 아이는 빨리 낳을까?"

태연은 신노와 데이트하면서 어린아이가 부모의 손을 잡고 가는 모습을 보고 무의식적으로 나온 것인 양 말했다.

"글쎄"

이 미적지근한 반응은 뭘까. 혹시 밀고 당기기인가. 태연은 바로 반성했다. 주신노는 그런 남자가 아니다.

"우리도 결혼하면 아파트에서 살까? 참, 자기 집에서 살자고 했지."

친구 결혼식 애기를 하면서 며칠 후에 다시 간을 보았다.

"으음."

확실한 반응을 보이지 않자 태연은 안달이 나기 시작했다.

"우리가 결혼을 말이야……."

대놓고 티를 냈다. 이 정도 했으면 신노가 진지한 표정으로 그녀를 보다가 이렇게 말할 줄 알았다.

'결혼하고 싶어? 나는 늘 준비가 되어 있어. 그래, 우리 결혼하자. 너무 감격스럽다. 김태연이랑 결혼을 하다니…….'

이런 감격의 얼굴을 보고 싶었다. 그런데 그는 정색을 하며 차분하게 입을 열었다.

"마음에 확신이 들어야 돼. 결혼이란 것이 너에게 엄청 압박이란 걸 깨달았어. 휩쓸려서 결정하는 것은 원치 않아. 네 마음에 확신이 완전히 설 때까지 난 기다릴 수 있어, 너의 확신이 느껴질 때까지."

태연은 머리를 맞은 것처럼 번쩍 정신이 아프도록 들었다.

이 남자는 모든 걸 허투루 받아들이지 않는구나. 그때 청혼을 거절한 것을 이런 식으로 받아들일 줄 몰랐다. 모든 것에 깨달음을 가진 남자가 아닌가. 그러면 이 남자랑 결혼하려면 어떻게 해야 하나. 엄청난 확신을 보여줘야 한다? 사랑하는 남자와 결혼하기 위해 체면을 던져야 하나? 아닌 남자를 사랑한 죄다. 어쩌면 좋지?

몇 번의 적나라한 그 암시 속에서도 주신노는 끄떡하지 않았다. 다른 남자였다면 그녀가 청혼을 거절한 것에 대한 앙심 내지는 쪼잔한 복수를 하는 거라고 의심했을 것이다. 그러나 그의 맑은 눈동자엔 그녀가 거절했던 그 결혼에 대한 불확실한 마음이 아직도 있을 거라는 두려움이 있었다. 그 두려움을 가시게 하려면 어떻게 해야 하나. 행동하는 자가 주신노를 얻는다. 주신노가 뭐라고……. 이 생각은 드는 동시에 사라졌다. 김태연은 자신을 가장 소중하게 여기는 여자였다. 그 여자가 가장 사랑하는 남자가 아닌가. 그녀는 마음의 준비를 위해 성당에 갔다.

종교가 없는 사람이라도 이럴 때는 찾게 되는 것이 종교의 힘인 것 같다. 사람들은 약할 때 자신에게서 힘을 얻을 수 있으면서도 그것을 직접 얻는 경우보다 다른 힘에 의존해서 자신의 용기를 깨닫게 된다.

생전 본 적 없는 나이 든 신부님은 그녀의 불안한 마음을 들어주었다. 고해 아닌 고해를 하는 순간 인지하지 못했던 마음이 불쑥 나오고 말았다.

"제가 평생 한 남자만을 사랑할 수 있을까요?"

노신부는 그녀가 누구인지 모른다. 그런데도 당황하거나 지적하지 않았다. 대신 질문 하나를 던졌다.

“그 남자분이 없어도 살 수 있으십니까?”

“아니요.”

노신부가 더 이상 말이 필요 없다는 듯 온화한 미소를 지었다. 그 단순한 논리는 진실이 되었다. 그 진실 앞에 창피와 자존심, 허세 이런 것은 뜬구름이 되어 날아가고 어떻게 해야 할지 머릿속에 바로 들어왔다.

“생일이라고 이렇게 할 필요 없는데. 돈 많이 쓰는 것 아니야?”

“이 정도는 괜찮아요.”

이 정도는 괜찮았다. 그가 알면 까무러칠 정도의 가격임이 틀림없지만. 그들은 카페에서 생일 파티를 하고 있었다. 그녀가 고집을 부려서 생일 파티 겸 저녁 식사를 내기로 한 것이다. 그가 걱정하는 모습에 재차 태연은 괜찮다고 말했다. 사실, 아주 비싼 것은 아니다. 오늘 하루 카페를 빌리는 데 쓰인 돈으로 심장이 벌떡거릴 만큼은 아니라는 얘기다. 그만한 재력이 있고, 또한 인맥도 만만치 않아서 번화가가 아니면서도 분위기 좋은 카페를 적정선에서 빌릴 수 있었다.

“오늘 손님도 그리 많지 않네.”

“그러게요. 오빠.”

태연은 화사한 미소를 지었다. 좀 떨어진 몇 테이블에 손님들이 식사 중이고, 앞무대엔 통기타 가수들의 공연이 편안한 분위기를 자아냈다. 신노도 자기 생일에 거창하지 않으면서도 편안한 분위기에 젖어들었다. 가수는 어찌 알고 신노가 좋아하는 참으로 건전하고 아름다운 노래들만 부르고 있었다. 산과 꽃 그리고 인생을 노래하는, 참으로 김태연에겐 한없이 따분한 예전 노래들이었다.

가수, 웨이터, 그리고 다른 테이블의 멀찍한 손님들까지 모두 고용된 사람들이다. 그들은 오늘 연기 중이었다. 돈으로 고용한 사람 앞에선 생쇼를 해도 창피하지 않다는 김태연의 지론으로 모든 걸 철저히 만들어냈다. 그들은 이 모든 일을 밖으로 발설하지 않겠다는 계약서까지 썼고, 휴대폰까지 금지였다.

그렇다고 해도 마음이 뒤숭숭한 것은 사실이었다. 이 모든 걸 남자가 여자에게 해야 하는 것이 아닌가. 하지만 그의 청혼을 거절한 것은 자신이니까 그것을 만회하기 위해선 조금의 노력을 더 하기만 하면 되는 것이다. 식사 도중에 자리에서 일어나 화장실로 간 태연은 화장실에서 화장을 고치고 숨을 가다듬고 용기를 냈다.

할 수 있다. 할 수 있다.

그러는 사이 신노는 신나로부터 전화를 받고 있었다. 그리고 아무것도 모르는 그는 신나가 동생들과 근처에 있다는 말에 카페 이름을 말하며 오라는 말까지 했다. 웨이터가 케이크를 가지고 왔을 때 태연은 테이블로 오지 않고 무대에 나타났다.

"오빠, 생일 축하해. 선물 준비했어."

그녀가 노래를 부르기 시작했다. 피아노 반주에 맞춰 부르는 노래는 꽤 수준급이었지만 떨리는 마음에 자꾸 음정이 빗나갔다. 하지만 신노에겐 어떤 천상의 노래보다 아름답게 들리는 모양이었다. 그의 얼빠진 모습에 태연은 창피함도 떨리는 마음도 모두 벗어버릴 수 있었다. 당신이 이 세상에서 얼마나 소중하고 아름다운지 찬양하는 노래였다, 그리고 우리의 사랑이 영원하길 바라는.

그녀는 진짜 열심히 불렀다. 그리고 노래가 끝날 무렵, 자꾸 가라 앉으려는 목소리를 가다듬었다.

"주신노 씨, 사랑합니다. 우리 결혼해요. 이 마음은 진짜예요. 당신과 결혼하고 싶어요. 결혼해 줄 거죠?"

감격한 신노는 자리에서 일어났다. 그리고 그녀에게 다가오고 있었다. 그때 신노의 동생들이 우르르 오빠 자리로 몰려와 무대를 쳐다보고 있었다. 태연은 순간 휘청할 정도로 놀라고 말았다.

"오빠 생일에 별것을 다 본다."

그들이 뭐라고 더 말을 하기도 전에 신노가 무대로 날렵하게 올라와 태연의 손을 잡으며 물었다.

"정말 마음을 정한 거야?"

"그러니까 이렇게 용기를 내지요."

"고마워."

"답을 해줘야죠?"

"결혼하자. 아니, 결혼해 줘."

태연은 신노의 동생들에게, 더군다나 가장 친한 신나에게 들켰다는 낭패감을 물리칠 수 있었다. 물밀듯이 밀려오는 행복함과 본연의 뻔뻔함으로. 어찌 된 일인지 신나는 놀리거나 예전처럼 반대하지 않고 김태연의 밍가진 모습에 애달파했다.

"애쓴다, 김태연! 대체 주신노가 뭐라고 이렇게까지 하냐, 김태연이, 천하의 김태연이……. 사랑이 죄지."

신명 또한 급격한 마음의 변화를 보였다.

"정말로 오빠를 많이 사랑하나 보다. 진심이 느껴지는 것 같아. 용기가 대단한 거지, 저 사람들 앞에서 저렇게 청혼하다니."

둔한 신명과 달리 신나는 이미 눈치를 채고 있었다.

"알바값 얼마예요?"

"시간당 ○만 원이요."

신나가 몸을 쭉 빼고 건너편 탁자의 연인들에게 묻자 그들의 입에서 답변이 저절로 튀어나왔다.

"돈 많다, 김태연."

신나의 말은 신노에게 들리지 않았으나 신명은 알아들었다. 신명의 감흥은 눈에 띄게 줄어들었지만 꺼지진 않았다.

"예쁘고 착한 태연 누나가 형수님이 되어서 너무 좋다."

휴가 나온 신우는 군복에 짧은 까까머리였다. 그렇다고 잘생긴 얼굴이 가려지진 않았다. 원래 머릿발이 없어도 알아주는 미남이었다. 그것은 형과 같았지만 성향은 요즘 젊은이답게 자유롭고 개방적이었다. 다만, 형의 가르침에 따라 착하게 살려고 노력하는 건실함도 가지고 있었다.

"야, 예쁜 건 알겠지만 착한 줄은 네가 어떻게 아냐? 거의 어릴 때만 보고 왕래도 없었으면서."

신나가 막내 남동생에게 딴죽을 걸었다.

"저렇게 예쁜데 안 착하겠어?"

"남자들이란……."

한심하다는 듯 신나가 말했다.

"예쁘면 다 착하냐? 이 어리석은 인간아, 네 앞날이 걱정된다."

"물론 안 예뻐도 착해. 하지만 내 눈에 예쁘면 더 착하게 느껴져."

"쯧쯧쯧."

혀를 차는 쌍둥이 누이들을 바라보는 신우에게 깨달음이 갑자기 들이닥쳤다.

"그렇지 않은 경우도 있지."

"이제야 아는군."

신우는 누나들의 답변을 무시하고 계속 말을 해나갔다.

"예쁘다고 할 수 있는 얼굴을 가지고 있음에도 고약한 성향으로 오래 보면 그리 예쁘지 않은 이들이 있지. 보면 볼수록 짜증 나는 얼굴. 안타까운 일이야."

"누군데?"

"이런, 이젠 미련하기까지 하다니, 누구긴 누구겠어요. 바로 그대들이지."

말이란 무섭다. 그만한 결과를 꼭 수반하니까. 신우는 자신이 한 말의 대가를 한 10분간 호되게 받았다. 누이들의 주먹의 강도가 다른 여자들과는 상상할 수 없을 정도로 세다는 걸 절감하는 시간이었다.

하지만 그런 우악스런 시간이 바로 코앞에 있는 이들에겐 달콤하고 진지한 사랑의 연속일 뿐이었다. 태연과 신노는 소란스런 주위와 상관없이 오로지 상대방만 의식하고 있었다. 그렇게 서로의 손을 굳게 잡고, 포옹하는 그들의 모습이 점차로 공기 중에 마치 묘약처럼 퍼져 나갔다. 신우를 때리는 쌍둥이들도 멈추고 그 모습을 바라보았다.

"운명인가 보다."

"그런가 보다."

쌍둥이들의 감탄사가 이어지는 틈에 도망간 신우는 어느새 무대에 나타났다. 명랑하고 놀기 좋아하는 주신우가 이 자리에서 축하쇼를 하지 않는다는 것은 있을 수 없는 일이었다. 그는 노래와 춤을 곁들여 1인 쇼를 하고 있었다. 목소리 좋지, 춤도 잘 추지, 알바녀들이 본분을 잃고 열광하고 거기에 응대해 주듯 신우는 잘생긴 얼굴로 능청스럽고 장난스러운 표정과 몸짓을 더했다.

"환장을 하는군."

신나와 신명이 찡그린 똑같은 표정으로 동생의 난리 블루스를 보고 있었다. 이것이 어떤 여자들에게, 아니, 대부분의 여자들에겐 매력으로 보인다는 것이 신기할 따름이었다.

"우리 갈게."

이미 계산을 마친 태연이 신노의 손을 잡고 나가면서 말하자 신나는 아무 이의 없이 손을 흔들었고, 신명도 별 반대가 없었다.

"솔로인 우리들은 음식이나 아작 내자."

신노와 태연은 사람들이 붐비는 밤거리를 말없이 거닐었다. 말이 필요 없었다. 상대방이 어떤 마음인지 굳이 말하지 않아도 맞잡은 손의 따스한 체온으로 그리고 고개를 들어 서로 일치하는 시선에서 느껴지는 뜨겁지만 안전한 기운으로 느껴졌다. 태연은 그 순간 자신이 지금껏 느끼지 못한 행복의 한가운데에 있음을 깨달았다.

예전엔 사랑에 충실해도 완전히 몰입하진 못했다. 자신의 기질 때문인 줄 알았다. 그런데 특별한 사람이 나타나고 그 사람과 사랑하게 되면서 자잘한 두려움과 나태함은 사라지게 되었다. 이 순간 태연은 기쁨에 많은 사람들이 지나가는 거리에서 사랑하는 남자에게 키스를 하고 말았다. 다행히 여기가 홍대이기에 이런 행동들이 작은 눈살로 허용되고 있었다.

"사랑해, 사랑해."

이런 자리에서 하는 태연의 고백에 화들짝 놀라 정색할 줄 알았는데, 신노는 그런 태연을 안고 말했다.

"이 세상에서 사랑하는 사람을 만나 그 사람에게 헌신할 수 있는 기회를 가진 나는 정말로 운이 좋은 사람이야. 매 순간 감사하면서 살 거야. 약속한다."

이 순간에 이렇게 길고 진지한 맹세를 할 수 있는 남자는 주신노밖에 없을 것이다. 천연기념물이다. 그래서 행복했다. 바보짓을 했는데 행복하다. 이런 적은 처음이었다.

"고마워요."

"고마워."

"행복하게 해줄게요."

태연은 이 남자를 정말 행복하게 해줄 자신이 생겼다.

"그래, 우리 서로 배려와 사랑으로 평생 살자."

으음, 달콤한 말이야.

태연은 신노의 진지한 말들을 이젠 달콤하게 생각했다. 그들은 그렇게 감동의 물결 속에 젖어들었다.

✳

결혼식은 축복 속에 치러졌다.

아름다운 작은 성당에서 치러진 결혼식은 신부님의 혼인미사

강론으로 경건하게 치러졌다. 그렇게 눈앞에 보이는 상대를 평생 운명으로 받아들이겠다는 기도와 맹세는 작은 성당에 가득 찬 하객들의 숨소리마저 잦아들게 했다. 하은주는 신노의 친구와 함께 증인으로 참례하며 그 어느 때보다도 정중했다.

회색 연회복을 입은 신랑은 상기된 얼굴에 진지함을 갖춘 채 신부의 두 손을 잡고 아플 때나 행복할 때나 늘 옆에서 지키고 사랑하겠음을 말하고 있었다. 신부님의 축복 기도로 예식은 아름답게 마무리되었다. 신랑은 모르고 있지만 유명한 디자이너의 웨딩드레스를 입은 신부는 그 어느 때보다 아름다웠다. 간결한 디자인으로 고급스럽고 기품 있어 보였다.

우린 정말 운명인 것 같아.

태연은 충실함과 성실한 사랑을 약속하면서 그 생각을 했다. 이런 말에 전혀 알레르기 없이 마음이 차오르는 걸 보면 분명했다.

다양한 직업군들의 하객들은 어떤 소란함도 없이 예식을 지켜보았다. 성당에서의 결혼식으로 모두 단정한 정장 차림이었다, 하은주까지. 그들은 하나같이 김태연처럼 화려하고 세련된 사람이 이런 작은 성당에서, 그것도 너무도 경건하게 결혼식을 할 줄은 꿈에도 몰랐다는 표정이었다. 그러면서도 신랑과 신부가 어떤 잡음 없이 사랑에 푹 빠진 모습을 보는 것은 참으로 멋진 일이라고 생각했다.

식이 끝나고 경건함 속에 숨 쉬는 것도 힘들었던 사람들이 야외에서 피로연이 시작되자 이젠 조잘대며 수다를 떨기 시작했다. 표현은 달라도 그들은 대체적으로 이 결혼식의 신랑, 신부가 어울린다는 데에는 모두 동의를 했다.

엄숙함이 깨진 뒤 왁자지껄한 속에서 태연의 동창들은 결혼식에 대해 황홀한 말들을 하다가 '아닌 남자' 얘기로 넘어갔다. 김태연이 그녀의 아닌 남자 주신노와 결혼한 것도 놀라운데, 떡하니 화제의 주인공인 하리가 예전보다 훨씬 편하고 자유로워진 모습으로 박서준을 옆에 끼고 나타난 것을 모두 놀라워했다. 강하리가 대학교 때부터 커플이었던 이민상을 차버린 것은 아직도 경악스러웠다. 강하리가 이민상에게 미련할 정도로 충실했다는 사실은 다 아는 일인데 말이다.

"너 왜 그랬니?"

동창들은 하리만 보면 그 질문을 계속 해댔다.

"하고 싶어서. 지금 행복하니까 된 거지."

사고 친 것에 대해서 항상 같은 말을 하는 하리에게 속 시원한 답을 들을 수는 없었다.

"결혼은 언제 할 거야?"

"놀 거야. 연애 좀 많이 해볼 생각이다."

하리의 입에서 그 말을 듣다니 참 놀라운 변화였다. 사실, 더 놀라운 것은 그 말을 듣던 박서준의 얼굴이 흙빛으로 변했다는 점이다. 뭔가 서로 바뀐 것 같은 느낌이 들어 친구들은 어리둥절했다.

놀랄 일은 또 있었다. 주은행이 김성현과의 결혼을 발표했다. 무슨 마법에 걸린 것도 아니고, 아닌 남자와 다들 연결이 되는가. 유하정만 아직 실체가 없지만, 그녀 역시 애인이 있는 것은 분명해 보였다. 친구들은 하정을 들들 볶았지만 아직 건진 것은 없었다.

다른 쪽에선 하은주와 유강인이 사귀기로 한 것에 대해서 즐거운 수다가 이어지고 있었다.

그런 소란함 가운데에서도 신랑과 신부는 야외에서 펼쳐진 피로연을 바라보며 두 손을 잡은 채 감격에 젖어들고 있었다. 그들은 결혼식에서 맹세했던 그 말을 되뇌고 있었다. 물론 신노가 먼저 시작했다.

"김태연을 위해서 평생 충실히 사랑할게."

"나도, 주신노를 충실히 사랑할 겁니다."

태연이 손까지 들고 한 약속에 신노는 사랑스럽다는 듯 그녀를 안았다. 이 세상에서 이런 축복을 받다니 감사할 일이었다. 이렇게 많이 사랑하는 사람을 놓치지 않고 아내로 맞이했다는 사실이 그를 감격하게 만들었다.

"사랑해."

"사랑해요."

태연은 더 참지 못하고 남편을 안고 키스해 버렸고, 하객들은 '와' 하고 소리 지르며 박수를 쳤다. 신노는 잠깐 당혹해했지만 이내 아내를 꼭 안고 같이 키스했다. 그 모습에 오빠가 달라지고 있음을 신나와 신명은 느끼고 앞으로 그들의 결혼 생활이 어떻게 될지 심히 궁금해졌다.

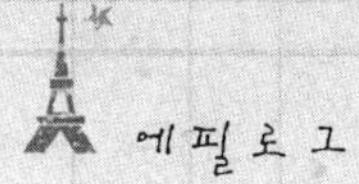 에필로그

2년 후.

신나는 오빠 옆집에서 신명과 살고 있었다. 사돈어른이 자식 눈치를 보고 살 수 없다며 다른 도시로 이사 가셨다. 자식을 사랑하지만 자식이 낳은 자식을 대신 길러줄 수 없다는 확고한 의지의 표현이었다. 조부모는 손주를 가끔 귀여워하면 되지, 뒤치다꺼리하는 것이 아니라는 철칙을 가지고 있으셨다. 하여튼 이 집은 태연이 사서 신나와 신명에게 전세로 빌려준 것이다. 가족이라도 셈을 확실히 해야 한다는 태연의 논리에 넘어가 신나와 신명은 서로 돈을 합쳐야 했다. 그래도 가족이라 안심되고 돈도 시세보단 값싸게 해주었다. 한편으론 얄밉고 한편으론 고마웠다.

직장을 그만둔 신나는 여행을 다니느라 그다지 돈이 없었다. 게다가 해외연수까지 가느라 지금은 더욱 빠듯했다. 그래도 다음 주부터 새로운 직장에 다니게 되었다. 태연이 소개해 준 자리인데, 처음엔 강하리와 박서준이 경영하는 준하패션에 넣어주려고 했지만 그녀 스스로가 이젠 그런 커다란 곳에서 일하는 것이 안 맞는다면서 거절했다. 태연이 미쳤다는 소리를 몇 번씩 하고 나서 두 번째로 소개해 준 곳이 바로 지금의 일자리였다. 개성 존중을 내세우는 작은 회사라 만족스러웠다. 오히려 스트레스는 집에서 받고 있는 중이었다.

"주신노도 별수 없구나."

고매하고 깐깐하고 답답한 그 인간이 김태연과 결혼해서 이렇게 달라진 것을 보면 기도 안 찼다. 사실 김태연이 결혼 전까지만 해도 불쌍한 여우 같았다면 지금은 영리한 여우가 되어버렸다. 사랑하는 남편 길들이기에 성공한 것이다. 배려와 설득과 존경의 테두리 안에서 아내의 노력에 주신노는 너무도 쉽게 홀랑 넘어간 것이다.

동생들이 비싼 옷을 입으면 학을 떼던 양반이 지금은 버젓이 아내가 브랜드 옷을 입고 다녀도 아무렇지 않게 바라본다.

"어떻게 된 거야?"

너무도 어이없어 신나가 물어본 적이 있었다.

"남편에게 난 방송인이고 알려진 사람이라 멋지게 입어야 한다고 했지, 그게 직업이라고. 원래 내가 그런 세계 사람이라 패션을 등지면 내 일을 할 수가 없다고 말했어. 뿐만 아니라 남편도 굳이 비싼 옷이 아니더라도 가끔씩 세련되게 입어야 한다고. 사실 잘 안 먹혔지. 근데 시간이 지날수록 이해를 하더라고. 내가 불행하면 신노 씨도 괴롭겠지. 난 말이야, 남편이 그렇게 내 행복에 예민

할 줄 몰랐어. 자신과 결혼해서 불행한 감정을 조금이라도 느낄까
봐 걱정인 거 있지. 그래서 신념도 조금씩 융통성 있게 바꿀 수가
있는 것 같아."

"어떻게 그럴 수가 있어?"

"아무래도 깊은 곳에 애처가 기질이 있었던 게 아닐까? 게다가
너무도 사랑하는 아내라면 그럴 수도 있겠지. 신나야, 동생과 아
내는 엄연히 다른 거야. 얄밉다고 생각하지 마, 그게 진실이란
다."

"염병……."

욕으로 끝날 것만은 아니다. 주신노, 자신의 오빠가 이젠 태연
이 사다 준, 비싸지 않다는 말만 홀랑 믿고 입은 옷들 때문에 점점
멋스러워진 것을 보면 놀랄 만한 일이었다. 정말 김태연 말대로
주신노는 결혼하더니 아내에게 길들여져 갔다. 아기를 낳고는 더
심해진 양상을 띠고 있었다.

고루하고 보수적인 남자가 알고 보니 애처가 기질이 다분히 숨
겨져 있었던 것이다. 할아버지, 아버지도 애처가였다고 하니, 뭐
그 핏줄이 어디 가는 게 아니라고 해도 고집불통 주신노가 이리
변하니 어이없고 기가 차다.

"너 그거 아니? 남편이 훈계할 때 속상한 표정 짓고 실망한 척
하면 넘어간다? 신기하지."

신나는 이래서 친구가 올케가 되는 걸 결사반대한 것이다. 오빠
가 달라진 것은 어쩔 수 없다 하더라도 왜 이것을 실시간으로 설
명 들어야 한단 말인가. 만약 김태연이 두 시누이와 신우에게 그
리 손이 큰 사람이 아니었으면 그 괴로움은 엄청 컸을 것이다. 태

연은 선물 주는 걸 좋아했다. 옷이 넘치는 여자이니 선물을 해도 남아돌지만 그래도 태연은 좋고 비싼 것을 나눠 가질 줄 아는 통 큰 여자다.

신나는 도통 모르는 사람보다는 속속들이 다 아는 친구가 올케가 되는 것이 더 낫다는 생각을 요즘 들어 부쩍 많이 하게 되었다. 신명조차 오빠 뜻에 따라 태연을 부쩍 존중하더니 서서히 딱딱한 모습에서 변화하고 있었다. 그러더니 덜컥 애인이 생겼다고 데리고 오기까지 했다. 동료 교사로 성실하고 인물은 보통인 사람으로 신명을 대단한 미인으로 생각하고 있었다.

"신명 정도면 미인이지. 상급이라고 할 수 있지."

신나는 일란성 쌍둥이인 신명의 모든 점에서 불만이 많지만 인물만은 인정하는 편이었다.

"김태연, 생각할수록 운발이 너무 좋단 말이야. 전생에 나라를 구했나. 뭐, 주신노와 결혼한 걸 보면 꼭 그런 것만은 아니지만."

그래도 주신노가 인물도 훤해지고 성실함에 합리성까지 생겼으니 일등 신랑감이라고 우겨도 될 만한 상황 아닌가.

그뿐인가. 지금 자신의 오빠이고 김태연의 남편인 주신노는 퇴근하자마자 다른 데로 새지 않고 곧장 집으로 와서 밥과 찌개를 손수 해놓고 아들을 업고 올해부터 디제이를 맡게 된 아내가 일을 끝내고 올 때까지 밖에서 기다리는 중이었다. 생방송일 때는 꼭 빠짐없이 듣고 모니터를 해주는데, 오늘은 녹화가 있어서 저렇게 나와서 기다리고 있었다. 자기를 꼭 닮은 아들도 아빠의 동요 소리에 장단을 맞추며 주먹 쥔 손을 양옆으로 흔들었다.

"어어, 그래. 신났구나."

오빠의 목소리를 바로 옆집에서 들으며 신나는 고개를 절레절레 흔들었다.

'바보 같으니.'

아내의 조언에 따라 정확한 가르마에서 앞머리를 내리고 캐주얼하게 입으니 때깔도 남달라졌다.

"재벌하고 결혼하는 것보다 낫다는 말을 이제야 실감하게 되는구나."

태연이 했던 말을 되뇌며 신나가 웅얼거렸다. 그때 태연의 자동차가 보였다. 그리고 주차함과 동시에 총알 튀어나오듯 태연이 남편과 아들에게 달려갔다.

"우리 남편, 우리 아들, 보고 싶었어."

"정말?"

"그럼, 그럼."

혀 짧은 소리를 남발하는 태연을 보는 것이 가히 즐겁진 않았지만, 같이 맞장구치는 오빠의 모습은 정말 눈 뜨고 보기 힘들었다.

"뽀뽀, 뽀뽀."

김태연이 미쳤나. 신나는 집 앞에서 아들과 남편에게 번갈아 뽀뽀를 하는 태연의 모습을 보며 궁시렁거렸다.

"행복해 보이긴 하다."

인정 안 할 수가 없는 사실이었다. 태연은 남편에게 오늘 있었던 일들을 빠르고 다정하게 수다를 떨면서 집으로 들어가고 있었다. 그렇게 안으로 들어가는기 싶더니 현관문을 다시 열고 얼굴을 쑥 내밀더니 담 너머의 신나에게 말했다.

"어이, 시누이, 밥 먹으러 와."

"야, 우리 오빠가 한 밥이잖아. 네가 생색을 왜 내냐?"

"어제는 내가 했잖아. 여보, 내가 차릴게요. 다 차렸다고요? 그러면 얼른 씻고 갈게요."

다시 남편에게 콧소리 작렬이다.

"이중인격이야…… 김태연."

"너, 시누이 자꾸 그러면 네 상사에 대한 중요한 정보 안 준다."

신나의 요즘 관심사는 개그맨 출신의 자기 회사 사장이었다.

"헉! 태연아, 난 네가 너무 좋아."

"하는 것 봐서."

신나는 계단 쪽으로 담을 넘어서 재빨리 현관으로 직행했다. 그리고 얼마 안 있어, 신명과 신우까지 합류해서 그들의 저녁 시간은 무척이나 왁자지껄해졌다. 그런 행복한 기운이 그들에게 늘 계속되었다.

The End

작가 후기

〈태연한 남자〉는 태연과 신노의 연애 이야기입니다.

태연의 심리를 많이 따라갔습니다.

단번에 좋은 감정이 아니라 절대 그럴 리 없다는 데에서 시작되어 관심이 생기고 흔들리고 사랑하는 과정을 따라가려고 했습니다. 성향 다른 두 사람이 사랑하는 데서 오는 어려움과 즐거움을 쓰려고 했거든요.

아닌 남자의 첫 시작이었고요.

원래 시리즈는 마음먹고 써야겠다고 시작하지 않고, 첫 이야기를 쓰다 보면 여러 이야기가 파생되는데, 태연한 남자도 그랬습니다. 요즘은 시리즈를 줄이려고 하는데도 마음이 가는 이야기가 있더라고요. 태연과 신노 이야기를 구상하다가 다른 친구 이야기들도 써볼까 하는 생각이 들었거든요. 그래서 아닌 남자 시리즈를 쓰게 됐습니다.

출간은 아닌 남자 중에선 두 번째가 되네요. 연재를 깨 예전에 했어요.

한참 어두운 이야기에 빠져 있을 때라, 좀 밝고 즐거운 고민담 같은 이야기를 쓰려고 했습니다. 하지만 평생을 같이할 사람을 만나는 이야기예요. 무겁지 않지만 감성이 깊어지는 그런 로맨스를 쓰려고 했는데요, 쓸 땐 잘 몰랐는데 수정할 때가 되니 여러 생각이 들더라고요.

만족은 처음 뭘 모르고 글 썼을 때 빼놓고는 없었던 것 같습니다.

요즘은 그냥 쓰자.

마음 가는 대로 쓰자.

이런 생각 합니다. 재미있게 써야지, 이 생각을 하면 잘 안 되더라고요. 제가 좋아하는 일이니까요. 잘하고 못하고는 중요하지 않겠죠. 사실, 그렇게 마음 가는 대로 사는 게 쉽지는 않은데 그렇게 해보려고요. 언젠가는 되겠죠.^^

무더운 여름이네요. 요즘 계절은 극과 극이에요. 아주 덥거나 아주 춥거나 하네요.

이 더운 여름에 건강하시길 바랍니다.

'장해서' 에서 '이이안' 이 되었는데요.

제 글을 좋아해 주시는 모든 분들, 감사드리고요,

출간에 도움을 주신 청어람도 감사드립니다.

행복하세요.

6월 어느 날.

이안.

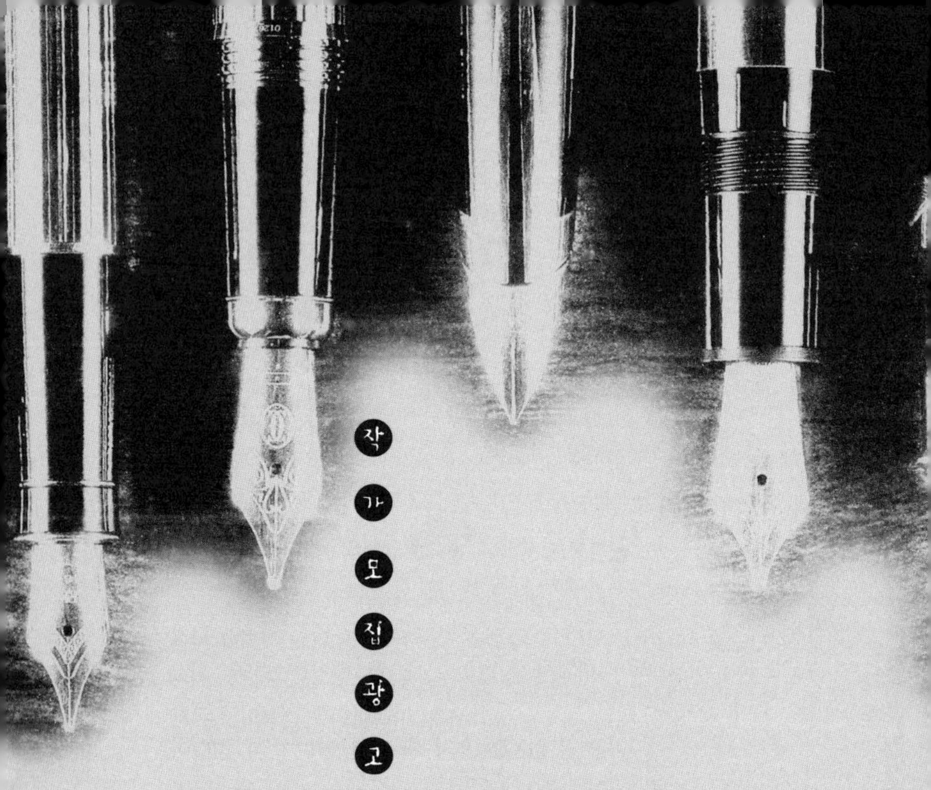

작
가
모
집
광
고